Mila Summers

Verloren sind wir nur allein

MILA SUMMERS

VERLOREN

SIND WIR NUR ALLEIN

one

Dieser Titel ist auch als E-Book erschienen

MIX
Papier aus verantwortungsvollen Quellen
FSC® C014496
FSC
www.fsc.org

Originalausgabe

Textredaktion: Katharina Runden
Satz: 3w+p GmbH, Rimpar
Gesetzt aus der Caslon
Druck und Einband: GGP Media GmbH, Pößneck

Printed in Germany
ISBN 978-3-8466-0094-8

5 4 3 2 1

Sie finden uns im Internet unter: www.one-verlag.de
Bitte beachten Sie auch www.luebbe.de

Für
H
ZOE
D&F

Kapitel 1

Verunsichert sehe ich mich in dem kahlen Raum um, in dem mich, bis auf ein alter Holzschrank, nur Leere empfängt. Vier weiße Wände starren mich an. Ich starre zurück.

Das ist es nun also. Mein neues Zuhause.

»Oh, Schatz, du bist ja schon in deinem Zimmer! Ist es nicht wunderschön?« Mom rauscht herein, natürlich ohne anzuklopfen, und eilt zu dem breiten Fenster auf der gegenüberliegenden Seite des Raums. »Es ist das schönste im ganzen Haus!« Sie öffnet die beiden Flügel und lässt neben dem orangefarbenen Abendlicht auch eine frische Sommerbrise herein. Die Scharniere quietschen. Einzelne weiß lackierte Holzsplitter des Rahmens bröckeln zu Boden, und ich frage mich unweigerlich, ob man den schönsten Raum des Hauses wirklich so verkommen lassen würde.

Ich sage kein Wort. Die ganze Situation überfordert mich völlig. Erst vor wenigen Wochen schleppte Mom Roger an. Ihr neuer Freund ist im Gegensatz zu dem Loser, den sie davor gedatet hat, ein absoluter Glücksgriff. Roger ist Rancher. Sein Anwesen ist so groß wie der gesamte Block, in dem wir in Boston gelebt haben. Die Betonung liegt auf gelebt *haben*, denn Mom hatte nichts Besseres zu tun, als unsere Zelte vollkommen überstürzt abzubrechen und zu Roger auf seine Ranch nach Lewisville in Texas zu ziehen. Roger züchtet nämlich Rinder und Pferde. Und anscheinend ist er damit so erfolgreich, dass Geld von nun an kein Problem mehr für uns sein wird. Wie praktisch.

»Sky, Liebes, jetzt schau doch nicht so.« Mom kommt zu mir rüber, legt ihren Arm um meine Schulter und zieht mich in eine feste Umarmung.

Ich seufze und sorge für ein wenig Abstand zwischen uns. »Wie schaue ich denn?« Ich kann ihr nicht in die Augen sehen, also wende ich meinen Blick zum Fenster. Auf einer Koppel grasen ein paar Pferde, und das Gras ist so grün wie unser Haus in Boston.

»Du schaust wie damals, als du noch klein warst und Dad dir erklärt hat, dass wir doch nicht ins Disneyland fahren können.«

Ein Stich durchfährt mein Herz, als Mom von Dad spricht. Es sind nun genau zwei Jahre und einundfünfzig Tage, seit er für immer von dieser Welt gegangen ist. Und allein der Gedanke an ihn schmerzt noch immer so qualvoll wie an dem Tag, als er während eines Baseballspiels zusammengebrochen und nicht mehr aufgestanden ist.

Ich winde mich ganz aus ihrer Umarmung. »Lass gut sein, Mom. Ich werde mich mit der Situation schon irgendwie arrangieren.«

So, wie ich mich in den letzten zwei Jahren und einundfünfzig Tagen mit allem abgefunden habe, was sie für richtig hielt und mir gänzlich gegen den Strich ging. Schon knapp ein halbes Jahr nach Dads Tod hat Mom wieder begonnen, Männer zu treffen, ist ausgegangen, hatte Spaß.

Für mich kommt das einem Verrat gleich. Einem Verrat, den sie an allem begeht, was unsere Familie ausgemacht hat. Die feste Einheit, die wir mit Dad gebildet haben, gibt es nicht mehr. Anstatt an einem Strang zu ziehen, scheinen Mom und ich in unterschiedliche Richtungen zu laufen.

Während ich versuche, die Erinnerung an ihn zu bewahren, hat Mom nach Dads Tod schnell damit begonnen, alles, was einmal ihm gehörte, nach und nach in den Keller zu räumen. Außer den Bildern und den Baseballpokalen in der Wohnzimmervitrine erinnerte in unserer alten Wohnung schon bald nichts mehr an ihn. Ganz so, als hätte es ihn nie gegeben.

Dabei steckte so viel von Dad in unserer Wohnung. Immer hatte er irgendwelche Ideen, um unser Heim zu verschönern. Ich sehe ihn vor mir, wie er uns verschwitzt und mit strahlenden Augen sein neuestes Projekt präsentiert. Er war schon immer so. Als Mom ihm erzählte, dass sie mit mir schwanger war, hatte er sofort damit begonnen, aus dem Büro ein Kinderzimmer zu machen. Für die

Menschen, die er liebte, hätte er alles getan. Tränen steigen in mir auf, und ich schlucke gegen den Kloß an, der sich in meinem Hals bildet.

Aus dem Augenwinkel sehe ich, wie Mom mich durchdringend anschaut. »Liebes, keiner erwartet von dir, dass du ihn vergisst. Es ist nur langsam an der Zeit, wieder nach vorne zu blicken und nicht immer nur in der Vergangenheit zu leben. Ich bin auch furchtbar wütend und traurig darüber, dass das Schicksal nichts Besseres auf Lager hatte, als ihn uns wegzunehmen. Aber es ist nun mal nicht zu ändern. Dad wird nicht mehr lebendig, auch wenn du dich mit Händen und Füßen dagegen wehrst, es zu akzeptieren. Er kommt nicht mehr zurück.«

Noch immer sehe ich den Pferden zu, wie sie unbekümmert auf der Wiese stehen und sich kein bisschen darum sorgen, was gewesen ist oder was sein wird. Wie ich sie beneide! Mom und ich haben schon so oft darüber gesprochen. Doch mit dieser Härte hat sie es noch nie auf den Punkt gebracht. Egal, was ich tue, egal, was ich sage, er kommt nicht mehr wieder. *Nie mehr.*

Stumm nicke ich, senke meinen Blick und starre auf den Fußboden. Das helle Laminat lässt den üppigen fast leeren Raum noch eine Spur größer wirken. »Man kann bestimmt viel aus dem Zimmer machen«, murmele ich und hoffe, dass es wenigstens etwas nach der Begeisterung klingt, von der ich kein bisschen verspüre. Als ich mich zu ihr umdrehe, strahlt Mom mich an. Anscheinend habe ich genau die Worte gefunden, die sie unbedingt hören wollte.

»Das ist mein Mädchen. Du wirst sehen, hier in Lewisville wirst du schnell Anschluss finden. Das letzte Jahr an der Highschool schaffst du spielend, und danach steht dir die Welt offen.«

Stellt sich nur die Frage, ob ich das überhaupt will. Will ich, dass mir die Welt offensteht? Ehrlich gesagt ist mir die Welt gerade ziemlich egal.

Mom strahlt eine gewisse Zuversicht aus, die ich nicht mit ihr teilen kann. Sie sieht der Zukunft positiv entgegen und hat sich damit arrangiert. Den Ballast, den Frust, die Trauer der letzten Jahre – all das hat sie abgelegt, wie ein löchriges T-Shirt, das sie aussortiert hat. Für mich ist das unmöglich.

Als könnte Mom meine Gedanken lesen, mustert sie mich von Kopf bis Fuß. »Ach, da fällt mir ein: Bevor die Schule anfängt, sollten wir dringend mal einkaufen gehen. Deine Klamotten sind … Ich finde, sie erwecken einen falschen Eindruck von dir.«

Ich schlucke und blicke auf meine verblichene schwarze Jeans und die ausgetretenen Chucks hinunter. »Schämst du dich etwa für mich? Was ist an meinen Klamotten bitte schön falsch?«

Ich hasse es, mich mit Mom zu streiten. Sosehr ich sie für ihr Verhalten verurteile – sie ist alles, was mir auf dieser Welt noch geblieben ist. Aber ich habe das Gefühl, dass wir in letzter Zeit kein einziges richtiges Gespräch mehr miteinander geführt haben. Jeder Versuch endet immer nur in Vorwürfen und enttäuschtem Seufzen.

»Natürlich schäme ich mich nicht für dich.« Mom lächelt mir aufmunternd zu. »Du bist mein einziges Kind und gleichzeitig der wichtigste Mensch in meinem Leben.«

Ich sollte es lassen, aber da ist diese Stimme in mir, die

Konter geben will. Sie ist so übermächtig und lässt sich nicht länger unterdrücken. »Ach, tatsächlich?«, bricht es aus mir heraus. »Warum sind wir dann aus Boston weggezogen? Warum sind wir hier in Lewisville gelandet, wo ich nichts und niemanden kenne, wenn ich für dich ja *ach so wichtig* bin? Warum mussten wir so überstürzt weg, dass ich nicht mal mehr mein letztes Highschooljahr an meiner alten Schule machen kann?«

Alles in mir brodelt, und die Gefühle, die ich die ganze Zeit weggeschoben habe, machen sich jetzt Raum. Ich könnte platzen vor Wut, Trauer und Enttäuschung. Seit sie mir zum ersten Mal mit diesem Leuchten in den Augen von Roger und seiner Ranch im kanadischen Blockhausstil erzählt hat, habe ich mich wirklich bemüht, mich für meine Mom zu freuen. Doch es geht einfach nicht. Sosehr ich auch will, ich kann kein Teil in ihrem Happily-Ever-After sein. Denn ich gehöre hier einfach nicht hin. Ich fühle mich wie ein Schmutzpartikel, der Moms heile Welt befleckt und ihre Idylle mit Roger stört. Schließlich bin ich das Sinnbild für ihre glücklichen Jahre mit Dad.

Wenn ich im nächsten Sommer achtzehn werde, gehe ich weg von hier. Zurück nach Boston. Zurück zu Dad und meinen Erinnerungen an ihn. Beinahe jede Woche bin ich in den vergangenen zwei Jahren auf dem Friedhof gewesen, habe frische Blumen auf Dads Grab gelegt und mit ihm gesprochen. Das war der einzige Ort, an dem ich mich ihm nahe gefühlt habe, an dem ich gespürt habe, dass er mich nicht ganz verlassen hat. Aber nun sind wir hier, Hunderte von Meilen entfernt, und da ist nur noch diese Leere in mir, die sich durch nichts und niemanden füllen lässt. Mom hat mir durch den Umzug die allerletzte

Möglichkeit genommen, ihm nah zu sein. Das werde ich ihr nie verzeihen.

Ich funkle Mom wütend an, die einen Schritt zurückweicht. Ihre eben noch so freudige Miene ist wie weggewischt. Sie wirkt verletzt. Unwillkürlich umfasse ich meine Mitte, wie um mir selbst etwas Halt zu geben. Unter meinen Fingern spüre ich kleine Stoffknötchen auf meinem T-Shirt und streiche darüber. Es fühlt sich beruhigend an und irgendwie vertraut. Schließlich habe ich das Shirt schon eine halbe Ewigkeit. Ein Geschenk von Dad …

»Sky, die Welt dreht sich weiter. Dad würde auch nicht wollen, dass wir hier stehen und uns streiten.« Tiefe Falten bilden sich um Moms Augen und auf ihrer Stirn. Ihre blauen Augen glänzen. »Ich kann nicht mehr.« Die erste Träne läuft lautlos über ihre Wange, perlt an ihrer Unterlippe ab und fällt wie in Zeitlupe auf den hellen Laminatboden.

Und dann tut sie etwas, was sie bisher noch nie gemacht hat: Wortlos wendet sie sich von mir ab, überwindet die wenigen Meter bis zur Tür und verlässt das Zimmer. Sie sieht sich nicht mehr nach mir um, als sie die Tür ins Schloss zieht. Offenbar hat sie es satt, sich ständig mit mir über die Vergangenheit zu unterhalten und wendet sich lieber der Gegenwart zu.

Überrumpelt stehe ich da und sehe ihr nach. Meine Füße kleben am Laminat, lassen sich nicht anheben, während meine Hände sich wie von selbst zu Fäusten ballen. Zu dem Potpourri aus Gefühlen, das ich bei meiner Ankunft in Lewisville in meinem Koffer dabeihatte – Trauer, Angst, Wut und Verzweiflung –, gesellen sich Verwunderung … und Hass.

Ich hasse Mom dafür, dass sie mich hier auf diese entlegene Ranch gezerrt hat und von mir erwartet, gute Miene zum bösen Spiel zu machen. Ich hasse sie dafür, dass sie alles hinter sich lässt – vor allem uns und unsere Familie – und einfach neu anfängt. Ich hasse sie dafür, dass sie mich mir selbst überlässt. Und ich hasse sie so sehr dafür, dass sie einfach aufgibt, wo sie sonst zu kämpfen begonnen hat.

Von draußen weht eine kräftige Böe herein. War das nicht eben noch eine leichte Sommerbrise? Ich umklammere mich weiter mit meinen Armen, meine Hände krallen sich in meine Seiten. Die Kälte fühlt sich bedrohlich an, ebenso wie dieser ganze Neuanfang. Er wird alles verändern. Er wird Mom verändern. Und er wird die Beziehung zwischen uns beiden verändern.

Das Meer aus Tränen, das ich in den letzten Jahren geweint habe, erschien mir irgendwann unendlich. Als mir nun die ersten Tropfen über das Gesicht laufen, weiß ich, dass es weit über die Unendlichkeit hinausgeht.

Kapitel 2

Zaghafte Sonnenstrahlen schieben sich zwischen den Schlitzen meines nicht ganz geschlossenen Rollos hindurch. Im Dämmerschlaf drehe ich mich auf die andere Seite und versuche wieder einzuschlafen. Nichts, was mich an diesem Tag erwartet, wäre es wert, aufzustehen. Ebenso wie an den vierzehn Tagen zuvor, die ich nun auf dieser Ranch lebe. Also bleibe ich liegen.

Doch es nützt nichts. Jetzt bin ich wach, und die Leere öffnet ihre Türen für Bilder, die sich in mein Bewusstsein schleichen. Meine Gedanken beginnen zu kreisen. Voller Sehnsucht presse ich die Lider aufeinander und denke an die Zeit, als wir noch eine glückliche Familie waren. Dad stand immer als Erster auf und bereitete für Mom und mich das Frühstück zu. Dabei trällerte er einen alten Hit der Stones oder der Beatles. Manchmal auch von beiden gleichzeitig, da machte er keine großen Unterschiede.

Dad hatte auch schon am frühen Morgen immer gute Laune. Viel zu gute. Wenn es nach mir gegangen wäre, hätten wir am Frühstückstisch nicht gesprochen, sondern einfach nur dagesessen und gegessen. Aber Dad machte mir jeden Morgen einen Strich durch die Rechnung.

Dennoch konnte ich ihm dafür nicht böse sein, schließlich machte er mir die weltbesten Pancakes mit Ahornsirup und Schokostreuseln. Dad wusste eben, wie ich sie am liebsten mochte. Mom brauchte meist länger im Bad. Für sie stand dann immer ihr Lieblingsschälchen mit Porridge und frischen Erdbeeren bereit. Die Schale sah aus wie ein breit grinsendes Mickey-Mouse-Gesicht und hatte einen recht großen Sprung, weshalb ihr auch ein Ohr fehlte. Man musste furchtbar aufpassen, dass man sich nicht daran schnitt. Mickey Mouse selbst schien sich nicht daran zu stören, dass sie kaputt war. Und auch Mom machte das nichts aus. Sie hätte sich nie im Leben von der Schale getrennt. Wir haben sie in unserem Urlaub in Walt Disney World in Orlando gekauft, kurz bevor …

Eine andere Erinnerung drängt sich in mein Bewusstsein. *Oh nein, bitte nicht!* Bevor die Erkenntnis wie ein Hurrikan über mich hereinbrechen kann, ist der Schmerz schon da. Ein Schmerz, der mir die Luft zum Atmen raubt.

Dann: die Gewissheit. Dad ist tot. Er wird nie wieder Pancakes für mich machen können. Nie wieder wird er Moms Porridge in ihrem geliebten Schälchen vorbereiten, denn Mickey Mouse ist noch in Boston – in tausend Einzelteile zerbrochen. Nie wieder werde ich Dads gute Laune ertragen dürfen. Und nie wieder werde ich mir wünschen, er würde still sein, während ich am Frühstückstisch esse und mein Morgenmuffeldasein auslebe.

Meine Augen sind geschlossen, und einzelne Tränen quellen unter meinen Lidern hervor. Ich hasse diesen Moment, wenn die Trauer mich überfällt und alles in mir mit sich in die Tiefe reißt.

Ihre Sogwirkung ist übermächtig, beinahe schon betäubend. Taumelnd befinde ich mich im freien Fall, ehe ich gegen das Gefühl ankämpfen kann und mich auf das Hier und Jetzt konzentriere.

Seit unserem Umzug sind jetzt zwei Wochen vergangen. Zwei quälende Wochen, in denen ich mich permanent zurück nach Boston gewünscht habe. Jeden Tag denke ich an unser altes Zuhause. Mein altes Zimmer fehlt mir besonders. So viele Erinnerungen hingen an all den Möbelstücken, Flecken im Teppich und den Urlaubsfotos, die eine ganze Wand meines Zimmers bedeckten. Jetzt stapeln sich die Bilder in geschlossenen Kartons.

Einerseits sehne ich mich danach, sie auszupacken und damit die unvertraute Leere mit ein bisschen Boston zu füllen. Andererseits würde ich es nicht ertragen, wenn Dads freudiges Lachen mir hier in Lewisville aus den Bildern entgegenstrahlt. Das wäre nicht richtig.

An meinem jetzigen Aufenthaltsort ist ohnehin nichts richtig. Denn während ich hier auf einer Ranch in Texas festsitze, ist niemand mehr in Boston, der Blumen auf Dads Grab legen könnte. Niemand besucht ihn. Niemand spricht mit ihm. Es ist fast so, als hätte ich ihn ein zweites Mal verloren.

Und was habe ich stattdessen gemacht? Während Mom

sich mit Elan und Enthusiasmus daran gemacht hat, hier in Lewisville neue Leute kennenzulernen und sich direkt einen neuen Freundeskreis aufzubauen, bin ich bisher allen Menschen aus dem Weg gegangen und habe versucht, mich möglichst unsichtbar zu machen. Zu Moms Leidwesen habe ich die Wände meines Zimmers dunkelblau gestrichen. Dabei habe ich mir das schwärzeste Dunkelblau ausgesucht, das ich finden konnte. Jetzt verkrieche ich mich in meiner dunklen Höhle und starre stundenlang durchs Fenster hinaus auf das rege Treiben der Ranch.

Ich ziehe mir die Decke bis unters Kinn, während weitere Bilder in meinem Kopf aufsteigen: Rogers Mitarbeiter versorgen die Tiere, reiten die Pferde und misten Ställe aus. Etwas abseits liegt ein See mit Enten und Schwänen. Sie kommen und gehen, wie es ihnen gefällt. Beneidenswert! Ein Wald umschließt das texanische Idyll von allen Seiten. Hohe Tannen spenden Schatten und bilden gleichzeitig einen natürlichen Schutzwall.

Malerische Bilder wie im Fernsehen, nur mit der Gewissheit, dass dieser Film nun meine Realität ist. Solange ich mich jedoch hinter dem schützenden Glas verbarrikadiere, bin ich kein Teil davon. Kein Teil von Moms neuer Heimat.

Wenn ich nicht verhungern und verdursten will, muss ich allerdings ab und an aus meinem Zimmer heraus, und dabei laufe ich jedes Mal unweigerlich Mom und Roger über den Weg. Roger hat zum Glück schnell kapiert, dass wir beide keine Freunde werden. Er akzeptiert, dass ich ihn ignoriere, und schenkt mir ab und an ein zuversichtliches Lächeln, das er sich allerdings auch sparen kann.

Moms neuer Freund ist mir von Grund auf unsympathisch, auch wenn ich bisher kaum ein Wort mit ihm gewechselt habe – was von mir aus auch so bleiben kann. Allein, wie er seinen kleinen Finger abspreizt, während er seinen Espresso trinkt, macht mich wahnsinnig! Außerdem macht er mit seiner protzigen Ranch auf Lebemann, während seine Angestellten sich um das Wohl seiner Tiere kümmern. Ich habe ihn noch kein einziges Mal zu den Rindern in den Stall gehen sehen. Nur für die Pferde scheint er etwas übrig zu haben. Die beehrt er ab und an mit seiner Gesellschaft.

Ich verstehe einfach nicht, was Mom an ihm findet. Er ist so anders als Dad, trägt immer diese rot-schwarz karierten Flanellhemden und dunkle Jeans. Dazu Schuhe, die sicher mehr gekostet haben als unser klappriger alter Van. Mom schwebt auf Wolke Sieben und lächelt wie ein Teenager, wenn Roger mit ihr spricht. Die beiden sind so glücklich, dass ich mich jeden Tag ein Stück weit mehr fehl am Platz fühle. Und ich frage mich, wann es meiner Mom auffallen wird, dass ich hier eigentlich nur störe.

Im Moment scheint sie davon noch nichts zu merken, denn sie tut alles, um meinen Widerstand gegen dieses neue Leben zu brechen. Fast täglich redet sie auf mich ein und fordert mich auf, endlich unter Leute zu gehen. Mal ist es ein Footballspiel, zu dem ich mitsoll, mal stehen Pizza und Kino auf dem Programm. Damit zwingt sie mich dazu, mir immer neue Ausreden einfallen zu lassen. Denn ein einfaches »Nein« reicht ihr nicht. Sie begreift einfach nicht, dass ich keinen Anschluss suche. Ich werde diesen Ort nie mögen.

Sobald ich das letzte Highschooljahr überstanden habe, kehre ich in meine Heimat zurück und studiere dort an der

Boston University. Gesetzt dem Fall, ich bekomme ein Stipendium, denn von Mom und ihrem Gönner möchte ich auf keinen Fall abhängig sein. Leider ist die Boston University verdammt teuer. Dabei ist mir das Renommee der Uni eigentlich ziemlich egal …

All diese Gedanken in meinem Kopf wühlen mich immer mehr auf. Dabei habe ich mir vorgenommen, so viel wie möglich zu schlafen. Schlaf ist gut. Schlaf hält lästige Menschen von einem fern. Ich ziehe mir die Decke über den Kopf und versuche meine Atmung in einen möglichst langsamen Rhythmus zu zwingen.

Plötzlich ertönt ein Knarzen hinter mir. Jemand öffnet vorsichtig die Tür meines Zimmers. Ich halte die Luft an, wage nicht, mich zu bewegen. Dann läuft dieser Jemand mit leise schlurfenden Schritten durch den Raum. Mein Herz schlägt mir bis zum Hals, und gleichzeitig bin ich wütend. Furchtbar wütend. Weder Mom noch Roger haben das Recht, ohne anzuklopfen in mein Zimmer zu platzen. Was bilden sich die beiden bloß ein?

Als ich ein Rascheln aus Richtung des Holzschrankes höre, erhält meine Wut einen neuen Schub. Schließlich liegt da drinnen mein Tagebuch. Das gibt es ja wohl nicht! Hastig drehe ich mich um, um nachzusehen, was da los ist. In diesem kleinen ledergebundenen Buch stehen all meine intimsten Gedanken. Allein die Vorstellung, Mom oder Roger könnten darin lesen, lässt meinen Adrenalinspiegel katapultartig in die Höhe schnellen.

Doch kaum habe ich mir die Decke vom Kopf gerissen, sterben die Worte auch schon auf meinen Lippen. Keine drei Meter von mir entfernt steht, mit dem Rücken zu mir, eine große, breitschultrige Gestalt, die absolut keine Ähnlichkeit mit Roger, geschweige denn Mom hat, und macht sich in aller Seelenruhe an meinen Sachen zu schaffen.

»Was wird das denn, wenn es fertig ist?« Ruckartig setze ich mich in meinem Bett auf und beobachte jede Bewegung des unbekannten Eindringlings genau. Mein Herz springt mir beinahe aus der Brust, während ich fieberhaft überlege, was mir zur Not als Waffe dienen könnte.

Leider bleibt da nicht allzu viel übrig. Neben einem leeren Snickerspapier und einem Buch steht nur noch meine Wasserflasche auf dem Nachttisch, die allerdings auch schon fast leer und somit eher ungefährlich ist.

»Hey«, wirft mir der Typ beiläufig über die Schulter zu, während ich Papier rascheln höre. Offenbar sucht er etwas. Erst nach einigen Sekunden, in denen ich nur entgeistert auf das Shirt mit der Rückennummer 12 starren kann, dreht er sich zu mir um und fährt sich dabei durch sein in alle Richtungen wirr abstehendes hellbraunes Haar. Mit schlendernden Schritten kommt er auf mich zu. Ich rutsche unweigerlich bis ans Bettende, um möglichst viel Distanz zwischen uns zu bringen. Für einen verrückten Moment überlege ich, ob ich nach Mom und Roger rufen sollte.

»Ich wollte dich nicht wecken«, sagt der Kerl mit klarer, leicht rauchig klingender Stimme.

»Na, das ist dir ja prima gelungen«, raunze ich ihn an. »Was zur Hölle machst du in meinem Zimmer? Wer bist du überhaupt?« Meine Stimme gewinnt mit jedem Wort an Lautstärke, während er die Ruhe selbst bleibt und mich damit nur noch weiter auf die Palme bringt.

»Was ist denn hier los?«, ruft Mom vom Flur herein und steht wenige Sekunden später in ihrem Morgenmantel, die Hände in die Hüften gestemmt, ebenfalls in meinem Zimmer. So viele Menschen waren noch nie gleichzeitig in diesem Raum. Zumindest nicht, seit er mein Reich ist.

Mom sieht zwischen dem Jungen, der etwas älter als ich zu sein scheint, und mir hin und her. Sie verzieht dabei keine Miene. Ich befürchte schon, dass sie falsche Schlüsse ziehen könnte und will ihr erklären, dass ich keine Ahnung habe, wer der Kerl ist. (Wobei ich mir ganz sicher bin, dass Mom total angetan wäre, wenn ich endlich mal einen Freund mit nach Hause bringen würde. Enttäuscht wäre sie wahrscheinlich nur darüber, dass ich ihn ihr nicht vorgestellt habe.) Doch sie kommt mir zuvor.

»Ach, Jeff, du bist es nur. Warum schreist du denn so laut, Liebes? Es ist gerade mal kurz nach sechs. Roger schläft noch, und es wäre gut, wenn wir ihn so lange wie möglich schlafen lassen könnten. Gestern war ein anstrengender Tag für ihn. Der Rücktransport von der Vieh-Auktion in Texhoma hat wegen eines Unfalls auf der Strecke um einiges länger gedauert, als geplant.«

»Ähm, entschuldige mal, wie würdest du es denn finden, wenn plötzlich ein wildfremder Typ ohne anzuklopfen in deinem Zimmer steht und sich an deinen Sachen zu schaffen macht, während du nichtsahnend in deinem Bett liegst, *Mom?*« Das letzte Worte presse ich zwischen den Lippen hervor. Wie kann sie nur Rogers Wohl über meins stellen? Das hätte sie früher nie getan. Niemals!

Ich erkenne meine Mom nicht wieder. Was ist aus der fürsorglichen Frau geworden, die sich wie eine Löwenmutter vor mich gestellt hat, wenn größere Kinder mir auf dem Spielplatz den Weg zur Rutsche versperrt haben? In mir tost ein Sturm, der so laut ist, dass es in meinen Ohren zu rauschen beginnt.

»So ganz unrecht hat Sky da nicht, Jeff. Du hättest dich nicht einfach in ihr Zimmer schleichen sollen. Was wolltest du denn überhaupt hier?«

»Hab was gesucht. Sorry, tut mir echt leid. Das war nicht cool«, antwortet er knapp und schielt zu mir herüber.

Mom nickt ihm zu und setzt sich dann auf meine Bettkante. Sie will ihre Hand auf meine legen, aber ich entziehe sie ihr, indem ich sie unter die Decke schiebe. »Aber wo ihr jetzt schon mal hier zusammen seid: Sky, das ist Jeff. Ich hatte dir ja schon in Boston von ihm erzählt«, erklärt sie so, als müsste ich von seiner Existenz wissen.

So langsam frage ich mich, ob ich vielleicht doch noch schlafe. Es kann nicht anders sein. Ich muss träumen. Das hier ist ein beschissener Albtraum.

»Ach, hast du das?«, frage ich, während ich an Mom vorbeilinse und diesen *Jeff* beäuge.

»Aber ja!« Mom lächelt. Sie will um jeden Preis für Harmonie sorgen – wie immer, seitdem wir hierher gezogen sind. »Jeff ist doch Rogers Neffe.« Mom sagt das wieder so, als hätten wir bei einem der Abendessen in diesem Haus darüber gesprochen. Dummerweise hat Mom offenbar vergessen, dass ich an den gemeinsamen Abendessen nicht teilnehme. Mittlerweile hätte es ihr auffallen können, aber anscheinend setzt sie ihre Prioritäten neuerdings anders.

»Seine Eltern sind getrennt und leben nicht mehr in Lewisville. Er geht auch auf deine Schule und wird zusammen mit dir das letzte Highschooljahr absolvieren. Ist das nicht toll? Dann kennst du bereits einen deiner Mitschüler! Außerdem wird Jeff dir bestimmt dabei helfen, hier Anschluss zu finden.« Sie klatscht so aufgeregt in die Hände, als wäre diese Information ein Meilenstein in der Entwicklung der Menschheit, als wäre Jeff der erhoffte Messias, der diese Welt doch noch vor dem sicheren Untergang bewahren könnte.

Entsetzt starre ich sie an. »Du meinst doch, er ist hier zu Besuch … oder …« Dann dämmert mir, dass meine schlimmsten Befürchtungen wahr werden könnten. »Wann wolltest du mir sagen, dass …«, dabei deute ich in Jeffs Richtung, ohne ihn auch nur eines Blickes zu würdigen, »… noch jemand hier wohnt, Mom?« Wütend werfe ich die Decke zur Seite und springe auf, um möglichst viel Abstand zwischen Mom und mich zu bringen. Plötzlich ist mir furchtbar heiß. Meine Wut lässt mich ganz vergessen, dass ich außer einem weiten schwarzen Shirt, das mir nur knapp über den Po reicht, und einer Unterhose nichts anhabe. Doch auch als ich dieses nicht unerhebliche Detail bemerke, ist es mir scheißegal.

»Jetzt beruhige dich doch erst mal.« Moms harmonische Bemühungen und ihre Zuversicht beginnen allmählich zu bröckeln. Quer über ihre Stirn zieht sich eine tiefe Furche, und ihre Augen verengen sich zu schmalen Schlitzen. »Jeff war den Sommer über bei seiner Mom in Europa, und …«

Ich lasse sie nicht ausreden, falle ihr mitten ins Wort. »Ach, und da dachtest du dir: Kehren wir die klitzekleine Tatsache, dass noch jemand mit uns unter diesem Dach wohnt, kurzerhand unter den Teppich und warten ab, was passiert?«

Jeff vergräbt die Hände in den Hosentaschen und

schaut sich den Schlagabtausch zwischen Mom und mir aus sicherer Entfernung an. Das Schmunzeln auf seinen Lippen spricht dafür, dass er sich köstlich amüsiert. So ein Idiot! Was zum Henker glaubt er, wer er ist?

»Sky, beruhige dich endlich!« Die vormals so liebliche Stimme meiner Mutter klingt kalt und streng. Sie ist sauer. *Gut so.* Mir geht es schließlich nicht anders. »Wenn du mit uns reden würdest, hättest du auch gewusst, dass Jeff heute aus Europa zurückgekommen ist.«

Wir. Seit einigen Tagen spricht Mom nur noch von *Wir,* wenn sie Roger und sich meint. Früher waren wir beide *Wir.* Auch das hat sich schlagartig verändert nach unserem Einzug in diese viel zu glamouröse Millionen-Dollar-Ranch.

Ich versuche, mir nicht anmerken zu lassen, wie sehr mich ihre Worte kränken. Das aufkommende Gefühl der Einsamkeit unterdrücke ich und konzentriere mich auf die Wut in meinem Bauch.

»Klar, jetzt bin ich also schuld.« Ich halte kurz inne. »Gibt es noch mehr davon?«

Jeff lacht kurz auf, verstummt aber, als ich ihm einen vernichtenden Blick zuwerfe. Mom läuft rot an und sieht aus, als würde sie am liebsten im Erdboden versinken. »Wie redest du denn über Jeff? Was ist nur los mit dir? Warum bist du ständig so auf Krawall aus? Man kann machen, was man will. Du scheinst einfach alles in den falschen Hals zu bekommen.«

Ich schnaube verächtlich. »*Ich* bin auf Krawall aus? Wer zerrt mich denn von Zuhause weg, verschleppt mich quer durchs Land in diese Kleinstadt, setzt mir einen neuen

Stiefvater und jetzt auch noch diesen Typen hier vor die Nase, der in meinen Sachen rumschnüffelt, Mom?«

Die Stimmung in meinem Zimmer ist eisig. Als die Stille zwischen uns beiden kaum noch auszuhalten ist, stößt Jeff plötzlich ein lautes »Ha!« aus. Dann schnappt er sich den Locher, den ich bei meinem halbherzigen Auspacken vor einigen Tagen ins nächste Regal gestellt hatte. »Ich will gar nicht länger stören!«, ruft er und will sich vom Acker machen.

»Moment mal!« Er hält in der Bewegung inne, starrt mich fragend an. »Du bist in mein Zimmer eingebrochen, weil du einen Locher brauchst? Ist das dein verdammter Ernst?«

Jeff verzieht keine Miene. »Ich muss eben etwas lochen.« Gelassen zuckt er mit den Schultern. Anscheinend ist er der Meinung, das wäre schon Grund genug, um gefühlt mitten in der Nacht in fremde Zimmer einzubrechen und Schreibtische zu durchwühlen. Mit einem undurchdringlichen Pokerface sieht er mich an, und meine Wut kocht erneut hoch. Am liebsten würde ich den Kerl zum Mond schießen – und zwar mit all den anderen siebeneinhalb Milliarden Menschen dieses Planeten.

»Also so kommen wir nicht weiter«, versucht Mom zwischen uns zu schlichten. Dabei sieht sie Jeff mit einer Wärme im Blick an, die mich erschauern lässt.

»Sehe ich ganz genau so, Mom«, erwidere ich trocken.

Daraufhin atmet sie aus und schaut mich erleichtert an.

»Ich fahre zu Tante Audrey«, lasse ich die Bombe platzen und verschränke dabei eingeschnappt die Arme vor der Brust wie ein Kleinkind, das seinen Willen nicht bekommen hat. Diese Idee habe ich in den letzten Tagen immer wieder durchgespielt, und jetzt scheint mir der passende Moment, um meine Mom damit zu konfrontieren.

»Wenn ich hier nicht mehr gebraucht werde, gehe ich mal meine Unterlagen für die Schule ordnen.« Damit trollt sich Jeff aus meinem Zimmer. Unfassbar, der Typ!

»Sky, jetzt sei nicht albern. Tante Audrey ist halb blind und taub und lebt seit Jahren in einem Seniorenheim unten an den Keys. Sie kennt dich kaum. Außerdem würde sie nicht mal ihre eigene Mutter wiedererkennen, wenn die von den Toten auferstehen würde.«

»Na, und?«, erwidere ich trotzig. Auch wenn ich mir dessen bewusst bin, dass Moms Geduldsfaden jeden Moment reißen könnte, sehe ich es nicht ein, klein beizugeben.

Sie seufzt und erhebt sich langsam von meinem Bett. »Langsam wird das ganz schön anstrengend mit dir und deinen Zickereien. Das war doch jetzt alles halb so wild, und Jeff hat sich entschuldigt, Schatz.« Sie macht einen Schritt auf mich zu, streckt die Hand aus, um mir über mein langes blondes Haar zu streichen.

Für einen Moment bin ich versucht, die Augen zu schließen und ihre Nähe zu genießen. Wenn ich früher traurig war oder Kummer hatte, habe ich mich oft mit Mom auf die alte geblümte Couch im Wohnzimmer gesetzt, und sie ist mit ihren Händen eine Ewigkeit durch mein Haar gefahren, hat sich angehört, was vorgefallen ist, und mir dann mit Rat und Tat zur Seite gestanden. Doch das liegt weit zurück. Fast schon, als wäre es ein ganz anderes Leben gewesen. Seither ist so viel passiert. Das, was wir mal waren, werden wir wohl nie mehr sein.

Aber statt mich von ihr berühren zu lassen, weiche ich

zurück. »Bitte? Der Kerl ist einfach in mein Zimmer eingedrungen und hat sich an meinen Sachen zu schaffen gemacht. Und jetzt tust du so, als wäre das nichts Schlimmes und ich würde mich völlig grundlos aufregen?«

Moms Hand fällt an ihre Seite, und sie verdreht genervt die Augen. »Das war nicht die feine englische Art von ihm. Das habe ich ja gerne zugegeben. Aber deshalb muss man doch nicht gleich so ausrasten.« Sie schaut mich für einen Augenblick mit schiefgelegtem Kopf an. »Ich habe das Gefühl, du ergreifst im Moment jede noch so kleine Gelegenheit, um dich aufzuregen.« Dabei klingt ihre Stimme so leise und erschöpft, als wäre ich für sie nur noch eine Last, etwas, was sie permanent anstrengt.

Ich schlucke. »Du willst mich nicht verstehen.« Als ich spüre, wie die Tränen in mir aufsteigen, wende ich meinen Blick von ihr ab und krieche zurück ins Bett, unter meine Decke.

Ich dachte eigentlich, dass ich mich nicht noch einsamer fühlen könnte. Aber jetzt merke ich, dass ich damit unendlich falsch lag.

»Dad hätte mich verstanden«, murmele ich, und versuche mit aller Kraft das Wehklagen zurückzuhalten, das in meinem Hals drückt.

Im nächsten Moment höre ich, wie die Tür ins Schloss fällt und der Raum sich mit Leere füllt. Ich schaue mich in meinem Zimmer um, atme tief durch und betrachte die dunkelblauen Wände. Ich hätte sie doch schwarz streichen sollen. Schwarz ist so viel mehr für mich als bloß eine Farbe. Es spiegelt die Trauer und die Einsamkeit tief in mir wider, die jede Faser meines Körpers in Beschlag genommen haben.

Kapitel 3

»Isst du das noch?«

Für den Bruchteil einer Sekunde schließe ich die Augen und lausche meiner inneren Stimme, die beruhigend auf mich einredet, obwohl ich viel lieber explodieren möchte. Jeff entwickelt sich zur Plage. Egal, was ich tue, egal, wo ich mich im Haus aufhalte, er ist immer in meiner unmittelbaren Nähe. So langsam habe ich das Gefühl, dass er das mit Absicht macht, um mich in den Wahnsinn zu treiben. Oder vielleicht hat meine Mutter ihn auch auf mich angesetzt. Zutrauen würde ich es ihr mittlerweile.

Mein eben erst mit Erdnussbutter bestrichenes Sandwich reiche ich kommentarlos an ihn weiter. Je weniger ich mich mit ihm beschäftige, umso eher wird er mich in Ruhe lassen, versuche ich mir einzureden. Mit Roger klappt das mittlerweile ganz gut. Dumm nur, dass meine Taktik bei Jeff bisher nicht aufgeht.

»Danke.« Ausgehungert beißt er in das Brot, ehe er sich eine kalte Coke aus dem Kühlschrank holt und auf dem Barhocker neben mir am Küchentresen Platz nimmt.

»Was?«, frage ich genervt, als er mich von der Seite regelrecht anstarrt.

»Gib's zu, Sky! Du findest es super, dass ich auch hier wohne.«

Ich verdrehe die Augen, greife nach meinem Wasserglas und steige so elegant wie möglich vom Hocker. »Du erwartest hoffentlich keine Antwort von mir.« Seit der Typ vor fast einer Woche ohne Vorwarnung in mein Zimmer geplatzt ist, habe ich eine solche Wut auf ihn, als wäre er für die miese Stimmung zwischen Mom und mir verantwortlich.

Es reicht schon, wenn ich Jeff nur ansehe. Seine T-Shirts, die immer irgendwo das Logo der Houston Texans haben. Die dämlichen Schweißbänder, die er in tausend Farben zu besitzen scheint und immer um sein Handgelenk trägt – als würde er ständig damit rechnen, einen 8000-Meter-Lauf machen zu müssen. Seine permanent gute Laune – er ist weder ein Morgenmuffel noch lässt er sich von der schlechten Laune seiner Mitmenschen anstecken. Und dann diese karamellfarbenen Augen, die mich ständig anstarren, als wäre ich ein exotisches Tier im Zoo. Seine bloße Anwesenheit bringt meinen Puls zum Rasen und weckt in mir den Wunsch, ihn zu verscheuchen oder selbst abzuhauen.

Aber so einfach ist das leider nicht. Wir haben keine weiteren lebenden Verwandten mehr außer Tante Audrey

– und die ist leider, wie ich mir zähneknirschend eingestehen muss, wirklich keine Option. In Boston wiederum wäre ich komplett auf mich allein gestellt. Und so gerne ich mich hier auch zurückziehe und mich von den anderen abschotte, alleine in Boston wäre ich aufgeschmissen. Ohne einen Penny in der Tasche würde ich eh nicht weit kommen. Und wo sollte ich wohnen? Bei Ruth, mit der ich seit Monaten kaum ein Wort gesprochen habe? Nein, das ist eine bescheuerte Idee. In der viel zu kleinen Wohnung der Heatkes wäre ohnehin kein Platz für mich.

Nein, ich muss dieses eine Jahr bis zu meinem Abschluss durchstehen. Komme, was wolle. Komme, *wer* wolle.

»Hast du Lust, heute Abend mit mir und ein paar Freunden ins Kino zu gehen?«

»Eher friert es in der Hölle.« Ich wende mich zum Gehen, als Jeff mich am Arm packt und vom Weiterlaufen abhält.

Ich blicke eisig zwischen Jeffs Hand und seinen hellbraunen Augen hin und her, bis er endlich loslässt. »Hey, Sky, es tut mir leid, dass unser Start so bescheiden verlaufen ist.« Er kratzt sich verlegen am Hinterkopf. Offenbar weiß er nicht so recht, wie er weitermachen soll. »Roger meinte, dass …«

Es interessiert mich kein Stück, was Roger meint – oder über mich zu wissen glaubt. »Jeff, ich komme ganz gut allein klar. Ich brauche niemanden. Es ist nur noch dieses eine Highschooljahr, und danach bin ich ganz schnell von hier verschwunden – so schnell kannst du gar nicht gucken. Du verschwendest also nur unnötig deine Zeit, wenn du versuchst, hier so was wie eine Freundschaft zwischen uns aufzubauen.« Ich lege so viel Ruhe und Gelassenheit in meine Worte, wie nur möglich. Jeff soll spüren, dass ich keinen Wert darauf lege, bei ihm oder irgendwem sonst Anschluss zu finden.

Jeff sieht erleichtert aus. »Passt mir ganz gut. Ich hänge nämlich nicht gerne mit Goths ab.«

Ich blicke an meinen schwarzen Klamotten hinunter. »Ich bin doch kein Goth, du Freak«, blaffe ich ihn an. So viel zu Ruhe und Gelassenheit. Was glaubt der Kerl eigentlich, wer er ist?

»Nicht?«, fragt er verwundert. Seine Augen verengen sich für einen Moment kaum merklich.

»Ich trage Trauer, du Idiot.«

»Shit … Das tut mir leid. Wer ist gestorben?« Jetzt sieht er ehrlich bestürzt aus.

»Mein Dad«, antworte ich knapp und kann nicht glauben, dass ich das ernsthaft sagen muss. Der Typ nimmt mich doch auf den Arm. Schließlich weiß er, dass mein Vater gestorben ist. Er muss es wissen.

In Jeffs Gesicht wandelt sich in diesem Moment Bestürzung zu Verwunderung. Er überlegt kurz. »Aber das ist doch schon Jahre her.«

»Und?« In mir beginnt es zu kochen. Jeffs arrogante Art bringt mich in Sekunden auf die Palme. Was gibt ihm das Recht, mir vorzuschreiben, wie lange ich zu trauern habe? Ich hasse Menschen wie ihn, die mich irritiert anstarren und nicht verstehen können, dass für mich das Leben nicht einfach so weitergeht.

»Na, wäre es nicht langsam an der Zeit … weiterzumachen?«

Der hat sie ja nicht mehr alle! Ich verschränke demonstrativ die Arme vor der Brust und erwidere mit bebender Stimme: »Ich denke, ich möchte nicht mit dir darüber sprechen.«

Dann drehe ich mich um und laufe in Richtung der Treppe, um im ersten Obergeschoss in meinem Zimmer zu verschwinden. Der Hunger, der mich vor zehn Minuten runtergetrieben hat, ist mir gerade ohnehin vergangen.

»Du machst das übrigens klasse«, höre ich Jeff hinter mir sagen. Eigentlich will ich nicht stehen bleiben, aber ein kleiner Teil in mir will wissen, was er damit meint.

Also wende ich mich doch wieder zu ihm um. Ich ziehe die weite Strickjacke enger um meinen Körper, als wäre sie ein Schutzanzug.

»Du hältst jeden dermaßen auf Abstand, dass niemand auch nur entfernt Lust darauf bekommt, sich mit dir abzugeben. Dein Plan, im nächsten Jahr in Lewisville keine Freundschaften zu schließen, könnte also echt aufgehen. Glückwunsch! Danach kannst du dann wieder zurück zu deinen Freunden in Boston und die Episode hier problemlos aus deinem Leben streichen. Alles wird dann sein wie bisher.«

Ich werfe ihm ein gequältes Lächeln zu. Wenn er nur wüsste. In Boston wartet nichts und niemand auf mich. Nur die Nähe zu Dad zieht mich dorthin zurück. Seit seinem Tod habe ich mich komplett eingeigelt, bin nicht mehr mit meinen Freunden ausgegangen. Manchmal habe ich es nicht mal geschafft, mit meiner besten Freundin Ruth zu telefonieren.

In Ruthies freudigem hellen Leben, in dem das größte Fiasko ihre sich ab und an streitenden Eltern war, fühlte ich mich plötzlich furchtbar falsch. In ihrer Nähe erinnerte mich alles daran, wie schön das Leben vor Dads Tod war. Ruth bemühte sich zwar immer wieder um mich, bot mir an, mich zu besuchen, mit mir Cookies zu backen oder einfach in den Park zu gehen. Doch es fiel mir immer schwerer ihre Gesellschaft zu ertragen. Und plötzlich stand ich allein da.

Die Sinnkrisen meiner Freunde erschienen mir so lächerlich, und ich konnte mich einfach nicht mehr über Outfits, Schulpartys und Jungs unterhalten. Ich schämte mich so sehr dafür, dass ich mich vor Dads Tod wegen genau dieser Dinge ebenso verrückt gemacht habe. Anstatt die Zeit, die ich mit Dad hatte, richtig zu nutzen, lief ich lieber stundenlang durch Shoppingmalls, um den perfekten Nagellack zu einem neuen Shirt zu finden oder Ballerinas in demselben schimmernden Rot wie mein Lippenstift aufzutreiben.

Ich konnte meine Freunde und ihre winzigen Probleme nicht mehr ertragen, also zog ich mich von ihnen zurück. Die grausame Wahrheit ist also, dass es niemanden da draußen gibt, der auf mich wartet, sich auf mich freut oder mich vermisst.

Alles wird dann sein wie bisher, wiederhole ich in Gedanken.

Als ich auf seine Worte nichts erwidere, räuspert Jeff sich. »Dann wünsche ich dir ein schönes Jahr an der Lewisville Highschool.«

Seine Worte triefen vor Sarkasmus, aber das ist es nicht, was mir plötzlich einen Schauder über den Rücken jagt. Morgen schon ist es so weit! Mein erster Schultag … Ich kann nicht leugnen, dass die letzten Wochen seit meiner Ankunft in Lewisville, die ich mit Nichtstun, sinnlos im Internet surfen, an die Decke starren oder den Pferden und Rindern beim Grasen zuzusehen, nicht unbedingt zu den besten oder interessantesten meines Lebens gehören. Aber ich war bis zu diesem Moment sehr erfolgreich darin, dieses anstehende Ereignis weitestgehend auszublenden. Aber das brauche ich Jeff ja nicht unbedingt auf die Nase zu binden.

»Übrigens hat mich Roger dazu verdonnert, dich morgens in meinem Jeep mit zur Schule und am Nachmittag wieder mit nach Hause zu nehmen.«

Ich verdrehe genervt die Augen.

»Schau mich nicht so an! Mir wäre es auch lieber, ich müsste nicht den Babysitter für dich spielen. Meiner Freundin wird es bestimmt nicht gefallen, dass du uns beim Knutschen zuschaust.«

»Hättest du wohl gerne«, erwidere ich so harsch, dass meine Worte mehr dem Fauchen einer Wildkatze ähneln, als denen einer siebzehnjährigen Highschoolschülerin.

Jeff hebt abwehrend die Hände, als hätte er Angst, ich könnte meine Krallen ausfahren.

In diesem Moment schlägt draußen eine Autotür zu, und kurz darauf rauscht Mom in die Küche. Als sie mich und Jeff zusammen in einem Raum sieht, breitet sich ein Strahlen auf ihrem Gesicht aus. Oh Mann.

»Ach, schön, dass ihr beiden da seid. Ich habe eingekauft. Der Van ist voll. Ich könnte eure Hilfe gebrauchen.«

Kapitel 4

Jeff

Der Kies knirscht unter meinen Füßen als ich mich der Koppel nähere. Schon aus einiger Entfernung ist Teardrops Wiehern zu hören. Der dunkelbraune junge Araber hat seinen Namen wegen des weißen Flecks direkt unterhalb seines rechten Auges bekommen. Ein schwieriger Neuzugang, der sich an seine neue Umgebung nicht so recht gewöhnen will. Aber Roger hat darauf bestanden, dass wir ihn zu uns holen.

Eine frische Brise weht mir um die Nase, und einzelne Blätter tanzen um meine Füße. Der Herbst zieht allmählich ein. Ich kann nicht behaupten, dass ich mich sonderlich darüber freuen würde. Bisher hat er mir kaum etwas Gutes gebracht. Vor drei Jahren bin ich während eines Herbststurms vom Pferd gefallen und habe mir dabei das Schulterblatt gebrochen. Vor zwei Jahren hat meine erste richtige Freundin pünktlich zum Herbstanfang mit mir

Schluss gemacht, weil sie einen anderen Typen cooler fand als mich. Drei Jahre zuvor trennten sich meine Eltern, als die Blätter fielen. Das war kurz nachdem … Ich streiche mir mit der Hand über die Stirn, als könne ich damit die Gedanken dahinter wegschieben. Weit, weit weg …

Teardrop scheint heute noch viel aufgebrachter zu sein als sonst. Sein wildes Mähnenschütteln und jeder Hufschlag zeugen von seinem Widerwillen, hier auf der Ranch zu sein. Irgendwie erinnert er mich an Sky. Wie so oft in den letzten Tagen muss ich an sie denken. Sie wirkt auf mich so … traurig. Einfach traurig. Ich wünschte, ich wüsste, wie ich ihr helfen kann.

Als ich näher komme, entdecke ich Skys schmale Gestalt einige Meter von Teardrop entfernt. Sie lehnt am Gatter, und ihr langes blondes Haar weht mit den Blättern im Wind. Ihre Augen sind fest auf das aufgebrachte Pferd fixiert.

Leise setze ich meinen Weg fort, darum bemüht, das Knirschen des Kieses unter meinen Schuhen zu minimieren. Auf halber Strecke zwischen Sky und mir steht ein Verschlag, in dem getrocknete Heuballen für die Pferde lagern. Unschlüssig, ob ich zu ihr gehen soll, bleibe ich im Schutz des Verschlags stehen und blicke zu ihr hinüber.

Skys Blick wirkt abwesend. Wahrscheinlich hätte sie mich nicht einmal wahrgenommen, wenn ich laut stapfend auf sie zugelaufen wäre, so vertieft scheint sie in ihre Gedanken.

Plötzlich galoppiert Teardrop auf sie zu, doch Sky weicht nicht zurück. Entweder ihr Vertrauen in unsere Koppelzäune ist unglaublich groß oder sie weiß einfach nicht, was für eine Gefahr ein aufgebrachtes Pferd darstellt. Ich halte den Atem an, als Teardrop nur wenige Meter von Sky entfernt innehält, bevor er einige Sekunden später weiter auf sie zu läuft – diesmal jedoch um einiges langsamer. Ich beobachte jede seiner Bewegungen genauestens, immer sprungbereit, um im Notfall eingreifen zu können.

Das aufgestapelte Heu zu meiner Linken pikst mich in den Arm, doch ich bewege mich keinen Zentimeter, um die Aufmerksamkeit der beiden nicht auf mich zu ziehen. Die Szene wirkt auf eigenartige Weise innig. Sky sieht dem Pferd entgegen, das unschlüssig mit dem Kopf nickt, bevor es zu ihr ans Gatter läuft. Teardrops Nüstern blähen sich. Ich bin schon kurz davor, aus meinem Versteck zu springen und Sky eine Warnung zuzurufen … doch dann hält Teardrop inne. Er verharrt an Ort und Stelle, direkt vor dem Zaun, den Blick weiterhin fest auf Sky gerichtet.

Sie streckt ihren Arm aus und bewegt sich ganz langsam auf das Pferd zu. Mein Herz schlägt mir bis zum Hals. Ich überlege fieberhaft, was ich tun soll. Einschreiten oder lieber doch einfach abwarten?

Als Skys Fingerspitzen ganz sanft Teardrops Nasenrücken entlangfahren, entscheide ich mich dafür, langsam auf die beiden zuzulaufen, um für den Ernstfall parat zu stehen. Sicher ist sicher.

Sky schaut nicht zu mir, obwohl sie meine Schritte auf dem Kies gehört haben muss. Ihre ganze Aufmerksamkeit gilt dem Hengst. Sie scheint überhaupt keine Angst zu haben. Sanft gleitet ihre Hand immer wieder über die gleiche Stelle oberhalb seiner Nüstern, während sie ruhig auf ihn einredet. Was sie ihm sagt, kann ich leider nicht verstehen, aber ich erkenne deutlich, wie das Pferd sich entspannt.

Als ich neben Sky ankomme, schenkt sie mir einen mürrischen Blick.

»Was?«, fragt sie mich eine Spur zu harsch. »Hast du Hunger und kannst dir dein Sandwich nicht selbst machen? Oder was ist der Grund, dass du mir hier draußen auflauerst?«

Der Araber weicht alarmiert einen Schritt zurück, doch als Sky ihm weiter beruhigend zuredet, entspannt er sich wieder und genießt ihre Streicheleinheiten.

Ich grinse über Skys gewohnt direkte Art. Sie ist so anders, als die Mädchen, mit denen ich bisher zu tun hatte. Sky sagt, was ihr auf der Seele brennt. Immer. Ob man will oder nicht. Ich bewundere sie in gewisser Hinsicht dafür, dass sie kein Blatt vor den Mund nimmt, sich nicht verstellt.

»Ich wollte nur sichergehen, dass Teardrop dich nicht zertrampelt. So ein ausgewachsener Araber hat nämlich verdammt viel Kraft, musst du wissen.«

Auf meine fürsorglichen Worte ernte ich wie immer Skys genervtes Schnauben.

»Teardrop und ich kommen wunderbar miteinander klar. Nicht wahr, Kleiner?«

Fasziniert beobachte ich, wie problemlos Teardrop sich von Sky berühren lässt. Wer hätte gedacht, dass in der Stadtpflanze Sky ein Pferdemensch steckt und dass Teardrop ausgerechnet auf sie so positiv reagiert? Ich sicher nicht. Wieder stiehlt sich ein Lächeln auf mein Gesicht. Es ist schön, dass die beiden einander offensichtlich guttun.

»Na, dann möchte ich eure traute Zweisamkeit nicht

länger stören. Aber versprich mir auf dich aufzupassen! Okay?«

Meine Stimme klingt viel ernster, als ich es eigentlich beabsichtigt habe. Ich weiß, dass ich mich aus Skys Leben heraushalten sollte. Aber irgendwie mache ich mir Sorgen um sie. Ich möchte nicht, dass ihr etwas passiert.

»Ja, *Mom.*« Sky macht keinen Hehl daraus, wie sehr es ihr gegen den Strich geht, dass ich ihren Aufpasser spiele. Ein Job, um den sie mich nicht gebeten hat und den ich vor wenigen Tagen nie und nimmer freiwillig übernommen hätte.

Doch irgendetwas hat sich verändert. Wenn Sky sich einem Pferd gegenüber öffnen kann, dann klappt das irgendwann auch wieder mit Menschen, da bin ich mir ganz sicher. Und genauso sicher weiß ich plötzlich, dass ich ihr dabei helfen will.

Ich hoffe nur, sie lässt mich.

Kapitel 5

Es ist ungewöhnlich warm an diesem Septembermorgen. Während ich in Boston sicher bereits eine Jacke tragen müsste, ist es mir fast schon zu heiß in meinem langärmeligen Shirt und der Jeans. Als Jeffs Freundin ins Auto steigt, weht eine Parfümwolke mit ihr herein. Sie füllt sofort jeden Kubikzentimeter des Wagens aus und lässt uns kaum noch ausreichend Sauerstoff zum Atmen. Ich möchte am liebsten würgen, so angewidert bin ich.

Genervt blicke ich durch die verdreckte Fensterscheibe nach draußen. Ich habe noch nie ein Auto gesehen, das dermaßen verschmutzt ist. Der olivfarbene Jeep sieht aus, als wäre Jeff damit stundenlang durch sämtliche Schlammlöcher im Umkreis von hundert Kilometern rund um Lewisville gefahren. Der eingetrocknete Matsch hat sich wie eine zweite Haut über den Lack gelegt, und die ursprüngliche Farbe kann man stellenweise nur noch erahnen.

»Hey«, piepst das Mädchen in unerträglich hoher Stimmlage und reißt mich damit aus meinen Gedanken. Jeff schenkt ihr zur Begrüßung ein schiefes Lächeln. Aufgeregt wie ein Kleinkind kurz vor der Bescherung hopst sie auf dem Beifahrersitz hin und her, ehe sie sich schließlich zu ihm rüber beugt, um ihm einen Kuss zu geben. Sie hat dabei nur Augen für Jeff, sodass ihr meine Anwesenheit gänzlich entgeht.

Neben ihren ebenmäßigen Gesichtszügen, soweit ich sie im Profil erkennen kann, stechen besonders ihre übergroßen goldenen Kreolen hervor, die schwer an ihren Ohren hängen. Ihr Haar ist lang, dunkelbraun und glänzt dermaßen, dass ich beschämt auf meine stumpfen blonden Spitzen blicke, die dringend mal wieder einen Friseurbesuch nötig hätten.

Während ich in meinen dunklen Jeans und dem schwarzen Shirt eher schäbig daherkomme, sieht sie wie eines der Mädchen aus gutem Hause aus, das sich keine Gedanken machen muss, ob Daddys Kreditkartenlimit dem nächsten Shoppingexzess standhalten wird. Zumindest erwecken das große Haus, vor dem wir sie abgeholt haben, und ihre teure Designertasche diesen Anschein. Die ist sicher mehr wert, als Mom in drei Monaten als Kellnerin verdienen könnte. Nahezu billig wirkt hingegen das einfache weiße Shirt, das sich so weit nach oben geschoben hat, dass ich ein glitzerndes Bauchnabelpiercing aufblitzen sehe.

Ich schäme mich ein wenig für meine Gedanken. Schließlich kenne ich sie gar nicht – und trotzdem habe ich bereits ein Urteil über sie gefällt. Aber diese Art Mädchen gibt es überall, auch an meiner alten Schule. Und egal ob in Boston, New York, Hongkong oder Lewisville: Ich erkenne eine eingebildete Cheerleader-Tussi, wenn ich ihr gegenüberstehe oder wenn ich sie, wie in diesem Fall, vom Rücksitz eines Jeeps aus beobachten kann.

Nach diesem ersten kurzen Kuss zieht Jeff seine Freundin zu sich, und die beiden legen erst so richtig los. Jeff findet es bestimmt wahnsinnig witzig, wie ich den beiden beim Knutschen zusehen muss. Was für ein Idiot! Am liebsten würde ich aus dem Wagen springen und zur Schule laufen.

Doch leider gestaltet sich dieses Unterfangen mehr als schwierig, weil ich in der Aufregung mein Handy zu Hause vergessen und absolut keinen blassen Schimmer habe, wo ich mich gerade befinde. War wohl doch nicht besonders klug von mir, mich nicht mit meiner neuen Umgebung zu befassen …

Ich will es mir nicht eingestehen, aber Mom hat recht behalten. Ich hätte die letzten Tage dazu nutzen sollen, mich in der Stadt umzusehen und mir wenigstens einen groben Überblick zu verschaffen. Allein schon deshalb, um jetzt nicht mit Jeff und seiner Freundin in diesem viel zu engen Jeep festzusitzen und den beiden dabei zusehen zu müssen, wie sie Körperflüssigkeiten austauschen. Bäh!

Irgendwann reicht es mir, und ich räuspere mich. Laut. Der verträumte Ausdruck auf dem Gesicht von Jeffs Freundin verschwindet, und sie öffnet abrupt die Augen. Sie hält in der Bewegung inne und schielt dann nach hinten auf den Rücksitz, wo ich sitze. Für den Bruchteil einer Sekunde halte ich die Luft an.

Sie starrt mich entsetzt an, während ich mein ganzes Gewicht in den Sitz presse, als könnte ich dadurch den Notfallschalter aktivieren, der mich aus diesem Albtraum herauskatapultiert. Mir wird heiß. Am liebsten würde ich einfach abhauen. Dabei gibt es überhaupt keinen Grund, dermaßen heftig zu reagieren. Schließlich habe ich nichts falsch gemacht. Das einzige, was man mir zur Last legen kann, ist die Tatsache, in Jeffs verdammtes Auto eingestiegen zu sein. Nie im Leben hätte ich einwilligen dürfen, mit ihm zur Schule zu fahren. Eins steht fest: Ab morgen fahre ich mit dem Schulbus. Soviel ist sicher! Ich muss nur noch herausfinden, ob es einen gibt.

»Wer ist das?« Angewidert blickt Jeffs Freundin mich an, als wäre ich ein ekliger Kaugummi, der am Boden ihrer teuren Designerhandtasche klebt.

»Kathleen, das ist die Tochter von Rogers neuer Freundin«, erklärt Jeff gelassen. Dass er meinen Namen dabei nicht nennt, geht nicht unbemerkt an mir vorbei.

»Oh«, entfährt es Kathleen wenig eloquent, während sie mich weiterhin abschätzig mustert.

Ich versuche die plötzliche Wut in meinem Bauch nach außen hin zu kaschieren. Die beiden sind nicht wichtig für mich, weil das Leben hier in Lewisville nicht wichtig für mich ist. Je mehr mich die Leute wie Luft behandeln, desto dankbarer sollte ich ihnen sein.

Jeff schenkt mir keine weitere Beachtung, packt seine Freundin, zieht sie erneut schwungvoll an sich und verpasst ihr einen oscarreifen Filmkuss.

Perplex starre ich die beiden an. »Wir … ähm, wir müssen weiter. Sonst kommen wir noch zu spät«, gebe ich zu bedenken, als sie nach einer gefühlten Ewigkeit noch immer aneinander kleben.

Anstatt auf meine Worte zu reagieren, schiebt Jeff seine Hand ins perfekt gestylte Haar seiner Freundin, zieht sie noch eine Spur enger an sich und knutscht so wild mit ihr herum, dass ich ihnen zurufen möchte, sie sollten sich doch ein Zimmer nehmen. Am besten weit weg von der Ranch.

Irgendwann lassen sie endlich voneinander ab. Mit Freude höre ich den Motor des verdreckten Wagens aufheulen.

***

An der Schule angekommen, kann ich das Auto nicht schnell genug verlassen. Ich schnalle mich ab, greife nach meinem Rucksack im Fußraum und öffne bereits die Tür, noch ehe Jeffs Wagen vollends zum Stehen gekommen ist.

»Sitzenbleiben! In meinem Wagen bleibt man angeschnallt, bis der Motor aus ist!«, brüllt er so laut, dass Kathleen neben ihm erschrocken zusammenzuckt und ich die Finger so schnell vom Türöffner nehme, als hätte ich mich daran verbrannt. Sein Gesicht wirkt angespannt und wütend. Unter seinem mahnenden Blick wage ich es nicht, mich zu bewegen, geschweige denn den Wagen zu verlassen. Für einen furchtbar langen Augenblick sagt keiner ein Wort.

Dann streicht Kathleen einfühlsam über seinen Arm, woraufhin er wie aus einer Trance zu erwachen scheint. Er blickt zwischen Kathleen und mir hin und her, schluckt einmal schwer. Schließlich fragt er mit beinahe normaler

Stimme: »Wo willst du denn überhaupt so schnell hin? Wir können doch zusammen gehen. Schließlich haben wir denselben Weg und können dir an deinem ersten Schultag alles zeigen.«

Sein Tonfall klingt versöhnlich, und ich zögere tatsächlich für einen Moment.

»Lass sie doch, wenn sie gehen will«, kommt Unterstützung aus gänzlich unerwarteter Richtung. Zunächst bin ich Kathleen dankbar für ihre Hilfe, doch dann wird mir klar, warum sie das gesagt hat. Sie will mich nicht in der Nähe ihres Freundes wissen. Und schon gar nicht will sie mit mir zusammen auf dem Schulgelände gesehen werden. Wahrscheinlich ist es für sie schon schlimm genug, dass ich mit Jeff unter einem Dach wohne.

Während die beiden Blicke austauschen, nutze ich die Gelegenheit und steige ohne ein weiteres Wort aus dem Jeep. Ich lasse die Tür so heftig zufallen, dass einige der verkrusteten Schlammbrocken abfallen und auf dem Boden zerbersten.

So schnell ich kann – jedenfalls ohne dabei die Aufmerksamkeit der anderen Schüler auf mich zu ziehen –, laufe ich in Richtung Schulhof. Als ich bemerke, dass mir die beiden nicht folgen, verlangsame ich meine Schritte wieder und halte schlagartig inne, als die traurige Gewissheit in Form einer roten Backsteinmauer vor mir aufragt.

Das ist er also. Das ist der Ort, den ich in den kommenden Wochen und Monaten beinahe täglich aufsuchen werde. Hier werde ich mich behaupten müssen, um einen guten Abschluss zu schaffen. Denn nur dieser wird mir die Tür zur Boston University öffnen und mir den Neustart in meiner alten Heimat ermöglichen. Erst dann werde ich Dad wieder ein Stück näher sein können.

Lautes Gelächter dringt an mein Ohr und lässt mich aus meinen Überlegungen aufschrecken. Ich blicke in die Richtung, von der aus die Geräusche wie ein Orkan auf mich zu brausen. Eine Gruppe von fünf Mädchen albert herum, unterhält sich lautstark und lacht schließlich wieder heiter auf. Sie alle sind hübsch – und wissen es auch. Die umstehenden Mädchen blicken teils neidisch, teils ehrfürchtig auf das Gespann, während die meisten Jungs den Fünfen mit großen Augen nachsehen. Es fehlt nicht viel und ihnen läuft der Sabber aus dem Mund.

Natürlich ist Kathleen eine von ihnen. Offenbar konnte sie sich doch noch von Jeff losreißen. Ihre beige Handtasche schwingt im selben Rhythmus mit den Taschen der anderen Mädchen.

Als sie an mir vorbeimarschieren, würdigt mich Kathleen keines Blickes. Ich kann nicht behaupten, dass es mich verwundert oder kränkt.

Die Gespräche setzen wieder ein, und mit Erleichterung stelle ist fest, dass sich auch sonst niemand nach mir umschaut oder mit dem Finger auf mich zeigt. Ich bin schließlich die Neue hier. Aber das rege Treiben geht einfach weiter. Keiner beachtet mich, keiner nimmt mich zur Kenntnis.

Mit wild klopfendem Herzen nähere ich mich dem Eingang des Gebäudes. Fest umklammere ich dabei die Riemen meines pinken Rucksacks.

Dieser bunte Farbklecks ist das Einzige, was ich nicht durch ewiges Schwarz ausgetauscht habe, weil er das letzte Geschenk war, das Mom und Dad mir gemeinsam zu meinem vierzehnten Geburtstag gemacht haben. Es kommt mir so vor, als läge es nur wenige Tage zurück, dass ich die beiden regelrecht bekniet habe, mir diesen einen, ganz bestimmten Rucksack zu schenken. Ruthie war einen Monat vor mir vierzehn geworden und trug seitdem voller Stolz einen marineblauen Jansport.

Wenn ich jetzt daran denke, wie ich meinen Eltern mit dem dämlichen Rucksack in den Ohren lag, schäme ich mich dafür. Es war so unwichtig, und trotzdem habe ich all meine Energie darauf verwendet. Energie, die ich weitaus sinnvoller hätte nutzen können.

Zum Beispiel hätte ich mehr Zeit mit Dad verbringen können. Er hat oft gefragt, ob wir mal wieder ein Baseballspiel zusammen im Stadion ansehen wollen oder ob ich nicht Lust hätte, mit ihm an seiner alten Corvette rumzuschrauben. So wie früher. Als ich noch klein war, habe ich viel Zeit mit Dad in seiner Werkstatt verbracht, in der er unter der Woche neben Jeeps und Vans vorzugsweise die Oldtimer seiner Kunden reparierte. Doch irgendwann wurden Rucksäcke und Kleider wichtiger als ölverschmierte Karosserieteile, die Dad im Originalzustand auftrieb und – zumindest solange ich noch Interesse daran hatte – an den Wochenenden mit mir gemeinsam einbaute, um seinem Schmuckstück zu mehr Glanz zu verhelfen.

Umhüllt vom Nebel der Erinnerungen schlängle ich mich an den anderen Schülern vorbei durch den Korridor und frage mich zum Büro der Sekretärin durch. Ich nehme keine besondere Notiz von meiner Umgebung, sondern wandle umher wie ein Geist.

In dem kleinen Vorraum des Direktors angekommen, hoffe ich, ohne größeren Smalltalk meinen Stundenplan zu bekommen, um mich anschließend auf die Suche nach dem Klassenzimmer der ersten Stunde machen zu können.

Ursprünglich hatte Mom an diesem Tag unbedingt dabei sein wollen. Es hat mich einiges an Überredungskunst gekostet, sie davon abzubringen. Mit siebzehn Jahren bin ich wirklich alt genug, um allein zurechtzukommen, auch wenn Mom das nur ungern wahrhaben will. Für sie bin ich noch immer die Vierjährige, die beim Binden der Schnürsenkel ihrer Schuhe Hilfe braucht. Aber da ich mehr oder minder unsichtbar durch dieses letzte Schuljahr gehen will, heißt es, so wenig Aufmerksamkeit wie möglich auf mich zu ziehen. Eine aufgeregte Mom im Schlepptau zu haben, die einen überfürsorglich dem Lehrer der ersten Schulstunde übergibt, ist dabei nicht sonderlich hilfreich. Ganz im Gegenteil.

»Guten Morgen«, begrüßt mich die hochgewachsene Sekretärin hinter dem Tresen mit strengem Blick. »Was kann ich für dich tun?«

»Guten Morgen. Ich … das ist heute mein erster Tag hier an der Schule«, erkläre ich viel zu kleinlaut. *Brülle wie ein Bär, dann gewährt man dir Gehör,* hat Dad immer gesagt. Die Umsetzung seines Ratschlags fällt mir jedoch von Tag zu Tag schwerer. Ich bin kein Bär. Wenn überhaupt nur ein Teddybär. Einer von der Sorte, der lieblos aussortiert wurde und in einer Spielzeugtruhe auf dem Dachboden in Vergessenheit gerät.

Ohne mich weiter zu beachten, zieht die Sekretärin ein kleines rechteckiges Kästchen aus einem Schrank unter dem Tresen hervor. »Sky Harford?«, fragt sie ungerührt und sieht mich abwartend an.

Ich nicke.

»Du bist ziemlich spät dran. Am ersten Tag sollte man immer etwas mehr Zeit einplanen, weil man die ganzen Räumlichkeiten noch nicht kennt.« Sie streckt mir einen Zettel aus dem blauen Kästchen entgegen und mustert mich von oben herab.

Am liebsten würde ich ihr erklären, dass ich bereits eine Stunde früher dagewesen wäre, wenn ich einen eigenen fahrbaren Untersatz hätte und nicht auf einer Ranch wohnen würde, die meilenweit von ungefähr allem entfernt ist. Dann wäre mir auch die unsägliche Knutscherei zwischen Jeff und seiner Freundin erspart geblieben. Noch immer geht mir das kehlige Seufzen, das Kathleen dabei gemacht hat, kaum, dass sich die Lippen der beiden berührt haben, durch den Kopf. Es gibt Dinge, die sollte man definitiv nicht auf beinahe nüchternem Magen erleben müssen.

Ohne auf ihren Vorwurf einzugehen, blicke ich auf meinen Plan und versuche mich darauf zurechtzufinden. Überrascht stelle ich fest, dass die Schule mehr Räume hat, als ich erwartet habe. »Entschuldigung … Können Sie mir sagen, wo ich den Raum von Mr Milford für Englische Literatur finde?«

»Das ist nicht ganz einfach, aber …« Jemand betritt hinter mir das Sekretariat, und die hagere Sekretärin vor mir hört mitten im Satz auf zu sprechen. Die Tür fällt scheppernd ins Schloss. Die eben noch so versteinerten Gesichtszüge der Frau vor mir bewegen sich plötzlich, es bilden sich Grübchen auf den Wangen, und ihre Augen beginnen schlagartig zu leuchten. Es sieht fast so aus, als würde sie lächeln.

Irritiert blicke ich sie an. Völlig verwundert über ihre

blitzartige Verwandlung verharre ich an Ort und Stelle, als eine bekannte Stimme in meinem Rücken erklingt.

»Hier steckst du also.« Jeff packt mich reichlich unsanft am Arm und reißt mich zu sich rum als wäre ich ein unartiges Kind, das von Zuhause weggelaufen ist. »Kannst du mir bitte mal erklären, was mit dir los ist? Warum bist du, wie von der Tarantel gestochen, einfach abgehauen?«

Ich entwinde meinen Arm aus seinem festen Griff. »Du schienst mit wichtigeren Dingen beschäftigt zu sein. Ich wollte nicht länger stören als nötig.« Ich werfe der Sekretärin einen schnellen Blick zu und versuche, nicht allzu sarkastisch zu klingen. »Danke für Ihre Hilfe.«

Ohne ihn anzuschauen, laufe ich an ihm vorbei zur Tür, um mich auf eigene Faust zu meinem Klassenzimmer durchzuschlagen.

»Sky, warte! So leicht kommst du mir nicht davon. Was hast du in der ersten Stunde?«

Noch ehe ich den rettenden Ausgang erreiche, baut er sich vor der Tür auf und versperrt mir den Weg. Seine Miene ist entschlossen. Er scheint ernstlich verärgert zu sein, und ich habe nicht die geringste Ahnung, warum er sich so aufführt.

»Jeff, das ist kindisch. Bitte lass mich durch.« Ein Blick auf die tickende Uhr über der Tür sagt mir, dass die erste Stunde in wenigen Minuten beginnt, und Jeff hat nichts Besseres zu tun, als dämliche Spielchen mit mir zu spielen und mir den Beginn an der Highschool so schwierig wie möglich zu machen. Was habe ich ihm bloß getan? Warum geht er mir nicht einfach aus dem Weg? Ob Mom ihn dafür bezahlt, dass er jetzt auch noch jeden meiner Schritte an der Schule überwacht? Wobei – das erscheint mir selbst für meine Mom etwas zu extrem.

»Sky, wenn hier jemand kindisch ist, dann du.« Seine Worte klingen hart und rau. Ohne mich vorbeizulassen greift er wie selbstverständlich nach dem Zettel in meiner Hand und streckt ihn in die Höhe.

Ich stelle mich auf die Zehenspitzen, um ihm den Stundenplan wieder zu entreißen. Vergebens. Jeff ist fast eineinhalb Köpfe größer als ich, und meine Hände greifen ins Leere. Langsam werde ich richtig sauer.

»So, was hast du denn in der ersten? Lass mich mal sehen.« Noch immer springe ich vor ihm herum wie ein Känguru auf Dope, doch das scheint ihn nicht im Geringsten aus der Fassung zu bringen. In aller Seelenruhe studiert er den Plan und schenkt mir dabei keinerlei Beachtung. »Englische Literatur bei Mr Milford«, liest er laut vor. »Das trifft sich gut.« Jeff lässt seinen Arm wieder sinken und schaut mich belustigt an. Wie schön, dass wenigstens einer hier das alles witzig finden kann. »Der Typ ist zwar eine absolute Schnarchnase, und du wirst große Mühe haben, nicht in seinem Unterricht einzuschlafen, aber es gibt auch gute Neuigkeiten.« Jetzt strahlt er übers ganze Gesicht, und ich weiche einen kleinen Schritt zurück.

»Die da wären?«, frage ich genervt und greife nach dem Zettel in seiner Hand.

»Wir sind im selben Kurs!«, ruft er triumphierend und tritt endlich einen Schritt von der Tür weg, ehe er sie öffnet. »Darf ich bitten?«

Um nicht noch mehr Aufsehen im Vorzimmer der Direktorin zu verursachen, gehe ich widerwillig hindurch. Die fragenden Blicke der Sekretärin ignoriere ich gekonnt.

»Warum kannst du mich nicht einfach in Ruhe lassen?«, platzt es aus mir heraus, sobald die Tür ins Schloss gefallen ist. Anstatt seine Antwort abzuwarten, laufe ich schnell weiter, ohne wirklich zu wissen, wohin ich muss. Doch egal, wo ich lande, alles ist besser, als länger in Jeffs Nähe zu sein. Mom würde wahrscheinlich beschwichtigend lächeln und sagen, dass er es sicher nur gut mit mir meint, aber ich will überhaupt nicht, dass er es gut mit mir meint. Niemand soll es gut mit mir meinen. Ich will nur dieses eine verdammte Jahr hinter mich bringen und dann schnellstmöglich von hier verschwinden. Ist das denn zu viel verlangt?

Jeff gibt mir von hinten die Anweisung, im nächsten Gang rechts durch eine gläserne Tür zu gehen. »Ich bin ein guter Mensch und kümmere mich eben um meine Mitmenschen«, schiebt er lapidar hinterher, als ich schon nicht mehr mit einer Antwort auf meine Frage rechne.

»Ja, das habe ich schon bemerkt. Du hast die liebe Kathleen auch ganz ohne entsprechende Symptome wiederbelebt.«

Jeff lacht und läuft mit federnden Schritten an mir vorbei die Treppe hinauf. Ich folge ihm ganz außer Puste, um den Anschluss nicht zu verlieren. Nur noch zwei Minuten bis die erste Stunde beginnt, und ich möchte ungern schon am ersten Tag zu spät kommen. Allein finde ich den Klassenraum nie und nimmer rechtzeitig. Es bleibt mir also nichts anderes übrig, als ihm zu folgen.

»Eifersüchtig?« Jeffs Belustigung steht ihm offen ins Gesicht geschrieben.

»Blödsinn. Wenn du auch nur den Versuch startest, mich zu küssen, reiße ich dir die Zunge aus dem Hals, um sie als Fliegenfänger an die Decke zu hängen«, erwidere ich so selbstsicher, wie es mir zwischen zwei schnaufenden Atemzügen möglich ist.

»Wow, das war eindeutig.«

Wieder lacht Jeff. Oben angekommen biegt er links ab und läuft den Korridor bis zum Ende entlang. Ich kriege kaum noch Luft, so schnell ist er unterwegs.

»Aber keine Sorge, ich habe nicht vor, dich zu küssen«, sagt er, während er die Tür zu einem Raum öffnet, in dem bereits die meisten Plätze belegt sind. Alle Augen sind plötzlich auf uns gerichtet, während ich hineingehe. Haben die etwa alle gehört, was Jeff gerade gesagt hat?

Mein schöner Plan, unauffällig und möglichst selbstsicher an dieser Schule zu starten, verabschiedet sich schlagartig. Mit gesenktem Kopf gehe ich die Reihen entlang zu einem Stuhl, auf den Jeff im Vorbeigehen deutet. »Hier sitzt niemand.« Er selbst geht weiter nach hinten, begrüßt zwei seiner Kumpels mit Handschlag und setzt sich schließlich in die letzte Reihe.

Ich lasse mich auf den Stuhl fallen. Mein Herz wummert gegen meine Rippen, die wie Gitterstäbe davorliegen und es vor dem Rausspringen bewahren. *Ganz ruhig*, versuche ich mir selbst Mut zuzusprechen. *Es gibt überhaupt keinen Grund, aufgeregt zu sein.*

Dabei gibt es den sehr wohl. Schließlich bin ich die Neue hier. Wenn alles gut geht, werden sie mich einfach ignorieren und in Ruhe lassen. Sollten sie jedoch, weshalb auch immer, auf die Idee kommen, mir das Leben zur

Hölle machen zu wollen, könnte das ein unglaublich langes letztes Schuljahr werden.

Mir bleibt keine Zeit mehr, um mir weitere Gedanken über meine Zukunft zu machen. Ein kleiner dicklicher Mann jenseits der Fünfzig kommt in den Raum, und sofort enden die eben noch lautstark geführten Gespräche. Der Lehrer für Englische Literatur scheint einer von der Sorte zu sein, den man respektiert und dem man in gewisser Hinsicht ehrfürchtig ergeben ist, auch wenn Jeff das Gegenteil behauptet hat. Er entspricht so gar nicht dem Bild, das ich nach seiner Beschreibung von ihm hatte.

»Laut Plan haben wir eine neue Schülerin.« Mr Milford zieht die Brille auf seiner Nase ein Stück weit nach unten und liest meinen Namen von einem Zettel ab, der auf dem Pult vor ihm liegt.

Pflichtbewusst erhebe ich mich von meinem Platz und spüre abermals, wie alle Blicke auf mir ruhen. Meine Wangen werden schlagartig warm, als mich der Lehrer auch noch zu sich nach vorne bittet.

»Nun, Miss Harford, wie es aussieht, werden Sie Ihr letztes Highschooljahr mit uns verbringen.« Dann wendet er sich an meine Mitschüler. »Dass mir keine Klagen kommen. Hört ihr?« Dabei streckt er drohend den Zeigefinger in die Höhe.

Keiner wagt es, etwas zu erwidern.

»Wollen Sie sich vielleicht noch kurz vorstellen?«

Ich atme einmal tief durch, ehe es mir gelingt, meinen Mund zu öffnen, um etwas halbwegs Vernünftiges zu sagen. »Mein Name ist Sky, ich bin siebzehn Jahre alt und komme aus Boston.« Meine Stimme klingt blechern, als ich zu sprechen beginne. So, als hätte ich längere Zeit nichts mehr gesagt. Den zittrigen Unterton darin versuche ich bestmöglich zu unterdrücken, aber ich habe nicht den Eindruck, dass es mir besonders überzeugend gelingt.

Auf einigen Gesichtern kann ich so etwas wie ein aufmunterndes Lächeln ablesen, manche nicken zaghaft. Wieder andere starren mich nur teilnahmslos an. Ich versuche, mich davon nicht beunruhigen zu lassen und schweife mit meinem Blick weiter über die Gruppe meiner Mitschüler. Als sich Jeffs und mein Blick treffen, grinst er mich an. Offenbar scheint er sich köstlich darüber zu amüsieren, wie ich mich hier vorne winde. Meine Ohren werden auf einmal ganz warm, während ich mich furchtbar über sein selbstgefälliges Grinsen ärgere.

»Gut, Miss Harford, Sie können dann wieder Platz nehmen.« Erleichtert atme ich auf, als mich Mr Milford endlich wieder freigibt. Meine Knie zittern dermaßen, dass ich einen Moment brauche, ehe ich mich in Bewegung setzen kann.

Langsam gehe ich zurück zu meinem Stuhl, als Mr Milford mir noch eine Frage stellt: »Was haben Sie denn zuletzt in Boston an Ihrer alten Schule gelesen?«

Ich drehe mich zu ihm um und spüre die Blicke meiner Mitschüler erneut auf mir. »*Romeo und Julia* von Shakespeare«, erwidere ich kurz angebunden und hoffe, dass er nicht aus dem Stand eine tiefgehende Analyse des Stücks von mir erwartet.

»Gute Wahl. Zwei zerstrittene Familien, zwei Liebende, die nicht zusammen sein können und der ganz große Showdown am Ende. Das ist der Stoff, aus dem eure Netflix-Serien gemacht wurden. Vergesst das nie!«

Dabei fangen einige meiner Mitschüler an zu lachen,

und ich nutze den Moment, um zurück zu meinem Stuhl zu gehen.

Dort angekommen, wartet ein zusammengefalteter Zettel auf meinem Platz. Verstohlen blicke ich mich nach allen Seiten hin um, während Mr Milford beginnt, über allgemeine organisatorische Dinge zu sprechen, die dieses Jahr anstehen.

Unter dem Tisch falte ich den kleinen Fetzen Papier auseinander und lese die krakeligen Zeilen.

> Gut gemacht. Du solltest nur zukünftig darauf achten, nicht mehr so freundlich rüberzukommen. Sonst könnten die Leute dich doch noch nett finden, und das würde deinen Plan wahrscheinlich durcheinanderbringen.

Keine Frage, wer das geschrieben hat. Ich ärgere mich ein wenig über Jeffs dreiste Aktion, aber auf eine merkwürdige Art und Weise bin ich ihm zugleich dankbar. Ich zerknülle den Zettel und werfe ihn in meinen Rucksack. Dann schlage ich das Buch auf und bemühe mich, mich auf den Stoff zu konzentrieren. Leider mit nur mäßigem Erfolg. Mr Milfords monotone Stimme ist wirklich einschläfernd. Meine Gedanken schweifen immer wieder ab, und es fällt mir schwer, meine guten Vorsätze, dem Unterricht zu folgen, einzuhalten. Wenn das mal gut geht …

Kapitel 6

Die Cafeteria hier in Lewisville ist der an meiner alten Schule in Boston sehr ähnlich. Es ist ohrenbetäubend laut, es riecht nach Käse – wahrscheinlich gibt es mal wieder Mac & Cheese oder Pizza –, und die Schlange an der Essensausgabe zieht sich ins Unermessliche. Es wird gelacht, es wird gequatscht. Wiedersehensfreude an allen Ecken. Das Leben ist mit voller Wucht in die steinernen Mauern dieses Gebäudes zurückgekehrt. Und mittendrin bin ich.

Gerade als ich mir ein Tablett nehmen will, um mich in die Reihe der Wartenden einzureihen, rempelt mich jemand von der Seite an.

»Oh, au weia, entschuldige bitte. Habe ich dir wehgetan?«, fragt mich ein rothaariges Mädchen in meinem Alter mit besorgtem Gesichtsausdruck, während ihr Blick an mir hinabgleitet. Wenn mich nicht alles täuscht, saß sie heute Morgen mit mir bei Mr Milford im Kurs für Englische Literatur.

Ich winke ab. »Alles okay. Mir ist nichts passiert«, sage ich und will weitergehen.

Die Rothaarige mit den vielen Sommersprossen auf der Nase überlegt kurz. »Bist du nicht die Neue? Wie war noch gleich dein Name?«

»Sky«, helfe ich ihr auf die Sprünge. Im selben Moment stößt mich von der anderen Seite ein Junge unsanft in die Seite und reißt fast meinen Rucksack – und mich als dessen Anhängsel – zu Boden.

Eine Cafeteria ist und bleibt ein Schlachtfeld, egal in welchem Bundesstaat man sich befindet. Im Gegensatz zu dem Mädchen, das noch immer vor mir steht, läuft der Kerl aber einfach weiter. Anscheinend hat er nicht mal bemerkt, dass er mich erwischt hat.

Auch darum sind mir Menschenansammlungen in den vergangenen Jahren besonders zuwider geworden. Ich hasse die Rücksichtslosigkeit, die viele an den Tag legen. Aber vor allem ertrage ich das schrille Lachen und Schreien und die vielen glücklichen Gesichter einfach nicht. Am liebsten würde ich auf der Stelle verschwinden und mich an einen stillen Ort verkrümeln, um dort darauf zu warten, dass die nächste Stunde beginnt.

Mein vermutlich leicht panischer, definitiv aber überforderter Gesichtsausdruck sorgt dafür, dass das Mädchen einen Schritt auf mich zu macht und sich damit schützend zwischen mich und die Menschen stellt, die sich an uns vorbeischieben. »Ich bin April«, stellt sie sich vor und schenkt mir ein einnehmendes, warmes Lächeln. »Magst du vielleicht mit an unseren Tisch da hinten kommen? Ich könnte dich ein paar Leuten vorstellen.«

Sie ist so freundlich, dass ich ihr nettes Angebot nicht ohne weiteres ausschlagen kann. Aber ich weiß wirklich nicht, ob ich gerade Konversation mit noch weiteren fremden Menschen ertragen kann. Ich blicke in die von ihr gewiesene Richtung und suche händeringend nach einer Ausrede, ohne allzu unhöflich zu wirken. »Ich brauche erst noch etwas zu essen und dann wollte ich eigentlich …«

Doch April lässt mich gar nicht ausreden. »Das trifft sich gut. Ich war auch gerade auf dem Weg zur Ausgabe.« Dabei greift sie nach einem der Tabletts, die aufgestapelt vor uns liegen, reicht es an mich weiter und nimmt sich dann selbst eines.

»Iss bloß nicht das Hacksteak«, warnt sie mich, kaum dass wir am Ende der Schlange angelangt sind. »Das wird an dieser Schule aus alten Schuhsohlen gemacht. Schuhsohlen, die vorher eine halbe Ewigkeit durch schlammigen Morast gestiefelt sind.« Sie verzieht dabei keine Miene. Dann jedoch zuckt ein Mundwinkel verräterisch nach oben, und sie ergänzt mit einem verschwörerischen Lächeln: »Zumindest schmeckt es so. Aber angeblich ist es das Geheimrezept des Küchenchefs.«

Und dann passiert es. Meine Lippen verziehen sich zu einem Grinsen.

»Was ist mit den Mac & Cheese? Kann man die bedenkenlos essen?«, frage ich gespielt besorgt, während wir uns immer weiter der Ausgabe nähern.

April überlegt kurz. »Im Grunde ist der Kantinenfraß in unserer Cafeteria ohne Ausnahme scheußlich. Ich kann und will es nicht beschönigen. Aber bei Mac & Cheese kannst du wohl am wenigsten falsch machen.«

Wir beide sehen uns wissend an, ehe wir bestellen.

Nachdem wir unsere Portionen an der Essensausgabe erhalten haben, laufe ich mit April zu dem Tisch, an dem ihre Freunde sitzen. Am liebsten wäre ich für mich allein geblieben, aber April war so herzlich zu mir, dass ich sie nicht vor den Kopf stoßen will.

»Hey, Leute«, grüßt April in die Runde. Als die drei Jungs und das Mädchen an dem Tisch munter weiterreden und sie nicht weiter beachten, wird sie lauter. »Hey, Leute, ich möchte euch gerne Sky vorstellen. Sie ist neu an der Schule.« Ihre Stimme ist durchdringend und unüberhörbar.

Nun hat April ihre ganze Aufmerksamkeit. »Hey, Sky, schön dich kennenzulernen!«, ruft einer der Jungs. Die anderen stimmen mit ein. »Setz dich doch zu uns!«, meint einer der anderen Jungs, während das einzige Mädchen am Tisch mich skeptisch beäugt. Vielleicht bilde ich es mir aber auch nur ein. Schließlich bin ich, was zwischenmenschliche Dinge anbelangt, seit einiger Zeit ziemlich aus der Übung.

Ich will es eigentlich nicht, aber ich bin trotzdem unglaublich dankbar dafür, dass es für diese Gruppe offenbar keine große Sache ist, mich einfach so mit an ihrem Tisch sitzen zu lassen. Ich meine, sie kennen mich nicht. Es gibt also überhaupt keinen Grund für sie, mich so freundlich in ihrer Runde aufzunehmen. Wenn ich daran zurückdenke, wie die Neuen an meiner alten Schule willkommen geheißen wurden, wird mir ganz anders. Einmal haben einige Leute ein Mädchen in einer entlegenen Toilette im Keller der Schule eingesperrt und sie erst wieder freigelassen, nachdem der Unterricht beendet wurde. Das alles nur, weil sie von einer der verfeindeten Highschools aus einem anderen Stadtteil kam und nun an unsere Schule gewechselt war.

Während ich mich setze und die ersten Makkaroni vom Teller angle, lässt April nicht locker und versucht beharrlich, mich in das Gespräch einzubeziehen. »Du kommst aus Boston, richtig?«, fragt sie und schenkt mir ein aufmunterndes Lächeln, während sie sich eine lockige Strähne aus dem Gesicht schiebt.

Alle starren mich an, und es entsteht genau so eine Situation, auf die ich überhaupt gar keinen Bock habe: Ich stehe im Mittelpunkt. »Ja, genau«, gebe ich knapp zur Antwort. Dabei richte ich meinen Blick starr auf den Teller vor mir und gebe vor, hochkonzentriert die Nudeln aus der Käsepampe zu befreien. Lange Fäden bilden sich, während ich die Gabel zum Mund führe.

»Cool, da wollte ich schon immer mal hin«, erwidert das andere Mädchen neben mir etwas reserviert. Doch anstatt mich über meine Heimat auszufragen, stellt sie sich mir vor. »Ich bin übrigens Rachel.«

»Schön dich kennenzulernen«, erwidere ich. Eine Phrase, die so natürlich ist, dass es mir schon wieder merkwürdig vorkommt, sie so einfach über die Lippen zu bringen.

»Was hast du eigentlich mit dem Quarterback unserer Footballmannschaft zu tun?«, fragt mich einer der Jungs völlig unverblümt und sieht mich dabei misstrauisch an. Im Gegensatz zu Jeff und seinen Kumpels in ihren Footballshirts scheint er mehr der nerdige Typ zu sein. Zumindest lassen seine große, schwarzumrandete Brille und der ordentlich gekämmte Seitenscheitel das vermuten.

Unbeholfen versuche ich, mir die herabhängenden Käsefäden in den Mund zu stopfen und wische mir anschließend den Rest mit einer Serviette aus dem Gesicht. »Ich weiß überhaupt nicht, wer das ist«, sage ich wahrheitsgetreu, nachdem ich den Kampf gegen den Käse gewonnen und ihn mit einem großen Schluck meiner Coke runtergespült habe.

April lacht. »Wie kannst du nicht wissen, wer er ist? Du bist doch heute Morgen zusammen mit ihm ins Klassenzimmer gekommen. Und ihr beiden habt dabei ziemlich vertraut gewirkt.« Sie grinst – okay, soviel zu meiner Hoffnung, dass vielleicht nicht alle mitgehört haben, was Jeff zu mir gesagt hat. Und er ist der Quarterback der Footballmannschaft? Huh. Kein Wunder, dass seine Freundin diesen Cheerleader-Vibe verströmt. Als hätte sie meine Gedanken gehört, fügt April etwas leiser hinzu: »Aber lass das bloß nicht Kathleen wissen! Die kratzt dir die Augen aus, wenn sie mitbekommt, dass du dich an ihren Freund rangeschmissen hast.«

Rachel pflichtet ihr nickend bei. »Oh ja, vor den Cheerleaderinnen solltest du dich generell in Acht nehmen. Die haben einen merkwürdigen Sinn für Humor.« Rachel schiebt ihren leeren Teller von sich und lehnt sich etwas in ihrem Stuhl zurück, als ihr Gesicht plötzlich einen komischen Ausdruck annimmt, den ich nicht einordnen kann.

Doch noch ehe sie etwas sagen oder ich fragen kann, wie genau der Humor der Cheerleaderinnen der Lewisville Highschool aussieht, klopft mir jemand von hinten wenig zimperlich auf die Schulter. Schlagartig umweht meine

Nase eine süßliche Note, und ich brauche mich gar nicht erst umzudrehen, um zu wissen, wer da hinter mir steht.

»Lass dir eins gesagt sein«, Kathleen wartet gar nicht ab, bis ich sie ansehe. Ihre hohe Stimme perlt auf mich herunter wie ein eisiger Regenschauer. »Jeff ist *mein* Freund.« Ihre Worte klingen nicht wie eine Feststellung, sondern vielmehr wie eine Drohung. Nach einigen Verrenkungen gelingt es mir, mich zu ihr umzudrehen, ohne ihr meinen Stuhl auf die Füße zu schieben. Ich erkenne die Unerschrockenheit in ihrem Blick. Doch da ist noch etwas anderes. Ein Gefühl, das viel tiefer greift und das ich im ersten Moment nicht richtig einordnen kann. So oder so jagt es mir einen Schauer über den Rücken. Doch ich versuche es mir nicht anmerken zu lassen. Vor Mädchen wie Kathleen darf man keine Schwäche zeigen.

»Ja, das ist sehr schön für dich. Dürfte ich jetzt vielleicht weiteressen? Ich habe nämlich Hunger, und wenn der Käse auf den Nudeln erst mal kalt wird, gibt es keine Chance mehr, den Klumpen auseinanderzubekommen.« Ich nehme am Rande wahr, dass jemand an meinem Tisch erstickt auflacht.

»Da muss ich ihr vollkommen recht geben. Sobald der Käse kalt ist, kann man nur noch Baseball mit dem Käse-Nudel-Gemisch spielen. Zu mehr taugt das dann nicht mehr«, meint der etwas fülligere der drei Jungs, der mir schräg gegenübersitzt. Seine Augenwinkel kräuseln sich, als ich mich kurz zu ihm umdrehe, auch wenn er versucht, todernst dreinzuschauen.

Kathleen blickt widerwillig in die Runde. Man kann ihr deutlich ansehen, dass sie wenig bis gar nichts für diese Mitschüler – mich eingeschlossen – übrig hat. »Finger weg von Jeff. Verstanden?«, zischt sie und würde damit jeder Kobra alle Ehre machen. Aber da ist es wieder. Neben der Verbissenheit, mit der sie ihre Worte an mich hervorpresst, ist da der Anflug eines anderen Gefühls auszumachen. Kaum merklich huscht er über ihr Gesicht und irgendetwas sagt mir, dass man sich mit Kathleen besser nicht anlegen sollte.

»Ich verstehe überhaupt nicht, was du meinst und würde jetzt gerne weiteressen«, gebe ich mich begriffsstutzig, weil ich nicht einsehe, auf dieses Getue einzugehen. Zum einen habe ich überhaupt kein Interesse daran, ihr den Freund auszuspannen. Schließlich kann ich Jeff nicht mal leiden. Und zum anderen kann ich es nicht ausstehen, wenn man mich bevormunden will und glaubt, mir vorschreiben zu können, was ich zu tun oder zu lassen habe. Daran ist auch Mom gescheitert – und sie kennt mich schon mein ganzes Leben.

Als hätte unser Gespräch ihn heraufbeschworen, taucht plötzlich Jeff an unserem Tisch auf. Er legt seinen rechten Arm um Kathleens Schultern, und von dem dämlichen Schweißband an seinem Unterarm grinst mich heute ein Smiley mit Teufelshörnern an. Wie passend.

Kathleens eben noch griesgrämig aussehende Visage verändert sich schlagartig ins Gegenteil. Plötzlich strahlt sie wie die Teilnehmerin eines Schönheitswettbewerbs, die das Publikum für sich einnehmen will und scheint mich völlig vergessen zu haben. Soll mir nur recht sein.

Der Appetit ist mir jetzt allerdings gänzlich vergangen. Als ich das Tablett nehmen und aufstehen will, meint Jeff: »Wir treffen uns nach deinem letzten Kurs am Auto. Wehe, du lässt mich warten!« Er wackelt drohend mit seinem

Zeigefinger in meine Richtung, auch wenn sein Mundwinkel verräterisch zuckt. Doch noch ehe ich ihm sagen kann, was ich von solchen Ansagen halte, zieht er Kathleen mit sich in Richtung eines anderen Tischs, an dem die beiden mit großem Hallo empfangen werden.

Wenn mich nicht alles täuscht, sind sie das Traumpaar der Lewisville Highschool. Barbie und Ken sind ein Scheiß dagegen.

»Lass dich von denen nicht ärgern«, baut mich der Junge auf, der mich gerade schon im Schlagabtausch mit Kathleen unterstützt hat. Mein Blick fällt auf einen Comic in seiner Hand und sein Shirt, das eine Schönheit mit langen pinken Haaren ziert. Offenbar hat er ein Faible für japanische Comics und Filme.

Ich werfe ihm ein dankbares Lächeln zu, lasse mich aber dennoch missmutig wieder zurück auf meinen Stuhl fallen und schiebe mein Tablett von mir.

April lässt nicht locker. »Woher kennst du Jeff denn jetzt eigentlich? Und warum will er, dass du heute Nachmittag mit ihm nach Hause fährst?« Ihre Neugierde steht ihr offen ins Gesicht geschrieben.

Und auch die anderen starren mich erwartungsvoll an. Ich seufze. Warum sollte ich ein Geheimnis daraus machen? »Meine Mom und Jeffs Onkel sind ein Paar. Deshalb sind wir auch vor einigen Wochen von Boston hierher gezogen.« Meine Beziehung zu Jeff muss ich erklären, aber ich habe keine Lust, meine persönliche Geschichte in epischer Breite auszurollen. Die Sache mit meinem Dad geht niemanden etwas an. Also belasse ich es bei den harten Fakten und spare das ganze Drumherum einfach aus.

»Wie heißt ihr eigentlich, Jungs?«, gehe ich zur Gegenoffensive über, um das Thema zu wechseln.

»Ich bin Noah«, erklärt der Junge mit der schwarzumrandeten Brille und rückt sich diese auf der Nase zurecht.

»Noah ist ein absolutes Mathegenie. Zahlen sind seine Welt«, fällt Rachel ihm ins Wort. »Du musst unbedingt mal mit uns zu ihm nach Hause. Er hat in seiner Garage einen selbstgebauten Computer à la Bill Gates.«

Noahs Wangen röten sich bei Rachels Lob. Wenn mich nicht alles täuscht, würde er sich nicht beschweren, wenn sie all ihre Nachmittage mit ihm in der Garage verbringen würde.

»Das hört sich toll an«, bemerke ich und blicke zu dem Jungen mit dem Faible für japanische Comics.

»Mein Name ist Tyler…«

»Und du bist ein ziemlicher Japan-Fan. Richtig?«, falle ich ihm ins Wort.

»Der größte überhaupt«, wirft April ein. »Du kannst ihn alles fragen, was du zu den Themen Anime und Manga wissen willst. Aber beschwer dich nicht, wenn du dann gleich einen halbstündigen Vortrag dazu bekommst.«

»*One Piece* oder *Fullmetal Alchemist?*«, wage ich den Versuch und werfe mein Halbwissen in die Runde.

Auf Tylers Gesicht breitet sich ein freudiges Grinsen aus. »Hat beides was für sich.«

Während ich noch überlege, ob mir das jetzt doch alles viel zu schnell geht und ich vielleicht lieber allein mit meinem Tablett geblieben wäre, stellt sich auch der letzte der drei Jungs vor.

»Ich heiße Kent und bin ziemlich normal, würde ich sagen. Besondere Hobbys habe ich keine. Ich spiele Basketball. Allerdings nicht sonderlich gut und nur in der Auffahrt vor unserem Haus.« Er schenkt mir dabei ein offenes Lächeln, und ich kann nicht anders, als es zu erwidern.

April neben mir grinst mich ebenfalls an. »Du siehst, wir sind eine ziemlich coole Truppe, auch wenn wir keine Barbie und statt Ken nur einen Kent im Angebot haben!«

Kapitel 7

Der restliche Tag verläuft ohne weitere nennenswerte Vorkommnisse. April und Rachel sind ebenfalls in meinem Psychologiekurs, allerdings sitzen wir nicht zusammen. Von Jeff und Kathleen fehlt zum Glück jede Spur.

»Hey Sky, hast du Lust, heute Abend mit uns zum Bowlen zu gehen?«

April kommt nach der Stunde zu meinem Platz, bückt sich und reicht mir ein Blatt Papier, das mir gerade beim Einpacken vom Tisch gesegelt ist.

Ich schinde etwas Zeit für meine Antwort, indem ich ihr den Zettel abnehme und ihn umständlich erst in meinem Hefter und dann im Rucksack verstaue. »Ich muss erst meine Mom fragen«, weiche ich aus. Mom würde Luftsprünge machen, wenn sie davon Wind bekäme. Heute Morgen wollte ich noch auf keinen Fall engeren Kontakt zu irgendwem haben. Und dann sitze ich plötzlich mit fünf völlig fremden Menschen beim Mittagessen und unterhalte mich über Mangas, Computer und Basketball. Das ist mehr, als ich im letzten Jahr gemacht habe. In der Schule ist es aber wohl kaum zu vermeiden, dass ich ab und an mit jemandem ins Gespräch komme. Sobald ich mich jedoch außerhalb des roten Backsteinbunkers mit meinen Mitschülern treffe, bedeutet das, ich beginne meine Situation zu akzeptieren. Und das wird niemals der Fall sein. »Ähm, und ich … ich hab kein Auto … also, das könnte schwierig werden. Aber danke für die Einladung.« Ich werfe April ein entschuldigendes Lächeln zu und ziehe den Reißverschluss meines Rucksacks zu.

April strahlt mich an. »Ach, das ist doch kein Problem – ich kann dich abholen, wenn du willst. Frag einfach deine Mom, ob sie einverstanden ist, und gib mir dann Bescheid. Wollen wir gleich noch Handynummern austauschen? Dann kannst du mir einfach schreiben, ob es klappt.«

Noch bevor ich mir eine neue Ausrede einfallen lassen kann, taucht Jeff im Türrahmen auf. Und zum ersten Mal bin ich dankbar, ihn zu sehen. »Ich muss jetzt los.« Schnell werfe ich mir den Rucksack über die Schulter und wende mich ohne ein weiteres Wort zum Gehen.

Mein erster Impuls ist, so schnell wie möglich den Raum zu verlassen. Doch dann bekomme ich ein schlechtes Gewissen. April muss denken, ich hätte sie nicht mehr alle. Oder noch schlimmer: dass ich nichts mit ihr zu tun haben will. Was so ja gar nicht stimmt. Ich finde sie nett und bin dankbar, dass sie mich so einfach in ihre Clique aufnehmen will. Außerdem habe ich die gemeinsame Mittagspause tatsächlich genossen. Aber ich bin noch nicht so weit. Alles in mir wehrt sich dagegen, wie alle anderen Jugendlichen in Lewisville zum Bowlen zu gehen und meinen Spaß zu haben.

Obwohl es mich einiges an Überwindung kostet, wende ich mich noch einmal April zu. Sie sieht mich fragend an. Ihr Kopf ist leicht zur Seite geneigt, und ich kann deutlich sehen, dass sie nicht versteht, warum ich so abweisend reagiert habe. Hoffentlich denkt sie nicht gerade darüber nach, ob sie etwas falsch gemacht hat. Das ist wirklich das Letzte, was ich will. Denn das Problem ist ja nicht sie – das Problem bin ich.

Meine Hand krampft sich um den Riemen meines Rucksacks, und ich schaue betreten zur Seite. Ich kann ihr nicht erklären, was mit mir los ist. Die Sache mit Dad ist zu privat, als dass ich sie mit einem Mädchen teilen könnte, das ich eben erst kennengelernt habe. Und auch wenn April nett zu mir ist, heißt das noch lange nicht, dass ich mich ihr öffnen und anvertrauen kann. Wie soll ich denn bitteschön einer Wildfremden erklären, dass ich es nicht schaffe, ungezwungen auszugehen und Spaß zu haben? Dass mir beim bloßen Gedanken daran bereits der kalte Angstschweiß ausbricht? Dass es mich zu sehr aufwühlt, darüber nachzudenken, was ich mit meiner Freizeit anfangen soll? Sie wird es nicht verstehen und mich für einen Freak halten. So wie Jeff, der noch immer in der Tür steht und auf mich wartet.

In den vergangenen zwei Jahren war ich kaum unter Menschen. Allein die Vorstellung, mit April und vielen anderen Jugendlichen in einer riesigen Halle zu stehen, umgeben vom Lärm eines Bowlingcenters, lässt meinen Puls in die Höhe schnellen, und in meinem Magen rumort es.

Nach einem weiteren unsicheren Blick auf April wächst mein schlechtes Gewissen ins Unermessliche. So danke ich es ihr also, dass sie mich so freundlich in ihre Clique aufgenommen hat. Mein Verhalten muss ihr furchtbar arrogant vorkommen. Schließlich habe ich ihr nicht mal meine Handynummer gegeben.

»Ich habe mein Handy heute leider zu Hause vergessen und kenne meine neue Nummer noch nicht auswendig«, bemühe ich eine Halbwahrheit, um April nicht unnötig vor den Kopf zu stoßen.

Auf ihren Lippen erscheint ein angedeutetes Lächeln. »Das macht doch überhaupt nichts.« Sie nimmt ihren Rucksack vom Rücken, zieht einen Collegeblock daraus hervor und reißt ein Stück eines Blattes ab, auf das sie anschließend ihre Nummer kritzelt. »Hier hast du meine. Dann kannst du mir einfach schreiben, wenn du deine Mom gefragt hast.« Jetzt lächelt sie mich aufmunternd an, was mir einen kleinen Stich versetzt.

»Hey, Sky«, meldet sich Jeff in meinem Rücken zu Wort. »Können wir dann mal endlich los?«

Dankend nehme ich Aprils Zettel entgegen, stecke ihn in meine Hosentasche und gehe zu Jeff.

»Hey, Jeff«, begrüße ich meinen aufgezwungenen Mitbewohner.

»Wie jetzt?« Er schaut mich perplex von der Seite an, während ich an ihm durch die Tür laufe. »Kein *Was machst du denn hier? Wollten wir uns nicht erst am Auto treffen? Ich komm schon allein klar. Ich will nicht mit dir fahren …?*«

Ich zucke nur teilnahmslos mit den Schultern. Und gegen meine Erwartung löchert er mich nicht weiter mit unnötigen Fragen, sondern läuft schweigend neben mir her, bis wir an seinem Jeep angekommen sind.

»Eine Wäsche täte ihm gut«, kommt es mir unvermittelt über die Lippen.

Jeff grinst schelmisch. »War das ein Angebot?«

»Träum weiter«, bremse ich seine falschen Hoffnungen aus und will hinten im Wagen einsteigen.

Doch Jeff öffnet die Beifahrertür und sieht mich einladend an. Ich verharre an Ort und Stelle, lasse meine Hand noch immer auf dem Griff der hinteren Wagentür. »Bist du sicher, dass ich dort sitzen sollte? Wo ist eigentlich Kathleen? Nimmst du sie nicht mit nach Hause?«

»Sie ist beim Cheerleader-Training. Steig schon ein! Ich habe nicht ewig Zeit. Mein Training beginnt in einer Stunde.« Jeff fährt sich durch sein braunes Haar, das jetzt, nach dem langen Schultag, ziemlich wirr in alle Richtungen absteht. Der Stoff seines Shirts spannt am Oberarm.

»Wie jetzt? Warum fährst du dann überhaupt nach Hause?« Dann dämmert mir die Antwort. »Du fährst nur wegen mir? Das ist doch vollkommener Unsinn. Ich kann den Bus nehmen. Es gibt doch einen Bus, der in unsere Richtung fährt?«

»Ich will es aber«, höre ich ihn mit so viel Entschlossenheit in der Stimme sagen, dass ich mich an heute Morgen zurückerinnere, als er ausgerastet ist, nur weil ich meinen Gurt ein klein wenig zu früh geöffnet habe.

Ich habe keine Energie mehr, um mich mit ihm zu streiten oder um herauszufinden, was für eine Laus ihm über die Leber gelaufen ist. Also wende ich mich der Beifahrertür zu, die er mir noch immer offenhält und setze mich auf den Sitz. Pflichtbewusst schnalle ich mich an, während Jeff auf der Fahrerseite einsteigt. Er steckt den Schlüssel ins Zündschloss und dreht ihn, bis der Motor ratternd aus seinem Tiefschlaf erwacht. Die Klänge eines Countrysongs dröhnen aus dem Radio.

»Wann kommt deine Mom heute von ihrer Schicht zurück?«, fragt Jeff.

Ich überlege kurz. »Sie müsste gegen zweiundzwanzig Uhr wieder da sein. Warum?«

Jeff bremst, bevor er den Schulparkplatz verlässt, um sich in den fließenden Verkehr einzuordnen. Als der Wagen zum Stehen kommt, blickt er mich vielsagend von der Seite an. »Ich spiele mit dem Gedanken, Kathleen nach dem Training mit nach Hause zu nehmen.« Dann zwinkert er mir zu.

Oookay. Danke. Keine weiteren Fragen. Aber eine Bemerkung kann ich mir nicht verkneifen: »Dann gebe ich dir den guten Rat, deine Zimmertür abzuschließen. Das Konzept der Privatsphäre ist nämlich nicht allen Menschen in diesem Haus ein Begriff. Manche platzen sogar ungebeten ins Zimmer, weil sie mitten in der Nacht einen Locher brauchen.«

Jeff lacht. »Das wirst du mir wohl nie verzeihen.« Dann fährt er auf die Straße und dreht den Sender lauter als die ersten Klänge von *Knockin' on Heaven's Door* in der Version von Guns N' Roses ertönen.

»Mir will einfach nicht einleuchten, wie man wegen eines Lochers einfach so in die Privatsphäre eines fremden Menschen einbricht. Wieso hast du das gemacht?«

Jeff schweigt für einen Moment, blickt hochkonzentriert auf die Straße vor ihm und scheint nachzudenken. Anstatt dann aber auf meine Worte einzugehen und mir eine Antwort zu präsentieren, stellt er mir eine Gegenfrage: »Weißt du eigentlich, wie ich heiße?«

»Ähm, ja.« Ich blicke ihn irritiert an. »Was soll die Frage? Veralbern kann ich mich selbst.«

Jeff lacht auf. »Beruhige dich. Du wirst gleich merken, worauf ich hinausmöchte.«

»Okay, also bitte.« Ich verdrehe die Augen. »Dein Name ist Jeff. Und nun?«

Jeff schmunzelt. »Nicht ganz«, erwidert er geheimnisvoll. »Mein vollständiger Name lautet Jefferson George Abraham John Jimmy McCallum.«

»Wow. Da haben sich deine Eltern offenbar ziemlich schwer auf einen Namen für dich einigen können. Und nimm es mir nicht übel, aber ihre Auswahl ist irgendwie … na ja, ich glaube es gibt keine nette Art, das zu sagen … bizarr?«

Jeff prustet los vor Lachen. »Da muss ich dir vollkommen recht geben. Wenn man aber weiß, was dahintersteckt, wird es verständlicher.«

Ich runzle die Stirn und blicke ihn neugierig von der Seite an, während er mit seinen Fingern auf dem Lenkrad die Melodie von *Knockin' on Heaven's Door* begleitet.

»Also, warum haben dir deine Eltern diese vielen Namen gegeben?«

Jeff räuspert sich. »Meine Mom ist Französin. Sie kam als Austauschstudentin nach Amerika, um hier für zwei Semester zu studieren. Dann lernte sie meinen Dad kennen und blieb viel länger als geplant. Um genau zu sein fast fünfzehn Jahre.« Er hält einen Moment inne. Ein kaum merklicher Schatten huscht über sein Gesicht und verfinstert das ewige Leuchten seiner Augen. »Die Beziehung meiner Eltern hat nicht gehalten. Die beiden ließen sich scheiden. Mom ging nach Paris zurück und Dad für einige Jahre nach Hong Kong. Ich bin bei Roger geblieben. Er ist Dads Bruder. Und nachdem wir schon früher alle gemeinsam hier auf der Ranch gewohnt haben, klang es irgendwie für alle einleuchtend. Außerdem war es einfacher so. Long story short.« Jeff zuckt mit seinen Schultern, was mir wohl signalisieren soll, dass ihm das Ganze nichts ausmacht. Aber das nehme ich ihm nicht ab.

»Das tut mir leid.« Die Stimmung zwischen uns ist plötzlich viel zu vertraut, und irgendwie ist mir das unangenehm. Ich möchte nicht mit Jeffs Lebensgeschichte konfrontiert werden. Schließlich habe ich mein eigenes Päckchen zu tragen. Und weiterer Ballast steht definitiv nicht auf meiner To-do-Liste. Ich überlege fieberhaft, wie ich schnell das Thema wechseln kann. Weg von der Scheidung seiner Eltern, zurück zu der ganzen Namenssache. Und zurück zu meiner Locher-Frage, die er nach wie vor ignoriert. Doch bevor ich etwas sagen kann, fährt Jeff mit seiner Geschichte fort.

Jeff blickt starr auf die Straße vor uns. »Mom hatte es in Amerika nicht einfach. Die Kultur und die Menschen hier in unserem Land sind doch sehr verschieden zu Europa. Aber sie mochte das Land und wollte mehr über seine Geschichte lernen. Und in einer dieser Phasen, in der sie sich besonders mit den Präsidenten und deren Errungenschaften beschäftigt hat, bin ich entstanden.«

»Na, da fand sie das Thema wohl ein bisschen langweilig. Oder … Oh, warte«, überlege ich. »Sag nichts. Deine

Namen gehen auf die Präsidenten zurück, die deine Mutter am ruhmreichsten fand. Richtig?« Ich sehe ihn erwartungsvoll an.

Jeff nickt und will sich erklären, aber ich unterbreche ihn.

»Nein, warte. Ich möchte raten. Jefferson wie … Thomas Jefferson.«

Jeff schenkt mir einen anerkennenden Seitenblick. »Sehr gut! Und George Washington hatte zufällig am gleichen Tag Geburtstag wie ich. Das deutete Mom als gutes Omen – aber als erster Vornamen gefiel ihr George nicht so gut, also wurde er mein zweiter.«

Wir biegen links in eine Seitenstraße ab, die mir bekannt vorkommt. Die Ranch ist nicht mehr weit entfernt. Plötzlich überkommt mich ein Gefühl von Enttäuschung. Insgeheim bedaure ich es, dass diese Fahrt mit Jeff gleich ein Ende finden wird.

Ein paar Augenblicke später stoppt er den Wagen vor der Garage und schenkt mir ein schiefes Lächeln. »Mom hat sich all diese Präsidenten als Namensgeber für mich ausgesucht, weil sie sich für das Land und die Leute eingesetzt haben. Auch über ihr Amt hinaus.«

»Klingt ja so, als hätte sie gar keine großen Erwartungen an dich. Kein Druck und so.«

Jeff lächelt. Zumindest nach außen hin. Doch irgendwas sagt mir, dass ihm gerade gar nicht zum Lachen zumute ist.

»Ach, und übrigens. Es wäre toll, wenn du das alles für dich behalten könntest. Niemand weiß von meinen ganzen schrägen Vornamen.« Jeff zieht den Schlüssel aus dem Schloss und dreht sich ein wenig in seinem Sitz zu mir um, damit er mir direkt ins Gesicht sehen kann. »Wehe, du verwendest dieses Wissen irgendwann gegen mich!« Er grinst und zwinkert mir zu. Der Schatten, der vorhin noch über sein Gesicht gehuscht ist, ist nun verschwunden.

»Ich verspreche nichts.« Meine Bemühung, möglichst ernst zu klingen, scheitert an dem Grinsen, das sich auf meine Lippen stiehlt.

»Aber Spaß beiseite. Du hast mich gefragt, warum ich den Locher aus deinem Zimmer geholt habe.«

Oh, damit hätte ich nicht gerechnet! »Ja. Ich brenne auf deine Erklärung.«

Jeff sieht mir tief in die Augen. Die goldenen Sprenkel darin strahlen mit der Herbstsonne in seinem Rücken um die Wette. »Manchmal ist es nicht so, wie es auf den ersten Eindruck scheint.« Damit löst er seinen Gurt und steigt aus dem Wagen.

Für einen Moment überlege ich, worin der tiefere Sinn seiner Aussage liegen könnte. Und ob es überhaupt einen gibt. Dann öffne ich die Beifahrertür. »Hey, was soll das jetzt bedeuten?«, rufe ich Jeff hinterher, der bereits in Richtung Hauseingang läuft.

»Ich bin mir ziemlich sicher, dass du auch für dieses Rätsel irgendwann die passende Lösung finden wirst. Jetzt muss ich mich allerdings beeilen, damit ich pünktlich zum Training komme.«

»Idiot!«, rufe ich ihm nach, doch Jeff kann mich nicht mehr hören. Er ist bereits im Haus verschwunden.

Ich bleibe noch einen Augenblick mit meinem Kopf voller Fragen in Jeffs Auto sitzen. Wieso erzählt er mir plötzlich so viel über sich? Und noch viel wichtiger: Wieso interessiere ich mich für ihn, und wieso fühlt es sich so gut an, mit Jeff zu reden?

Kapitel 8

Jeff

Das heiße Wasser prasselt auf meine Haut. Ich hebe mein Gesicht direkt in den Strahl, als könnte der Wasserdruck die Gedanken hinter meiner Stirn mit sich in den Ausguss spülen. Doch leider bleiben sie auch nach einer gefühlten Ewigkeit noch immer in meinem Kopf haften.

Außer meiner Brause läuft keine mehr in der Gemeinschaftsdusche. Die anderen Jungs sind alle schon fertig. Eine herbe Duftmischung liegt in der Luft. Ziemlich männlich. Ziemlich testosteronlastig. Aber allemal besser als der Schweißgeruch in der Umkleidekabine unmittelbar nach dem Training oder einem Spiel.

Beim Training bin ich heute bis ans Limit gegangen. Ich bin statt der von Coach Miller vorgegebenen vier Runden acht um den Platz gelaufen. Die meisten Pässe, die umfangreichste Beinarbeit und den größten Einsatz fürs Team kann ich heute definitiv auf mein Konto verbuchen.

Jede Faser meines Körpers schmerzt. Das wird der Muskelkater des Jahrtausends. Und wozu das alles? Kaum ist das Training vorbei, kann ich wieder nur an sie denken.

»Hey Jeff, gehst du mit uns noch rüber zu *Barnie's?*«, ruft Danny mir zu und reißt mich damit aus meinen Gedanken.

»Heute nicht, Danny«, sage ich eine Spur zu abweisend. Schon tut es mir leid. Schließlich kann er nicht wissen, was oder besser gesagt, *wer* mir die Stimmung verhagelt hat. Wenn man das so überhaupt bezeichnen kann. Also lege ich noch ein halbherziges »Sorry« hinterher.

»Bist wohl noch mit Kathleen verabredet, hm?« Danny verschränkt die Arme vor dem Körper und grinst dämlich, während er auf seinem Kaugummi herumkaut und dabei verdammt viel Ähnlichkeit mit einer wiederkäuenden Kuh hat.

Wenn er etwas kann, dann das: dämlich grinsen und dabei Kaugummi mit weit aufgerissenem Mund kauen.

Ich sollte mich zusammenreißen und ihn nicht an den Dingen messen, die mich an ihm nerven. Danny ist ein echt guter Spieler auf dem Feld. Manchmal. Manchmal auch nicht. Er ist nun mal Danny. Wir beide hatten noch nie einen besonders guten Draht zueinander. Ich bezweifle, dass sich daran je etwas ändern wird.

»Vielleicht. Vielleicht auch nicht«, gebe ich mich nebulös, drehe den Wasserhahn ab und angle mir das Handtuch, das ich mir vor einer gefühlten Ewigkeit bereitgelegt habe.

Ganz von allein setzt sich mein Kopfkino erneut in Gang, und ich sehe Sky vor mir. Ihren traurigen Blick. Ihre dunkle Kleidung, die sie noch eine Spur melancholischer wirken lässt, als sie ohnehin schon ist. Dann dieses leichte Zucken ihrer Mundwinkel, wenn sie lächelt. Mehr ist es nicht. Nur dieses leichte Zucken. Und dennoch. Ich kann mich daran nicht sattsehen.

»Alles klar bei dir?«

»Wolltest du nicht zu *Barnie's?*«, frage ich genervt.

»Ich weiß nicht, ob die Mannschaft das so gut findet, wenn der Quarterback sich von ihr distanziert. Wir brauchen einen starken Anführer.«

Ich höre den Vorwurf in Dannys Stimme. Sie trieft förmlich davon. Ich weiß, dass er meinen Posten möchte. Und an manchen Tagen würde ich ihm diesen liebend gerne auf einem Silbertablett servieren.

Aber heute weiß ich ganz genau, was mir der Sport und meine Position in der Mannschaft bedeutet. Ich weiß, wie wichtig das Footballspielen für mich ist. Immer war. So manche harte Zeit hätte ich ohne diesen Sport sicher nicht so glimpflich überstanden.

»Also gut. Du hast gewonnen. Ich komme noch auf eine Coke vorbei.« Als Danny keine Anstalten macht, endlich Land zu gewinnen, schiebe ich noch hinterher: »Willst du mir etwa beim Anziehen zuschauen?«

Danny schaut mich entsetzt an. »Natürlich nicht … Ich wollte nur … Also …«

»Bis gleich«, unterbreche ich sein Gestammel, woraufhin er endlich das Weite sucht.

Die Umkleidekabine ist leer. Meine Teammitglieder sind alle schon weg. Die Spinde sind verschlossen. Nur meiner steht noch offen.

Wie in Zeitlupe gehe ich auf die Tür zu. Das Handtuch hängt schwer auf meinen Hüften wie eine Last, die mich immer weiter nach unten zieht. Ich nehme meine Hose aus dem Spind und greife in die vordere rechte Tasche. Es ist noch da. Ich atme erleichtert aus.

Dennoch hätte ich deswegen nicht in Skys Zimmer einbrechen sollen. Panik hin oder her. Wahrscheinlich hätte sie es eh nie gefunden. Und vor allem hätte ich mir verdammt noch mal eine bessere Ausrede ausdenken müssen als diese absurde Lochergeschichte. Es war zu erwarten, dass sie mir die nicht abkaufen würde.

Kapitel 9

»Strike!«, ruft Noah anerkennend und schiebt sich seine Brille auf dem Nasenrücken nach oben.

Rachel und April kreischen los, springen auf mich zu und schlingen ihre Arme so fest um mich, dass ich kaum noch Luft bekomme.

»Du bist die Beste!«, schreien sie mir übermütig ins Ohr, während ich nicht weiß, wie mir geschieht. Dann stimmen sie *We Are the Champions* von Queen an, nehmen mich in ihre Mitte und schunkeln im Takt der Melodie.

Das Ganze kommt mir so unwirklich vor, dass es einen Moment braucht, bis ich verstehe, was hier vor sich geht. Viel zu lange ist es her, dass ich etwas Vergleichbares erlebt habe. Und vor allem von Rachel hätte ich einen solchen Gefühlsausbruch nach unserem ersten Aufeinandertreffen in der Cafeteria nie erwartet. Reagiert sie doch sonst eher distanziert auf mich. Freundlich zwar, aber vor allem im Gegensatz zu Aprils offener Art eher zurückhaltend.

Schon den ganzen Abend kämpfe ich mit einer inneren Unruhe. Es hat mich große Überwindung gekostet, April zu schreiben, dass ich mit ihnen zum Bowlen gehen würde. Doch es kostet mich noch viel mehr Überwindung, hierzubleiben. Ständig verspüre ich den Drang, einfach loszulaufen und diese vielen Menschen in der Halle hinter mir zu lassen. Sie sind laut, schreien, kreischen, lachen und genießen ganz unbeschwert ihre Freizeit. Ich fühle mich unwohl, und es ist mir unangenehm, eine von ihnen zu sein.

Mein Blick fällt auf Kent und Tyler. Die beiden Jungs sitzen wie begossene Pudel auf der Bank und schauen immer wieder zu der Anzeigetafel auf unserer Bahn. Ganz so, als könnten sie es nicht glauben, als müsse es sich bei dem Endergebnis um einen Fehler handeln. Durch die Punkte, die ich eben durch den Strike gewonnen habe, haben wir Mädels das Spiel für uns entscheiden können. Es ist einfach so passiert, denn sonderlich gut Bowlen kann ich nicht.

Ich weiß noch genau, wann ich das letzte Mal beim Bowlen war. Es war vor fast drei Jahren. Dad hatte Mom und mich dazu genötigt, mit ihm in die Bowlinghalle zu gehen. Mom mochte das Spiel nie besonders gerne, und ich wäre viel lieber mit meinen Freunden ins Kino gegangen. Es hat eine halbe Ewigkeit gedauert, bis er uns davon überzeugt hatte. Aber Dad konnte sehr hartnäckig sein, wenn er etwas wollte. Nur sehr widerwillig haben wir uns schließlich seinem Wunsch gefügt und hatten dann tatsächlich einen ziemlich lustigen Abend zusammen. Während die anderen Teams in der Halle unglaublich konzentriert wirkten, hatten wir unseren Spaß, alberten rum und spielten auch mal mit geschlossenen Augen. Bei zweien dieser Versuche landete die Kugel auf der übernächsten Bahn. Mein Bauch hat an dem Abend vor Lachen richtig wehgetan. Dad hatte die besondere Fähigkeit, Menschen für sich einzunehmen und mit seiner guten Laune anzustecken. Mom meinte mal, dass sie sich vor allem deshalb in ihn verliebt hat. Und seit er gestorben ist, bin ich nicht mehr wirklich glücklich gewesen.

Ich blicke in das strahlende Gesicht von April zu meiner Linken. Die vielen Sommersprossen erinnern mich an Pippi Langstrumpf, während ihr langer roter Pferdeschwanz lässig auf und ab wippt. Rachel zu meiner Rechten grinst von einem Ohr zum anderen. Offenbar gewinnen die beiden sonst nicht oft gegen die Jungs.

Noah hat nur Augen für Rachel. Das ist mir ja schon in der Cafeteria aufgefallen. Kent und Tyler haben ihre Enttäuschung über den verlorenen Sieg mittlerweile überwunden und grinsen zu uns herüber. Beneidenswert unbekümmert sind die fünf. So unbekümmert wie auch ich mal gewesen bin … bis zu dem Tag, als mein Vater einfach zusammengebrochen und zu Boden gegangen ist. Bis zu der Schrecksekunde, in der mir bewusstwurde, dass er nie wieder aufstehen würde und mich für immer verlassen hatte.

Eingeklemmt zwischen Rachel und April, die nach wie vor ausgelassen herumspringen und mich mit sich ziehen, fühle ich mich schrecklich fehl am Platz. Nach einer gefühlten Ewigkeit lassen die beiden Mädels mich endlich los. Ihre Wangen glühen feuerrot vor Anstrengung, und die stickige Luft in der Halle tut ihr Übriges. Beim Gedanken daran überkommt mich erneut das Bedürfnis, das alles hier hinter mir zu lassen und mich unter einem Vorwand wegzuschleichen.

Nur leider hat mich April mit dem Wagen ihrer Mom abgeholt. Ich bin auf sie angewiesen, da Mom heute Spätschicht hat und ich sonst keine Menschenseele hier in Lewisville kenne, die ich um einen Gefallen bitten möchte. Jeff oder Roger sind definitiv keine Option. Die Strecke ist zu lang, um sie zu laufen. Außerdem ist es mitten in der Nacht, und ich habe keine Ahnung, wo genau ich mich überhaupt befinde, geschweige denn, welche Wege sicher sind und welche nicht.

Vor allem aber wäre es ziemlich mies den anderen gegenüber, wenn ich einfach abhauen würde. Am Ende denken sie noch, ich habe etwas gegen sie oder dass ich keine Lust mehr habe, länger meine Zeit mit ihnen zu verbringen.

Warum habe ich noch mal Aprils Zettel aus der Hosentasche geholt und ihr eine Nachricht geschrieben, um ihr für den Abend zuzusagen? Ich bin völlig durcheinander – Dad, so viele Menschen, Spaß, neue Freunde –, das ist gerade einfach zu viel. Ungebremst rollen die negativen Gedanken auf mich ein: Es war ein Fehler, ihre Einladung anzunehmen. Ich hätte ihr sagen sollen, dass meine Mom mir nicht erlaubt, unter der Woche abends wegzugehen.

Es hätte so einfach sein können – wäre nicht plötzlich Jeff mit Kathleen bei uns aufgetaucht. Anstatt sich in Jeffs Zimmer zu verziehen, waren sie demonstrativ auf der Couch im Wohnzimmer übereinander hergefallen. Leider stand ich gerade in der Küche, um mir ein Sandwich zu machen, als die beiden in die Vollen gingen. Dank des offenen Wohn- und Essbereichs hatte ich beste Aussicht auf … so ziemlich alles. In dem Moment war meine Entscheidung gefallen, denn ich hatte keine Lust, dem *Glück* der beiden länger als nötig ausgeliefert zu sein. Zurück in meinem Zimmer sagte ich April für den Abend zu. Eine Kurzschlussreaktion, wie ich jetzt weiß.

»Jungs, jetzt schaut doch nicht so betrübt drein«, meint Rachel versöhnlich. »Wir bieten euch natürlich eine Revanche an.«

April kichert und hakt sich bei mir unter. Leise flüstert sie mir ins Ohr: »Das ist bisher noch nie vorgekommen, dass wir die Jungs besiegt haben. Dieser Tag geht in die Geschichte ein, Sky Harford, und du bist der Grund dafür.«

Ich lächele unweigerlich mit ihr und spüre, wie sich ein warmes Gefühl in meinem Inneren ausbreitet. Doch gleichzeitig fühle ich mich schlecht, denn alles läuft anders als geplant.

»Okay. Wie wäre es mit nächster Woche?«, schlägt Noah vor. »Gleiche Zeit, gleicher Ort.«

Mir stockt der Atem. Zugegeben, der Abend war netter als erwartet, aber ich kann das nicht noch mal machen. Diese vielen Menschen, diese ausgelassene Stimmung. Das ist nicht meine Welt. Ich bin kein Teil davon, kann keiner sein, auch wenn April, Rachel, Noah, Kent und Tyler mich wie selbstverständlich zu sich zählen.

»Das ist …« Hastig suche ich in meinem Arsenal nach einer höflichen Ausrede, die niemanden vor den Kopf stößt und mir die Möglichkeit gibt, mich nicht noch einmal dieser Herausforderung stellen zu müssen. Mein Puls rast, ich sehe mich immer wieder zu allen Seiten hin um. Ich fühle mich wie ein Einsiedler, der nach einer verdammt langen Zeit abseits jedweder Zivilisation mitten ins Geschehen gestoßen wird und bei der Thanksgiving Parade in New York von abertausenden Menschen umzingelt ist.

»… eine hervorragende Idee«, beendet April meinen Satz.

Noch bevor ich richtig kapiere, was da gerade vor sich geht, sind die anderen schon Feuer und Flamme für das nächste Battle, ganz so, als gäbe es nichts Wichtigeres in ihrem Leben als diesen einen Termin in sieben Tagen.

»Jungs, wir sollten vorher trainieren«, höre ich Noah witzeln. »Sonst haben wir gegen Sky the Machine keine Chance.«

Alle lachen. Nur ich nicht. Mir ist es peinlich, so im Fokus zu stehen. So war das nicht geplant, als ich vor Jeff und seiner Freundin geflüchtet bin. Wäre ich doch zu Hause geblieben und hätte mich in meinem Zimmer verbarrikadiert! Dann würden die anderen jetzt auch nicht von mir erwarten, dass ich nächste Woche wieder mit dabei bin. Wo habe ich mich da bloß reinmanövriert?

»Leute, wie wär's mit einem Milkshake drüben bei *Barnie's?*«, wirft Rachel ein. Ich schlucke, als mir bewusst wird, dass der Abend noch nicht zu Ende ist.

»Ich bin eigentlich schon recht müde«, höre ich mich sagen.

April nimmt mich in den Arm. »Du musst dich für deine Leistung noch gebührend feiern lassen. Rachel und ich würden dich gerne einladen.«

Rachel überlegt kurz, ehe sie »Unbedingt!« sagt und mir ein kaum merkliches Lächeln schenkt. Sie scheint neuen Menschen gegenüber eher reserviert zu sein, was ich total gut nachvollziehen kann. Dennoch springt sie über ihren Schatten. Im Gegensatz zu mir.

»Ich weiß nicht …«

Das schlechte Gewissen übermannt mich. *Sie wollen nur eine Kleinigkeit trinken gehen. Dagegen ist doch nichts einzuwenden. Niemand will dich dazu überreden, am Springbreak teilzunehmen. Es ist nur ein Milkshake*, versucht meine innere Stimme mir Mut zuzusprechen. Sie ist es mittlerweile auch leid, ständig nur mit mir abzuhängen. Deshalb kann ich es ihr auch nicht verübeln, als sie sich zu Wort meldet und für die anderen Partei ergreift. Das Leben mit mir muss in den letzten zwei Jahren ziemlich öde gewesen sein.

Als ich die erwartungsvollen Blicke der übrigen Clique einfange, knicke ich schließlich ein. »Also gut. Ein Milkshake sollte noch drin sein.«

»Sehr schön!«, jubelt April.

Wir wechseln von den geliehenen Bowlingschuhen in unsere eigenen und geben sie am Tresen bei einem Mann zurück, dessen Arme komplett mit Tattoos bedeckt sind. Totenköpfe, Tierskelette, Grabsteine und sogar Jesus am Kreuz zieren seine Haut. Ich starre ihn regelrecht an. Der morbide Charme, der den bulligen Mann in Moms Alter umgibt, wirkt jedoch nicht unangenehm auf mich. Ganz im Gegenteil. Ich frage mich, was ihn wohl so stark mit dem Tod verbindet, dass er seinen Körper mit Symbolen der Vergänglichkeit schmückt.

Als April bemerkt, dass ich den Blick nicht von den

Tätowierungen lösen kann, erklärt sie mir: »Das ist Jo. Er kommt hier aus Lewisville. Du brauchst keine Angst vor ihm zu haben, auch wenn seine Statur und die vielen Tattoos ganz schön einschüchternd wirken können.«

Ich schenke April ein Lächeln und verkneife mir meine Antwort. Sie würde nicht verstehen, warum ich mich den Zeichen des Todes nahe fühle. Und ich würde es ihr nicht erklären können. Nicht, ohne über meinen Dad sprechen zu müssen. Dazu bin ich nicht bereit. Noch nicht. Vielleicht irgendwann. Aber nicht heute.

»Wollen wir dann los? Ich habe Hunger«, ertönt eine Stimme hinter uns.

Ich wende mich überrascht um. Kent war den ganzen Abend recht wortkarg – ich kann mich nicht daran erinnern, ihn auch nur zwei ganze Sätze reden gehört zu haben. Womöglich war ich aber auch einfach nur viel zu sehr mit mir und dem ganzen Trubel um mich herum beschäftigt und es ist mir entgangen.

Tyler lacht. »Mal was ganz Neues!«

»Das musst du gerade sagen«, blafft Kent zurück und schaut Tyler an, der wohl als der Fülligste in unserer Runde bezeichnet werden muss.

Tyler errötet schlagartig. »Hey, du weißt ganz genau, dass ich nur so dick bin wegen der Medikamente, die ich nehmen muss.«

Kent fährt einen Gang zurück. »Ja, Mann, ich weiß. Tut mir leid.«

Noah schiebt beide Richtung Ausgang. »Okay, das reicht. Ihr seid beide nicht ihr, wenn ihr hungrig seid. Das haben wir ja schon ausreichend im Live-Experiment erprobt.« Das bringt alle zum Lachen, einschließlich Tyler und Kent. Sogar meine Mundwinkel zucken bei der Anspielung.

Während wir über den Parkplatz des Bowlingcenters hinüber zum Diner laufen, sehe ich immer wieder zu Tyler. Es muss schwer sein, in unserem Alter schon eine Krankheit zu haben, die einen dazu zwingt, permanent Medikamente zu nehmen. Doch trotz seines Schicksals gibt er sich – zumindest soweit ich das nach der kurzen Zeit, die ich ihn bisher kenne, beurteilen kann – stets gut gelaunt und lässt sich davon nicht beeinflussen.

»Erzähl mal, Sky the Machine, wie war deine Profilaufbahn in Boston so? Hast du dort auch ahnungslose Mitschüler beim Bowlen abgezockt oder was hast du sonst so in deiner Freizeit getrieben?«

Noah meint es nur gut. Ihm ist bestimmt aufgefallen, dass ich, seitdem wir den Fuß in den Laden gesetzt haben, noch kein einziges Wort gesprochen habe. Seine Bemühungen sind lieb gemeint, auch wenn er mich damit unbeabsichtigt aus meiner Deckung zerrt.

Bis eben war ich noch damit beschäftigt, mir das *Barnie's* näher anzusehen. Die typischen roten Stühle, der schwarz-weiß karierte Fußboden, die lange Theke, an der einige Trucker ein spätes Abendessen zu sich nehmen. Schräg gegenüber von uns sitzt eine vierköpfige Familie. Der kleine Junge thront in einem Kinderstuhl und sieht begeistert zu, wie seine große Schwester Spaghetti durch die Nase einsaugt, woraufhin die Mutter schier ausflippt und der Vater einen Lachflash bekommt.

»Das heute war ein absoluter Glücksfall. Für gewöhnlich bin ich die totale Niete, was Sport in welcher Form auch immer angeht«, weiche ich den gezielten Fragen nach meinem Leben in Boston aus.

Noah lacht. »Das sagen alle großen Sportler, wenn sie die Goldmedaille bei den Olympischen Spielen in Händen halten.«

Ich bestelle mir nur einen Milkshake, wie angekündigt. Aber spätestens als Tyler mir gegenüber in seinen riesigen Burger beißt, knurrt mein Magen so laut, dass ich selbst vor Schreck zusammenzucke. Ich hätte mich vorhin von dem knutschenden Pärchen nicht aus der Küche verdrängen lassen sollen, als ich mir ein Sandwich machen wollte.

»Hunger?«

Tyler sieht mir direkt in die Augen. Erst jetzt bemerke ich, dass ich ihn angestarrt habe.

»Etwas«, erwidere ich kleinlaut. Es ist mir unangenehm, dass ich ihn derart unverhohlen gemustert habe – von meinem lauten Magen ganz zu schweigen.

Ohne etwas zu sagen, schiebt mir Tyler wie selbstverständlich das kleine ovale Körbchen zu, in dem die Beilage in Form von Fritten liegt.

»Ich kann dir doch nicht dein Essen wegfuttern«, versuche ich sein Angebot höflich zurückzuweisen, doch Tyler schüttelt den Kopf.

»Beilagen machen fett. Du kannst sie vertragen und mich würden sie ohnehin nur irgendwann ins Grab bringen.«

»Wo er recht hat«, stichelt Kent und erntet daraufhin einen Seitenhieb von Rachel, der ihn zusammenzucken lässt. Für einen Moment herrscht Schweigen an unserem Tisch.

»Sorry, Leute, ich stehe heute irgendwie total neben

mir«, offenbart Kent plötzlich aus heiterem Himmel. »Milka, unsere Hündin, hat heute Nacht fünf Welpen zur Welt gebracht und nur ein einziges hat überlebt.«

»Das ist ja schrecklich«, sagt April und streicht Kent mitfühlend über den Arm. »Arme Milka. Ich hoffe, es geht ihr bald wieder besser. Wenn ich euch in den nächsten Tagen mal mit Butterfly besuchen soll, sag Bescheid.« Dann wendet sie das Wort direkt an mich. »Butterfly ist mein Pony. Es ist etwas klein geraten und hat ein lahmes Hinterbein, und wenn ich ehrlich bin, ähnelt er mehr einem Hund als einem Pferd. Darum lieben ihn Hunde wahrscheinlich auch so.« Sie lacht und strahlt dabei übers ganze Gesicht. Es scheint so, als wäre Butterfly ihr ein und alles. Und ich frage mich, ob hier in Texas einfach jeder ein oder gleich mehrere Haustiere hat. In Boston hatten wir keine Tiere. Das wäre dem Vermieter und unseren Nachbarn mit Sicherheit auch nicht recht gewesen. Unweigerlich muss ich an Teardrop, das schlanke braune Pferd, denken, das Roger vor einer Woche auf die Ranch gebracht hat.

Verständnisvolles Nicken macht die Runde, und sogar Tyler klopft Kent aufbauend auf die Schulter. Das Kriegsbeil scheint begraben.

Ich greife nach den Pommes in der Schale vor mir und genieße für einige Augenblicke die Ruhe, die man hat, wenn niemand von einem erwartet, mit vollem Mund am Gespräch teilzunehmen.

Die anderen unterhalten sich über die Lehrer, über das nächste Footballspiel am kommenden Freitag, über die Paradiesvögel an der Schule, und natürlich sprechen sie auch über den großen Herbstball in zwei Wochen.

Mir ist das riesige Plakat im Gang bei den Spinden heute gleich ins Auge gefallen. Wer behauptet, von dem Ereignis des Jahres noch keine Notiz genommen zu haben, muss blind oder taub sein. Oder mit Scheuklappen durch das Gebäude gegangen sein.

»Mom schneidert mir ein Kleid. Ich habe auf Pinterest eine wunderschöne Vorlage gefunden und mir schon in den Ferien den passenden Stoff dazu gekauft«, schwärmt April.

Rachel zückt ihr Handy und hält es April unter die Nase. »Ich habe mir das hier im Internet bestellt. Was meinst du? Sehe ich damit nicht etwas zu blass aus?«

Die Gespräche driften in eine Richtung ab, die mir nur allzu verhasst ist. Mode, Frisuren, Feiern …

»Ich denke nicht.« April schüttelt den Kopf. »Dir steht doch eh alles.«

Rachel schlürft ihren Milkshake und verzieht ihre Mundwinkel dabei zu einem angedeuteten Lächeln. Das war offensichtlich genau das, was sie hören wollte.

»Wie steht's mit dir?«, fragt April an mich gewandt. »Hast du schon ein Kleid? Und noch viel wichtiger: Wer wird dich begleiten? Hast du den guten Jeff schon rumgekriegt oder hält der noch an seiner Kathleen fest?« April schaut mich erwartungsvoll an, während Rachel weiter an ihrem Strohhalm saugt und uns dabei nicht aus den Augen lässt. Die Jungs debattieren noch immer über die Teamaufstellung am Freitag.

»Ich habe weder ein Kleid noch einen Begleiter. Ich werde wohl zu Hause bleiben.« Meine Worte klingen weder enttäuscht noch traurig. Ich hatte den Ball für mich schon beim ersten Blick auf eines der Plakate abgehakt.

Und mal ganz ehrlich: Jeff und ich? Das wäre die Lachnummer des Jahrhunderts. Außerdem spanne ich keinem anderen Mädchen den Freund aus. Nicht mal Kathleen, die ich so überhaupt nicht leiden kann.

April sieht mich bestürzt an, während ihr Mund ein großes O bildet. »Das ist nicht dein Ernst! Du musst kommen. Das ist das Großereignis des Jahres an der Schule. Wenn du nicht dabei bist, dann kannst du nicht mitreden. Es spielt sogar eine echt gute Band hier aus der Nähe, die MonkeyHeads. So eine Pop-Country-Band, die eigene Lieder und Coversongs spielt. Und der Leadsänger …« April hat auf einmal so einen schmachtenden Ausdruck im Gesicht. Sie hat ganz offensichtlich eine Schwäche für den Typen.

»Ich mache mir nichts aus solchen Events«, offenbare ich schulterzuckend und ahne schon, was nun folgt.

»Falsch!«, berichtigt mich April. »Du hast dir bisher noch nichts daraus gemacht, aber nun bist du hier bei uns, und wir werden dir zeigen, was es heißt, im Süden zu feiern.«

Rachel nickt zustimmend. »So ist es.«

»Ich kann dir ein Kleid von mir borgen«, bietet April mir an.

Offenbar will sie mich nicht so schnell von der Angel lassen. Wäre ja auch zu schön gewesen.

Um nicht sofort antworten zu müssen, stopfe ich mir gleich mehrere Fritten in den Mund und kaue behäbig wie eine 95-Jährige ohne Zähne. Irgendwann kann ich es aber nicht mehr weiter aufschieben. »Das ist sehr nett von dir, aber …«, will ich Aprils äußerst lieb gemeinten Vorschlag freundlich ausschlagen, doch sie lässt mich gar nicht ausreden.

»Ich habe sogar eins in schwarz, wenn dir das lieber ist. Es hat ein paar Strasssteine hier oben im Brustbereich, die bis runter zur Taille gehen.« April deutet die Stellen an ihrem Körper an. »Die könnten wir zur Not aber bestimmt auch abnehmen, wenn sie dich stören.«

Ich bin ziemlich gerührt, dass April mir von sich aus vorschlägt, ein schwarzes Kleid zu tragen. Sie hat einfach so akzeptiert, dass ich mich für diese Farbe entschieden habe, ohne mir etwas anderes aufdrängen zu wollen oder mich in irgendeine Schublade zu stecken. Überhaupt habe ich das Gefühl, dass sie von Grund auf offen ist und zu jedem freundlich. Einfach ein guter Mensch. Und ich habe nichts Besseres zu tun, als ihre herzlichen Bemühungen mit Füßen zu treten …

Tränen steigen mir in die Augen. Ich kann nicht sagen, woran es tatsächlich liegt, dass sich meine Gefühle hier in aller Öffentlichkeit und vor beinahe fremden Menschen so unkontrolliert Bahn brechen. Aber eins muss ich mir eingestehen: Es fühlt sich gut an, wie April mich in den Arm nimmt und für mich da ist.

Die Jungs quatschen noch immer über Football. Mittlerweile sind sie allerdings vom heimischen Schulsport zur National Football League gewechselt. Dadurch bemerken sie meinen kleinen Gefühlsausbruch zum Glück gar nicht.

***

Es ist bereits nach elf Uhr, als April mich an der Einfahrt zur Ranch absetzt. Ganz leise ziehe ich die Haustür ins

Schloss, um niemanden auf mich aufmerksam zu machen. Das Haus ist dunkel, hinter keinem der Fenster ist mehr Licht zu sehen.

Ich lege meinen Schlüssel vorsichtig in die kleine Porzellanschale auf der Kommode neben der Garderobe, ziehe meine Sneaker aus und hänge meine Jacke auf. Auf Zehenspitzen gehe ich den Flur entlang in Richtung Wohn- und Essbereich, um schließlich über die Treppe ins erste Obergeschoss und damit in mein Zimmer zu gelangen.

Kaum dass meine Fingerspitzen das weiche Holz des Geländers berühren, höre ich eine Stimme aus der Dunkelheit fragen: »Wo kommst du jetzt her?«

Ich zucke erschrocken zusammen und kann einen Aufschrei nur in letzter Sekunde unterdrücken. Mit wild schlagendem Herzen drehe ich mich in die Richtung, aus der ich die Stimme vermute.

Eine Stehleuchte hinter der Couch wird angeknipst und taucht die Person in ein schummriges Licht. Meine Augen müssen sich erst langsam an die Helligkeit gewöhnen. Jeff erhebt sich von der Couch, dabei gleitet ihm sein Handy vom Schoß und fällt auf den Teppichboden. Doch er achtet gar nicht darauf, sondern fixiert mich, während er auf mich zuläuft.

Er sieht … besorgt aus. Auf seiner Stirn sind tiefe Furchen zu sehen. Und zum ersten, nein, zum zweiten Mal seit ich ihn kenne, wirkt er nicht fröhlich, sondern richtig ernst.

»Man, musst du mich so erschrecken!«, blaffe ich ihn an und verschränke die Arme vor der Brust. »Ich war mit Freunden beim Bowlen. Wüsste aber nicht, was dich das angeht. Schließlich habe ich bereits eine Erziehungsberechtigte.«

»Dann ist dein Vorhaben wohl nicht geglückt?« Jeffs Stimme wird etwas ruhiger, als er direkt vor mir stehen bleibt. Er wirkt erleichtert.

Uns trennen kaum mehr als ein paar Zentimeter. Allmählich haben sich meine Augen an die schummrige Atmosphäre gewöhnt. Mein Blick gleitet suchend nach der Antwort auf Jeffs Frage durch sein Gesicht.

»Was willst du damit sagen?«

Die Sorge auf seinem Gesicht ist wie weggewischt, als er mich amüsiert ansieht. »Na, meintest du nicht, dass du hier keine Freunde finden und schnellstmöglich nach Boston zurück willst?«

Habe ich wirklich Freunde gesagt? »Ich meinte wohl eher Mitschüler. Wobei jeder als Freund bezeichnet werden kann, der mir nicht mitten in der Nacht auflauert und mich dabei zu Tode erschreckt, Jeff McCallum.«

Noch ehe ich mich umdrehen und in mein Zimmer verschwinden kann, hält Jeff mich am Handgelenk fest. Mein Blick haftet an seinen Fingern, die sich merkwürdig deplatziert auf meiner Haut anfühlen. Und irgendwie auch nicht. Irritiert von meiner eigenen Reaktion bleibe ich stocksteif stehen.

»Hey, Sky ...« Jeffs Stimme klingt ganz ruhig und ist voller Wärme. Verschwunden ist der stichelnde Unterton. »Ich wollte nur sichergehen, dass es dir gut geht.«

»Es ging mir nie besser«, erwidere ich schroffer als gewollt.

»Das ist gut.« Jeff sieht mir tief in die Augen. Seine

Lippen sind leicht geöffnet. Ganz so, als würde er noch etwas sagen wollen.

Ich streiche mir eine Haarsträhne mit der freien Hand hinters Ohr und schaue vorsichtig in Jeffs Gesicht.

Sein Blick ist weich und offen. Doch ich kann sehen, wie der Moment vorüberzieht. Seine Züge verhärten sich. Sein Blick wirkt wie versteinert. Ohne Vorwarnung zieht Jeff seine Hand zurück und schiebt sich an mir vorbei die Treppe hinauf. Zurück bleiben im Licht der einsamen Stehlampe nur ich und die abertausenden Fragen, die mir in diesem Moment durch den Kopf schießen.

Liebes Tagebuch,

ich bin noch viel zu aufgeputscht, um zu schlafen. Dabei sollte ich genau das tun. Schließlich ist es bereits weit nach Mitternacht, und morgen ist Schule. Aber in meinem Kopf wirbeln die Gedanken wild durcheinander. Mein erster Schultag ist wohl nicht unbedingt so verlaufen, wie ich es mir vorgestellt hatte. Anstatt meinen Mitschülern aus dem Weg zu gehen, sitze ich schon in der Mittagspause mit fünf von ihnen an einem Tisch. Und dann gehe ich auch noch mit Rachel, April und den Jungs zum Bowlen. Wenn mir das jemand noch vor einer Woche gesagt hätte, hätte ich ihn ausgelacht. Für die meisten ist das keine große Sache. Doch mich hat es verdammt viel Überwindung gekostet, heute Abend in das Bowlingcenter zu gehen. Ich hatte Angst, mit den vielen Menschen und der Lautstärke nicht klarzukommen. Angst davor, etwas mit April, Rachel und den Jungs zu unternehmen. Schließlich kennen wir uns ja noch nicht wirklich. Irgendwie ist es mir dann aber doch gelungen. Wobei das nicht so ganz stimmt. Es ist mir nicht allein gelungen. Meine Freunde haben mir geholfen. Meine Freunde. Wie das klingt. Ich wollte doch nichts und niemanden an mich heranlassen, meine Zeit hier absitzen und dann wieder abhauen. Außerdem weiß ich beim besten Willen nicht, ob es gut für mich ist, mich diesen neuen Menschen zu öffnen. Ich bin noch nicht so weit. Glaube ich. Weiß ich. Das geht mir alles viel zu schnell.

Und dann die Sache mit Jeff. Er ist so … Ich weiß auch nicht. Vorhin hat er im dunklen Wohnzimmer auf mich gewartet. Das war echt creepy. Wieso spielt er sich immer als mein Aufpasser auf? Das nervt! Eigentlich … ich will es gar nicht zugeben, aber irgendwie war es auch fast ein bisschen süß von ihm, dass er nur wach geblieben ist, um sicherzugehen, dass es mir gut geht. Und dann war da noch dieser kurze Moment zwischen uns, als er mein Handgelenk berührt hat. Oh Mann, was sind das denn für Gedanken? Ich bin so verwirrt …

Kapitel 10

»Guten Morgen, mein Schatz.« Mom schenkt mir einen frisch gepressten Orangensaft ein und lächelt mich an, wobei ich das Gefühl habe, dass sie mich ein wenig zu genau mustert. »Na, wie war es gestern mit deinen Schulfreunden?« Sie versucht es ganz beiläufig klingen zu lassen, aber ich kann die Aufregung in ihrer Stimme hören.

Anstatt mich schon vor dem Frühstück mit solchen Fragen zu bombardieren, sollte sie im Bett liegen und Schlaf nachholen. Schließlich hatte sie Spätschicht und musste lange arbeiten. Aber offenbar ist sie viel zu neugierig und will unbedingt wissen, wie es gestern Abend gelaufen ist.

Ich greife nach der Packung mit den Cornflakes und nehme eines der vier Schälchen, die bereits auf dem Tisch bereitstehen. In einer Karaffe daneben ist kalte Milch. Wie in Zeitlupe kippe ich davon etwas zu den Cornflakes in die Schale.

Mom tippelt derweil ganz aufgeregt mit ihrem Fuß. Mich treibt das Geräusch regelrecht in den Wahnsinn. Wie kann man zu dieser Zeit nur schon so munter sein?

Zum Glück scheinen Jeff und Roger heute Morgen offenbar noch schwerer aus den Federn zu kommen als ich. So bleiben mir zumindest ihr lästiges Geschirrgeklapper und ihre bedeutsamen Unterhaltungen über Football, Rinder und Pferde erspart.

»Es war ganz nett.« Natürlich weiß ich, dass Mom Einzelheiten will. Am liebsten wäre es ihr, wenn ich haarklein erzählen würde, wo ich wann und mit wem unterwegs war.

»Das freut mich«, höre ich sie sagen, während ich den ersten Löffel meiner Cornflakes zum Mund führe und warte, dass sie weiter bohrt.

Für gewöhnlich gibt sie keine Ruhe, bis sie alles für sie Wichtige in Erfahrung gebracht hat. Doch Mom schweigt. Auch sie greift nach einer der Schüsseln und ihrem Müsli.

Als die Stille, nach der ich mich vor wenigen Minuten noch so sehr gesehnt habe, mich beinahe zu erdrücken droht, werfe ich einen Blick zu ihr hinüber. Ich hasse mich dafür, dass ich es einfach nicht schaffe, mich ganz normal mit meiner Mom zu unterhalten. Sie sendet mir ein Friedensangebot nach dem anderen. Und was mache ich?

Sie ist alles, was mir auf dieser Welt noch geblieben ist. Und dennoch ist da diese Unruhe in mir. Ich kann und will ihr einfach nicht verzeihen, dass sie mich hierher gebracht hat, ohne Rücksicht auf mich und meine Wünsche zu nehmen. Als Dad noch lebte, haben mir meine Eltern immer das Gefühl gegeben, dass auch meine Meinung wichtig ist. Warum ist das plötzlich alles anders? Warum konnte Mom dieses eine beschissene Jahr bis zu meinem Schulabschluss nicht abwarten? Ist sie denn so unglaublich verliebt in Roger, dass sie es keinen Moment länger aushalten konnte, von ihm getrennt zu leben?

Wenn ich sie mir so ansehe, dann würde ich das glatt verneinen. Moms Mundwinkel sind leicht nach oben gezogen. Doch das täuscht nicht darüber hinweg, dass sie müde und erschöpft aussieht. Ihre Haut ist ganz fahl und ihre Augenringe könnten einem Waschbären Konkurrenz machen. Sie sieht nicht aus, als würde sie gerade ihren zweiten Frühling erleben und auf rosa Wolken durchs Leben schweben. Ihre Augen haben nicht dieses Leuchten, mit dem sie meinen Dad immer angesehen hat. Roger und Mom, das ist … merkwürdig.

»Guten Morgen«, meldet sich Roger wie immer im falschen Augenblick zu Wort.

»Morgen«, erwidere ich kurz angebunden und beobachte ihn dabei, wie er meiner Mom einen Kuss auf die Stirn gibt.

Er sieht sie aus zusammengekniffenen Augen an und runzelt die Stirn. »Geht es dir nicht gut? Du fühlst dich ganz heiß an.«

Das würde natürlich erklären, warum Mom so fertig aussieht. Vielleicht hat sie sich ja einen Virus eingefangen.

»Nein, nein. Alles bestens, alles gut«, beteuert sie total übertrieben und lächelt dabei viel zu überschwänglich. »Ich brauche nur etwas Schlaf. Das ist alles.«

Roger wirkt jedoch nicht überzeugt. Seine Stirn ist

noch immer gefurcht. Dennoch nickt er kurz und setzt sich anschließend Mom gegenüber an den Tisch.

Ganz leise löffle ich meine restlichen Cornflakes aus der Schale. Mittlerweile bin ich ein Profi im Nicht-Auffallen. Nicht mehr lange und ich kann mich unsichtbar machen. Auch ganz ohne Tarnumhang.

Rogers Handgriffe sind jeden Morgen dieselben. Zuerst nimmt er sich das Müsli, schüttet einen Hauch Milch dazu und gießt sich anschließend ein Glas Orangensaft ein. Dann steht er wieder auf und geht rüber zur Küchenzeile, um sich dort einen Espresso aus seinem sündhaft teuren Vollautomaten zu ziehen. Das Rattern der Maschine ist höllisch laut und fräst sich regelrecht in mein Gehirn. Wenn ich könnte, würde auch ich ächzend und dampfend meine Meinung sagen. Aber ich lasse es. Es ist besser, nicht zu viel Aufmerksamkeit auf mich zu ziehen. Es weiß in diesem Haus ohnehin jeder, wie ungern ich hier bin.

Langsam aber sicher muss ich mir wohl selbst eingestehen, dass diese Zwischenetappe hier in Lewisville länger dauern wird, als mir lieb ist. Kurz nach unserem Umzug hatte ich noch die vage Hoffnung, das zwischen Roger und Mom könnte doch nicht klappen. Leider kommen die beiden ganz wunderbar miteinander aus. Auch wenn ich nicht das Gefühl habe, dass die beiden wirklich verliebt ineinander sind. Aber sie respektieren sich, kümmern sich um den jeweils anderen und verbringen viel Zeit miteinander. Zumindest, wenn es neben Moms Job und Rogers Arbeit auf der Ranch irgendwie möglich ist. Und vielleicht ist das ja ganz normal für Pärchen, die sich erst in der Lebensmitte begegnen. Vielleicht gibt man sich auch mit weniger zufrieden, wenn man schon diese eine wahre große Liebe hatte und man genau weiß, dass es nie wieder so sein wird.

Ich schüttle bei dem Gedanken leicht den Kopf. Seit wann analysiere ich die Beziehung von Roger und Mom? Seit wann interessiere ich mich überhaupt dafür? Eigentlich sollte es mir egal sein, was die beiden miteinander verbindet oder eben nicht. Wobei ich es schon ein bisschen tröstlich finde, dass Mom Dad aus tiefstem Herzen geliebt hat, und nichts an ihre Beziehung heranreichen kann.

Wie jeden Morgen fragt Roger auch heute: »Möchte sonst noch jemand einen Kaffee, Cappuccino, Latte Macchiato oder Espresso?«

Und Mom und ich verneinen wie jeden Morgen. Ein Ritual der ersten Stunde in diesem Haus.

»Hey«, meldet sich schließlich auch Jeff zum Frühstück und lässt sich auf den Stuhl mir gegenüber fallen.

Mein Blick schweift zur Uhr neben der Tür. In spätestens zehn Minuten müssen wir los, sonst kommen wir zu spät – und Jeff sitzt unbeweglich am Tisch.

Die Hände hat er vor das Gesicht gelegt, während seine Ellenbogen auf dem Tisch aufgestützt sind. Sein Haar steht wirr in alle Richtungen ab, und natürlich trägt er auch heute wieder eines dieser potthässlichen Schweißbänder am Handgelenk. Jemand sollte ihm sagen, dass die spätestens seit den Neunzigern out sind.

»Was ist los, Jeff? Bist du aufgeregt wegen des Spiels am Freitag oder hattest du eine schlechte Nacht?«

Roger klopft seinem Neffen aufmunternd auf die Schulter, ehe er sich neben ihn an den Tisch setzt. Und dann passiert das, was mich auch beim drölfzigsten Mal beinahe aus der Fassung bringt: Roger setzt seine Espressotasse an die Lippen – und spreizt dabei seinen kleinen Finger ab. Keine Ahnung, was genau mich daran so wahnsinnig macht, aber irgendwie passt das nicht. Dad hätte das nie gemacht. Okay, Dad hätte auch keinen teuren Espresso aus einem Vollautomaten getrunken. Er war mehr so der Typ Filterkaffee.

Die beiden Männer sind einfach so grundverschieden, dass ich noch immer nicht nachvollziehen kann, was Mom an Roger findet. Inzwischen habe ich das Gefühl, Mom hatte einfach nur zu viel Angst vor dem Alleinsein und hat sich schließlich dem Nächstbesten an den Hals geworfen. Ein Kind ohne Hilfe großziehen zu müssen ist eine immense Herausforderung. Allein schon der finanzielle Aspekt kann einen dabei um den Schlaf bringen – das weiß ich, weil Mom in den Monaten nach Dads Tod immer wieder von allen möglichen Leuten darauf angesprochen wurde. Und es nie abgestritten hat. Einen Mann zu finden, der finanzielle Sicherheit bietet, einem die Möglichkeit gibt, bei ihm zu wohnen und sogar die sture Tochter akzeptiert (oder wohl eher duldet), ist dann schon so etwas wie ein Hauptgewinn.

»Ich habe heute Nacht nicht so viel Schlaf bekommen.« Jeff sieht bei seinen Worten verräterisch in meine Richtung und wirft mir ein schiefes Lächeln zu.

Roger folgt seinem Blick und sieht verwundert zwischen uns beiden hin und her. »Läuft da etwas zwischen euch?«, fragt er mit hochgezogenen Augenbrauen.

»Eher springe ich aus dem Fenster«, antworte ich, vielleicht eine Spur zu theatralisch.

»Ist ja zum Glück nur das Erdgeschoss.« Jeff kriegt sich vor Lachen fast nicht mehr ein. Was für ein Witzbold.

Ich hasse es, im Fokus zu stehen. Bis vor wenigen Sekunden war noch alles gut. Keiner hat mich beachtet, und nicht mal meine neugierige Mom hat mich mit Fragen gelöchert. Kaum sitzt Jeff am Tisch, werden die Karten neu gemischt, und ich bin Teil eines Spiels, das man wohl Familie nennt. Auch wenn ich darauf so überhaupt keinen Bock habe. Ich hatte eine Familie. In Boston. Mit Mom und Dad.

»Ist alles klar bei euch beiden?« Roger stellt seine Tasse zurück auf den Tisch.

»Alles bestens«, meint Jeff und fährt sich dabei mit einer Hand durchs Haar. Auch heute trägt er nur ein T-Shirt, obwohl es mittlerweile zumindest in den Morgenstunden ziemlich kühl ist. Mein Blick gleitet über seine muskulösen Oberarme. Er ist bestimmt ein verdammt guter Quarterback. Zumindest hat er die passende Figur dazu. Himmel! Wieso mache ich mir überhaupt Gedanken über Jeffs Körper?!

»Ich habe mir nur Sorgen gemacht, weil Sky gestern so lange weg war.«

Ich lasse den Löffel in die Schale fallen, und die Milch spritzt auf den dunklen Holztisch, wo sie weiße Tupfen hinterlässt. »Das Thema hatten wir doch gestern Abend schon geklärt.«

Jeff grinst mich an, ohne noch etwas zu sagen.

Roger wirft Mom über den Tisch vielsagende Blicke zu. Ich hasse es, wenn sie so tun, als würden sie sich blind verstehen. Und ich hasse es, dass sich Jeff vor Mom und Roger so aufspielt und mein Privatleben zum Gesprächsthema am Frühstückstisch macht. Außerdem hasse ich es, dass sich alle hier gegen mich verschwören. Was soll das?

»Jeff, kümmere dich um dein eigenes Leben! Ich war gestern Abend mit dem Einverständnis meiner Mom, die zugleich auch meine *einzige* Erziehungsberechtigte ist, unterwegs.« Dabei sehe ich Jeff, aber auch Roger vielsagend an. »Ich habe weder mit einem Jungen rumgeknutscht, noch die Nacht mit ihm verbracht.« Wütend werfe ich die Serviette von meinem Schoß auf den Tisch. »Ich war mit ein paar Mitschülern beim Bowlen und anschließend einen Milkshake trinken, wenn ihr es unbedingt wissen wollt. Auch wenn ich beim besten Willen nicht weiß, was euch das angeht.«

Mom sieht mich schockiert an. »Aber Sky, wie sprichst du denn…«

»Mom, hierher zu kommen, war *deine* Entscheidung. Nicht meine. Ich trage es mit Fassung, gehe zur Schule und füge mich, soweit es nötig ist, in dieses neue Leben. Aber ich werde nicht anfangen, irgendjemandem außer dir Rechenschaft abzuliefern. Und außerdem lasse ich mir von irgendeinem Typen, der meint, den großen Bruder spielen zu müssen, gar nichts sagen.«

Roger hält sich ganz diplomatisch aus der Diskussion heraus und wünscht sich insgeheim wahrscheinlich, dass er sich einfach in Luft auflösen könnte.

Mom bemüht sich um Haltung und lächelt angestrengt in die Runde. »Schätzchen, Jeff wollte dich weder bevormunden, noch dir sagen, was du zu tun oder zu lassen hast. Er hat sich nur Sorgen um dich gemacht. Ist es denn so schwer für dich zu akzeptieren, dass jemand Interesse an dir zeigt?« Verbitterung, Traurigkeit und Hilflosigkeit spiegeln sich jetzt in Moms Gesichtsausdruck wider.

»Meine Freunde würde ich mir gerne selbst aussuchen. Jeff saß da gestern wie ein Gestörter im dunklen Wohnzimmer und hat mir aufgelauert. Sorry, aber das war eindeutig eine Spur zu heftig.«

»Hey, ich hab dir nicht aufgelauert. Ich saß dort auf der Couch und habe die Sportnachrichten gecheckt.«

Ich möchte mal wissen, was passieren muss, damit Jeff schlechte Laune bekommt oder dieses dämliche Grinsen verliert, das wie eine Maske auf sein Gesicht gepresst ist.

Mom strahlt Jeff wie den Sohn an, den sie nie hatte, und ein Stich durchfährt mein Herz. »Nachdem das geklärt wäre, könnt ihr ja in die Schule fahren. Sonst kommt ihr noch zu spät.«

Ich bin schon fast aus der Tür und auf dem Weg zur Garderobe, als ich bemerke, wie Mom beim Aufstehen leicht in sich zusammensackt. Ihre Knie knicken ein, sie bekommt nicht richtig Halt. In letzter Sekunde greift sie nach der Tischplatte und gleitet zurück auf den Stuhl.

»Mom?«, frage ich panisch. So habe ich sie noch nie erlebt. »Was ist los?«

Wieder schiebt sie dieses gequälte Lächeln auf ihre Lippen und sieht mich aus müden Augen an. »Gar nichts. Das ist bestimmt nur die Müdigkeit. Das war einfach zu viel Arbeit in letzter Zeit. Eine Kollegin ist ausgefallen, und ich war mehr oder minder allein. Das war hart … Aber ich brauche nur etwas Schlaf. Das ist alles.«

Mom ist keine besonders gute Lügnerin. Das war sie noch nie. Doch ich spüre, dass sie gerade nicht darüber reden will. Und für heute Morgen habe ich schon genug gestritten. Also gönne ich ihr die Verschnaufpause und nehme mir vor, sie bei nächster Gelegenheit darauf anzusprechen.

»Okay«, sage ich schließlich und erkenne deutlich die Erleichterung, die bei meinen Worten auf Moms Gesicht aufleuchtet.

»Was ist jetzt? Können wir los? Nicht, dass wir wegen dir zu spät kommen.«

Genervt verdrehe ich die Augen, als ich Jeffs Sticheleien höre. Was muss ich tun, um diesen Typen loszuwerden?

Kapitel 11

Für Mathe und Physik habe ich echt was übrig. Die beiden Fächer sind logisch und rational greifbar. Dinge, die man von den meisten Menschen nicht behaupten kann.

Anstatt mich jedoch auf die Mathestunde zu konzentrieren, driften meine Gedanken immer wieder zu meiner Mom ab. Was ist nur los mit ihr? War sie wirklich nur müde oder steckt etwas anderes dahinter? Vielleicht braucht sie ein paar Vitamine, oder hat sie sich wirklich einen Virus eingefangen?

Mein Blick fällt auf April und Rachel, die zwei Reihen vor mir sitzen. Auch sie besuchen den Kurs *Advanced Algebra II* bei Mr Henderson. Für den Bruchteil einer Sekunde huscht mir ein völlig abwegiger Gedanke durch den Kopf. Ich verspüre das Bedürfnis, ihnen meine Sorge um Mom anzuvertrauen. Aber das ist totaler Quatsch! Schließlich kenne ich die beiden doch gar nicht wirklich. Außerdem weiß ich noch nicht mal, ob ich sie besser kennenlernen will.

Der Abend gestern war wirklich recht nett. Das heißt aber noch lange nicht, dass wir jetzt alle beste Freunde sind. Dazu gehört noch so viel mehr. Ich muss an Ruthie denken. Sie hat mir in den vergangenen Wochen immer mal wieder eine Nachricht geschickt. Aber bisher habe ich noch nicht die Kraft gefunden, ihr zu antworten. Ruthie ist in Boston. In einem anderen Leben.

Mr Henderson erklärt uns gerade die Polynomdivision. Viele meiner Mitschüler ziehen lange Gesichter. Ich lächle das erste Mal an diesem Tag, weil ich mich verstanden fühle. Mein Mathelehrer spricht meine Sprache. Warum kann das Leben nicht einfach aus Funktionen und Ableitungen bestehen? Für jedes Problem die passende Lösung.

Als der Gong ertönt, packen alle eilig ihre Sachen zusammen. Schließlich ist jetzt Mittagspause – und nicht irgendeine. Heute kann man die Karten für den Herbstball kaufen. Während ich in aller Seelenruhe meinen Block und meine Stifte in meinem Rucksack verstaue, ist Rachel schon fast an der Tür.

April winkt mir ungeduldig zu. »Komm schon, Sky! Wir müssen los. Die ersten Käufer bekommen noch ein Los für die Tombola gratis dazu. Ich habe gehört, dass es dieses Jahr unter anderem ein Date mit dem Quarterback der Footballmannschaft zu gewinnen gibt.« Sie grinst.

Ich seufze. Für einen Moment hatte ich wirklich gedacht, dass dieser Kelch an mir vorübergehen würde. Aber April scheint nach wie vor fest entschlossen, mich mit auf den Ball zu schleifen. »Jeff sehe ich ohnehin schon öfter, als mir lieb ist. Im Auto auf dem Weg zur Schule, beim Frühstück und beim Abendessen. Oder wenn ich mir zwischendurch ein Sandwich schmiere. Der Typ hat den Geruchssinn eines Hundes und steht mit ziemlicher Wahrscheinlichkeit keine Minute später neben mir, um es mir abzuschwatzen.« Kaum habe ich die Worte ausgesprochen, frage ich mich unwillkürlich, ob ich damit schon zu viele Einblicke in unseren Alltag gewährt habe.

Aprils Gesicht bekommt einen schmachtenden Ausdruck. »Oh Sky … Du hast es so gut und weißt es nicht mal! Jeff ist einfach … Fast jedes Mädchen würde durchdrehen, wenn sie ein bisschen Zeit mit ihm verbringen könnte.« Aprils Wangen erröten leicht, und ich habe das eindeutige Gefühl, dass sie sich dazuzählt.

Bisher kann ich mir die Begeisterung meiner Mitschülerinnen allerdings noch nicht erklären. Klar, Jeff sieht gut aus, ist sportlich und nicht auf den Mund gefallen. Außerdem schenkt er wirklich allem und jedem ein freundliches Lächeln, ob man will oder nicht. Und das ist auf eine merkwürdige Art ziemlich attraktiv. Oder nein, charmant. Genau. Er ist ein Sonnyboy durch und durch. Und dann auch noch der Quarterback der Footballmannschaft. Okay, ich geb's zu – sehr viel perfekter kann er eigentlich gar nicht sein. Aber mich verwirrt er einfach nur …

»Können wir jetzt endlich los? Wenn ihr zwei so weitermacht, dann kommen wir zu spät.« Rachel steht mit verschränkten Armen im Türrahmen. Sie wirkt genervt. Aber offenbar will sie auch nicht ohne uns gehen.

»Na komm schon, Sky. Wir würden uns echt freuen, wenn du mit uns zu der Party gehst«, versucht mich April noch mal von ihrem Vorhaben zu überzeugen. Sie wirft Rachel einen vielsagenden Blick zu.

Rachel zögert, ehe sie ihr beipflichtet. »Es wäre wirklich toll, wenn wir alle zusammen hingehen würden.«

Der Herbstball steht auf der Liste von Dingen, auf die ich gut verzichten kann, ganz oben – noch vor einer Magen-Darm-Grippe bei gleichzeitigem Lausbefall. So viele Menschen auf einem Fleck. Es ist laut und eng. Smalltalk, lachen, fröhlich sein … Mein Magen zieht sich bei dem Gedanken an den Ball zusammen.

Aber dann sehe ich in Aprils erwartungsvolles Gesicht. Sie ist offen und ehrlich, wie bisher immer – sie würde sich wirklich riesig freuen, wenn ich mitkäme. Rachels Miene verfinstert sich derweil langsam, weil sie viel lieber in der Turnhalle für die Karten anstehen würde, statt unnötige Diskussionen zu führen.

Das Wörtchen *erwartungsvoll* spukt wie ein Mantra durch meinen Geist. Ständig wollen die Leute etwas von mir, erwarten, dass ich etwas tue oder sein lasse. Dabei will ich doch nur ich sein dürfen, ohne mich für jemanden verbiegen zu müssen. Und auf dem Ball will ich eigentlich nicht sein.

Dennoch schultere ich meinen Rucksack und folge den beiden. Keine Ahnung, ob das die richtige Entscheidung ist, aber noch länger ertrage ich diese fordernden Blicke nicht. Und einfach abzuhauen, ist keine Option.

***

Die Schlange der wartenden Schüler zieht sich schon bis auf den Schulhof, doch April und Rachel laufen wie selbstverständlich daran vorbei. Ohne zu wissen, was die beiden vorhaben, gehe ich ihnen nach und sehe wenig später Kent, Tyler und Noah in der Schlange schon recht weit vorne stehen.

»Danke, Jungs, dass ihr für uns angestanden seid. Sky konnte sich nicht entscheiden, ob sie mitkommen will.« Rachel wirkt so, als könne sie nur mit Mühe ein Augenrollen unterdrücken.

»Rachel, Sky weiß ja gar nicht, was es mit dem Ball auf sich hat. Lass ihr doch die Zeit, erst mal darüber nachzudenken«, ergreift April Partei für mich.

Mein Blick schweift zu Rachel. Hoffentlich fühlt sie sich jetzt von April nicht hintergangen, weil sie mir zur Seite steht. Was ich am allerwenigsten möchte, ist Streit, der – in welcher Form auch immer – auf meine Kappe geht.

»Sorry, Sky«, meint Rachel daraufhin zu meiner grenzenlosen Verwunderung. »Ich wollte nicht zickig oder so klingen.«

Für einen Moment weiß ich nicht, was ich darauf antworten soll. Dann presse ich ein leises »Schon okay« hervor.

»Hast du dir schon überlegt, mit wem von uns Jungs du auf den Ball gehen möchtest?« Noah grinst und sieht mich erwartungsvoll an. Ich sehe mich hilfesuchend zu April um. Die winkt ab. »Hör nicht auf ihn, er will dich nur ärgern. Wir gehen immer alle zusammen.«

»Und wir tanzen auch zusammen«, ergänzt Rachel Aprils Erklärung. »Du brauchst also keine Sorge haben, dass dir einer von denen«, dabei deutet sie auf die drei Jungs, »zu nahekommt.«

»Was heißt hier denn *von denen?*«, echauffiert sich Noah.

»Ach, kommt schon, Leute.« April versucht zu schlichten. »Lasst uns lieber einen Plan schmieden, wie wir alle zu dem Ball kommen und wer wen mitnimmt.«

»Mein Dad leiht mir seinen Wagen. Da kriege ich euch spielend leicht alle unter«, meint Kent.

»Wenn das nicht klappen sollte, könnte ich Mom fragen«, bietet Tyler an. »Ich bin mir allerdings nicht sicher, ob sie den Wagen an dem Samstagabend braucht.«

April beugt sich zu mir rüber. »Tylers Mom ist Tierärztin. Bestimmt war sie auch schon mal bei euch auf der Ranch. Würde mich nicht wundern.«

Da ich mich bisher von allem und jedem auf dem Hof abgeschottet habe, zumindest soweit möglich, kann es durchaus sein, dass Tylers Mom bei uns gewesen ist, ich davon allerdings nichts mitbekommen habe.

»Ach, übrigens. Gehen wir morgen eigentlich alle zum Spiel?«, fragt Noah unvermittelt, während ich noch die Tatsache verdauen muss, demnächst zum Herbstball gehen zu müssen.

»Aber natürlich«, erwidert Rachel, während mir April ihren Arm auf die Schulter legt.

»Dann kannst du Jeff endlich mal in Aktion sehen.« April kichert bei ihren Worten.

Das Letzte, was ich will, ist Jeff noch öfter zu begegnen. »Football ist nicht so mein Ding«, versuche ich mich rauszureden.

»In Boston vielleicht«, wiegelt Noah ab. »Aber die *Tigers* sind Gewinner. Jedes Spiel ein Erlebnis. Du musst dir das einfach anschauen.«

»Komm, das wird super!«, ruft April begeistert. Plötzlich fehlen mir die Argumente dagegen … und irgendwie ist es auch gar nicht so schlimm, wie ich verwundert feststelle.

Nur noch zwei weitere Grüppchen wartender Freunde stehen vor uns, dann sind wir endlich dran.

»Sky, ich habe gestern Abend noch mal im Schrank nachgesehen und dort das schwarze Kleid für dich rausgesucht.« Aprils roter Pferdeschwanz wippt, als sie in ihrem Rucksack nach etwas kramt und keine Sekunde später ihr Handy zückt. »Ich habe noch versucht, ein paar Fotos für dich zu machen, aber das Licht war nicht das beste.« Sie entsperrt das Display und zeigt mir die Bilder. »Es ist recht tailliert geschnitten und hat Spaghettiträger, wirkt aber nicht zu sexy – also, falls du das doof findest. Keine Sorge, man sieht nicht zu viel, auch wenn dieser Ausschnitt das vermuten lässt.« April lächelt mich an, und ich kann nicht anders, als es zu erwidern.

»Das Kleid ist wirklich sehr schön«, beeile ich mich zu sagen.

»Wir sind dran«, unterbricht uns Noah und zückt sein Portmonee.

Schlagartig realisiere ich, dass ich gar nicht weiß, was der Eintritt kostet und ob ich überhaupt ausreichend Geld dabeihabe. »Was kostet die Karte eigentlich?«, frage ich alarmiert.

April kramt auf der Suche nach ihrem Geldbeutel erneut in ihrem Rucksack. »Im letzten Jahr waren es zwanzig Dollar. Warte mal …« Sie sieht sich in der Halle um. »Ja, da steht es. Siehst du das Plakat dort drüben?« Sie deutet mit ihrem Zeigefinger in die entsprechende Richtung.

Als die anderen bereits bezahlt haben, werfe ich einen Blick in meine Geldbörse. Doch da herrscht leider Ebbe. Bis auf fünf Dollar habe ich nichts bei mir.

»Wie viele Karten möchtest du haben?«, fragt mich das Mädchen, das hinter dem Verkaufstisch sitzt, auf dem vier aufgereihte Stapel Tickets liegen. Wenn mich nicht alles täuscht, dann ist sie eine der Cheerleaderinnen und damit mit sehr großer Wahrscheinlichkeit eine gute Freundin von Kathleen. Das würde zumindest erklären, warum sie mich so abschätzig von oben bis unten mustert.

»Ähm …«, erwidere ich wenig einfallsreich und ernte dafür ein genervtes Stöhnen der Schüler, die hinter mir anstehen. Sie sind hungrig und wollen so schnell wie möglich in die Cafeteria. Die Einzige, die sie von ihrem ersehnten Mittagessen abhält, ist die Neue, die hier die Schlange blockiert und nicht weiß, was sie will.

»Ist alles okay?«, fragt diesmal Rachel, und ich höre eine gewisse Besorgnis aus ihren Worten heraus.

»Ich habe nicht genügend Geld dabei«, flüstere ich ihr so leise zu, dass mich hoffentlich keiner hören kann.

Kaum, dass ich Rachel von meinem Problem berichtet habe, warte ich schon darauf, dass sie genervt die Augen verdreht. Aber stattdessen streckt sie dem Mädchen hinter dem Tisch einen Zwanzig-Dollar-Schein entgegen. »Wir brauchen noch eine Karte für unsere Freundin hier.«

Ein Kloß bildet sich in meinem Hals, als ich Rachel von mir als ihre Freundin sprechen höre.

Rachel reicht mir das Ticket für den Herbstball, das sie eben für mich erstanden hat.

Mit einem »Danke« nehme ich es ihr ab. »Ich bring dir

morgen das Geld mit. Versprochen!«, beeile ich mich zu sagen.

Rachel winkt lächelnd ab. »Kein Problem. Ich weiß ja, wo du zur Schule gehst.«

Und Noah ergänzt noch »Und wer deine Freunde sind.«

Alle beginnen zu lachen.

Verdammt. Ich mag diese Truppe. Wirklich.

Kapitel 12

Nach und nach füllt sich das schuleigene Stadion mit Schülern, Lehrern, Eltern, Freunden und sonstigen Interessierten. Der Himmel über uns erstrahlt an diesem Freitagnachmittag in einem fürchterlich kitschigen Babyblau, das keine einzige Wolke zu zerstören wagt.

»Wie viele Menschen passen hier noch mal rein?«, frage ich April beiläufig, während sich unter uns am Spielfeldrand die Cheerleaderinnen aufwärmen.

April überlegt kurz. »Ich glaube, es passen bis zu achthundert Leute rein. Bin mir aber nicht ganz sicher. Warum fragst du?«

Bei der Nennung der Zahl wird mir ganz übel. Hier zu sein fühlt sich wie eine Schocktherapie an. Noch vor wenigen Tagen war ich nur für mich allein, und nun muss ich mich einer solch immensen Anzahl an Menschen stellen. Menschen, von denen ich nicht mal eine Handvoll kenne. Das Bowlingcenter ist nichts dagegen.

Mein Magen rumort, und ich habe schwitzige Hände. Wahrscheinlich muss ich mich einfach wieder daran gewöhnen, unter Leuten zu sein. Die Einsicht ist da, aber es wird noch ein langer Weg werden …

Gleichzeitig kämpfe ich mit meinen inneren Dämonen, die mich als Verräterin bezeichnen, weil ich mich nun doch wieder dem Leben öffne und wieder anfange, Spaß zu haben. Ich sehe zu April, Rachel, Noah, Tyler und Kent hinüber. Wenn ich mit ihnen zusammen bin, fühle ich mich gut, und ich bin dankbar, dass sie mich einfach so aufgenommen haben und mir dadurch eine Chance geben, wieder ein ganz normales Leben zu führen und Dinge zu machen, die siebzehnjährige Highschoolschülerinnen eben so machen.

Und je mehr Zeit ich in der Gesellschaft meiner neuen Freunde verbringe, desto bewusster werde ich mir darüber, was ich in Boston nur äußerst bereitwillig aufgegeben habe. Ohne mit der Wimper zu zucken, habe ich Ruthie und meine anderen Freunde von heute auf morgen gemieden, bin ihnen aus dem Weg gegangen und habe ihre Anrufe ignoriert. Nicht ein einziges Mal bin ich auf den Gedanken gekommen, dass ich sie damit verletzen könnte. Ich war viel zu sehr mit mir und meiner Trauer beschäftigt.

Diese Erkenntnis macht mich wiederum unendlich traurig. Wenn ich eines nicht wollte, dann ist es jemanden vor den Kopf zu stoßen.

»Sky?«, reißt April mich aus meinen Gedanken. Die

Ablenkung kommt genau im richtigen Moment. Dankbar blicke ich sie an. »Ja?«

»Wieso wolltest du wissen, wie viele Menschen ins Stadion passen?«, wiederholt April ihre Frage.

»Ach, nur so«, winke ich ab.

Rachel reicht mir eine Tüte mit Chips, und ich greife hinein. Sie wirkt mir gegenüber noch immer etwas unterkühlt, aber seit dem gestrigen Vorfall in der Turnhalle habe ich den Eindruck, dass wir uns ein wenig angenähert haben. Siedend heiß fällt mir ein, dass ich ihr noch Geld für das Ticket schulde und krame sofort in meinem Rucksack nach meinem Geldbeutel.

Ich strecke Rachel, die links von mir sitzt, den Schein entgegen.

»Das hätte doch noch Zeit gehabt.« Sie schenkt mir ein Lächeln und nimmt den Schein entgegen.

»Man soll seine Freunde nie länger als nötig warten lassen, hat mein Dad immer gesagt.« Noch ehe ich begreife, was ich da gerade gesagt habe, setzt eine ohrenbetäubende Musik ein, die das komplette Stadion erfüllt. Schlagartig sind keine Unterhaltungen mehr möglich – zumindest, solange man sich nicht anschreien will.

So kann auch Rachel nicht näher auf meinen letzten Satz eingehen, und mir bleibt jedenfalls für den Moment eine Schonfrist, bis sie mich darauf ansprechen wird. Denn das wird sie tun, da bin ich mir ganz sicher. Anstatt wie die übrigen Zuschauer auf das Spielfeld zu blicken, mustert sie mich mit leicht zusammengekniffenen Augen.

Ich setze ein gezwungenes Lächeln auf und schaue den Cheerleaderinnen dabei zu, wie sie umherrennen, Räder schlagen und in den Spagat gehen, als gäbe es nichts

Leichteres. Nicht zu vergessen die obligatorische Pyramide. An deren Spitze – wie könnte es auch anders sein? – steht wenige Sekunden später Kathleen und schenkt uns ihr strahlendstes Lächeln.

Die Menge tobt und applaudiert, während die Cheerleaderinnen noch immer lächelnd und winkend dastehen. Ihre sich schnell hebenden und senkenden Brustkörbe zeugen von der Anstrengung, die sie dieser Auftritt gekostet hat. Ist wohl doch alles nicht so leicht, wie es aussieht.

»Gleich geht's los!«, ruft Noah aufgeregt. Er scheint wirklich ein echter Football-Fan zu sein. Ganz im Gegensatz zu Rachel, die eher widerwillig und nur ihren Freunden zuliebe mitgekommen ist.

Auch ich kann dem Spiel nicht so viel abgewinnen. Zwei Mannschaften, die sich um einen Ball streiten, finde ich nicht sonderlich spannend. Aber beim Football geht es, wie beim Baseball auch, nicht nur um das Spiel an sich, das hat Dad mir bei meinem ersten Baseballspiel zumindest erklärt. Es geht auch um den Spirit, die Gemeinschaft und das Beisammensein von guten Freunden und Familie.

Plötzlich schiebt sich eine Erinnerung in meine Gedanken. Ich bin wieder neun Jahre alt und sitze neben Dad im Stadion. Er hat mir Nachos gekauft und eine Coke. Außerdem hat er mir noch ein Eis versprochen. Mom würde ausflippen, wenn sie wüsste, was ich hier alles in mich hineinstopfe. Ich lächle. Denn Dad und ich haben ein Geheimnis vor ihr. Ich verbünde mich gerne mit ihm. Er macht immer so herrlich unvernünftige Sachen mit mir. Es ist ein sonniger Nachmittag, und Dads Mannschaft gewinnt. Doch das Beste an dem Tag: Ich durfte ihn mit Dad verbringen. Mein erstes Baseballspiel.

Dann verändert sich das Bild, und ich sehe Dad am schrecklichsten aller Tage vor mir. An dem Tag, als er während eines Baseballspiels zusammengebrochen und nie wieder aufgestanden ist.

Diese Erinnerung überflutet mich wie eine eiskalte Welle. Ich bemühe mich, ruhig zu atmen – ein und aus, ein und aus – und verdränge das Bild aus meinen Gedanken.

Ich lasse meinen Blick auf der Suche nach Mom über die Menschenmassen gleiten. Sie sitzt gemeinsam mit Roger einige Ränge vor uns. Auch sie haben es sich nicht nehmen lassen, Jeff spielen zu sehen. Mom hat sogar extra ihre Schicht getauscht, um hier sein zu können.

Sie tut wirklich alles dafür, dass das hier funktioniert. Neben ihr sitzt eine Frau, die ich nicht kenne. Sie unterhalten sich so angeregt, als würden sie sich schon eine Ewigkeit kennen. Als meine Mom auflacht, versetzt es mir einen Stich ins Herz.

Ich kann mich nicht mehr daran erinnern, wann wir beide das letzte Mal ausgelassen miteinander gelacht hätten. Es muss schon eine Ewigkeit und einige tausend Kilometer zurückliegen. Hier in Lewisville ganz sicher noch nicht. Mom wirkt so unbeschwert – und das, obwohl sie schon wieder so merkwürdig reagiert hat, als ich sie gestern Abend auf ihre Gesundheit angesprochen habe.

»*Tigers! Tigers! Tigers!*«, das laute Gebrüll von Tyler und Kent reißt mich aus meinen Gedanken.

»Was meint ihr? Gewinnen die *Tigers* heute?«, zwinge ich mich dazu, mich an der Unterhaltung zu beteiligen.

Tyler, Kent und April schauen mich an, als wäre ich nicht ganz bei Trost.

»Aber natürlich gewinnen wir!«, schreit Kent so laut, dass viele der übrigen Zuschauer um uns herum in lautes Kampfgeschrei ausbrechen.

Rachel macht eine wegwerfende Handbewegung. »Mach dir nichts draus. Wenn es um Football geht, drehen die Menschen hier ziemlich durch.« Sie mustert mich mit einem fragenden Blick. »Wie war das denn in Boston? Hattet ihr auch eine Footballmannschaft an der Schule? Hast du die Spiele mit deinen Eltern angesehen oder deinen Freunden?«

Ich schlucke gegen den Kloß in meinem Hals an, der sich bei Rachels Worten gebildet hat. »J-ja, die hatten wir«, stottere ich. »Allerdings war die so schlecht, dass es einem Wunder gleichkam, wenn sie mal gewonnen haben. Wir waren lieber beim Baseball.« Ich ringe mich zu einem Lächeln durch und hoffe, Rachels Wissbegierde für den Moment ausreichend gestillt zu haben.

Nun schaltet sich auch April ein und rettet mich aus meiner misslichen Lage. »Okay, das erklärt's. Aber unsere *Tigers* sind richtig gut. In der vergangenen Saison haben sie nur ein Heimspiel und zwei Auswärtsspiele verloren. Sie sind wirklich die Größten!«

Noch ehe wir uns weiter über das Team unterhalten können, laufen die Spieler der beiden Mannschaften aufs Feld. Die Menge rastet förmlich aus. Viele springen von den Bänken auf, klatschen wie wild in die Hände und rufen den Jungs der beiden Teams entweder Anfeuerungen oder Verwünschungen zu. Je nach Teamzugehörigkeit.

Als Jeff winkend und sich um die eigene Achse drehend auf dem Feld auftaucht, ist für die meisten kein Halten mehr. Er scheint hier wirklich so etwas wie ein Star zu sein. Offenbar macht er seine Sache echt gut, wenn die Leute ihn so toll finden.

Viele der jüngeren Schülerinnen winken und kreischen, als wären sie auf einem Shawn-Mendes-Konzert. Bleibt nur zu hoffen, dass sie nicht gleich in Ohnmacht fallen, wenn Jeff zeigt, was in ihm steckt.

Als die Nationalhymne erklingt, wird es plötzlich fast mucksmäuschenstill auf den Rängen. Einige legen sich sogar die Hand auf die Brust, während sie inbrünstig die Zeilen mitsingen. Die Fahne wird gehisst, und so langsam kann auch ich mich nicht mehr gegen das Gefühl der Verbundenheit wehren.

In dem Moment blickt sich Mom suchend zu mir um und schenkt mir ein Lächeln, als sie mich entdeckt. Ich erwidere es. Es ist nur kurz und kaum der Rede wert, aber wir wissen beide, dass es so viel mehr ist. Und auf einmal fühle ich mich leicht … als hätte ich lange Zeit den Atem angehalten, und nun endlich wieder richtig Luft geholt.

Eine plötzliche Wärme durchflutet meinen ganzen Körper, und ich fühle mich geborgen und geliebt. Ich wische die trüben Gedanken beiseite und lasse Raum für die Liebe, die Mom trotz allem, was zwischen uns war und sicher noch sein wird, für mich empfindet.

Mit dem Kick-off beginnt das erste Quarter. Alle Augen sind gebannt auf das Spielfeld gerichtet, auf dem es schon gleich zu Beginn mächtig ans Eingemachte geht. Die beiden Mannschaften gönnen sich keinen Zentimeter Raum, und der Football ist hart umkämpft.

Die Fans der gegnerischen Mannschaft, der *Riots*, sind klar in der Unterzahl. Ist ihre Mannschaft im Ballbesitz, geht ein eher verhaltenes Raunen durch die Tribüne auf der gegenüberliegenden Seite. Haben unsere Jungs den Football, dann ist die Menge nicht mehr zu halten. Viele springen auf, fuchteln wild mit den Armen, vergessen dabei, dass sie vorher etwas auf dem Schoß liegen hatten und kümmern sich nicht weiter darum, dass es jetzt auf dem Boden liegt – oder den Leuten, die vor ihnen sitzen, in den Kragen gefallen ist.

Im Stadion der Lewisville Highschool herrscht Ausnahmezustand. Selbst wenn ich mich der Atmosphäre entziehen wollte, würde das nicht klappen. Ich bin ebenso aufgeregt wie meine Freunde um mich herum. Nur Rachel lässt sich nicht von dem Treiben um sie herum anstecken. Sie sitzt ganz ruhig da. Aber ihren Blick wendet sie dann doch nicht vom Spielfeld ab. Ein wenig scheint sie sich doch für das Geschehen zu interessieren, und ich unterdrücke ein Schmunzeln.

April hat die Füße auf den Sitz gezogen und ihre Arme darum geschlungen, so aufgeregt ist sie. Noah und die anderen Jungs stehen und feuern unsere Mannschaft mit allem, was sie haben, an. Ich bin regelrecht geflasht von den ganzen Eindrücken um mich herum. Allein das Zusehen kostet mich schon unendlich viel Kraft.

Als Jeff in den Ballbesitz gelangt, springen fast alle Zuschauer auf. Ich eingeschlossen. Nicht ganz freiwillig, aber April lässt mir keine andere Wahl. Sogar Rachel steht auf. Die paar Leute, die noch sitzen, sind die Fans der *Riots*, denen gerade offenbar so gar nicht zum Feiern zumute ist. Anscheinend kennen sie Jeff schon.

Es fällt mir nicht leicht, mich auf das Spielgeschehen zu konzentrieren, während um mich herum das blanke Chaos ausgebrochen ist. Und dennoch bemühe ich mich, Jeff auf dem Feld ausfindig zu machen, um ihn bei diesem Spielzug zu beobachten. Ich habe eigentlich keine Ahnung von Football, aber sogar mir springt Jeffs Talent ins Auge.

Geschmeidig wie eine Wildkatze schlängelt er sich an den riesigen Verteidigern der *Riots* vorbei, die sich ihm entschlossen in den Weg stellen oder ihn anders zu Fall zu bringen versuchen. Jeff weicht all diesen Manövern gekonnt aus, während er den Football fest unter seinen Arm geklemmt hat. Es wirkt, als würde er den ovalen Gegenstand wenn nötig sogar mit seinem Leben verteidigen.

Auch auf die Entfernung hin kann ich sehen, wie konzentriert er ist. Er läuft so schnell, dass ihm kaum einer seiner eigenen Mannschaftskollegen folgen kann. Ohne die Möglichkeit, einen Pass zu spielen, um den Spielzug nicht allein bewältigen zu müssen, dringt Jeff immer weiter in den Bereich der Gegner vor … und landet schließlich einen Touchdown!

Eine La-Ola-Welle rauscht durch die Ränge und lässt auch noch den letzten Fan aus unserem Block auf die Füße kommen. Jeff und seine Jungs dominieren das Spiel.

In der ersten Pause geben die Cheerleaderinnen erneut ihr Bestes.

»Hast du dir mal überlegt, ob du bei denen mitmachen möchtest?«, fragt mich April ganz unschuldig.

»Ja, klar! Das würde die liebe Kathleen sicher auch total freuen! Dann könnte sie mich bei einer schwierigen Hebefigur ganz unabsichtlich fallen lassen, damit ich im Krankenhaus lande und nicht mehr mit ihrem Jeff unter einem Dach schlafe.«

April kichert und auch Rachel grinst. »Aber sag doch

mal ganz ehrlich: Jeff ist schon ziemlich süß. Findest du nicht auch?«

Aprils Blick wirkt verträumt, wie jedes Mal, wenn sie Jeffs Namen sagt oder in seine Richtung sieht. Rachel hingegen ist mehr so auf dem Stand *»Ich habe Augen im Kopf – und der Typ ist heiß, also kann ich ihn mir auch gerne ansehen.«*

Sie haben schon recht. Jeff sieht gut aus. Er ist außerdem ein toller Footballer, und die Euphorie, die sein Können bei den Zuschauern erweckt, ist echt ansteckend.

Dann aber denke ich an die vielen Momente zurück, in denen er mich in kürzester Zeit zur Weißglut gebracht hat. Die Gedanken werden von den Bildern dieses einen Augenblicks abgelöst, als Jeff nach dem Bowlingabend auf mich gewartet hat. Diese Berührung … Nein, Jeff ist vielleicht ganz nett anzusehen, wie er da in den engen weißen Hosen übers Feld sprintet und die Gegner wie Trainingsaufsteller einfach stehen lässt. Für mich überwiegt dennoch sein Nervfaktor, der ins Unendliche potenziert werden kann.

»Jeff und ich sind nur … unfreiwillige Mitbewohner«, zwinge ich mich zu sagen, um der Fragerei endlich ein Ende zu setzen. Ich möchte mich nicht in epischer Bandbreite über ihn unterhalten, geschweige denn erzählen müssen, was er sich schon alles geleistet hat. Es genügt, dass ich weiß, dass er nicht mein Fall ist. Alles andere wäre auch völliger Irrsinn!

»Ich kann echt nicht verstehen, was er an Kathleen findet«, meint nun April. »Jeff ist immer so nett und höflich, während Kathleen einem einen Dolch in den Rücken rammt, wenn man nicht aufpasst.« Aprils Worte klingen viel zu harsch für sie. Als sie sich dessen bewusst wird, lächelt sie die schwarzen Wolken beiseite und ergänzt: »Im übertragenen Sinne natürlich!«

Der Rest des Spiels birgt keine weiteren Überraschungen. Die *Tigers* sind tonangebend, führen die *Riots* wie Erstklässler vor, die den Weg über den Zebrastreifen nicht allein finden. Es ist eine ziemlich blamable Vorstellung, die sie mit zunehmender Spieldauer bieten, und ich habe fast etwas Mitleid mit ihnen. Egal, wie sehr sie sich auch bemühen und neue Spielzüge angehen, die Lewisville-Highschool-Footballmannschaft bleibt spielführend und gewinnt letztlich haushoch.

»Was meint ihr? Wollen wir noch was zusammen machen? Wir können was trinken gehen oder drüben bei Alfredo eine Pizza essen.« Tylers Vorschlag wird vom Knurren seines Magens untermalt.

»Ich könnte auch etwas vertragen«, höre ich mich plötzlich selbst sagen.

Als wir uns von unseren Plätzen erheben, hat sich das Stadion schon ziemlich geleert. Unten auf dem Feld sind noch einige unserer Spieler zu sehen. Darunter auch die Nummer 12. Jeffs Rückennummer. Die gegnerische Mannschaft konnte offenbar nicht schnell genug nach Ende des Spiels verschwinden.

Jeff ist ganz vertieft in ein Gespräch mit Kathleen, die ihn so übertrieben anschmachtet, als müsse sie ihn erst noch von sich überzeugen.

Eigentlich kann es mir ziemlich egal sein, was die beiden da unten treiben, und dennoch kann ich den Blick nicht von ihnen abwenden. Kathleen fährt sich durch ihr langes dunkles Haar, das eben noch zu einem hohen Pferdeschwanz gebunden war und ihr jetzt offen auf die Schultern fällt. Sie kichert verlegen wie eine Zwölfjährige, und Jeff, der Idiot, scheint sich dabei auch noch köstlich zu amüsieren.

Während ich die beiden so beobachte, dreht Jeff sich in meine Richtung. Zunächst entdeckt er Roger und Mom und winkt ihnen zu. Dann wandert sein Blick hoch zu mir. Er wusste nicht, dass ich auch hier sein würde. Bis zuletzt habe ich behauptet, meine Zeit mit etwas besserem als Football verbringen zu können.

Er schenkt mir ein wissendes Lächeln. Prompt ernte ich Kathleens wütenden Blick als Antwort auf die Reaktion ihres Freundes, während April mich anerkennend mustert und Rachel fragend eine Augenbraue hebt. Das hat mir gerade noch gefehlt …

Kapitel 13

Das Kleid schmiegt sich wie eine zweite Haut an meinen Körper. Vor dem großen Spiegel, den ich mir aus Moms begehbarem Kleiderschrank geborgt habe, drehe ich mich immer wieder in alle Richtungen und beuge mich nach vorne. April hat recht behalten: Der Wasserfallausschnitt ist zwar sehr auffällig, gibt aber nichts preis, was er besser verbergen sollte, und die Strasssteine an den Seiten stören mich nicht einmal. Ich wollte nicht, dass April wegen mir an ihrem Kleid herumschnippelt. Schließlich werde ich es nur heute ein einziges Mal tragen und ihr dann postwendend wieder zurückgeben.

Mein langes blondes Haar habe ich zu einem hohen Dutt zusammengesteckt. Seit einer Ewigkeit habe ich mich sogar mal wieder geschminkt. Es ist ungewohnt, so viel Farbe in meinem sonst eher blassen Gesicht zu sehen. Aber meine blauen Augen kommen schön zur Geltung. Ich habe sie von Dad geerbt. Noch bevor mich die Erinnerung mit der Wucht eines Vierzigtonners überfahren kann, zwinge ich meine Gedanken ins Hier und Jetzt zurück.

Ich greife nach dem Handy, mache ein Foto von mir und schicke es an April und Rachel. Von den beiden kommen prompt Smileys mit Herzchenaugen, und anschließend schicken sie mir auch Bilder von sich. Sie sehen beide wunderschön aus. April trägt ein mitternachtsblaues knielanges Kleid, das durch den hohen Kragen recht zugeknöpft wirkt – bis sie ein zweites Bild schickt, auf dem zu sehen ist, dass es komplett rückenfrei ist. Wow! Der Kontrast zwischen dem Stoff und ihren roten Haaren ist wie ein Feuerwerk der Farben. Das Kleid unterstreicht ihre natürliche Schönheit unglaublich.

Rachels rotes Kleid geht genau wie meins bis zu den Knöcheln. Im Gegensatz zu meinem ist ihres allerdings ab der Hüfte wie ein Prinzessinnenkleid mit Unterrock weit geschnitten. Ihr dunkelbraunes Haar ist kunstvoll hochgesteckt, und ich erwische mich dabei, wie ich mich frage, welcher Disney-Schönheit sie am ähnlichsten sieht.

So langsam werde ich ein bisschen nervös. Ich möchte den lieben Menschen, die mich so offen in ihrer Mitte aufgenommen haben, eine gute Freundin sein. Sie haben sich gewünscht, dass ich heute Abend dabei bin. Dafür muss ich nun ein weiteres Mal über meinen Schatten springen. Nach dem Bowlingabend und dem Besuch des Footballspiels ist der Herbstball die dritte Veranstaltung innerhalb kurzer Zeit … Bisher habe ich alles überlebt. Irgendwie. Aber der Ball fühlt sich an wie eine Art Willkommensritual, das man durchlaufen muss, wenn man dazugehören will …

Gedankenversunken streiche ich über das zarte Leder von Moms kleiner blauen Handtasche. Als ich ihr erzählt habe, dass ich auf den Ball gehe, ist sie schier ausgeflippt vor Freude. Sie hat ihren halben Kleiderschrank auf den Kopf gestellt, bis ich ihr erklären konnte, dass ich bereits ein Kleid habe, aber noch ein paar Accessoires sowie Schuhe gebrauchen könnte.

Das ließ sich Mom nicht zweimal sagen. Schon hatte sie ein paar Sandalen gefunden, die nicht zu hoch sind und am Knöchel mit Riemchen gebunden werden können. Außerdem bot sie mir eine silberne Kette mit einem Herzanhänger daran an, die ich allerdings nicht annehmen wollte. Mom hat sie von Dad zu einem ihrer Geburtstage geschenkt bekommen. Ich könnte es nicht ertragen, wenn ich sie auf der Feier verlieren würde.

Schnell mache ich noch ein Foto von mir in voller Montur und schicke es Mom. Sie kann heute Abend nicht hier sein und mich live sehen – die Kollegin, die erst vor kurzem krank war, ist schon wieder ausgefallen, und Mom hat ihre Schicht übernommen. Tatsächlich habe ich sie heute nur kurz beim Frühstück gesehen. Sie kam mir dünner vor als noch vergangene Woche, und so unendlich müde … Aber egal, was ich auch sage, sie schiebt es auf die Arbeit und den Stress dort. Roger war mir auch keine große Hilfe. Er hält sich aus unseren Diskussionen raus. Dabei kann ich an seinen Augen ablesen, dass auch er sich Sorgen um sie macht. Ich habe mich schon gefragt, ob es für ihn nicht ein Leichtes wäre, meiner Mom anzubieten, hier auf der Ranch zu arbeiten und den Schichtdienst sein zu lassen. Andererseits weiß ich auch, wie stolz meine Mom sein kann. Rogers Angebot, bei ihm zu wohnen, nimmt sie bereitwillig an, um bei ihm sein zu können. Aber sich von ihm aushalten zu lassen, das kommt für sie nicht infrage.

»Bist du schon fertig, ich wollte gleich …« Jeff platzt ohne anzuklopfen in mein Zimmer.

Vor Schreck fällt mir die Tasche aus der Hand. Ihr Inhalt verteilt sich auf dem Fußboden – mein Smartphone, der rote Lipgloss, mein Hausschlüssel und einer von Dads alten Schraubenschlüsseln, der mir beim Auspacken der restlichen Umzugskartons erst gestern Abend in die Hände gefallen ist.

Jeff stürzt zu mir. »Sorry, ich wollte dich nicht erschrecken.« Dabei bückt er sich und hebt mein Telefon hoch, während ich zuerst nach dem Schraubenschlüssel greife.

»Du!«, blaffe ich ihn an. »Warum zur Hölle kommst du schon wieder einfach so in mein Zimmer marschiert ohne anzuklopfen? Macht man das so in Lewisville?«

Jeff schenkt mir ein schiefes Lächeln, während er mir mein Smartphone reicht. »Soweit ich weiß, klopft man auch hier an die Tür, wenn man irgendwo rein will. Muss wohl an dir liegen.«

Der Typ schafft es wirklich immer wieder aufs Neue mich auf die Palme zu bringen. »Ich werde ab sofort mein Zimmer abschließen. Nicht, dass das noch zur Gewohnheit bei dir wird.«

Als ich ihm das Handy abnehmen will, berühren sich unsere Hände für den Bruchteil einer Sekunde. Mein Blick fällt auf Jeffs Unterarm, der heute nicht von einem Schweißband bedeckt ist. Dafür springt mir dort etwas anderes ins Auge. Ein Tattoo. Ziemlich klein. Doch noch ehe ich es näher in Augenschein nehmen kann, zieht Jeff seine Hand auch schon wieder zurück.

»Wir sind spät dran und sollten langsam los«, meint er ein wenig verlegen.

»Ich fahre mit Kent und den anderen. Das hatte ich dir bereits gesagt. Du kannst also in aller Seelenruhe mit Kathleen rumknutschen«, gebe ich eine Spur kratzbürstiger als beabsichtigt zurück. Zu spät bemerke ich, dass man meinen letzten Satz auch anders interpretieren könnte. Na, wunderbar! Jetzt füttere ich auch noch unbeabsichtigt Jeffs aufgeblasenes Ego!

Doch Jeff erwidert nichts. Dafür sieht er mich so durchdringend an, dass mir ganz anders wird. Er streift mit seinem Blick mein Haar und mein Gesicht, bleibt für einen unglaublich langen Augenblick an meinen roten Lippen hängen, gleitet dann immer tiefer an meinem Ausschnitt hinab, ehe er an dem Schraubenschlüssel in meiner Hand innehält. Es fühlt sich merkwürdig an, wie er mich so mustert. Ein ungewohntes Kribbeln breitet sich auf meiner Haut aus und lässt mich gleichzeitig etwas frösteln.

»Was hast du denn damit vor? Waffen sind auf dem Herbstball verboten«, scherzt er etwas bemüht und deutet unbeholfen auf den Schraubenschlüssel, den ich noch immer fest umklammere, bevor er die Hände in seine schwarze Anzughose schiebt. Das weiße kurzärmlige Hemd – der Verrückte, draußen hat es grade mal acht Grad – spannt an seinem Brustkorb. Der dünne schwarze Schlips und seine wie immer überaus legere Frisur lassen heute Abend mehr an einen Rockstar als an einen Sportler denken. Er sieht gut aus. Auf seine Weise. Aber ich werde einen Teufel tun und ihm das sagen.

»Das ist ein Andenken. Keine Waffe, du Idiot!« Ich bücke mich erneut, um die übrigen Dinge vom Boden aufzusammeln.

Natürlich muss Jeff es mir gleichtun, und unsere Köpfe stoßen dabei zusammen.

»Aua! Kannst du nicht aufpassen?« So langsam frage ich mich wirklich, ob er das mit Absicht macht.

Jeff lächelt – was auch sonst? – und sieht mich abwägend an. »Du bist genauso mit mir zusammengestoßen wie ich mit dir. Du trägst also mindestens eine Teilschuld.«

Ich schnaube wie eines der Pferde, wenn es draußen auf der Koppel von Fliegen belästigt wird. Anstatt etwas zu erwidern, stopfe ich meinen Kram in die Tasche und richte mich möglichst würdevoll wieder auf. Dieses Mal achte ich tunlichst darauf, auch einen genügend großen Sicherheitsabstand zu Jeff zu haben. Mein Kopf dröhnt noch immer.

Plötzlich spüre ich, wie Jeff meinen Oberarm mit seinen Fingern berührt. Im ersten Moment denke ich, dass er mich stützen will, weil er Angst hat, dass ich umkippe … doch dann fährt er langsam mit den Fingern meine Schulter hinab bis zu meinem Handgelenk, wo sie schließlich einfach liegenbleiben.

Reflexartig halte ich den Atem an, und mein Blick sucht seinen. Die karamellfarbigen Sprenkel in den großen braunen Augen scheinen heute noch eine Spur heller zu leuchten als sonst. Mein Herz klopft so laut, dass ich es in meinen Ohren rauschen hören kann. Das hier fühlt sich komplett falsch und zugleich unheimlich richtig an. Auf der einen Seite möchte ich am liebsten einen Schritt auf ihn zu machen und mich eng an Jeff schmiegen. Auf der anderen Seite ist da diese Stimme in mir, die einfach keine Ruhe geben will und mich ermahnt, endlich Abstand zwischen uns zu bringen. Ich weiß nicht, warum ich plötzlich das Bedürfnis habe, für eine Ewigkeit genau so stehen zu bleiben. Schließlich hat Jeff doch gerade erst wieder dafür gesorgt, dass ich ihn am liebsten zum Mond schießen möchte.

»Wir sehen uns dann in der Schule.« Das Leuchten der karamellfarbenen Sprenkel erlischt, und Jeff zieht seine Hand ohne Vorwarnung von meinem Handgelenk zurück. Eine unerwartete Kälte umfängt mich, als er sich auf den Weg zur Tür macht.

Im Türrahmen hält er inne. »Nach Hause fährst du besser mit mir.«

»Es gibt überhaupt keinen Grund …«, protestiere ich und werde jäh von ihm unterbrochen.

»Ich habe deiner Mom und Roger versprochen, heute Abend auf dich aufzupassen und genau das werde ich auch tun.«

Seine Worte klingen bestimmt und lassen keine Widerworte zu. Die gewohnte Leichtigkeit ist verflogen. Zurück bleibt ein Junge, der fast schon eine Spur bedrückt dreinsieht. Mit einem Sonnyboy hat das definitiv nichts mehr zu tun.

Jeff verlässt mein Zimmer und lässt mich mal wieder total verwirrt zurück. Ich werde einfach nicht schlau aus ihm …

Kapitel 14

Jeff

Meine Finger schmerzen bei dem erneuten heftigen Aufprall auf dem Lenkrad meines Jeeps, ehe sie sich darin verkrallen, wie um daran Halt zu finden. Doch das ist nichts im Vergleich zu dem Gefühl, das ich in dem Moment verspürt habe, als ich Skys Arm mit meiner Hand berührt habe.

Ich presse meine Lider so fest aufeinander, bis ich Sternchen sehen kann und versuche auf diese Weise, Skys verwunderten Gesichtsausdruck aus meinen Gedanken zu verscheuchen. Es gelingt mir nicht.

Noch immer kann ich ihre verschreckten Augen und den leicht geöffneten Mund, der mich nach dem Warum fragen will, deutlich vor mir sehen. Es gibt keine Löschfunktion für das, was vor nicht einmal einer halben Stunde in Skys Zimmer zwischen uns vorgefallen ist. Leider.

Ruhelos schweift mein Blick nach draußen auf die Straße. Ein roter Geländewagen mit Pferdeanhänger passiert mich, während ich längst aussteigen und an Kathleens Haustür hätte klingeln sollen.

Sie wartet sicher schon ganz ungeduldig auf mich und kann sich nicht erklären, warum ich nicht aus meinem verdammten Wagen aussteige und endlich zu ihr komme.

Die Antwort ist: Ich weiß selbst nicht so genau, was mich noch hier in meinem Sitz hält.

Noch vor wenigen Stunden habe ich mich auf einen entspannten Abend mit den Jungs aus meinem Team gefreut und auf die langsamen Songs der MonkeyHeads, zu denen ich eng mit Kathleen tanzen wollte.

Und nun? Irgendwas macht Sky mit mir. Noch vor wenigen Tagen habe ich gedacht, ich müsste ihr helfen, sich hier zurechtzufinden und sich dem Leben neu zu öffnen. Doch seit dem Zwischenfall eben bin ich mir nicht mehr so sicher, ob es hier wirklich nur um Sky geht. Etwas tief in mir erwacht zu neuem Leben und will sich durch die verkrusteten Schichten meiner Seele emporkämpfen.

Ich löse meine Finger vom Lenkrad und lege sie mir fest auf die Ohren, als könnte ich damit die Stimmen in meinem Inneren ausblenden. Meine Augen schließe ich abermals. Jetzt bin ich für meine Gefühle blind und taub und unterdrücke das Bedürfnis, ihnen nachzuspüren.

Nur sehr langsam kehrt wieder Ruhe in mir ein. Meine Hände gleiten sanft zurück auf das Lenkrad. Dabei verrutscht der Ärmel meiner Jacke ein wenig und gibt den Anblick auf etwas frei, das ich sonst gut zu verstecken weiß.

Die feinen roten Linien des Tattoos auf meinem rechten Unterarm führen mir schonungslos vor Augen, wer ich wirklich bin. Egal, wie sehr ich mich auch dagegen wehre, ich werde die Schatten meiner Vergangenheit niemals abschütteln können. Sie werden immer ein Teil von mir sein. Ob ich will oder nicht.

»Was zur Hölle machst du hier? Der Ball beginnt in wenigen Minuten. Wir werden zu spät kommen.«

Ich habe gar nicht bemerkt, wie Kathleen die Wagentür geöffnet hat. So sehr war ich in meine Gedanken vertieft. Einem Impuls folgend schiebe ich den Jackenärmel schnell wieder über das kleine Tattoo an meinem Unterarm und versuche mir nichts anmerken zu lassen.

Kathleen sieht mich mit einer Mischung aus Wut und Verwunderung an, als sie sich auf den Beifahrersitz setzt. Sie scheint nicht verstehen zu können, was mit mir los ist. Kein Wunder – schließlich weiß ich es selbst nicht.

Ich bemühe mich um ein Lächeln, das sich so falsch anfühlt, wie die Tatsache auf einen Schulball zu fahren, um ausgelassene Stunden mit meinen Freunden bei viel zu lauter Musik zu verbringen. Eine plötzliche Melancholie umfängt mich.

Warum jetzt? Warum nach all den Jahren? Mein Blick geht stets nach vorne. Doch heute Abend habe ich meinen Blick das erste Mal seit Jahren über meine Schulter gleiten lassen. Nur für den Wimpernschlag eines Augenblicks.

»Jeff? Hörst du mir überhaupt zu? Was ist bloß los mit dir?«

Kathleens aufdringliches Parfüm schießt mir in die Nase und nimmt mir die Luft zum Atmen. Aufgebracht wippen ihre goldenen Kreolen. Meine Freundin hat keine Vorstellung davon, wie sehr mich die Sache von damals noch mitnimmt, wie oft ich nachts schweißgebadet aufwache und dieses zerschmetternde Geräusch in meinem Kopf dröhnen höre, das ich wohl nie mehr vergessen werde.

Niemand soll wissen, wie sehr mich die Erinnerungen an damals noch immer belasten, wie sehr sie ein Teil von mir sind. Ich habe gelernt, dass es leichter ist, den Sonnyboy zu mimen, ein guter Footballspieler im Highschoolteam zu sein und ein Lächeln aufzusetzen, auch wenn mir zum Heulen zumute ist. Ich will kein Mitleid. Das würde ich nicht ertragen.

»Es ist nur … Roger braucht mich morgen auf der Farm. Ich habe eben noch mit ihm telefoniert«, lüge ich und konzentriere mich darauf, meine Stimme so souverän wie nur möglich klingen zu lassen.

Kathleen blickt mich skeptisch an. »Dein Smartphone liegt doch hier in der Mittelkonsole. Ich habe gar nicht gesehen, dass du es in der Hand gehalten hast.«

»Ich habe über die Freisprecheinrichtung telefoniert«, halte ich an meiner Lüge fest. »Muss ich mich jetzt etwa vor dir rechtfertigen?« Jedes meiner Worte hallt wie aus weiter Ferne dumpf in meinen Ohren nach.

Kathleens Augen weiten sich unnatürlich. Sie ist es nicht gewohnt, dass man so mit ihr spricht.

Ich schüttele leicht mit dem Kopf, wie um mich der wirren Gedanken darin zu entledigen. Wieder sehe ich Sky vor mir. Ich will nicht an sie denken. Besonders nicht, wenn sie Erinnerungen in mir weckt, die mich gedanklich in die schlimmste Zeit meines Lebens zurückkatapultieren.

»Ist ja schon gut.« Kathleen scheint ihre Irritation überwunden zu haben. »Können wir dann endlich losfahren? Cybill und Jess warten schon auf mich. Ich kann es kaum erwarten, was sie zu meinem Kleid sagen werden.«

Da ist er wieder: Der Deckmantel der Oberflächlichkeit, der sich sorgsam um mein Leben legt, der mich warm einpackt und mir das Gefühl vermittelt, alles würde gut werden und der mich vor dem schützt, was einst war.

Das erste Mal an diesem Abend lasse ich meinen Blick über meine Freundin schweifen. Sie sieht wirklich verdammt heiß aus. Ihr trägerloses rotes Kleid liegt so eng an ihrem Körper an, dass man jede ihrer weiblichen Rundungen sehr genau sehen kann. Knapp unter ihrem Po endet es abrupt und gibt den Blick auf zwei endlos lang erscheinende Beine frei. Ihre Füße stecken in sündhaft hohen Pumps.

Kathleen gilt als eins der schönsten Mädchen der Schule. Meine Augen fahren entlang ihrer Beine wieder nach oben, streifen ihre Brüste, das Schlüsselbein, wandern an ihrem Hals immer weiter nach oben. Ihr dunkles langes Haar ist zu einer aufwendigen Frisur gesteckt. Einzelne Strähnen fallen ihr in die Stirn, wirken wie beiläufig dort platziert. Doch ich weiß es besser. Kathleen überlässt nichts dem Zufall.

Als ich schließlich in ihr Gesicht sehe, bin ich für den Bruchteil eines Augenblicks enttäuscht. Nicht, weil sie nicht wunderschön wäre mit den hohen Wangenknochen und den stechenden grünen Augen. Nein, irgendwas fehlt mir darin. Etwas, das an den Himmel erinnert.

»Du siehst toll aus!«, beeile ich mich zu sagen, ehe Kathleen mir meine Gedanken ansehen kann.

Geschmeichelt lächelt sie mich an, beugt sich zu mir hinüber, um mich zu küssen. »Ich dachte schon, es wäre dir entgangen.«

»Wie könnte mir das bitte schön entgehen?«, frage ich.

Ein zufriedenes Lächeln breitet sich auf ihren Lippen aus. »Das ist mein Jeff. So mag ich dich.«

Ja, den offenen, stets gut gelaunten Jeff mögen alle …

Kapitel 15

Die Musik der MonkeyHeads wummert durch meinen Körper und bringt dabei auch die entlegensten Zellen und Moleküle zum Vibrieren. Der Bass und das laute Stimmengewirr dröhnen in meinen Ohren. Kichernde Mädchengruppen, ausgelassene Jungs. Die Stimmung ist elektrisch aufgeladen. Und dafür ist nicht allein die Musik verantwortlich.

Eine Diskokugel taucht den Raum in ein Meer aus Farben, Licht und Schatten, und viele bunte Herbstblätter hängen wie Girlanden von der Decke. Das Ballkomitee hat wirklich ganze Arbeit geleistet.

»Hey, da seid ihr ja endlich«, begrüßt uns Noah, der als einziger von uns allein gekommen ist, weil sich sein Haus auf der anderen Seite der Stadt befindet.

»Hey Noah!« Tyler und Kent begrüßen ihn mit Handschlag. Die drei wirken in ihren schwarzen Anzügen so erwachsen. Ganz anders als in ihren gewöhnlichen Outfits. Bei Tyler habe ich vermutet, er würde unter dem Anzug ein Manga- oder Animeshirt tragen. Das hätte irgendwie besser in mein Weltbild gepasst. Aber auch er trägt ein schickes weißes Hemd.

»Sehen unsere Jungs nicht toll aus?« Rachel zieht sich die langen silbern schimmernden Handschuhe nach hinten, die sie sich von ihrer Mom geliehen hat. Sie sieht einfach bezaubernd aus. Ebenso wie April, die mit ihrem Lächeln jeden noch so düsteren Raum erhellen könnte.

»Absolut!«, pflichtet April ihr bei, und auch ich nicke zustimmend.

Ein wenig überfordert mich die Situation noch. Doch im Gegensatz zu dem Abend im Bowlingcenter oder dem Footballspiel verspüre ich nicht den Wunsch zu flüchten. Ich weiß nicht, ob es daran liegt, dass ich mich langsam wieder daran gewöhne, unter Menschen zu sein, oder dass ich meine Freunde nicht vor den Kopf stoßen möchte und ich mich deswegen zusammenreiße. Ich weiß nur eins: Es fühlt sich weniger schlimm an, als noch vor wenigen Wochen, wo ich das Gefühl hatte, ich würde Dad mit jedem Lachen, das über meine Lippen kommt, ein Stück weit mehr verraten.

»Ihr seid aber auch verdammt hübsch«, meint Tyler.

Trotz der schlechten Lichtverhältnisse bilde ich mir ein, erkennen zu können, wie er bei seinen Worten errötet. Wir lachen, während er sich verlegen durchs Haar fährt.

Kurze Zeit später ist bei den Jungs mal wieder eine

flammende Diskussion über irgendeinen neuen Quarterback entfacht.

»Was wollen wir machen?«, fragt April ganz aufgeregt. »Erst zur Bowle oder gleich auf die Tanzfläche?«

»April, entspann dich doch mal. Wir haben ja noch den ganzen Abend vor uns. Wir könnten uns auch einfach da vorne hinstellen.« Rachel deutet mit ihrem Zeigefinger Richtung Bühne. »Und Ben, dem Leadsänger, ein paar schmachtende Blicke zuwerfen.«

Rachel zwinkert mir vielsagend zu, während April ihre Hand auf die Brust legt und ihre Stirn krauszieht. »Aber ist das nicht viel zu auffällig? Er soll nicht merken, wie sehr ich ihn anhimmle. Das wäre mir irgendwie peinlich.«

Rachel lacht. »Er wird es bei den vielen Leuten und dem schummrigen Licht sicher nicht bemerken.«

Nun muss auch April grinsen.

»Was ist mit dir, Sky? Kommst du mit?« Rachel sieht mich auffordernd an, während April mir einen etwas besorgten Blick zuwirft. Sie scheint intuitiv zu spüren, wie ungern ich mich mitten im Geschehen aufhalte. Am Rande der Party zu stehen, ist eben doch etwas anderes, als mittendrin zu sein. Noch bin ich nicht bereit, meine Komfortzone zu verlassen. Aber was nicht ist, kann ja vielleicht noch werden.

»Ich hole mir noch schnell ein Glas Bowle. Geht ihr ruhig schon mal vor!«, ermutige ich die beiden. »Ich komme auch gleich nach«, verspreche ich ihnen, als sie vielsagende Blicke tauschen.

»Okay, dann gehen wir schon mal vor. Wir sehen uns gleich!« Rachel nimmt Aprils Hand, und die beiden machen sich auf den Weg zur Bühne. Ich bleibe für einen kurzen Moment unschlüssig stehen.

Die Jungs sind nach wie vor in ihr Gespräch vertieft. Ich tippe Kent kurz auf die Schulter und zeige in Richtung der Tische auf der linken Seite der Halle, wo die Bowle ausgeschenkt wird. Er grinst mich an und nickt bevor er sich wieder den anderen zuwendet.

Die volle Halle und die Aussicht darauf, mich ganz allein ins Getümmel zu stürzen, um mir ein Glas Bowle zu holen, machen mich nervös. Ich atme tief durch, um mich zu sammeln. Was soll schon passieren?

Also setze ich mich in Bewegung und bahne mir einen Weg durch die Masse meiner ausgelassen feiernden Mitschüler.

Wenig später komme ich unbeschadet an der Bar an. Ich habe mich tatsächlich ein Stückchen weiter aus meiner Komfortzone herausgewagt! Ein warmes Gefühl durchflu tet mich, als ich in der Schlange auf mein Getränk warte.

Während mir eine Cheerleaderin, eine Freundin von Kathleen, die mich seit meinem ersten Tag an der Schule skeptisch beäugt, eines der gefüllten Gläser reicht, muss ich unvermittelt an den Grund ihres Argwohns denken: Jeff.

Schlagartig schweifen meine Gedanken zu dem Moment vor etwa einer Stunde zurück, als Jeff mit seinen Fingern über meinen Arm gestrichen hat. Warum hat er das getan? Ich werde einfach nicht schlau aus ihm. In einem Moment sieht er mich ganz weich und offen an. Dann wieder macht er dicht, als könnte ein falscher Blick etwas freilegen, was tief in ihm verborgen liegt. Und nervig ist er obendrein.

Jeff ist und bleibt ein Rätsel für mich. Und ich ärgere mich über mich selbst, dass ich ihm so viel Raum in meinen Gedanken gebe. Schließlich sind wir beide nichts weiter als WG-Bewohner auf Zeit. Nicht mehr und nicht weniger. Auch wenn ich zu gerne wüsste, was da manchmal in seinem Kopf vorgeht.

»Hey!«, schreie ich entrüstet, als mich jemand so heftig anrempelt, dass mir der Inhalt meines Glases über das Kleid schwappt.

Hektisch betaste ich den nassen Stoff und blicke an mir hinunter. Es hat mich wirklich übel erwischt. Ich bin klitschnass!

»Oh, das tut mir aber leid«, höre ich eine mir ziemlich bekannte Stimme übertrieben schuldbewusst rufen, während die ganze Halle zu einem der Songs der MonkeyHeads abgeht. Kathleen stimmt nicht mit ein, als ihre Cheerleaderfreundinnen neben ihr ausgelassen zu tanzen beginnen. Vielmehr steht sie siegesbewusst in einem viel zu kurzen roten Kleid vor mir und grinst mich unverhohlen an.

Seit wir uns das erste Mal in Jeffs Wagen begegnet sind, hat sie mich auf dem Kieker. Und das alles nur wegen Jeff. Wenn er nicht wäre, dann würden wir zwar sehr wahrscheinlich auch keine Freundinnen werden, aber sie würde mich wenigstens in Ruhe lassen.

Das nasse Kleid klebt an meinem Körper und der Wasserfallausschnitt lässt in der Mitte bedächtig einen Tropfen nach dem anderen nach unten fallen. Ich bin richtig wütend auf Jeffs Freundin, weil sie dabei ist, mir den Moment zu zerstören, in dem ich mich mehr oder minder aufgeschlossen aus meinem Kokon gewagt habe.

»Erspar uns beiden die Show und gib wenigstens zu, dass du mich mit voller Absicht angerempelt hast!«, schreie ich sie über das laute Gegröle unserer Mitschüler hinweg an.

Kathleens diabolisches Lächeln wird immer breiter, und mir wird bewusst, dass sie mich jetzt genau da hat, wo sie mich haben wollte. Bisher bin ich immer ruhig geblieben – jetzt nicht mehr.

Das Funkeln in ihren Augen spricht eine deutliche Sprache. »Ich weiß gar nicht, worauf du hinauswillst. Es ist so voll hier!« Dabei deutet sie übertrieben mit ihren Händen in alle Richtungen. »Das kann jedem mal passieren.«

Die Gelassenheit in ihrer Stimme stachelt mich nur noch weiter an.

Neben Kathleen kichert unvermittelt eine ihrer Freundinnen los. Ich kenne sie von den Mittagspausen in der Cafeteria. Sie sitzt dort meist mit an Kathleens Tisch, himmelt sie stillschweigend an, während diese hohle Phrasen von sich gibt. Wenn mich nicht alles täuscht, dann heißt sie Jess und ist in meinem Psychologiekurs.

Zunächst verstehe ich nicht, was sie so amüsiert. Doch dann begreife ich: Jess macht sich über mich lustig. Über meinen kläglichen Versuch, Kathleen die Stirn bieten zu wollen.

Ich weiß, dass es vernünftiger wäre, die ganze Sache auf sich beruhen zu lassen. Das Klügste wäre sicher, ich würde Kathleen den Rücken zukehren und in die Toilette verschwinden, um dort zu retten, was noch zu retten ist. Doch dazu bin ich viel zu wütend.

»Ich glaube dir kein Wort. Das hast du mit voller Absicht gemacht. Du hast mir aufgelauert, um mich bloßzustellen.« Mein Atem geht schneller. Ich spüre, wie die grollende Wut jede Faser meines Körpers einnimmt und brühendheiß durch meine Adern fließt.

Jess kichert noch immer, und Kathleen fühlt sich durch die aufgeheiterte Stimmung ihrer Freundin angespornt. Noch immer lächelt sie mich überheblich an, reckt das Kinn in die Höhe und sieht von oben auf mich herab.

Selbstsicher stemmt Kathleen ihre Hände in die Hüften. »Nimm dich mal nicht so wichtig! Du glaubst doch nicht im Ernst, dass ich nur darauf gewartet habe, dir den Inhalt deines Glases über das Kleid zu kippen. Wenn doch, kannst du mir nur leidtun. Das ist erbärmlich. So wie dein schäbiges Äußeres.«

Sie mustert mich von oben bis unten, und ich fühle mich plötzlich furchtbar nackt. Als wäre der Stoff meines Kleides durch die Flüssigkeit durchsichtig geworden. Als könnte sie nun tief in mich hinein bis in meine Seele blicken.

»Wie siehst du eigentlich aus? Hast du es nicht einmal beim Herbstball für nötig gehalten, deine grässlichen Goth-Klamotten gegen etwas Anständiges einzutauschen? Was sollen denn diese lächerlichen Strasssteine darauf? Die sind ja sowas von Neunziger. Man könnte fast meinen, du hättest das Kleid aus einer Spende für Obdachlose gefischt.« Dann kneift sie die Augen leicht zusammen und überlegt. »Nein, ich weiß, wo du es herhast.« Ein triumphierendes Lächeln umspielt ihre Lippen. »Das Kleid hat April im letzten Jahr getragen. Es sah schon damals so billig aus.« Sie stößt Jess leicht in die Seite. »Weißt du noch?«

Jess' Glucksen geht in ein Prusten über. Offenbar bieten Kathleen und ich ihr eine tolle Show. Eine von der Sorte, die man so schnell nicht wieder vergisst.

»Was fällt dir ein, so über April zu sprechen? Was glaubst du eigentlich, wer du bist?«, fahre ich sie an.

»Oh, sehe ich da etwa Tränen in deinen Augen? Willst du nicht lieber zu Daddy rennen und dich von ihm trösten lassen? Ah, ups!« Kathleen legt sich gespielt erschrocken eine Hand auf den Mund. »Das habe ich ja ganz vergessen. Dein Dad ist ja tot. Wie unhöflich von mir!«

Sie weiß es. Aber woher? Die Gedanken in meinem Kopf überschlagen sich, während sich das Gelächter von Kathleen und Jess mit der Musik vermischt und einen harten neuen Beat anschlägt.

Mit zittrigen Knien weiche ich einen Schritt zurück, um mehr Raum zwischen diese Hexen und mich zu bringen. Ich zeige damit Schwäche und kann es doch nicht verhindern. Schützend lege ich meine Arme um meine Mitte, denn nicht nur das nasse Kleid lässt mich frösteln. Die Erkenntnis, dass Kathleen nichts auslässt, um mich fertigzumachen, ist erdrückend.

Gleichzeitig versuche ich verzweifelt, das Wirrwarr in meinem Kopf zu ordnen. Woher weiß Kathleen von Dads Tod? Wer hat ihr davon erzählt? Wer hat ihr damit die Chance gegeben, den Schmerz, den ich noch immer in meinem Herzen trage, gegen mich zu verwenden?

Als aus der Menge eine große Gestalt auftaucht, die ihre Hände um Kathleens Hüften schlingt und sie zärtlich in den Nacken küsst, kenne ich die Antwort: *Jeff.* Er muss es gewesen sein. Er hat es ihr gesagt!

Unverständnis und neu aufkeimende Wut ringen in

mir. Meine Wangen fühlen sich schlagartig heiß an. Mein Puls jagt durch die Decke, während ich die beiden unverhohlen anstarre.

Dieses selbstgefällige Grinsen auf Kathleens Lippen, als sie bemerkt, wie Jeff in ihrem Spiel um Macht und Anerkennung eine Seite wählt …

Wie konnte mein erster Schritt nach vorn nur so fürchterlich enden? Wie konnte ich nur glauben, dass dieser Abend schön werden würde? Wie konnte ich nur glauben, ich könnte einfach nahtlos da weiter machen, wo ich vor über zwei Jahren aufgehört habe? Und was um alles in der Welt hat mich geritten, als ich dachte, Jeff könnte vielleicht doch ganz nett sein?

»Na, amüsiert ihr euch gut?«, fragt Jeff mit diesem schiefen Grinsen im Gesicht, das ich nicht mehr ertragen kann. Verschwunden ist der einfühlsame, nachdenkliche Jeff, der heute in meinem Zimmer gestanden und mir mit der Hand über den Arm gestrichen hat. Mittlerweile bin ich mir nicht einmal mehr sicher, ob ich das alles nur geträumt habe. Unwillkürlich weiche ich noch einen Schritt zurück.

»Fantastisch!«, erwidert Kathleen, wie aus der Pistole geschossen, während Jess sie noch immer wie einen Superstar anhimmelt.

»Mein Kleid ist nass.«

Jeffs Finger lösen sich von Kathleens Mitte. Auf seiner Stirn bildet sich eine tiefe Furche. »Was ist passiert? Soll ich dich nach Hause fahren?«

Er überwindet die wenigen Schritte, die uns voneinander trennen. In seinem Blick liegt Besorgnis. Ich sehe zu Kathleen hinüber, die vor Wut schäumt.

»Ist schon gut«, wehre ich Jeffs Bemühungen um mich ab und hebe meine Hand, um ihn daran zu hindern, mir noch näher zu kommen. Ich werde mich nicht auf Kathleens Niveau herablassen, indem ich Jeff in dieses Spiel miteinbeziehe. Auch wenn ich noch immer nicht fassen kann, wie er mein Vertrauen so rücksichtslos missbrauchen konnte.

»Bist du sicher?«, fragt er besorgt.

»Ja, ganz sicher«, höre ich mich mit vor Wut zitternder Stimme sagen. »Meine Freunde warten da vorne auf mich. Bestimmt kann mich jemand von ihnen nach Hause fahren, falls mir danach ist.«

Jeffs Blick verfinstert sich. »Du fährst mit mir nach Hause. Das war so abgemacht, und ich habe es Roger und deiner Mom versprochen. Ich halte meine Versprechen.«

Ich schaue ihn abschätzig an, während Kathleen in seinem Rücken schier ausrastet. Sie kann nicht hören, was wir miteinander bereden, und das gefällt ihr offensichtlich ganz und gar nicht. Sogar Jess hat ihr albernes Gekicher eingestellt.

»Hätte ich mir also ein Versprechen von dir geben lassen sollen, als wir über meinen Dad gesprochen haben?« Die Enttäuschung in meiner Stimme ist nicht zu überhören. Ich bin so wütend auf Jeff und fühle mich furchtbar betrogen von ihm. Nach außen hin tut er immer so nett und hilfsbereit. Und jetzt das.

»Ich verstehe nicht …« Jeff sieht mich irritiert an. Sorge und Unsicherheit schwingen in seinen Worten mit.

»Du weißt ganz genau, wie sehr ich immer noch um meinen Dad trauere!«, schmettere ich ihm Wort für Wort meine geballte Wut entgegen. »Aber das verstehst du ja nicht! Hat es Spaß gemacht, als du dich mit Kathleen über mich lustig gemacht hast? Wenn ich gewusst hätte, was für ein kolossales Arschloch du bist, hätte ich einen riesigen Bogen um dich gemacht, Jeff McCallum.«

»Ist alles okay bei dir?«, fragt Tyler, der wie aus dem Nichts plötzlich neben mir steht. Ich hab mich total in Rage gebrüllt und zittere am ganzen Leib.

»Weißt du, wo die anderen sind? Kannst du mich zu ihnen bringen?« Meine Stimme klingt flehentlich.

Tyler sieht zwischen Jeff und mir hin und her, erblickt schließlich auch Kathleen und Jess. »Deshalb bin ich hier. Ich wollte dich holen kommen, nachdem du von deiner Bowlemission nicht zurückgekommen bist.«

Er legt freundschaftlich den Arm um meine Schulter, und ich spüre, wie die Anspannung in mir ein wenig abflaut. Ich bin so froh, dass Tyler mich von hier wegbringt!

»Warte!« Jeff reißt Tyler unsanft an der Schulter herum und zwingt ihn damit zum Bleiben.

Ich halte die Luft an und wage nicht zu blinzeln. Noch nie hat Jeff jemandem auch nur ein Haar gekrümmt. Wieder offenbart sich eine Seite an ihm, die ich bisher noch nicht kennengelernt habe.

Doch mir bleibt keine Zeit, weiter darüber nachzudenken. Schon schubst Tyler Jeff von sich. »Nimm deine Finger von mir!«, brüllt er und funkelt Jeff wütend an.

Der dunkle Ausdruck in Jeffs Augen erhellt sich wieder. Er scheint zu kapieren, dass er eine Linie übertreten hat und dass er eine Seite von sich preisgegeben hat, die er lieber nicht ans Tageslicht gelassen hätte.

Heillos überfordert blicke ich zwischen den beiden hin

und her. Auch Kathleen und Jess halten Abstand und wirken plötzlich ziemlich kleinlaut.

»Ich wollte doch nur wissen, wohin du Sky mitnimmst. Ich will nicht … Ich muss sie später nach Hause fahren. Das war so abgemacht. Ich will nicht, dass sie … Sie fährt mit mir!« Jeffs anfängliches Gestotter und seine offenkundige Unsicherheit wechseln mit jedem seiner Worte in ihr Gegenteil. Am Ende klingt er so fest und bestimmt wie noch vor wenigen Minuten mir gegenüber.

Tyler, der sanftmütige Riesenteddybär, hebt abwehrend die Hände. »Alles klar, Mann! Halt mal den Ball flach! Schließlich ist das hier ein Schulball und kein Footballspiel.«

Jeff bemüht sich um ein Lächeln, um die Situation zwischen den beiden etwas zu entschärfen. Auf mich wirkt es wenig überzeugend. Doch Tyler gibt sich damit zufrieden.

»Bis später dann.« Jeffs Worte sind diesmal an mich gerichtet. Sie klingen eindringlich und hoffnungsvoll zugleich.

Kurz blitzt die Episode in meinem Zimmer vor meinem geistigen Auge auf. Ich spüre Jeffs Berührung auf meinem Arm, die Wärme, die von ihm ausging. Dann wende ich mich im selben Atemzug von ihm ab.

Nichts wie weg von hier! Nichts wie weg von ihm!

Kapitel 16

»Wo warst du denn so lange? Du hast meinen absoluten Lieblingssong der MonkeyHeads verpasst.« Aprils Stimme klingt gespielt eingeschnappt, während sie mich fest in die Arme zieht.

»Was ist denn mit deinem Kleid passiert? Du bist ja ganz nass«, stellt sie fest, kaum dass sie mich berührt hat und sieht an mir hinab. Doch ich bezweifle, dass sie irgendetwas erkennen kann. Schließlich ist es so dunkel in der Halle, dass Tyler und ich einige Minuten gebraucht haben, bis wir Rachel und April in der Masse der Partywütigen entdecken konnten.

»Das ist eine lange Geschichte«, winke ich ab und zwinge mich zu einem Lächeln.

Ich will meinen Freunden den Abend nicht verderben,

auch wenn er für mich längst gelaufen ist. Wenn mir die Auseinandersetzung mit Kathleen eins deutlich vor Augen geführt hat, dann, dass ich noch nicht so weit bin. Ich bin kein Teil von all dem hier.

»Ich will sie hören«, schaltet sich Rachel in das Gespräch mit ein.

»Ich auch«, hängt sich April dran.

Als ich zögere, werfen sie Tyler fragende Blicke zu, doch der zuckt nur mit den Schultern. »Das kann ich euch auch nicht so genau sagen. Nur, dass ich Jeff noch nie so aufgebracht erlebt habe.«

Rachels und Aprils Blicke schießen wie Pfeile in meine Richtung. April legt mir ihre Hand auf die Schulter und zieht mich ein wenig aus dem Pulk heraus, um besser reden zu können.

»Also gut«, gebe ich mich schließlich geschlagen. »Kathleen hat mir Bowle über das Kleid geschüttet.«

»Sie hat was?« Rachel keucht entrüstet auf.

»Na ja, sie behauptet, sie wäre nur aus Versehen mit mir zusammengestoßen. Aber ich glaube ihr das nicht.«

Nun gesellen sich auch Noah und Kent zu uns.

»Hey Leute, hier seid ihr ja. Wir haben euch …«

»Warte bitte kurz, Noah«, unterbricht ihn Rachel mitten im Satz. »Sky will uns etwas Wichtiges erzählen.«

Ich werfe einen entschuldigenden Blick in Noahs Richtung. Plötzlich fühle ich mich sehr unbehaglich in meiner Haut. Alle starren mich erwartungsvoll an. Es fällt mir schwer, mit meinen Freunden die vergangenen Minuten noch einmal zu durchleben.

»Und was hat Jeff mit der Sache zu tun?«, fragt nun April, die mir sanft über den Rücken streicht.

»Nichts … Zumindest nicht so wirklich … Ich weiß nicht … Er hat Kathleen offenbar ein paar Dinge von mir erzählt. Dinge, von denen er genau weiß, dass sie mir wehtun. Sie hat sie mir im Streit an den Kopf geworfen, um mich zu verletzen.« Ich schüttle leicht mit dem Kopf, um die Erinnerung loszuwerden und wechsle unvermittelt das Thema. »Es tut mir so leid um dein schönes Kleid, April. Ich wollte das nicht. Ich werde es in die Reinigung bringen. Dann wird alles wieder gut«, sage ich zu meiner Freundin. Wenn das Leben doch auch so einfach wäre und man schlimme Dinge einfach genauso fortwaschen könnte wie einen Bowlefleck im Abendkleid. Dann könnte alles wieder so werden, wie in den ersten Minuten unserer Ankunft hier auf der Party.

»Das Kleid ist doch total nebensächlich. Obwohl wir dringend zusehen sollten, wie wir dich wieder trocken bekommen«, bemerkt Rachel, die nun ebenfalls ganz dicht bei mir steht.

»Stimmt, du bist total kalt!«, ruft April entsetzt, während sie mir über die Arme streicht.

»Noah, kannst du Sky dein Jackett leihen?« Noch ehe Rachel ihre Frage beendet hat, reicht er mir schon die Jacke.

Ich will dankend ablehnen, aber Noah lässt mich nicht. »Mir war ohnehin total warm, und ich wollte sie gerade ausziehen.« Er schiebt sich dabei so lässig seine Brille auf der Nase zurecht, dass Widerspruch zwecklos erscheint.

Mit einem aufrichtigen »Danke« lege ich die schwarze Anzugjacke über meine Schultern. Der Stoff ist warm und legt sich schützend auf meine nackte Haut.

»Lass uns mal zu den Toiletten rübergehen. Vielleicht

können wir dich dort irgendwie unter dem Handtrockner föhnen. Danach sollten wir überlegen, was wir mit Kathleen anstellen«, sagt Rachel und will mich schon sanft in Richtung Mädchentoilette schieben.

»Nein!«, entfährt es mir viel lauter als beabsichtigt. »Ich will mich ihr nicht noch mal stellen müssen. Können wir die Sache nicht einfach auf sich beruhen lassen?« Plötzlich fühle ich mich schrecklich müde.

Rachel und April wechseln besorgte Blicke, während Rachel mit einem Tuch über mein nasses Kleid fährt, nur um letztlich festzustellen, dass das keinen Zweck hat. »Ich habe eine Idee«, vermeldet sie schließlich. »Könntet ihr Jungs vielleicht kurz bei mir zu Hause vorbeifahren?«

»Klar. Hast du was vergessen?«, fragt Kent.

Rachel sieht noch einmal zu mir und gleitet mit ihrem Blick an meinem Kleid hinab. »Das nicht. Aber ihr könntet dort für Sky schnell ein Kleid abholen. Wir haben ziemlich genau die gleiche Größe, auch wenn ich ein bisschen größer bin. Ich schreib Mom schnell eine Nachricht, dass sie das Kleid für euch bereitlegen soll.«

»Geht klar!« Kent verabschiedet sich mit Tyler in Richtung Ausgang, während wir Mädels zu einer abgelegenen Toilette eilen. Noah hat sich entschieden, nicht mit den beiden zu fahren, falls wir seine Hilfe brauchen, und wartet vor der Tür auf uns.

***

»Mist! Hier sind ja auch nur Tücher in dem Spender. Dabei war ich mir so sicher, dass es einen Handtrockner gibt.« April geht bereits zum zweiten Mal durch den

Raum, als könnte sie das Ding irgendwie heraufbeschwören.

Ich entspanne mich ein wenig und atme erstmal tief durch. Die letzten Minuten haben mir alles abverlangt. Und sie haben mir unverblümt vor Augen geführt, dass man sich von Jeff besser fernhalten sollte. Ich bin furchtbar enttäuscht von ihm. Aber im gleichen Zug bin ich auch unglaublich dankbar für die Wärme und die Freundschaft, die mir diese Truppe entgegenbringt.

Rachel lehnt an den kalten Fliesen. »Ben war wirklich verdammt gut. Ich kann verstehen, warum du ihn so anhimmelst«, kommt sie unvermittelt auf den Leadsänger der MonkeyHeads zu sprechen.

April winkt ab. »Ach, was. Das ist doch nur eine Schwärmerei. Aber träumen kann man ja. Es stehen ja auch so viele Mädels auf ihn …«

Rachel lacht. »Hat er eigentlich eine Freundin?«

»Ich habe gehört, dass er seit einigen Monaten wieder Single ist. Seine Freundin ist nach New York gezogen. Sie will wohl dort studieren. Das habe ich ganz zufällig mitbekommen, als ich … einen Post in meinem Instagram-Feed gesehen habe«, schiebt April verlegen nach, als ihr bewusst wird, dass ihr Informationsreichtum über Ben nicht ganz zu dem passt, was sie noch wenige Sätze zuvor behauptet hat.

Rachel und ich grinsen uns an, während Aprils Wangen eine leichte Röte überzieht.

Wir sind hier drinnen allein. Die Musik und das tobende Leben da draußen in der Sporthalle scheinen meilenweit von uns entfernt. Genau wie Kathleen, der ich an diesem Abend hoffentlich nicht noch einmal über den Weg laufen werde.

»Ich überlege gerade, ob ich nicht doch nach Hause gehen sollte«, spreche ich meine Bedenken das erste Mal offen aus und wundere mich selbst ein wenig über mich. Seit Dads Tod habe ich das meiste mit mir selbst ausgemacht, ohne jemanden um seine Meinung zu fragen. Nicht einmal Mom …

»Das kannst du nicht machen!« Aprils Stimme klingt traurig. »Die Jungs bringen dir doch gleich ein neues Kleid.«

»Du kannst auf gar keinen Fall gehen, bevor die Tombola stattgefunden hat«, ergänzt Rachel mit fester Stimme, und es klingt wie ein ungeschriebenes Gesetz, das zwingend eingehalten werden muss. »Dabei fällt mir ein, dass wir unbedingt noch Lose kaufen müssen. Ich habe da so ein Gefühl, dass der Hauptgewinn noch immer in der Lostruhe vor sich hinschlummert. Wäre doch wirklich zu schade, wenn Jeffs Date nicht eingelöst werden würde.«

Rachel zwinkert April vielsagend zu. Mit wachsendem Unbehagen beobachte ich die beiden. Meine Gedanken springen zurück zu dem Moment, als mir bewusst wurde, dass Jeff alles andere als ein netter Sonnyboy ist.

»Ich will kein Date mit Jeff«, platzt es aus mir heraus. »Mir reicht schon die Tatsache, dass ich heute Nacht noch mit ihm nach Hause fahren muss, weil meine Mom das so angeordnet hat. Ich will gar nicht daran denken.«

»Süße, du musst überhaupt nicht zu dem Date gehen. Aber Kathleen würde es sicher ganz und gar nicht gefallen, wenn eine von uns das Date mit ihm gewinnen würde.«

April lächelt mich aufmunternd an und legt abermals einfühlsam ihre Hand auf meinen Rücken.

»Das Kleid, das Mom für dich rauslegen soll, ist wirklich eines meiner schönsten. Das würde ich nicht jedem leihen«, sagt Rachel.

»Ich weiß nicht«, ziere ich mich weiterhin, während ich mir unentschlossen auf die Unterlippe beiße.

Dann drückt Rachel meine Hand.

Ich ziehe die beiden Mädels in eine Umarmung und erschrecke fast ein wenig über mich selbst. Aber es fühlt sich einfach so richtig an.

Rachel und April kämpfen so sehr für unsere Freundschaft, dass ich aufhören muss, sie ständig vor den Kopf zu stoßen. Es ist ihnen und mir gegenüber nicht fair. Tief in mir drinnen weiß ich das. Und ich weiß, dass ich mir von so jemandem wie Kathleen nicht den Mut nehmen lassen darf.

»Okay, okay. Ihr habt gewonnen. Aber ich habe nicht genug Geld dabei, um Lose zu kaufen. Das meiste davon habe ich schon in eine Bowle investiert, von der ich mehr hatte, als mir lieb ist.«

Rachel lacht. »Du kannst ja richtig lustig sein, wenn du willst.«

April grinst ebenfalls.

»Ich habe von Dad fünfzig Dollar zugesteckt bekommen. Wahrscheinlich versucht er damit mal wieder sein schlechtes Gewissen reinzuwaschen, weil er Mom und mich letztes Jahr wegen meiner Ballettlehrerin sitzengelassen hat.«

Rachels Worte klingen ein wenig verbittert, aber

gleichzeitig fest. Ich blicke zu ihr auf. Dass ihre Eltern getrennt sind, wusste ich nicht …

Nun ist es an mir, ihre Hand zu drücken und ihr zu signalisieren, dass sie nicht allein mit ihrem Schmerz ist.

»Das tut mir total leid. Ich wusste nicht, dass deine Eltern getrennt sind.« Wie ich wahrscheinlich so einiges nicht über meine Freunde weiß, weil ich viel zu sehr mit mir und meinem Leben beschäftigt war. Aber das wird sich jetzt ändern.

Rachel winkt ab, doch ich spüre, wie gut es ihr tut, dass ich für sie da bin. »Ist schon okay! Das Schlimmste ist überstanden, denke ich. Eigentlich hatte ich vor, das Geld für einen guten Zweck zu spenden. Aber welcher Zweck könnte besser sein, als Kathleen eins auszuwischen?«

Ein warmes Gefühl durchflutet mich. Nicht, weil Rachel Kathleen vorführen will, sondern weil sie mir beisteht.

April öffnet die Tür. Die Musik ist verklungen. »Wir müssen raus. Wenn ich die Durchsage von Direktorin Skellham gerade richtig verstanden habe, dann endet der Losverkauf in wenigen Minuten.«

»Aber wollen wir das Geld wirklich für die Lose ausgeben? Wir können doch gar nicht wissen, ob der Hauptgewinn noch im Topf ist. Vielleicht wurde er ja längst gezogen«, gebe ich zu bedenken.

Rachel läuft zu April an die Tür und zieht mich mit sich. »Glaub mir, ich habe einen Riecher für sowas. Erzähl ihr von der Sache mit dem Gewinnspiel in *Henry's Angelladen*«, fordert sie April auf, während wir durch die Korridore an knutschenden Pärchen vorbeihetzen, um uns einen Weg zu den Losen zu bahnen.

»Es gab eine Angelausrüstung bei dem alten Henry zu

gewinnen und Kent wollte sie unbedingt haben, weil sein großer Bruder Philip ihm seine nicht mehr leihen wollte. Kent hatte schon einige Lose gekauft und immer nur Nieten gezogen. Bis er an dem einen berüchtigten Tag im letzten Sommer Rachel mitgenommen hat. Kent zahlte für drei Lose und ließ Rachel ziehen. Der Rest ist Geschichte.«

April ist ganz außer Atem, als wir zurück in der Halle sind. Die MonkeyHeads setzen ihren Auftritt fort. Wenn die Musik zuvor laut war, dann ist sie jetzt ohrenbetäubend. Der Gitarrist schrubbt wie wild über sein Instrument und erzeugt dabei Töne, die die Massen in Ekstase versetzen.

Als wir den Tisch mit der Glasschale und den Zetteln darin erreichen, bin ich froh, nicht schon wieder auf die Cheerleaderinnen zu treffen, denn die Losausgabe erfolgt durch die Spieler des Footballteams.

Vor uns sind gerade noch zwei Mädchen dran, die sich viel Zeit bei der Wahl des richtigen Stück Papiers lassen. Dabei kann man überhaupt nicht sagen, welches Los ein Gewinn und welches eine Niete ist.

Wenn ich mir die beiden so ansehe, dann geht es ihnen gar nicht um die Lose, sondern eher um die Footballspieler. Ich kenne die Jungs zwar nicht, aber ich kann die Mädels verstehen. Ihre breiten Schultern und die muskulösen Oberarme sehen wirklich nicht schlecht aus.

»Was machen die denn da so lange?« April zappelt unruhig auf der Stelle.

»Na, das sieht man doch! Sie flirten.« Rachel klingt aufgebracht. Ganz so, als wäre ein Highschoolball der absolut falsche Ort, um auf Tuchfühlung zu gehen.

»Entschuldigung, aber wir würden noch gerne Lose kaufen«, drängt Rachel und mischt sich damit in die Unterhaltung der vier ein. Sie erntet daraufhin vernichtende Blicke der beiden Mädchen. Doch Rachel bleibt cool und lässt sich nicht aus der Fassung bringen.

Der eine Footballspieler lächelt Rachel freundlich an, woraufhin die beiden Mädchen sie förmlich mit funkelnden Blitzen beschießen. »Wie viele möchtet ihr denn haben?«

»Fünfzig Stück«, vermeldet April mit fester Stimme.

Der Kerl sieht uns grinsend an. »Da müsst ihr ja euer Sparschwein geschlachtet haben. Und das alles nur wegen unserem Quarterback?« Er schiebt die Hand vor den Mund, damit ihn außer uns keiner hören kann. »Das ist Jeff echt nicht wert. Der hat nur einen winzigen …« Er grinst hämisch, während er mit Daumen und Zeigefinger unmissverständliche Andeutungen macht. »Glaubt mir, ich muss mir das Trauerspiel nach jedem Spiel oder Training in der Dusche ansehen.«

Zunächst will ich dem Typ beipflichten und mich auf seine Seite schlagen. Denn ich bin genauso wie er davon überzeugt, dass Jeff es nicht wert ist, dass Rachel so viel Geld für diesen Idioten ausgibt. Aber als die Sprache auf ein ganz bestimmtes Körperteil von Jeff fällt, halte ich mich zurück. Dazu kann und will ich überhaupt nichts sagen. Und außerdem ist das, was sein ziemlich unsympathischer Teamkollege da von sich gibt, wirklich unter der Gürtellinie.

»Was erzählt euch mein Kumpel da gerade?« Jeff packt seinen Football-Kollegen bei den Schultern, und das eben noch so breite Lächeln auf dessen Lippen erstirbt schlagartig.

»Hey Bro, ich habe gar nicht mitbekommen, dass du auch für die Losausgabe eingeteilt bist. Ich dachte, du wolltest den Abend mit Kathleen verbringen.«

Jeff lässt von seinem Kumpel ab. »Ich wollte mal nach dem Rechten sehen und checken, ob du die Sache hier auch im Griff hast, Danny-Boy.«

Jeff bedenkt Danny mit einem Blick, der Bände spricht. Er kann den Kerl nicht leiden. Etwas, das wir offenbar gemeinsam haben.

»Können wir die Lose jetzt bitte haben? In fünf Minuten ist die Zeit abgelaufen.« April blickt genervt zwischen dem Geldschein in Rachels Hand und den Losen hin und her.

»Wie viele wollt ihr denn haben?«, fragt Jeff mit seiner ruhigen gelassenen Stimme, die mir plötzlich so falsch an ihm vorkommt.

»Fünfzig Stück«, wiederholt Rachel ungeduldig, während Jeffs Augenbrauen anerkennend nach oben schnellen.

»Da möchte wohl jemand um jeden Preis ein Date mit mir.«

Gott, er ist so selbstgefällig. Jeff hält sich wirklich für den Nabel der Welt. Ich kann nicht glauben, wie mir das bis zum heutigen Abend entgehen konnte.

»Was ist jetzt mit den Losen?«, hakt April abermals nach.

»Bedient euch!« Jeff grinst schelmisch, als Rachel ihm den Fünfzig-Dollarschein in die Hand drückt und keine Sekunde später ihre Hand in das Glas fahren lässt.

Rachel fischt die kleinen quadratisch gefalteten Zettel

bündelweise heraus und reicht sie April, die die Aufgabe hat, sie zu zählen. Die beiden sind so in ihre Tätigkeit vertieft, dass ich sie dabei nicht stören möchte. Ich komme mir ohnehin ziemlich fehl am Platz vor. Und irgendwie auch nicht. Schließlich machen die beiden das nur, weil sie mir helfen wollen. Das ist doch total verrückt!

»Fünfzig!«, jubelt April, während Rachel ihre Hände in die Höhe reißt, als wäre sie soeben einen Marathon gelaufen und als erste durchs Ziel gegangen.

Keine Sekunde zu früh.

»Der Verkauf ist ab sofort eingestellt«, verkündet Direktorin Skellham mit ernster Miene. »In fünfzehn Minuten erfahren wir also, wer im kommenden Jahr kostenlos in der Cafeteria essen darf, wer sich über einen Hundert-Dollar-Gutschein in *Barnie's Diner* freuen darf und wer – Trommelwirbel! – das Date mit dem Quarterback unserer Footballmannschaft, Jeff McCallum, gewonnen hat.«

Tosender Applaus brandet auf, und einige Mädchen kreischen. Kein Wunder. Rein objektiv betrachtet, ist Jeff verdammt attraktiv. Er ist sportlich und muskulös. Und dann dieses Lächeln, das Polkappen zum Schmelzen bringen könnte. Nichtsdestotrotz ist er ein Verräter, und offenbar ist er längst nicht so nett, wie er immer tut!

»Vorsicht, Sky! Dir tropft gleich Speichel aus dem Mundwinkel.« Rachel grinst mich an.

»Was?«, frage ich irritiert.

»Oh, ich denke, dass du ganz genau weißt, was ich meine.« Rachel zwinkert mir zu.

Ich sehe sie perplex an, doch noch bevor ich etwas erwidern kann, tauchen die Jungs wieder auf. Kent und Tyler sind von ihrem kleinen Ausflug zurück. Und sie haben

Noah im Schlepptau, der uns nach dem Boxenstopp auf der Toilette ebenfalls abhandengekommen war.

»Da seid ihr ja. Wir haben schon in der ganzen Halle nach euch Ausschau gehalten.«

»Habt ihr das Kleid dabei?« Rachel übergeht den mitschwingenden Vorwurf in Kents Aussage einfach und geht zum Wesentlichen über. »Wir müssen uns beeilen.«

»Ja, hier«, bestätigt Tyler und hebt seinen Arm in die Höhe, über dem ein zitronengelbes Kleid hängt.

»Aber das ist ja … gelb«, protestiere ich.

»Keine Zeit für Diskussionen. Das Kleid ist alles, was du hast. Du willst doch nicht wie ein begossener Pudel da oben auf der Bühne stehen, oder?«, fragt Rachel mit einem ausdrucksvollen Lächeln auf den Lippen.

»Bühne?«, frage ich mit weit aufgerissenen Augen und bebender Stimme. »Davon war bisher noch gar nicht die Rede. Warum sollte *ich* denn auf die Bühne müssen?«

April legt beschwichtigend eine Hand auf meinen Arm. »Keine Sorge, Sky! Du schaffst das. Aber wir sollten uns jetzt wirklich beeilen.«

»Moment mal! Warum soll ausgerechnet ich auf die Bühne?«

Doch April und Rachel ziehen mich schon mit sich in den Korridor, zurück in Richtung der Mädchentoiletten.

Kapitel 17

Ich zupfe nervös am Saum des Kleides, das ich vor wenigen Minuten erst übergestreift habe, als könnte ich so auf magische Weise den Stoff verlängern. Doch natürlich passiert das nicht.

April hat in der Zwischenzeit alle Lose geöffnet. Sie hält sie fest mit ihrer Hand umschlossen, nachdem sie sie aufsteigend hintereinander sortiert hat. Die Gutscheine für das *Barnie's* und für die Schul-Cafeteria wurden bereits ausgelost. Bisher haben uns unsere fünfzig Lose allerdings noch keinen Preis eingebracht. Nun steht die Ziehung des Hauptgewinns an.

Ich bin völlig hin und hergerissen. Einerseits will ich nicht, dass April das entsprechende Los in Händen hält, damit ich nicht auf die Bühne muss, um mir den Gewinn abzuholen – wie auch immer der in Jeffs Fall aussehen wird. Andererseits wünsche ich mir, dass die Bemühungen meiner Freundinnen nicht umsonst waren. Irgendwie fände ich es schade, wenn jetzt jemand anderes das Date mit Jeff gewinnen würde. Auch wenn ich lieber sterben würde, als mit ihm allein einen ganzen Abend zu verbringen.

Mrs Skellham greift in die große Glasschale, in der sich die Gegenstücke zu den Losen befinden, und lässt die vielen kleinen Zettel für uns alle gut sichtbar durch ihre Finger gleiten. Ich wage nicht, mich umzublicken, als ich spüre, wie es in meinem Nacken zu kribbeln beginnt. Irgendwie ahne ich, wer da hinter mir steht. Doch ich verharre an Ort und Stelle, rühre mich nicht vom Fleck und höre resigniert auf, an meinem Kleid zu zupfen. Es ist, wie es ist. Viel zu kurz.

»Jeff? Kommst du bitte zu mir auf die Bühne?« Mrs Skellham legt sich eine Hand auf die Stirn, um ihre Augen vor dem grellen Scheinwerferlicht abzuschirmen.

Plötzlich gerät hinter mir die Menge in Bewegung. Jeff läuft nur wenige Zentimeter an mir vorbei. Wusste ich es doch, dass er hinter mir steht …

Ein komisches Gefühl macht sich in meinem Magen breit. Ist das einfach Aufregung – oder wegen Jeff? Meine Hände sind ganz kalt und schweißnass. Mein Herz schlägt so stark gegen meinen Brustkorb, dass ich Sorge habe, es könnte gleich herausspringen.

»Ah, da ist der Mann der Stunde ja. Jeff, komm zu mir! Keine falsche Scheu.« Ein Lachen geht durch die Halle, als Jeff sich vom äußeren Rand der Bühne losreißt und in der Mitte zum Stehen kommt.

Doch Jeff wäre nicht Jeff, wenn er nicht auch diese Situation zu nehmen wüsste. Er greift nach dem Mikrofon der Direktorin und ruft: »Ich bin zu allen Schandtaten bereit!« Dann reißt er den freien Arm in die Höhe. »Alles für die *Tigers!* Ein Leben lang.«

»Ein Leben lang«, grölt die ganze Halle wie aus einem Mund, ehe sie in einen ekstatischen Applaus verfällt.

Wenn ich Jeff so ansehe, dann habe ich das Gefühl, er befindet sich voll und ganz in seinem Element. Er lächelt und winkt in die Menge wie ein Superstar. Und irgendwie ist er das ja auch. Der Star dieser Schule.

Kathleen steht einige Reihen vor uns mit Jess und ihren übrigen Cheerleader-Freundinnen. Danny, der Footballspieler, der uns eben noch die Lose verkauft hat, nähert sich Kathleen und streicht ihr wie beiläufig über den Rücken, woraufhin Kathleen ihm mit den Fingern unters Hemd fährt. Was zur Hölle …?

Noch bevor ich weiter darüber nachdenken kann, reißt Mrs Skellham mich aus meinen Gedanken: »Kommen wir also zur Ziehung des Hauptgewinns!« Sie greift erneut in das Glas, und wieder wird es ganz still.

Als ich das nächste Mal zu Kathleen und Danny rüber blicke, berühren sie sich nicht mehr.

»Gewonnen hat … Trommelwirbel bitte!«

Der Schlagzeuger der MonkeyHeads untermalt die Worte der Direktorin, und mittlerweile ist die Anspannung zum Schneiden dick.

»Die Nummer … 67.«

Das Licht in der Turnhalle wird angeschaltet, und sofort ist ein Rascheln zu hören, als alle Losbesitzer ihre Zettel durchgehen. Hier und da ist schon enttäuschtes Aufstöhnen zu vernehmen.

Ich werfe erneut einen verstohlenen Blick rüber zu Kathleen und Danny, als April plötzlich entsetzt neben mir aufschreit.

»Was ist passiert?«, frage ich alarmiert.

Rachel, Tyler, Noah, Kent und April knien sich alle gleichzeitig vor mir auf den hellen Holzboden. Hektisch versuchen sie die weißen Quadrate zu fassen zu bekommen, die April gerade aus der Hand gefallen sein müssen. Ich überlege nicht lange und helfe ihnen beim Aufsammeln der Lose.

»Na, wer hat die Nummer 67?«, fragt Mrs Skellham erwartungsvoll. Jeff beginnt zu klatschen und heizt die Menge an. Die ganze Halle steigt mit ein – alle klatschen und stampfen, während wir noch immer auf dem Boden knien, die Lose zusammensuchen und dabei High Heels ausweichen.

»Haben wir jetzt alle?«, fragt Kent. »Ich komme mir mittlerweile ein bisschen dämlich dabei vor, die Lose zusammenzusuchen. Am Ende glauben die Leute noch, ich würde gerne mit dem Quarterback der Footballmannschaft ausgehen.«

Rachel lacht, während April fieberhaft die Papierschnipsel durchgeht und Ordnung ins Chaos bringen will.

»Es fehlt noch ein Los!«, ruft sie schließlich.

»Da hinten.« Tyler deutet zwischen den Beinen eines Mädchens hindurch und kriecht sofort in besagte Richtung. Er greift nach dem weißen Fetzen und streckt ihn siegessicher in die Höhe. Doch noch ehe er zu uns zurückrobben kann, erblickt ihn das Mädchen unter sich. Sie kreischt erschrocken und verpasst dem Ärmsten eine mit ihrer Handtasche.

Noah und Kent ziehen Tyler von dem kreischenden Mädchen weg und helfen ihm zurück auf die Füße. Sofort schnappt April ihm das Stück Papier aus der Hand.

Alles passiert unglaublich schnell – was ist das nur für ein verrückter Abend?

Tylers Auge schwillt schnell zu. Offenbar wurde er schwer getroffen.

»Zeig mal her!«, meint Rachel und streicht ihm fürsorglich über die Wange.

Als Noah sieht, was da vor sich geht, schäumt er fast über vor Eifersucht. Ich will ihn beschwichtigen und erklären, dass das nichts zu heißen hat. Aber in dem Moment reißt April meine Hand mit ihrer in die Höhe und schreit so laut, dass es wirklich jeder hören kann. »Wir haben eine Gewinnerin! Sky Harford hat das Los!«

Alle Augen sind auf uns gerichtet. Inklusive die von Jeff und Kathleen. Mein Puls rast mit einem wilden Araberhengst um die Wette. Ich kann keinen klaren Gedanken mehr fassen, und alles um mich herum scheint zu verschwimmen.

Bevor ich weiß, wie mir geschieht, gibt Rachel mir einen Schubs nach vorne. Ich stolpere dabei fast über meine eigenen Füße, taumle und komme zum Glück wieder zum Stehen, ohne der Länge nach auf dem Hallenboden zu landen. »Du schaffst das, Sky! Wir glauben an dich. Zeig es der falschen Schlange«, raunt sie mir hinter vorgehaltener Hand zu.

Rachels Worte begleiten mich wie ein Mantra nach vorne in Richtung der Bühne. Mit jedem Schritt, den ich überwinde, wünsche ich mich weiter weg von hier. Zurück nach Boston. In mein Kinderzimmer, wo ich mich in meinem Bett verkriechen und unter der Decke mit Ruthie im Schein der Taschenlampe Spukgeschichten erzählen würde. Nichts könnte gruseliger sein, als dieser Weg zu Jeff auf die Bühne.

Ich spüre die eifersüchtigen Blicke meiner Mitschüler wie abertausende Nadelstiche auf meiner Haut. Gleichzeitig kann ich ihre Gedanken überdeutlich hören. Sie fragen sich, wie *Die Neue* nur so viel Glück haben konnte. Und warum nicht eine von ihnen, die schon ihr ganzes Leben lang in Lewisville leben, gewonnen hat.

Ich verspüre wieder den Drang, mein Kleid noch eine Spur weiter nach unten zu ziehen, weil ich mich plötzlich entsetzlich nackt fühle. Aber ich widerstehe dem Impuls, als ich an der Treppe ankomme und die drei Stufen überwinde, ohne mir dabei die Füße zu brechen oder rittlings nach hinten herunterzufallen.

»So eine Bitch! Sie wohnt nicht nur mit Jeff unter einem Dach, jetzt geht sie auch noch mit ihm aus. Die arme Kathleen. Das hat sie wirklich nicht verdient!«, höre ich aus der Menge jemanden rufen.

Das Licht ist wieder gedimmt. Ich kann nicht sehen, von wo die Worte wie saurer Regen auf mich herabprasseln.

»Sky, komm doch zu uns.« Die Stimme von Direktorin Skellham klingt wie ein Weckruf. Ich habe nichts falsch gemacht.

»Da ist sie! Die glückliche Gewinnerin eines Dates mit Jeff McCallum, dem Quarterback unserer Footballmannschaft.«

Bilde ich es mir nur ein oder wirkt Jeff plötzlich schrecklich steif neben mir? Ich linse verstohlen in seine

Richtung, während er noch immer geradeaus ins Publikum blickt. Sein Gesicht wirkt angespannt. Sein Blick ist fest und undurchdringlich. Das eben noch so freudige, schiefe Grinsen auf seinen Lippen, sein Markenzeichen, ist verschwunden.

Einige Schüler beginnen zu klatschen. Aus der Ecke, in der meine Freunde stehen, ertönt ein grölender Aufschrei. Pfiffe sind zu hören. Doch der Beifall hält sich in Grenzen. Die meisten gönnen mir den Gewinn nicht, und die anderen hassen mich vielleicht sogar dafür, dass ich ihnen *ihren* Jeff vor der Nase wegschnappe. Was vollkommen lächerlich ist.

Ich will diesen Auftritt hier ganz schnell hinter mich bringen. Jede Sekunde, die ich weiter im Scheinwerferlicht stehen und die Blicke auf mir spüren muss, fühlt sich wie eine Ewigkeit an.

»Und jetzt kommt noch eine kleine Überraschung, die uns *Barnie's Diner* für den Fall zugesagt hat, dass das Team der *Tigers* zum Zeitpunkt des Herbstballes ungeschlagen ist.«

Vereinzelte *Tigers*-Rufe gehen durch die Menge. Hier und da wird geklatscht.

»Ihr beide fliegt in einem Heißluftballon über Lewisville. Ist das nicht fantastisch?« Mrs Skellham klingt ganz aufgeregt.

Mir stockt allein beim Gedanken daran der Atem. Ich will nicht mit Jeff in einem winzigen Korb gefangen sein. Womöglich für Stunden. Mir reicht es schon vollkommen aus, dass wir gemeinsam unter einem Dach leben müssen. Mein Blick schweift zu Jeff. Auch er scheint mehr als überrascht zu sein. Seine Augenbrauen haben sich eng zusammengeschoben.

»Na, was sagt ihr dazu?«, fragt Mrs Skellham ganz außer sich, während im Publikum das Gerede zunimmt. Erst ist es nur ein leises Raunen, doch schon bald dröhnen die Stimmen wie Donnergrollen durch die Halle.

Jeff bemüht sich um ein Lächeln, doch es wirkt schrecklich verzerrt und erreicht seine Augen nicht. Ich lächle ebenfalls. Nicht sehr überzeugend. Aber ich will auch niemanden überzeugen. Ich will nur schnellstmöglich von dieser Bühne runter. Irgendwie war das mit den Losen doch keine gute Idee – das alles, nur um Kathleen eins auszuwischen.

»Und hier noch das Beste.«

Noch besser? Besser kann es doch gar nicht mehr werden. Sarkasmus off.

»Das Team der Schülerzeitung hat sich bereiterklärt, euch an diesem Tag zu begleiten, um ein paar Fotos von euch zu machen. Nicht über den Wolken, versteht sich.«

Bei diesen Worten würde ich mich liebend gerne von der Bühne in die Tiefe stürzen.

Wie aufs Stichwort kommt ein hagerer verpickelter Kerl mit kurzem blonden Haar auf die Bühne. In der Hand trägt er eine Kamera und hält sie bereits auf uns, senkt sie dann jedoch wieder.

»Könnt ihr euch ein wenig näher zueinander stellen? Am besten legst du, Jeff, deinen Arm um … Sorry, wie heißt du noch mal?«

Noch ehe ich antworten oder mich in irgendeiner Form verlegen fühlen kann, höre ich Jeff meinen Namen sagen.

»Sie heißt Sky.« Es klingt fast so, als hätte der Kerl Jeff persönlich beleidigt, weil er meinen Namen vergessen hat.

»Also, am besten legst du, Jeff, deinen Arm um Skys Taille«, beendet der Möchtegern-Fotograf seine Anweisungen und wartet darauf, dass wir ihnen Folge leisten.

Wie zu Salzsäulen erstarrt, stehen Jeff und ich noch immer fest verwurzelt an Ort und Stelle auf der Bühne. Keiner von uns beiden wagt es, sich auf den anderen zuzubewegen.

Ich bin mir ziemlich sicher, dass ich meine Füße nicht mal anheben könnte, wenn ich denn wollte. Ich will nicht von Jeffs Wärme ummantelt werden, will seine Hand nicht auf meiner Hüfte liegen haben. Schon allein die Vorstellung bereitet mir Unbehagen. Mehr als das. Sie wühlt mich auf, und ich weiß nicht, was ich denken soll.

»Na, kommt schon ihr beiden! Wer wird denn so schüchtern sein?« Mrs Skellham kommt schwerfällig auf uns zu. Hatte sie einen Unfall, bei dem ihr linkes Bein verletzt wurde? Wenn man genau hinsieht, kann man deutlich sehen, wie sie es hinter sich herzieht.

Und ich sehe genau hin. Denn es lenkt mich ab. Lässt meine Sinne für einen winzigen Moment zur Ruhe kommen. Einer trügerischen Ruhe …

Plötzlich schiebt die Direktorin Jeff, der näher zu ihr steht, auf mich zu. Schnell wende ich den Blick ab, konzentriere mich wieder auf das schleifende Bein.

»So! Na, also! Wer sagt's denn?«

Auf Mrs Skellhams Gesicht breitet sich ein freudiges Lächeln aus, während mir zum Sterben zumute ist, als Jeff seinen Arm um meine Taille legt. Der Stoff meines Kleides kann der Wärme seines Körpers nicht standhalten. Ich kann ihn spüren … und riechen – alles auf einmal.

Zu nah, denke ich mir und versuche, etwas mehr auf Abstand zu ihm zu gehen. Doch sein Griff wird fester.

»Ihr müsstet jetzt beide noch in die Kamera schauen.«

Im Publikum scheint sich kaum noch jemand für uns zu interessieren. Die Gespräche und das Gelächter sind so laut, dass ich das zumindest hoffe. Gott, was mache ich hier eigentlich?

»Sky?«, ermahnt mich der übereifrige Fotograf erneut. »Könntest du der Kamera ein Lächeln schenken, bei dem man nicht das Gefühl hat, du denkst an den Hackbraten aus der Cafeteria?«

Unverschämtheit!, schießt es mir durch den Kopf, ehe sich meine Wangen so heiß anfühlen, als wäre ich gerade bei sengender Mittagssonne auf einem Marsch durch die Sahara. Im Wintermantel!

»Die Speisen in unserer Cafeteria werden mit ganz viel Liebe zubereitet«, beteuert Mrs Skellham, die sich offenbar bemüßigt fühlt, dem Küchenteam den Rücken zu stärken.

Ich atme einmal tief durch und biege meine Mundwinkel voller Anspannung so weit nach oben, dass meine Wangenmuskeln schmerzen. Mittlerweile bin ich fast schon zu allem bereit und würde einiges in Kauf nehmen, nur um endlich von hier verschwinden zu können. Und um Jeffs herben Duft mit einer Prise Orange darin nicht mehr riechen, seine Wärme nicht mehr spüren zu müssen.

Das ist so viel mehr, als ich ertragen kann. Die Achterbahn der Gefühle, mit der ich heute schon mehrmals rauf und runtergefahren bin, steht am höchsten Punkt und droht sich in wenigen Sekunden mit Volldampf in die Tiefe zu stürzen.

»Super! Das hätten wir.«

Nach gefühlt drei Millionen Fotos ist der Typ mit der Kamera offenbar zufrieden. Endlich lässt Jeff mich los, und ich mache einen Schritt zur Seite, um etwas Distanz zwischen uns zu bringen.

»Am Mittwoch könnt ihr zwei euch dann in der Schülerzeitung bestaunen.« Der Typ steht vor uns, seinen Blick fest auf die Kamera gerichtet. Anscheinend sieht er sich seine Schnappschüsse gerade etwas genauer an. »Jeff, du siehst aus, als hättest du einen Stock im Arsch, Alter.« Er lacht übermütig auf und verstummt erst, als sein Blick den von Jeff trifft.

Dann geht alles ganz schnell. Die Band kehrt zurück auf die Bühne und umrahmt den vereinsamten Schlagzeuger. Mrs Skellham reicht Ben das Mikrofon zurück und steigt die Stufen hinab in die Halle. Auch der Fotograf ist bereits verschwunden, als ich mich noch einmal nach ihm umsehe. Meine Wahrnehmung scheint verzögert, es fällt mir schwer, mich zu konzentrieren.

Wie aus weiter Ferne höre ich Jeff plötzlich sagen: »Alles okay bei dir?«

Seine Hand berührt meinen Arm, und ich habe das Gefühl an dieser Stelle verbrennen zu müssen.

»Ja, klar«, gebe ich mich tougher, als ich wirklich bin und entreiße ihm meinen Arm.

Jeffs Blick ist finster, distanziert. Er lässt seine Hand sinken. »Wir sehen uns in einer Stunde am Ausgang.«

Dann geht er.

Kapitel 18

»Sky, … ich …«

»Können wir bitte einfach nur nach Hause fahren, das Radio einschalten und alles vergessen, was heute passiert ist?«, frage ich Jeff und blicke dabei stur aus dem Fenster seines Jeeps auf den Parkplatz, auf dem nur noch wenige Autos stehen. Auf so engem Raum mit ihm fühle ich mich unwohl, und ich will die Fahrt so schnell wie möglich hinter mich bringen.

»Ich wollte mich nur bei dir entschuldigen.« Ich höre, wie sich Jeff am Kopf kratzt. »Auch wenn ich gar nicht so recht weiß wofür.«

Mein Kopf schnellt zu ihm herum. »Ach, du weißt also nicht, wieso ich so sauer auf dich bin? Hat dir Kathleen das nicht erzählt? Ihr tauscht euch doch sonst so gut aus.«

Jeffs verwirrter Gesichtsausdruck spricht Bände. »Bitte? Ich verstehe nicht …«

»Deine nette Freundin hat mir vorhin Bowle über das Kleid gekippt«, unterbreche ich ihn.

»Das weiß ich doch schon, aber …«

»Was dir Kathleen aber sicher nicht erzählt hat, ist das winzig kleine Detail, dass sie in unserem Streit meinen verstorbenen Dad zur Sprache gebracht hat«, unterbreche ich ihn wieder.

»Autsch!«, erwidert Jeff wenig geistreich.

»So oder so ähnlich.« Ich wende mich von ihm ab. Was ein Idiot.

Doch Jeff bleibt hartnäckig. »Und jetzt glaubst du natürlich, die Sache ginge auf mein Konto.«

»Wer sollte ihr sonst davon erzählt haben, wenn nicht du? Ich habe mit niemandem über Dad gesprochen!« Die Wut in meinem Bauch brodelt fast über. Er ist so ein Heuchler.

»Sky, ich würde niemals …«, setzt er erneut an.

Ich schnaube verächtlich und drehe mich weg.

»Ich befürchte, Kathleen weiß die Sache mit deinem Dad von unserer Schulsekretärin. Sie ist ihre Tante, und die beiden haben ein verdammt gutes Verhältnis zueinander.«

Die einzelnen Puzzleteile, die lose in meinen Gehirnwindungen verstreut liegen, fügen sich nach und nach zu einem Bild zusammen. Es dauert einen Moment, bis ich begreife, dass ich falsch gelegen habe. Verdammt falsch.

»Du hast Kathleen also nicht … ich … entschuldige bitte. Das war für mich so naheliegend. Ich …« Vorsichtig schaue ich in Jeffs Richtung.

»Ist schon in Ordnung.« Doch da schwingt etwas in seinen Worten mit, was ich nicht einordnen kann. Enttäuschung? Unzufriedenheit? Wut? Hoffnung?

Eine unangenehme Stille breitet sich zwischen uns aus.

Nach einer gefühlten Ewigkeit lässt Jeff den Motor an, und erst als aus dem Radio die Klänge von Shawn Mendes' *Treat You Better* zu hören sind, lehne ich mich in meinem Sitz zurück und fege die vielen Bilder in meinem Kopf zur Seite.

Die Straßenbeleuchtung erhellt den Wagen. Alle paar Meter. In gleichem Abstand. Ich blicke zum Seitenfenster hinaus und zähle sie. Bisher sind es achtundzwanzig gewesen. Neunundzwanzig, dreißig … Dann umhüllt uns plötzlich völlige Dunkelheit. Der restliche Weg zur Ranch ist nicht beleuchtet.

Dennoch starre ich noch immer nach draußen. Weder der Mond noch die Sterne sind zu sehen. Absolute Finsternis. Kein Funkeln. Kein Schimmer. Nichts.

»Die Sache mit Kathleen tut mir leid.« Durchbricht Jeff die Stille zwischen uns.

»Das muss es nicht. Du kannst ja nichts dafür«, antworte ich knapp.

»Sie hat es sicher nicht so gemeint«, nimmt er sie in Schutz.

Ich frage mich unweigerlich, ob er das Offensichtliche nicht sehen will oder nicht sehen kann. Meine Erinnerung verfängt sich an Dannys Fingern, die zärtlich über Kathleens Rücken streichen. Ob die beiden das wohl auch nicht so gemeint haben? Ob es einfach so passiert ist? Aus Versehen? Genau so wie der Inhalt eines vollen Glases plötzlich, ganz aus Versehen, auf meinem Kleid gelandet ist?

Nun bin ich diejenige, die sich in Schweigen hüllt. Ich beiße mir auf die Zunge, damit mir die Worte im Halse steckenbleiben. Weder will ich Jeff von Kathleen und Danny erzählen, noch will ich ihm beipflichten. Ich wähle den dritten Weg der Stille.

Links und rechts der unbefestigten Straße sind nur Felder zu sehen, die im Lichtkegel der Scheinwerfer an uns vorbeifliegen. Die Orientierung habe ich längst verloren. Hätten wir nicht schon längst die Auffahrt zur Ranch hochfahren müssen? Aber noch immer befindet sich unter den Reifen Asphalt und kein Kies.

»Und wegen der Sache mit der Ballonfahrt …«, fängt Jeff abermals zögerlich zu sprechen an.

Er spricht bewusst nicht von einem Date. Denn das wäre ja lächerlich. Er und ich. Ein Date. Vollkommen undenkbar.

»Mach dir deshalb keine Sorgen«, sage ich schnell, um das lästige Thema ein für alle Mal zu beenden.

Nie und nimmer werde ich mit ihm diese Fahrt antreten. Ich werde den Termin einfach immer wieder verschieben. Immer wieder. Bis das Wetter für diese Saison zu schlecht geworden ist. Über den Winter gerät das Event dann in Vergessenheit, und ich kann mich beruhigt zurücklehnen und mich für die Abschlussprüfungen vorbereiten.

»Wenn dir etwas daran liegt, dann können wir … Ich meine, …«

Jeff will wohl ebenso wenig wie ich diese Fahrt antreten. Die Tatsache kränkt mich merkwürdigerweise ein wenig, und ich wende meinen Kopf noch eine Spur weiter zum Seitenfenster, damit er mir meine Gedanken nicht ansehen kann.

»Keine Sorge! Kathleen braucht sich keine Gedanken zu machen«, werfe ich ihm eine Spur zu wütend an den Kopf.

Warum bricht mir in solchen Situationen immer die Stimme? Und warum verdammt noch mal bin ich enttäuscht über Jeffs Worte? Ich sollte doch eigentlich froh darüber sein!

»Ich verstehe nicht, was Kathleen damit zu tun hat?«, fragt Jeff, und ich verdrehe genervt die Augen.

Ich lache spöttisch auf und bereue es sofort. Aber jetzt ist es schon passiert – ich muss auf Jeffs Frage antworten. »Machen wir uns doch nichts vor! Kathleen hat dir ins Gewissen geredet, mir für das Date abzusagen. Und ich habe vollstes Verständnis dafür!«

»So. Hast du das?«

»Ja, absolut! Ich würde auch nicht wollen, dass mein Freund mit einem anderen Mädchen in diese Gondel steigt.«

Endlich fährt Jeff die Auffahrt zu unserem Haus hinauf. Ich meine, zu Rogers Haus, natürlich. Nicht meins. Mein Zuhause ist nach wie vor in Boston. Weit weg von all dem hier.

Als Jeff den Wagen zum Stehen bringt, glaube ich doch tatsächlich, das Schlimmste wäre überstanden und ich könnte schon bald einen Schlussstrich unter diesen Tag setzen. Doch weit gefehlt.

»Nun, du liegst mit deiner Einschätzung, was Kathleen anbelangt, total daneben.« Das Licht vor dem Haus reagiert auf unsere Ankunft und schaltet sich automatisch an.

Das Innere des Wagens ist jetzt hell erleuchtet. Die Sprenkel in Jeffs karamellfarbenen Augen leuchten golden, sein Blick ist eindringlich. »Für sie ist es total in Ordnung, dass ich mit einem anderen Mädchen auf ein Date gehe – sonst hätte ich nie im Leben für die Tombola zugesagt. Sie hat mich sogar darin bekräftigt, diese Ballonfahrt mit dir zu machen, weil sie ein schlechtes Gewissen wegen deines Kleides hatte. Das Einzige, weshalb ich mir wirklich Sorgen mache, ist meine Höhenangst. Aber die werde ich schon irgendwie in den Griff bekommen. Das wird bestimmt ein cooler Tag. Ich bin froh, dass du das Los gezogen hast, Sky.«

Jeff schenkt mir dieses schiefe Lächeln, während ich einen Tsunami auf mich zurollen sehe. Wie versteinert sitze ich auf meinem Sitz und blicke ihm wissenden Auges entgegen, unfähig mich von der Stelle zu rühren. Warum sehe ich gerade jetzt diesen Moment in meinem Zimmer wieder vor meinem geistigen Auge, als Jeff mich berührt hat? Ein Kribbeln überzieht meine Haut. So sehr ich mich auch dagegen wehre, ich kann meinen Blick einfach nicht von ihm abwenden. Was ist das nur zwischen uns beiden?

Kapitel 19

Jeff

Gefühlt seit Stunden starre ich die vom Mond erhellte Zimmerdecke an. An Schlaf ist gar nicht zu denken. Ständig kreisen meine Gedanken um den heutigen Abend. Ich bin müde und erschöpft. Und doch finde ich einfach nicht zur Ruhe. Das waren eindeutig zu viele Gefühle für einen Abend.

Der Herbstball, die Ballonfahrt, die riesige Szene, die Kathleen mir gemacht hat, als ich mich mit Sky auf den Heimweg gemacht habe. Und dann Skys Anschuldigungen, die mich total vor den Kopf gestoßen haben – immer nur Sky. In meinen Gedanken, in meinem Herzen, in jeder Faser meines Körpers.

Was ist das nur zwischen uns? Wieso dominiert Sky mein Denken und Handeln dermaßen? Warum sehne ich mich nach ihr, wo sie doch gerade mal zwei Zimmer weiter in ihrem Bett liegt?

Und Kathleen und ich? Was ist das? Warum empfinde ich in ihrer Nähe nicht dasselbe? Warum war es mir fast schon egal, dass sie sauer auf mich war, als ich mit Sky zu meinem Wagen gegangen bin? Ich liebe sie doch. Oder?

Die Gedanken überschlagen sich. Je mehr ich versuche, sie im Zaum zu halten, desto widerspenstiger werden sie.

Ich wechsle auf die Seite, und die Erinnerung an die Preisverleihung auf der Bühne flackert vor meinem geistigen Auge auf. Wie ich Sky ganz nahe stand und ihr den Arm für das Foto um die Taille gelegt habe … Das Kribbeln, das ich daraufhin empfand, war neu und hat mich vollommen aus der Bahn geworfen. Sky und ich dem Himmel ganz nah. Und vor allem: allein.

Eine Wolke schiebt sich vor den Mond, und in meinem Zimmer wird es stockdunkel. Den Raum erhellt er kaum noch.

Mit der Hand fahre ich mir übers Gesicht, schließe die Augen. Da springt mich aus dem Hinterhalt die Szene in Skys Zimmer an. Wie ihr die Tasche zu Boden fiel, ihre Sachen versträut am Boden lagen und wir beide zeitgleich versuchten, sie wieder aufzuklauben.

Anstatt nur ihre Hand zu berühren, hätte ich sie am liebsten in meine Arme genommen. Ein total abwegiger Gedanke. Aber er war da. Ziemlich präsent. Und er lässt sich seither einfach nicht mehr abschütteln. Egal, wie sehr ich mich auch dagegen wehre.

Kapitel 20

Viel zu gute Laune, gepaart mit dem Rattern des Kaffeevollautomaten und dem Knistern der Morgenzeitung sind eine verdammt schlechte Voraussetzung dafür, wenn man gehofft hat, man könnte sich unbemerkt einen Toast mit Erdnussbutter bestreichen und danach wieder schnell im Zimmer verschwinden.

»Guten Morgen mein Schatz, hast du gut geschlafen?«, fragt mich Mom wie jeden Morgen.

Sie steht gerade am Kühlschrank und wartet darauf, dass ihr Toast fertig wird – wie jeden Morgen. Und auch dieser Sonntag ist da keine Ausnahme. Für gewöhnlich frühstücken Mom und Roger am Wochenende meist später. Heute leider nicht.

Ich ziehe meinen Morgenmantel enger um meinen

Körper. Das Band ist mir in den Wirren des Umzugs irgendwie abhandengekommen, also halte ich die beiden Seiten vor der Brust eng zusammen.

Jeff schläft zum Glück noch. Wenigstens etwas.

»Ja, alles bestens«, kommt es mir schwerfällig über die Lippen.

»Magst du ein Spiegelei?« Mom schlägt ein Ei in die Pfanne und sieht mich erwartungsvoll und mit einem bittenden Ausdruck in den Augen an.

Ich hadere mit mir. So war das nicht geplant. Andererseits will ich nicht schon wieder einen Streit zwischen Mom und mir …

»Emily, kommst du später zu der Besichtigung des Arabers mit?«, fragt Roger, noch bevor ich Mom eine Antwort geben kann. Er hält die Zeitung vor seinem Gesicht und hat wahrscheinlich noch nicht mal bemerkt, dass ich da bin.

»Ich weiß noch nicht«, erwidert Mom. Sie schaut mich immer noch an. Ich will mich nicht streiten, also nicke ich bedächtig. Ein Lächeln breitet sich auf Moms Gesicht aus, und sie schlägt ein zweites Ei in die Pfanne.

Roger blättert die Seite um. »Fühlst du dich heute nicht so gut?« Seine Stimme klingt besorgt. Nun endlich hebt er den Blick über das Papier. Als er mich sieht, wirkt er erschrocken, beinahe so, als wäre ich den beiden gerade auf die Schliche gekommen.

»Ich wusste nicht, dass … Ich dachte, …« Roger wirkt nervös, während er zwischen Mom und mir hin und her sieht.

»Mom, was ist hier los? Geht es dir nicht gut?« Sie sieht bleich aus. Wieso ist mir das nicht direkt aufgefallen?

Langsam glaube ich nicht mehr daran, dass es nur an den vielen Schichten im Restaurant liegt. Es muss noch einen anderen Grund dafür geben. Und die geheimnisvollen Blicke, die Mom und Roger vor wenigen Minuten gewechselt haben, sprachen Bände.

Sie wendet sich von mir ab und legt die Eier mit einem Pfannenheber auf zwei Teller. »Ich hatte gestern Abend Kopfschmerzen. Nicht weiter schlimm. Heute fühle ich mich schon wieder viel besser.« Ein Singsang schwingt in ihrer Stimme mit, der Leichtigkeit suggerieren soll.

Ich bin versucht, ihr zu glauben, weil ich ihr glauben *will* und alles andere mich zu sehr aufwühlen würde. Aber Rogers zerknitterter Gesichtsausdruck ist eindeutig. Hier geht irgendetwas vor sich. Mein Magen ballt sich zu einem harten Knäuel zusammen. Ich kann die angespannte Stimmung in der Luft deutlich spüren. Auch wenn Mom etwas vollkommen anderes behauptet.

»Roger, dein Espresso wird kalt«, sagt Mom, während sie ihm die winzige Tasse reicht.

Er sieht sie entschuldigend an. »Ich danke dir, mein Schatz.«

Sie küssen sich vor meinen Augen. Vollkommen ohne Vorwarnung. Man könnte meinen, ich wäre langsam an dieses Bild gewöhnt. Aber jedes Mal, wenn ihre Lippen aufeinandertreffen, sehe ich schnell weg. Es fühlt sich einfach nicht richtig an.

»Danke für das Ei, Mom«, sage ich schnell und greife mir den Teller nebst Besteck. »Ich esse auf meinem Zimmer.«

Mom wendet sich ruckartig zu mir um. »Kommt gar nicht in Frage«, erklärt sie anordnend, schlägt dann jedoch einen milderen Ton an. »Wir essen zusammen. Wie eine Familie.« Ihr letzter Satz ist nur mehr ein Wispern. Hoffnung schwingt darin mit und die leise Bitte, es doch wenigstens zu versuchen. Um ihretwillen. Um meinetwillen. Für uns.

Ich umklammere den Teller so fest, dass ich das Gefühl habe, er könnte jeden Moment in zwei Teile zerbrechen.

Keiner sagt etwas. Die Stille im Raum ist beklemmend.

Mit um den Teller verkrampften Händen gehe ich hinüber zu den beiden an den Tisch und setze mich auf meinen Platz. Nahe bei Mom, weit weg von Roger. Die Konstellation gefällt mir nach wie vor am besten, auch wenn ich weiß, dass ich Moms neuem Freund damit in gewisser Hinsicht Unrecht tue. Er bemüht sich, lässt mich in Ruhe und sorgt sich um meine Mom, wie ich erst vor wenigen Minuten erneut feststellen konnte. Die Vertrautheit zwischen den beiden behagt mir nicht. Ebenso wie die Tatsache, dass sie etwas vor mir zu verheimlichen versuchen.

Ich stochere lieblos in meinem Ei herum. Der Appetit ist mir zwischenzeitlich vergangen.

»Morgen.«

Das erste Mal seit ich hier wohne, bin ich dankbar, Jeffs Stimme zu hören. Er wird mit seiner gewohnt lässigen Art und seiner guten Laune schnell dafür sorgen, dass die Sorgenfalten auf Moms Stirn verschwinden und Roger nicht mehr so verkniffen dreinsieht.

Doch als Jeff mir gegenüber Platz nimmt, weiß ich, dass heute etwas anders ist als sonst. Schweigsam greift er nach einem der getoasteten Bagel im Körbchen schräg vor ihm und bestreicht ihn dick mit Frischkäse, legt eine

Scheibe von der geräucherten Truthahnbrust und anschließend den Deckel darauf.

Mein Smartphone vibriert in meiner Morgenmanteltasche. Sicher wieder eine Nachricht im Gruppenchat auf Facebook von Rachel, April und mir. Vor fast einer Stunde haben die beiden damit angefangen und mich damit aufgeweckt. Ich bin gestern Abend einfach nur noch ins Bett gekippt und habe vergessen, mein Handy lautlos zu stellen. Das hat sich heute Morgen sofort gerächt.

Und jetzt finde ich nicht den Mut, nachzulesen, was sie denn da in die Gruppe posten. Denn im Grunde kann es überhaupt nichts Gutes sein. Mit sehr großer Wahrscheinlichkeit geht es um meinen katastrophalen Auftritt auf der Bühne und die Bilder, die seither bestimmt im Netz kursieren. An die Kommentare unter den Beiträgen auf Instagram will ich gar nicht denken. Irgendwann muss ich mich dem stellen – aber noch nicht jetzt.

»Jeff, wie war denn der Herbstball?«, fragt Roger und legt die Zeitung beiseite.

»Okay«, erwidert Jeff mit unterkühlter Stimme und für seine Verhältnisse ziemlich wortkarg.

Ich mustere ihn verstohlen, kann aber nichts Außergewöhnliches an ihm feststellen. Wie fast immer trägt er auch heute wieder eines dieser dämlichen Schweißbänder ums rechte Handgelenk. Es ist grün und erinnert mich an die satten Wiesen hier auf der Ranch. Das Hemd und die schwarze Stoffhose von gestern Abend hat er gegen ein Sportshirt und eine dunkle Jeans eingetauscht. Sein Haar steht ihm wirr vom Kopf ab. Ungewollt oder gewollt – es sieht mal wieder perfekt aus.

Was denke ich denn da schon wieder?! Schnell verscheuche ich den Gedanken.

Mir fällt auf, wie verbissen und angespannt er wirkt. Seine Wangenknochen treten überdeutlich hervor. Er presst seine Kiefer offenbar fest aufeinander.

Als er mich ansieht, wende ich mich schnell von ihm ab. Sein Blick ist unergründlich, eine Mischung aus Zorn, Missbilligung und Enttäuschung.

Ich spüre den Wunsch, nachzufragen, was ihm die Stimmung derart verhagelt hat. Dann besinne ich mich jedoch eines Besseren und stochere weiter lieblos in meinem Ei herum. Je weniger Berührungspunkte es zwischen uns gibt, desto besser.

»Fühlst du dich nicht gut?«

Bei Rogers Frage lässt Jeff unerwartet sein Messer auf den Teller fallen. Das Scheppern hallt durch die Küche, und ich zucke unweigerlich zusammen. Da hat jemand offenbar verdammt schlechte Laune. Ein absolutes Novum bei Jeff McCallum.

»Es geht mir blendend«, erwidert er mit übertrieben heiterer Miene. Er strahlt plötzlich übers ganze Gesicht wie eine Glühbirne, die man eben eingeschaltet hat. Nur ungefähr fünfhundert Watt zu viel.

Roger leert den Inhalt seiner winzigen Tasse in einem Zug. Der Espresso ist jetzt sicher längst kalt. Aber er verzieht keine Miene.

»Ich muss raus zu den Pferden … Teardrop hat … Er braucht mich.«

Offenbar scheint Roger sich gerade darüber bewusst zu werden, dass die Küche am heutigen Morgen ein Minenfeld ist und egal, wo er hintritt, kann er nur in Stücke gerissen werden. Plötzlich bekomme ich so etwas wie Mitleid mit dem Mann, der uns sein Heim geöffnet hat und sich mittlerweile wie ein Fremder in seinen eigenen vier Wänden fühlen muss.

»Nein, bleib du ruhig sitzen. Ich habe eh keinen Hunger und sollte meine schlechte Laune nicht an euch auslassen. Entschuldigt! Ich gehe wieder auf mein Zimmer und lege mich noch mal aufs Ohr. Vielleicht bin ich danach ja besser drauf. Wer weiß.«

Mom sieht Jeff besorgt an. »Iss wenigstens noch deinen Bagel!«

Während Jeff noch mit sich hadert, ob er ihrer Bitte nachgeben soll, vibriert es abermals in meiner Tasche. So langsam reicht es mir. Ich greife nach dem Gerät und entsperre es unter dem Tisch.

»Echt krass«, lese ich von Rachel.

»Ich kann das nicht glauben«, schreibt April.

Ich scrolle die siebenundneunzig Nachrichten nach oben und spüre, wie eine Panikattacke auf mich zurollt. Siebenundneunzig! Fieberhaft überlege ich, ob ich mir morgen besser eine Papiertüte über den Kopf stülpen sollte, um unerkannt zu bleiben.

»Sie haben sich gestritten«, lese ich weiter.

Ich überfliege die einzelnen Zeilen, achte längst nicht mehr darauf, wer von meinen beiden Freundinnen sie verfasst hat.

»Deshalb ist sie wohl auch nicht mit Jeff und Sky gefahren.«

Kathleen!, schießt es mir durch den Kopf.

Als sie gestern nicht mit uns kam, hatte ich kurz überlegt, Jeff nach ihr zu fragen. Doch dann entschied ich mich dagegen. Denn im Grunde war ich froh darüber, dass sie nicht da war. Und mit Jeff wollte ich nur über das Nötigste sprechen.

»Bist du sicher, dass das Bild keine Fotomontage ist? Du weißt doch, was man mit Bildbearbeitungsprogrammen alles machen kann.«

Allmählich verstehe ich nur noch Bahnhof. Um welches Foto geht es hier denn? Oh Gott – hoffentlich keins von mir in Rachels viel zu kurzem Kleid!

»Nein, ich denke nicht, dass ich auch nur noch einen Bissen hinunterbekomme.« Mit diesen Worten steht Jeff resigniert vom Tisch auf. Seine Bewegung ist so schwerfällig, dass man meinen könnte, das Gewicht der ganzen Welt laste auf seinen Schultern.

Ich scrolle weiter über mein Display und schließlich verstehe ich, halte inne und starre das Foto an, das in meinen Augen ziemlich unbearbeitet aussieht. Ein winziger Blick auf das Bild genügt, um hundert Prozent sicher zu sein, dass es bei den siebenundneunzig Nachrichten nicht um mich geht.

Es geht um Kathleen und Danny. Die beiden küssen sich. Auf den Mund.

Mit weit aufgerissenen Augen starre ich auf das Foto der beiden und kann einfach nicht glauben, was ich da sehe. Wie kann Kathleen Jeff nur so hintergehen? Und dann auch noch vor all den Leuten unserer Schule. Und Danny? Jeff und er sind doch Mannschaftskollegen!

»Hat dir auch schon jemand die Bilder geschickt?«, fragt Jeff, und vor Schreck lasse ich mein Handy beinahe fallen.

Ich stopfe es schnell zurück in meine Tasche und will

schon verneinen. Doch ich erkenne den Ausdruck in Jeffs Augen wieder. Er möchte nicht belogen oder bemitleidet werden. Er will die Wahrheit wissen. Auch wenn sie wehtut. Ich kann das nur zu gut nachempfinden.

Also nicke ich.

»Welche Bilder?«, meldet sich Mom zu Wort. Ihre Stimme klingt besorgt und mitfühlend.

Jeff winkt ab. »Nichts von Bedeutung.«

Er schiebt den Stuhl nach hinten und will gehen.

An seiner Stelle wäre ich gar nicht erst heruntergekommen. Ich hätte mich in meinem Zimmer verbarrikadiert und niemanden sehen wollen. Er tut mir schrecklich leid. Kathleen ist eine falsche Schlange, und den ewig gut gelaunten Jeff so erschüttert zu sehen, bringt mein Weltbild ins Wanken.

Ich sehe Jeff auf seinem Weg zur Treppe nach. Seine Schultern wirken verspannt, und sein Kopf ist leicht nach vorne gebeugt. In seiner Haut möchte ich im Moment echt nicht stecken. Vielleicht sollte ich ihm irgendwie helfen?

Ein lautes Klirren reißt mich aus meinen Gedanken. Ich blinzle, sehe wie Roger hektisch von seinem Stuhl aufspringt und neben Moms merkwürdig verdrehtem Körper am Boden kniet. Mom!

Wie in Trance nehme ich die Geräusche und die Rufe um mich herum wahr. Auch Jeff spurtet so schnell er kann zurück zum Esstisch, während ich wie festgeklebt auf meinem Platz sitze. Mein Gehirn hat Probleme damit, die Bilder zu verarbeiten.

»Emily, kannst du uns hören?«, fragt Roger. Seine

Stimme klingt in meinen Ohren so blechern wie die eines Roboters.

Jeff greift nach einem der Sitzkissen und legt es Mom notdürftig unter den Kopf. Ich taste mit meinen Augen den Boden nach roten Farbtupfern ab und halte angespannt den Atem an, als ich spüre, wie Roger und Jeff zunehmend panischer werden.

»Sky, ruf einen Krankenwagen!«, wendet sich Jeff mit einem klaren Befehl an mich.

Ich verstehe seine Worte, aber sie wollen nicht bis in mein Bewusstsein vordringen. Warum sollte ich einen Rettungswagen rufen? Mom wird gleich wieder aufstehen. Also …

»Sky!«, ruft Jeff wieder und wieder.

Das laute Hämmern meines Herzens dröhnt in meinen Ohren wie ein Presslufthammer. Meine Hände zittern so sehr, dass mein ganzer Körper in Schwingungen gerät.

Es kann nicht sein, was nicht sein darf, meldet sich eine Stimme in meinem Kopf zu Wort.

Erst als Jeff mich an der Schulter berührt, erwache ich aus meiner Starre. Ich spüre, wie Tränen meine Wangen benetzen.

»Sky.« Jeffs Stimme klingt ruhig. »Ist alles okay bei dir?«

Ich sehe in Jeffs karamellfarbene Augen, die zu schmalen Schlitzen verengt sind.

»Sky, alles wird gut«, höre ich ihn sagen.

Wie selbstverständlich legt er seine Hände auf meine.

»Komm!«, sagt er schließlich, hilft mir auf meine wackeligen Beine und bringt mich zu Mom hinüber.

Roger telefoniert. Er kniet noch immer ganz dicht bei

meiner Mom. »Ja, aber das sagte ich doch bereits. Die Patientin ist nicht ansprechbar und seit fünf Minuten ohne Bewusstsein«, erklärt er den Sachverhalt mit zittriger Stimme.

Ich kann seine Sorge um Mom deutlich spüren.

»Mom?«

Jeff löst seine Hand von meiner, als ich mich ganz dicht neben meiner Mom auf den Boden fallen lasse. Hilflos blicke ich zwischen Mom und Roger hin und her. Er nickt mir zu. Ein leises Versprechen. Alles wird gut.

Es kann nicht sein, was nicht sein darf, höre ich meine innere Stimme erneut sagen.

»Ist gut. Ja, das haben wir bereits getan«, sagt Roger in das Telefon. Dann bedeutet er Jeff eine Decke von der Couch aus dem Wohnzimmer zu holen.

Mit meinen Fingern streiche ich vorsichtig über Moms Wange. Die Berührung fühlt sich seltsam vertraut an, auch wenn ich ihr seit Wochen, wenn nicht sogar Monaten nicht mehr so nahe gewesen bin. Plötzlich verspüre ich den Wunsch, von Mom in die Arme geschlossen zu werden. So fest, bis ich kaum noch atmen kann. Tränen der Reue quellen aus meinen Augen. Was habe ich nur getan?

Kaum dass Jeff die beigefarbene Decke mit den Pferdemotiven darauf über Moms leblos wirkenden Körper gelegt hat, zucken ihre Lider. Es dauert noch einen Moment, bis Mom ihre Augen aufschlägt. Erleichterung brandet in mir auf.

»Wo bin ich?«, fragt sie irritiert.

Unsicher fährt sie mit ihren Blicken über unsere Gesichter auf der Suche nach Antworten.

»Zu Hause«, sage ich und meine es auch so.

Liebes Tagebuch,

die Ereignisse überschlagen sich, und ich weiß nicht mehr, was ich denken oder fühlen soll.
Mom ist heute Morgen zusammengebrochen. Es war furchtbar... Ich hatte solche Angst, dass sie nicht mehr aufsteht. Da ist etwas. Ich weiß es ganz genau. Sie verheimlicht mir etwas Wichtiges. Bisher habe ich nicht den Mut gefunden, sie offen danach zu fragen. Denn, wenn sie so ein großes Geheimnis daraus macht, kann ich dann überhaupt mit der Wahrheit leben?
Morgen wartet wieder der Schulalltag auf mich. Allerdings weiß ich noch gar nicht, wie ich den meistern soll. Einige meiner Mitschüler werden mich nach der Sache auf dem Herbstball sicher meiden oder Schlimmeres. Auf Instagram habe ich schon einige fiese Kommentare gelesen.
Ich knabbere noch immer ganz schön an den ganzen Vorkommnissen des Abends. Kathleen mit ihrer Cheerleadergang und diese ganzen miesen Schwingungen haben es mir nicht leichtgemacht. Dass Kathleen Jeff betrügt, hätte ich wirklich nicht von ihr gedacht. Und dann auch noch mit seinem Teamkollegen. Das ist so heftig. Am liebsten würde ich Jeff in die Arme nehmen. Aber dann fällt mir wieder ein, dass ich das nicht tun sollte. Wir kennen uns kaum. Okay, wenn ich ehrlich bin, habe ich Angst davor, was so viel Nähe zu ihm mit mir anstellen könnte. Und Kathleen fände es sicher auch nicht besonders toll. Auf noch so eine Aktion wie beim Herbstball kann ich echt verzichten.
Ich bin so froh, dass Rachel und April den ganzen Abend nicht von

meiner Seite gewichen sind. Und die Jungs haben mir sogar ein neues Kleid besorgt.
Bis vor wenigen Wochen war meine Welt ziemlich eindimensional. Es gab nur Mom und mich. Meinen Schmerz. Und die Trauer um Dad. Okay. Dich gab es auch noch. Zum Glück.
Aber seit ich hier in Lewisville angekommen bin – und damit meine ich meinen ersten Schultag –, ist nichts mehr so, wie es mal war.
So sehr ich mich auch von allem und jedem fernhalten wollte: Das geht jetzt nicht mehr. Ich habe eine Linie überschritten, die es mir unmöglich macht, zurückzugehen. Und vielleicht will ich das auch gar nicht mehr.

Kapitel 21

Das Wochenende war so ereignisreich, dass mir auch jetzt am Montagmorgen noch der Kopf schwirrt. Erst der Ball und die furchtbaren Erlebnisse dort, dann Moms Schwächeanfall, der mich gänzlich aus der Bahn geworfen hat. Mein Magen zieht sich schmerzvoll bei dem Anblick zusammen, den mein geistiges Auge in meinem Gedächtnis heraufprojiziert. Mom liegt auf dem dunklen Holzboden in der Küche, ihre Beine sind zur Seite hin angewinkelt. Ihre Augen sind geschlossen. Das braune, von silbernen Strähnen durchzogene Haar ist matt und fahl.

»Was hast du in der ersten Stunde?«, fragt Jeff, der mich vom Fahrersitz aus mit gefurchter Stirn beobachtet.

»Mathe bei Mr Henderson«, antworte ich knapp.

Es ist wirklich lieb von ihm, dass er sich so um mich

sorgt. Ich weiß nicht, ob ich an seiner Stelle ebenso handeln würde – oder es überhaupt könnte. Insgeheim bin ich ihm dankbar dafür, dass er mir ohne Wenn und Aber beisteht. Aber ich weiß auch, dass er seine eigenen Probleme hat. Eines der größten wird ihm mit Sicherheit heute in der Schule begegnen.

Als Jeff mir vorhin die Beifahrertür öffnete, wusste ich, dass wir nicht die übliche Strecke zur Schule fahren würden. Den Halt an Kathleens Haus ließ er aus. Ich wagte es nicht, ihn darauf anzusprechen. Wage es noch immer nicht.

Es ist einfacher sich in Nichtigkeiten zu verlieren, als sich der Herausforderung des Lebens zu stellen. Vor allem dann, wenn man nicht weiß, wie man zueinandersteht.

»Was hast du?«, werfe ich den Ball zurück zu Jeff, der mich daraufhin verunsichert ansieht. »Ich meine, in der ersten Stunde«, setze ich schnell hinterher, als ich mir der Doppeldeutigkeit meiner Aussage bewusst werde.

Ich will nicht, dass Jeff mir sein Herz ausschüttet. Schließlich kennen wir uns nicht so gut. Nicht auf diese Weise. Außerdem würde ich mich dann womöglich genötigt fühlen, ihm zu erzählen, was ich auf dem Ball gesehen habe. Und das würde ihn sicher noch trauriger machen, als er ohnehin schon ist.

Auch wenn Jeff sich bemüht, sich nichts anmerken zu lassen und sich hier und da zu einem Lächeln zwingt, erkenne ich die dunklen Schatten unter seinen Augen.

Ob er Kathleen wohl schon mit den Bildern konfrontiert hat? Unter dem Hashtag #HerbstballLewisvilleHighlights sind noch weitere Fotos auf Instagram aufgetaucht, die Danny und Kathleen in eindeutiger Pose zeigen. Ich hoffe, dass Jeff nicht so masochistisch veranlagt ist, sich durch die Vielzahl an Posts, die allein gestern hochgeladen wurden, durchzuklicken.

»Kunst«, sagt Jeff, während seine Augen fest auf der Fahrbahn vor ihm ruhen.

Seine Finger haben sich so sehr ins Lenkrad gekrallt, dass seine Knöchel weiß hervortreten.

Meine Finger schnellen hinüber zum Radioknopf. Es ist so furchtbar still im Wagen. Auf dem Countrysender, den Jeff wohl am liebsten hört, singt eine Sängerin von dem Leid des Verlassenwerdens. Was für eine Ironie ... Jetzt bin ich mir nicht mehr so sicher, ob es wirklich eine gute Idee war, das Radio anzuschalten.

Als ich den Knopf ein weiteres Mal drücken möchte, legt sich Jeffs Hand warm um meine kalten Finger.

»Lass ruhig! Ich mag den Song.«

Sein Blick durchbohrt mich regelrecht, als er mir in die Augen sieht. Ein angedeutetes Lächeln umspielt seine Lippen.

Instinktiv will ich meine Finger unter seiner Hand hervorziehen. Diese plötzliche Nähe ist viel zu vertraut. Und dennoch fühlt sich Jeffs Berührung gut an, und ich will nicht, dass sie endet. Was ist bloß los mit mir?

Bevor ich reagieren kann, löst Jeff seine Finger von meiner Haut. Ein Gefühl der Zurückweisung umfängt mich. Ich lege meine Hand in den Schoß und blicke zum Seitenfenster hinaus, damit Jeff mir nicht ansehen kann, was seine Berührung in mir anrichtet.

»Geht es deiner Mom besser?«, wechselt Jeff das Thema. Nachdem sie heute Morgen nicht am Frühstückstisch saß, konnte er sie nicht selbst danach fragen.

Ich zucke mit den Schultern und blicke zurück in Richtung des Knopfes, auf dem sich vor wenigen Sekunden noch Jeffs und meine Finger berührt haben.

»Mom hat sich gestern nach dem Vorfall in der Küche hingelegt und ist nur am Nachmittag kurz aus dem Schlafzimmer gekommen. Ich hätte es gut gefunden, wenn sie zum Arzt gegangen wäre oder sich in der Klink hätte durchchecken lassen. Aber all meine Fragen und Sorgen hat sie abgeblockt und behauptet, es ginge ihr gut. Dabei kann ich einfach nicht verstehen …«

Als ich bemerke, wie weit ich mich Jeff gerade geöffnet und ihm meine Gefühle preisgegeben habe, stocke ich unvermittelt. Das ist zu nah. Viel zu nah.

»Sky«, sagt Jeff ruhig. »Sprich bitte weiter.«

Ich kann die Hoffnung in seinen Worten hören, ich könnte mich ihm anvertrauen. Aber warum um alles in der Welt will er unbedingt wissen, wie es tief in mir drinnen aussieht? Warum interessiert er sich plötzlich so sehr für mich? Oder hat es womöglich gar nichts mit mir zu tun? Vielleicht will er sich ja nur ein wenig von seinem eigenen Chaos ablenken?

»Ich weiß es leider auch nicht«, kürze ich das, was vor wenigen Sekunden noch wasserfallartig aus mir heraussprudeln wollte, auf das Wesentliche zusammen.

Ich spüre, wie Jeffs Hände sich noch eine Spur fester um das lederne Lenkrad legen. Im selben Augenblick möchte ich mich dafür ohrfeigen, dass ich ihn so zurückgewiesen habe. Er wollte doch nur nett sein. Und was mache ich? Schlage mal wieder alles und jeden in die Flucht, der auch nur ansatzweise an meinem Leben Interesse zeigt.

April und Rachel habe ich gestern auch nicht mehr auf

ihre ganzen Nachrichten geantwortet. Ich konnte einfach nicht. Es ist gerade einfach zu viel – der Ball, die Sache mit Mom … Ich weiß nicht einmal, ob ich überhaupt mit irgendjemandem über gestern sprechen will.

Den Rest der Fahrt verbringen wir schweigend zu den Klängen von Banjo und Fiedel. Immer wieder denke ich an das Bild meiner Mom. Wie sie umrahmt von zerbrochenem Geschirr und schmutzigem Besteck bewusstlos am Boden liegt.

Abermals spüre ich diese Unruhe in mir und die bangenden Fragen: Was wäre gewesen wenn? Was wäre mit mir passiert, wenn Mom nicht mehr aufgewacht wäre? Und vor allem: Was, wenn Mom doch ernsthafter erkrankt ist, als sie mir weißmachen will?

Wieder muss ich an diesen Moment gestern Morgen denken, als Mom und Roger verstohlene Blicke getauscht haben.

Als wir auf dem Parkplatz der Schule ankommen, warte ich, bis Jeff den Schlüssel gezogen hat, ehe ich mich abschnalle. Wenigstens *das* kann ich für ihn tun.

Mit meinem Jansport über der Schulter verabschiede ich mich von Jeff, öffne die Tür und laufe auf das Schulgebäude zu. Die roten Backsteinmauern werden von der Sonne angestrahlt. Eine Schar an Schülern und Lehrern strömt auf das Haus zu. Ich folge ihnen wie ein Lemming und achte nicht auf das, was links und rechts von mir passiert. Zu sehr bin ich in meinen Gedanken versunken. Wenn ich heute Nachmittag nach Hause komme, werde ich mit Mom das Gespräch suchen. Ich muss einfach wissen, was da unheilverkündend wie dichter Nebel zwischen uns wabert.

Dann passiert es. Es geht so schnell, dass ich es kaum fassen kann. Quietschende Reifen, lautes Geschrei, ein Arm, der sich um meine Taille legt und mich ruckartig nach hinten wegzieht. Unsanft lande ich auf dem Boden. Mein Unterarm brennt höllisch.

»Bist du jetzt total verrückt geworden?«, schreit mich Jeff in meinem Rücken an.

Er klingt entsetzt und völlig außer sich. So aufgeregt habe ich ihn noch nie erlebt. Unfähig mich zu ihm umzudrehen, starre ich auf die Räder des Wagens, unter denen ich jetzt liegen würde, wenn Jeff nicht eingegriffen hätte. Allein bei der Vorstellung dreht sich mir fast der Magen um.

Zahlreiche Schüler und Lehrer sind stehen geblieben. Einige starren entsetzt zu mir rüber. Einzelne tuscheln. Wieder andere holen ihr Smartphone aus der Tasche und machen Fotos. Während ich mir über so alberne Dinge wie den passenden Hashtag für diese Beinahekatastrophe Gedanken mache – #SkyFall, #SkyundertheMachine –, kämpfe ich mich zurück auf meine Füße. Beinahe gelingt es mir sogar.

Doch der Schock scheint tiefer zu sitzen, als ich mir eingestehen will. Wie ein Mehlsack plumpse ich zurück auf meinen Hintern und unterdrücke den Schrei, der sich daraufhin aus meiner Kehle lösen will.

»Ist alles in Ordnung?«, fragt die Fahrerin des Wagens, nachdem sie mit zittrigen Händen die Tür geschlossen hat.

Ich nicke, unfähig etwas zu sagen.

Nach und nach löst sich die Traube um uns herum auf. Erleichtert über ihr Verschwinden rapple ich mich vorsichtig zurück auf die Beine und klopfe mir den Staub von der Jeans.

»Sky, ist alles in Ordnung mit Ihnen?«, fragt mich mein Mathelehrer, der plötzlich neben mir steht.

Ich versuche zu lächeln und winke ab. Dabei bemerke ich, dass mein Unterarm wie Feuer brennt, aber ansonsten scheine ich mich – dank Jeff – nicht verletzt zu haben. Ich hatte ganz vergessen, wie schmerzvoll Schürfwunden sein können. Das letzte Mal, als mir so etwas passiert ist, war beim Fahrradfahrenlernen mit Dad. Mühevoll dränge ich die Bilder vor meinem geistigen Auge zurück, die Dad und mich in einem Park ganz in der Nähe unserer Wohnung in Boston zeigen. Das kann ich jetzt nicht auch noch gebrauchen …

»Sie sollten die Wunde von der Krankenschwester behandeln lassen. Das kann sich sonst ernsthaft entzünden.« Mr Henderson klingt besorgt. Seine Stirn ist leicht gefurcht.

»Das ist nicht nötig. Es ist wirklich nicht schlimm. Nur ein kleiner Kratzer«, wehre ich ab. Die viele Aufmerksamkeit bekommt mir ganz und gar nicht.

Mr Henderson sieht mich noch einen Moment eindringlich an. Doch anscheinend spürt er, dass ich mich nicht umstimmen lasse und nickt.

»Aber falls die Schmerzen zunehmen, lassen Sie sich untersuchen«, ermahnt er mich.

»Versprochen«, schwöre ich.

Ich atme erleichtert aus, als er auf das Schulgebäude zuläuft.

»Was zur Hölle ist bloß los mit dir?«, schreit mich Jeff jetzt an, der sich ebenfalls wieder aufgerappelt hat.

Aus seinen Augen schießen funkelnde Blitze in meine Richtung. Er atmet schwer und hält seine Hände zu Fäusten geballt dicht an seinen Körper gepresst.

»I-ich habe … E-es ist …«, stottere ich, heillos mit der Situation überfordert.

Jeff so wütend vor mir stehen zu sehen wirft mich endgültig aus der Bahn. Ich kann nicht verstehen, warum er mir mit so viel Härte begegnet.

»Auf einem Parkplatz fahren Autos«, erklärt er mir wie einem Kleinkind. »Was hast du dir nur dabei gedacht, nicht auf deinen Weg zu achten? Was wäre passiert, wenn ich dich nicht zu fassen bekommen hätte? Was wäre mit dem Mädchen, das dich überfahren hätte? Hast du mal an sie gedacht? Hm? Machst du dir je Gedanken um deine Mitmenschen, Sky Harford, oder dreht sich dein ganzes Leben nur um dich?«

Geschockt über Jeffs ungewohnt harte Worte weiche ich einen Schritt von ihm zurück. Als ich spüre, wie die Tränen in meinen Augen zu brennen beginnen, wende ich mich von ihm ab und laufe Richtung Schulgebäude.

Kapitel 22

Ich bin noch immer völlig durch den Wind, als ich das Klassenzimmer betrete. Sofort spüre ich, wie die Blicke meiner Mitschüler an mir kleben. Ich senke den Kopf und laufe schnell zu meinem Platz, ohne jemandem die Chance zu geben, mich anzusprechen.

Mr Henderson ist zum Glück noch nicht im Raum. Er verspätet sich, was er für gewöhnlich nie tut. Hoffentlich hat das nichts mit meinem Beinaheunfall zu tun …

»Ist alles okay bei dir?« April beugt sich von ihrem Platz links neben mir ein Stück herüber.

Ich nicke ihr mit einem erzwungenen Lächeln zu. »Alles gut. Mir ist nichts passiert.«

Aprils Sorge springt mir aus ihren Augen entgegen. »Ich habe gerade erst von dem Unfall erfahren.«

»Es war kein Unfall«, falle ich ihr ins Wort, als könnte ich das Vorgefallene ungeschehen machen, indem ich es verharmlose. »Jeff hat mich vor Schlimmerem bewahrt.«

Das hat er wirklich. Jeff hat mich gerettet. Sonst wäre ich der armen Elftklässlerin direkt vors Auto gelaufen. Es war falsch von mir, so unachtsam über den Parkplatz zu schlendern. Dennoch verstehe ich immer noch nicht, wieso Jeff so wütend auf mich war. Beinahe verängstigt erinnere ich mich an seinen wutverzerrten Gesichtsausdruck, an die pulsierende Ader an seiner Schläfe.

April legt eine Hand auf meinen Unterarm, und ich verziehe schmerzvoll mein Gesicht.

»Hast du dich doch verletzt?«, fragt sie mit weit aufgerissenen Augen. »Soll ich dich zur Schulkrankenschwester bringen?«

Ich winke ab. »Nur eine kleine Schürfwunde. Nichts weiter.«

Den Gedanken an die gebrochenen Teile meines Herzens schiebe ich in eine der vielen Umzugskisten in meinem Kopf und klebe sie anschließend mit Panzertape zu. Sicher ist sicher.

Rachel schielt verstohlen zu uns beiden herüber, und ich lächle ihr gequält zu. Als Mr Henderson die Tür ins Schloss zieht und auf sein Pult zusteuert, ist es zu spät für sie, sich von ihrem Platz zu erheben und sich selbst ein Bild von der Lage zu machen.

Doch jetzt erst mal Mathe. Das Fach ist logisch und rational greifbar. Im Gegensatz zu einer ganz bestimmten Person.

***

»Wie geht es dir wirklich?«, fragt April besorgt, nachdem ich mit dem Tablett neben ihr an unserem Tisch Platz genommen habe.

Noch ehe ich ihr antworen kann, will Rachel wissen: »Was ist denn eigentlich genau passiert?«

Ich zwinge mich zu einem Lächeln, auch wenn mir ganz und gar nicht danach zumute ist. Der Beinaheunfall liegt nun schon ein paar Stunden zurück. Ich hatte also ausreichend Zeit, mir darüber Gedanken zu machen.

»Es geht mir ganz gut«, versuche ich meine Freundinnen zu beruhigen.

Dann blicke ich zu Rachel.

»Es ist eigentlich gar keine große Sache gewesen«, versuche ich die Situation abzumildern. Ob für mich oder meine Freundinnen ist mir dabei nicht ganz klar. »Ich war ein wenig in Gedanken und wäre dabei beinahe einem Mädchen vors Auto gelaufen. Jeff hat mich vor Schlimmerem bewahrt, indem er mich zur Seite gezogen hat.«

Rachels Augen weiten sich. »Oh, mein Gott!« Mehr bringt sie nicht über die Lippen, vor die sie sich inzwischen die Hand geschlagen hat.

Ihr Blick ist so eindringlich, dass ich ihm kaum standhalten kann.

Zeitweise, als die Blicke meiner Mitschüler mich im Unterricht gefühlt durchbohrt haben, hatte ich schon überlegt, mich krankzumelden und nach Hause zu fahren. Allerdings beginnt Moms Schicht heute erst am späten Nachmittag. Ich will nicht, dass sie sich in ihrem Zustand auch noch Sorgen um mich machen muss. Außerdem ist es wohl besser, die Sache durchzustehen und darauf zu hoffen, dass etwas oder jemand anderes die Aufmerksamkeit der Masse auf sich zieht …

Et voilà, schon geht es los. Drei Tische weiter beginnt Kathleen unüberhörbar laut zu keifen.

»Ich brauche mich überhaupt nicht vor dir zu rechtfertigen. Du bist doch mit *Sky* nach Hause gefahren und hast mich mir selbst überlassen. Danny war da, um sich um mich zu kümmern, während du nichts Besseres zu tun hattest, als die Party schon weit vor Mitternacht zu verlassen«, motzt Kathleen so laut, dass die gesamte Schule es mitbekommen muss. Meinen Namen speit sie dabei wie Gift aus.

Die Jungs kommen an unseren Tisch.

»Haben wir was verpasst?«, fragt Kent ein wenig sensationsgeil mit Blick auf Kathleen und Jeff.

Rachel winkt ab, während April mich aufmunternd ansieht.

So verständnisvoll, wie Jeff mich hat glauben lassen, ist Kathleen wohl doch nicht gewesen.

Die Gespräche im Raum verstummen schlagartig. Der Spot fällt auf Kathleen und Jeff, die nun beide aufgestanden sind. Jess sitzt wie ein begossener Pudel neben Kathleen. Offenbar ist ihr die Angelegenheit ziemlich peinlich, denn sogar ihr typisch hämisches Kichern ist verschwunden.

»Ich war müde, verdammt noch mal, und habe meinem Onkel versprochen, Sky nach Hause zu bringen. Das weißt du ganz genau.«

Jeff packt seine Tasche und verlässt die Cafeteria. Er tut mir leid. Jeff hat es wirklich nicht verdient, von seiner untreuen Freundin vor versammelter Mannschaft so vorgeführt zu werden.

In meinen Augen ist er viel zu nachsichtig mit Kathleen. Aber er ist nicht der Typ, der jemanden ins offene Messer laufen lässt. Jeff hätte viel lieber unter vier Augen mit ihr geredet, da bin ich mir ganz sicher. Doch zu Kathleen passt es, dass sie unbedingt die gebündelte Aufmerksamkeit der ganzen Schule auf sich spüren will. Vielleicht glaubt sie ja tatsächlich, sie wäre diejenige, die nichts falsch gemacht hat.

Schon wieder hängt dieses dämliche Damoklesschwert wie am seidenen Faden über meinem Kopf. Es baumelt bei jedem noch so zarten Lufthauch so heftig, dass ich mir einbilde, es könnte jeden Augenblick auf mich heruntersausen.

Wie gebannt warte ich darauf, dass alle in meine Richtung schauen und mich dafür verantwortlich machen, dass das Traumpaar der Schule sich gestritten hat.

Aber dieser Kelch geht offenbar an mir vorüber. Kaum dass Jeff den Raum verlassen hat, setzen die Gespräche wieder ein. Wenn überhaupt, dann gehen die verstohlenen und teilweise sehr offensichtlichen Blicke in Kathleens Richtung. Nicht in meine. Ich atme erleichtert auf und lasse mich in meine Stuhllehne zurückfallen.

Dann schweift mein Blick zu dem Hacksteak vor mir auf dem Teller. Mac & Cheese, Pizza und Hotdogs waren schon aus, bis ich endlich den Mut gefunden habe, mich in der Cafeteria blicken zu lassen. Das habe ich nun davon.

»Wie war euer restliches Wochenende?«, fragt Kent in die Runde.

Noah schiebt sich bedächtig die Brille auf der Nase zurecht. »Außer dem Herbstball keine besonderen Vorkommnisse«, erwidert er mit einem Käsefaden am rechten Mundwinkel.

Tyler trägt heute wieder eines seiner coolen Shirts. Das Mädchen mit den langen türkisfarbenen Haaren kommt mir irgendwie bekannt vor. Leider kenne ich mich viel zu wenig aus und beschließe, mich bei Gelegenheit mal mit Tyler darüber zu unterhalten.

»Was ist mit dir, Sky?«, fragt Kent.

»Mit mir? Ähm, also. Mein Wochende war ziemlich durchschnittlich, würde ich sagen.«

Abgesehen von dem Schwächeanfall meiner Mom natürlich. Aber auf den will ich hier vor versammelter Mannschaft auf keinen Fall näher eingehen. Zum Glück belässt Kent es dabei und fragt nicht weiter nach.

Dann fällt mir ein, dass Rachel und April sich sicher darüber wundern, dass ich ihnen im Chat nicht geantwortet habe. »Übrigens sorry, Mädels, dass ich mich gestern nicht gemeldet habe.«

»Ist schon okay«, meint April verständnisvoll. »Da war gestern sicher einiges bei euch los, als Jeff die Bilder gesehen hat.«

Ich nicke nur und wende mich anschließend meinem Mittagessen zu.

Angewidert schneide ich ein Stück vom Hackbraten und spieße es auf meine Gabel. Ich rieche daran. Ein großer Fehler, wie sich sogleich herausstellt. Kraftlos lasse ich das Besteck zurück auf den Teller fallen. Heute ist einfach nicht mein Tag.

»Ich habe noch eine halbe Pizza, wenn du magst«, meint April. »Ich habe heute keinen sonderlich großen

Appetit«, behauptet sie und schiebt mir die Margherita auch schon über den Tisch.

»Ich hätte noch Pommes«, schließt sich Rachel an.

Und auch Tyler bietet mir seine Mac & Cheese an.

Diese Truppe ist einfach wundervoll. Ein warmes Gefühl durchflutet mich. Es tut so gut, die fünf zu haben. Ich wüsste nicht, was ich grade ohne sie machen würde. Keine Ahnung, wie ich das verdient habe, aber in einem meiner früheren Leben muss ich wohl ziemlich nett gewesen sein.

»Wisst ihr schon, wann die Ballonfahrt stattfinden soll?«, fragt Noah plötzlich.

Ich verschlucke mich beinahe an dem Stück Pizza in meinem Mund. An die Ballonfahrt habe ich schon gar nicht mehr gedacht.

»Ich werde nicht fahren«, sage ich mit fester Stimme. »Mag vielleicht jemand von euch?«, frage ich hoffnungsvoll in die Runde.

»Das kannst du nicht machen. Mrs Skellham hasst Ausnahmen von der Regel. Nicht umsonst gibt es jeden Tag exakt die gleichen vier Speisen in der Cafeteria«, erklärt April mit einem Hauch Ehrfurcht in der Stimme.

Ich lache verbittert. »Was soll sie denn schon machen, wenn ich nicht mit Jeff in diesen Heißluftballon steigen will? Mich von der Schule verweisen?« Bei diesen Worten spüre ich einen Stich im Herzen. Noch vor wenigen Wochen habe ich mir nichts sehnlicher gewünscht, als meine Zelte abbauen und von hier verschwinden zu können. Doch jetzt überkommt mich so etwas wie Wehmut. Ich will nicht gehen müssen und meine Freunde hier zurücklassen.

»Das mit Sicherheit nicht. Nein. Aber die Frau ist

knallhart. Sie könnte dich für ein Jahr zum Aufsammeln des Mülls auf dem Schulhof verdonnern oder dir die Verantwortung für den Abschlussball übertragen. Und glaub mir, den Vorsitz vom Abschlussballkomitee will niemand haben. Das ist der undankbarste Posten, den du dir nur vorstellen kannst!«

Ich grinse, weil ich nicht glauben kann, was April da erzählt. »Leute, macht ihr euch etwa lustig über mich?«

Noah, Tyler, Kent und April schauen mich mit ernster Miene an. Erst Rachels Mundwinkel zucken unfreiwillig nach oben, ehe sie heftig losprustet und damit auch die anderen ansteckt.

»Aber jetzt mal im Ernst.« Tyler schnappt sich eine der Pommes, die mir Rachel eben zugeschoben hat. »Du solltest diese Fahrt mit Jeff machen.«

»Warum? Nenn mir nur einen guten Grund!«, protestiere ich.

»Weil du es insgeheim möchtest.« Rachel wackelt mit ihren Augenbrauen.

»Was?«, fahre ich aus der Haut. »So ein Quatsch! Ich möchte auf gar keinen Fall mit Jeff auf zwei Quadratmetern festsitzen!«

Rachel hebt entwaffnend die Hände in die Höhe. »Ist ja schon gut. Aber für gewöhnlich wehren sich die Leute nur so heftig, wenn doch ein Fünkchen Wahrheit dabei ist.«

»Pfff. Jeff ist mir total egal. Der Typ kann mir, spätestens seit er heute Morgen auf dem Parkplatz ausgerastet ist, echt gestohlen bleiben.« Ich verschränke demonstrativ die Arme vor der Brust.

Nach dem Essen verabschieden sich die Jungs zum

Sport. Rachel, April und ich haben noch eine Freistunde, ehe auch für uns der Nachmittagsunterricht startet.

»Was ist denn passiert?« April zieht ihre Augenbrauen nach oben, während Rachel die Papierummantelung ihres Muffins nahezu andächtig von den Seiten zieht.

Ich erzähle den beiden, wie Jeff mich nach der Sache von heute Morgen behandelt hat, berichte ihnen von der Härte in seinem Blick und der Kälte in seinen Worten. »Das ist wirklich merkwürdig. Jeder normale Mensch hätte mich in den Arm genommen und getröstet.«

April und Rachel nicken zustimmend, allerdings tauschen die beiden Blicke, und ich werde das Gefühl nicht los, dass sie mehr über die Sache wissen.

»Was ist los?«

Ich bereue es, gestern nicht direkt nachgefragt zu haben, was Roger und Mom für ein Geheimnis vor mir verbergen. Das passiert mir nicht noch einmal. Ich will Antworten.

»Es gibt da etwas in Jeffs Vergangenheit, das seine schroffe Reaktion erklären würde«, beginnt April vorsichtig.

Als Kind der Netflix-Generation gehen bei mir augenblicklich sämtliche Alarmglocken los. Was hat Jeff für ein dunkles Geheimnis?

»Was ist es?«

Meine Nerven sind zum Reißen gespannt. Bekomme ich hier womöglich gleich Antworten darauf, warum der Sonnyboy der Schule in letzter Zeit immer öfter aus der Rolle fällt? Warum er mir tiefgründige Blicke zuwirft, mir sacht über den Arm streicht, nur um mich im nächsten Moment wie eine heiße Kartoffel fallen zu lassen?

»Jeff hat …«, hebt Rachel zum Sprechen an, verstummt allerdings sofort wieder und starrt etwas oder jemanden hinter mir an.

»Ich fahre heute um fünfzehn Uhr nach Hause. Mein Training fällt aus«, erklärt Jeff mit Grabesstimme. »Sei bitte pünktlich.«

Ehe ich mich zu ihm umdrehen kann, hat er die Cafeteria auch schon wieder verlassen. Und ich frage mich ein ums andere Mal: Was ist das nur mit Jeff McCallum?

»Was hat er für ein Geheimnis?«, frage ich April und Rachel, ohne zu wissen, ob ich die Antwort auch wirklich hören will.

»Jeff hat in seiner Kindheit einen schweren Verlust erlitten«, druckst April herum.

»Und weiter?«, hake ich nach.

»Den Rest soll er dir besser selbst erzählen«, sagt Rachel, während sie das losgelöste Papier wieder an den Muffin drückt. Offenbar ist ihr der Appetit vergangen.

Der Gong zur nächsten Stunde ertönt. Wir müssen los. Zähneknirschend nehme ich zur Kenntnis, dass meinen Weg mal wieder mehr Fragen als Antworten pflastern. Wird das je ein Ende haben?

***

»Du bist zehn Minuten zu spät«, begrüßt mich Jeff mit der vollen Breitseite seiner schlechten Laune.

»Beschwer dich bei Mrs James! Sie hat die Stunde überzogen, ohne dich um Erlaubnis zu bitten.«

Laut scheppernd ziehe ich die Beifahrertür zu und bereue es sofort, mich nicht auf die Rückbank gesetzt zu haben. Jeder Zentimeter mehr an Distanz zwischen uns ist mir herzlich willkommen. Gerade als ich noch mal aussteigen und mich nach hinten setzen will, blafft Jeff mich erneut an.

»Schnall dich an! Ich will los.«

Ich tu ihm den Gefallen. Wenn auch nur sehr widerwillig. Denn im Grunde geht es mir ganz ähnlich wie Jeff: Ich möchte dringend von hier weg. Am Nachmittag haben doch noch einige Mitschüler anzügliche Bemerkungen zum Herbstball gemacht.

Die Sache mit Kathleen und meinem Kleid hat sich im Flüsterpostverfahren verselbstständigt. In der Geschichte, die aktuell kursiert, hat sie mir die Bowle erst nach der Verkündung auf der Bühne über das Kleid gekippt. Was sie irgendwie in einem viel besseren Licht dastehen lässt als mich. Doch ich war es irgendwann so leid, mich für etwas zu rechtfertigen, woran ich keine Schuld trage, dass ich es einfach dabei beließ.

»Jawohl, Sir!«

Ich bin versucht, vor Jeff zu salutieren, entscheide mich dann jedoch dagegen. Denn wenn ich mir Jeff so ansehe, bin ich mir überdeutlich im Klaren darüber, was für ein hochexplosives Pulverfass da neben mir sitzt.

Trotz oder gerade wegen dieser ganzen Gefühle, die Jeff so überdeutlich ausstrahlt, werde ich mir noch über eine ganz andere Tatsache bewusst: Ich finde Jeff ziemlich sexy. Der grüblerische, leicht verwegene Bad-Boy-Touch passt irgendwie viel besser zu ihm als der Sonnyboy. Das schelmische Grinsen und die Leichtigkeit, die beinahe schon charakteristisch für ihn sind, sind komplett aus seinem Gesichtsausdruck verschwunden … Gedankenverloren betrachte ich ihn.

Oh Mann! Was für einen dämlichen Zeitpunkt hat sich mein verräterischer Körper da nur ausgesucht, um Jeff heiß zu finden?

Um mich von meinen verwirrenden Gefühlen abzulenken, schalte ich das Radio an. Doch dieses Mal lässt mich Jeff nicht gewähren. Er drückt den Knopf, noch ehe der erste Countrysong den Innenraum des Wagens mit dem bekannten Nashville-Sound erfüllen kann.

Verunsichert wende ich mich von Jeff ab, ohne auf seine offene Provokation einzugehen.

»Sorry«, entschuldigt er sich nach einer Weile.

Die Häuserzeilen von Lewisville sind bereits an uns vorbeigezogen. Kahlgeschorene Wiesen und Felder liegen rechts und links des Weges. Die Farmer haben vielerorts bereits die Heuballen in den Scheunen zum Trocknen gelagert. Die abgeernteten Maispflanzen hängen schlaff am Straßenrand. Eine Vogelscheuche ist hier definitiv nicht nötig. Das verdorrte Gestrüpp kann sich am besten selbst beschützen.

Ganz im Gegensatz zu mir.

»Passt schon und … danke.« Das letzte Wort ist nicht mehr als ein Hauch. Ein Wunder, wenn Jeff es überhaupt gehört hat.

Anstatt etwas zu erwidern, hüllt sich Jeff wieder in bedächtiges Schweigen. Auf seiner Stirn bilden sich Falten. Er wirkt nachdenklich und in sich gekehrt.

Ich kenne diese Momente, in denen man mit sich nicht im Reinen ist und Raum und Zeit braucht, um zu verstehen, was da gerade passiert. Und ich weiß auch, dass ich es hasse, wenn mich dabei jemand beobachtet, mir den Raum und die Zeit, die ich benötige, nicht geben will.

Wieder muss ich an Aprils Andeutungen denken. *Es gibt da etwas in seiner Vergangenheit*, hallen mir ihre Worte durch den Kopf. Ich würde lügen, wenn ich behaupten würde, mich nicht für diese Vergangenheit zu interessieren. Aber ich beiße mir lieber die Zunge ab, als Jeff danach zu fragen.

Ich spüre Jeffs prüfende Blicke auf mir. Als er seine Aufmerksamkeit wieder auf die Straße richtet, beobachte ich ihn verstohlen, mit einer Mischung aus Faszination und Neugierde, von der Seite. Ich erkenne die Unruhe in seinem Blick und die tiefe Traurigkeit. Er ringt mit sich und den Ereignissen der vergangenen Tage.

Der Streit mit Kathleen, die offene Konfrontation in der Cafeteria, Moms Zusammenbruch und der Zwischenfall heute Morgen auf dem Parkplatz haben auch bei ihm Spuren hinterlassen. Tiefe Spuren, dem Ausdruck seiner Augen nach zu urteilen.

»Kann ich irgendetwas für dich tun?« Mein Friedensangebot klingt kläglich. Viel zu piepsig in meinen Ohren. Und dennoch. Einen Versuch ist es wert.

Anstatt mir zu antworten, konzentriert sich Jeff lieber wieder auf die Straße und überhört meine Frage geflissentlich.

Als wir die Auffahrt zur Ranch nehmen, fällt mir Teardrop ins Auge. Er steht draußen auf der Koppel. Allein. Anscheinend hat er bei seinen Artgenossen noch immer keinen Anschluss gefunden.

Ich bekomme Mitleid mit dem Tier und beschließe, es später mal wieder zu besuchen. April und ihr winziges

Pony Butterfly kommen mir in den Sinn, und es spinnt sich eine Idee in meinem Kopf zusammen, wie ich dem armen Pferd aus seiner Einsamkeit heraushelfen kann. Irgendwie verspüre ich den Wunsch, ihm zu helfen, ihn richtig auf der Ranch willkommen zu heißen. So, wie es meine Freunde auch für mich getan haben.

Als der Motor von Jeffs Wagen verklungen ist, schnalle ich mich in Windeseile ab und lege meine Finger auf den Türöffner.

»Warte!«, befiehlt mir Jeff, noch ehe ich die Tür öffnen kann. Sein nachgeschobenes, viel milder klingendes »Bitte« lässt mich in der Bewegung innehalten.

Innerlich wappne ich mich schon für den nächsten Schlagabtausch. Ich bin auf alles vorbereitet, als ich mich zu ihm umdrehe und ihm mit erhobenem Haupt entgegenblicke.

Auf fast alles.

Denn mit der Hoffnungslosigkeit und Trauer, die mir aus seinen karamellfarbenen Augen entgegenblicken, habe ich nicht gerechnet …

Kapitel 23

Jeff

Skys erwartungsvolle Blicke ruhen schwer auf mir. Es hat mich viel Kraft und Überwindung gekostet, sie zu bitten zu bleiben. Nun bin ich mir nicht mehr sicher, ob es die richtige Entscheidung war.

Ich fahre mir mit dem Schweißband über die Stirn und raufe mir daraufhin die Haare. Was ist ein guter Anfang? Was soll *gut* in diesem Kontext überhaupt bedeuten? Es gibt kein *gut* in der Geschichte, die ich Sky erzählen will.

Viele Jahre sind vergangen. Ich habe gelernt mit dem Schmerz umzugehen und die Trauer mit einem Lächeln verschleiert. Der Schleier hält die mitleidigen Blicke meiner Mitmenschen ab. Sie sprechen mich nicht mehr auf den Vorfall an, seit ich vorgebe, blendend mit allem zurechtzukommen.

Die Wahrheit ist aber eine ganz andere. Ich komme mit nichts klar, bin lediglich ein Meister der Verdrängung.

Ich spüre, wie mir die Ereignisse der letzten Tage langsam den Boden unter den Füßen wegziehen.

Erfolgsverwöhnt im Sport, gute Noten, eine Freundin, die zu den beliebtesten Mädchen der Schule gehört – das ist die Fassade, die ich mir um mein marodes Inneres aufgebaut habe.

Doch nun ist alles anders. Meine Freundin macht in aller Öffentlichkeit mit meinem Teamkollegen rum, im Unterricht fällt es mir zunehmend schwerer, mich zu konzentrieren. Meine Gedanken kreisen wieder vermehrt um den Vorfall von vor über fünf Jahren, der mein Leben verändert hat.

Und dann ist da noch Sky, die ihren Vater verloren hat und mir ihre Trauer so offen gezeigt hat. Sky, die endlich neuen Lebensmut schöpft, ihren Weg geht, ohne sich zu verstellen. Während ich mich hinter einer Maske versteckt habe, hat sie gelernt, mit den Geschehnissen umzugehen. Ich weiß, sie wird die einzige sein, die mich versteht. Und dennoch habe ich schreckliche Angst davor, ihr von dem schlimmsten Tag in meinem Leben zu erzählen.

Was wird sie danach von mir denken? Plötzlich kommt mir noch ein anderer Gedanke: Was ist, wenn sie es schon weiß? Was, wenn April und Rachel ihr davon erzählt haben? Jeder an der Schule könnte ihr mein schreckliches Geheimnis verraten haben. Schließlich passiert in dieser winzigen Kleinstadt kaum etwas, was unter Verschluss bleibt.

Jeder kennt jeden. Das ist Fluch und Segen zugleich. Manchmal wünsche ich mir, ich wäre in einer Großstadt aufgewachsen, so wie Sky. Ich kann ihren Entschluss, schnellstmöglich nach Boston zurückzukehren, immer besser nachvollziehen. Wenn ich kann, werde ich es ihr gleichtun und diesem Ort ein für alle Mal den Rücken kehren.

»Jeff?«, reißt Sky mich aus meinen Gedanken. »Wenn du mir etwas zu sagen hast, dann schieß endlich los. Worauf wartest du denn?«

Ich räuspere mich verlegen und überlege wieder, was der beste Einstieg für das traumatischste Erlebnis meines Lebens sein könnte. Worte? Viel zu schwach, um das auszudrücken, was an diesem unnatürlich warmen Herbsttag in mir zerbrach.

»Jeff?«, setzt mich Sky weiter unter Druck.

Sie denkt sicher, ich würde sie absichtlich auf die Folter spannen. Dabei will ich das überhaupt nicht. Ich muss ihr von meinen inneren Dämonen erzählen, die mich meist nachts mit Albträumen heimsuchen. Manchmal denke ich auch am Tag, den roten Lockenschopf in der Masse der Schüler entdeckt zu haben, laufe ihm wie verrückt hinterher, ehe er sich wie durch Zauberhand in Luft auflöst.

Ich atme tief durch und fasse einen Entschluss. Wie in Zeitlupe streife ich das Schweißband von meinem Handgelenk, lege es in die Mittelkonsole und strecke den Arm schließlich so in Skys Richtung, dass sie das Tattoo gut sehen kann.

»Was ist das?«, fragt sie mit gerunzelter Stirn.

»Wonach sieht es für dich denn aus?« Meine Stimme klingt viel zu aggressiv dafür, dass ich mir Hilfe und Verständnis von Sky erhoffen könnte.

Sky zuckt vor mir zurück.

»Sorry … Tut mir leid … Das hier ist ein Fingerabdruck. Der Fingerabdruck eines Kindes«, beginne ich meine Geschichte mit zittriger Stimme und dem beklemmenden Gefühl nicht ausreichend Luft zum Atmen und Sprechen zu haben. Es fühlt sich an, als läge einer von Rogers zentnerschweren Pferdeanhängern auf meiner Brust.

Skys Blick springt wie ein Pingpongball zwischen meinen Augen und dem Tattoo hin und her.

»Warum ist es rot?«, fragt sie so vorsichtig, als hätte sie Sorge, ich könnte gleich wieder aus der Haut fahren.

»Rot wie die Liebe und das Blut, das uns verbindet … Ich meine, verbunden hat.«

Allmählich verlässt mich der Mut wieder. Das hier war vielleicht doch keine so gute Idee. Ich hätte schweigen und die Sache mit mir allein ausmachen sollen. So wie immer.

Skys Hand bewegt sich in Zeitlupentempo auf das Tattoo zu. Sie sieht mich fragend an. Ich nicke. Und schon berühren ihre Fingerspitzen die feinen Linien auf meiner Haut. Eine Gänsehaut breitet sich in Sekundenschnelle über meinem gesamten Körper aus.

Der Druck auf meiner Brust lässt nach. Das Atmen fällt mir leichter. Doch noch bin ich nicht über den Berg. Die Geschichte hinter den feinen Linien ist noch nicht erzählt.

Sky sieht mir fest in die Augen. »Wessen Fingerabdruck ist das, Jeff?«

Ich atme tief durch. Nun gibt es kein Zurück mehr.

»Er gehört meinem kleinen Bruder Will. Bevor er … Ich meine …«

Ich kann es nicht. Ich kann es einfach nicht sagen, nicht darüber sprechen. Mir fehlen die richtigen Worte, um das auszudrücken, was damals passiert ist. All die Gefühle – Wut, Schuld, Angst, Verzweiflung, Liebe und

Hass – wirbeln in meinem Inneren wie ein wilder Strudel umher. Kein klarer Gedanke schafft es dort heraus. Ich stammle wie ein Idiot vor mich hin.

»Sorry, ich glaube, ich kann das hier doch nicht. Es war eine bescheuerte Idee …«

Sky unterbricht mich. »Geht der Name deines Bruders auch auf einen Präsidenten zurück?«

Bei Skys Worten bleibt mir der Mund kurz offenstehen. Sie hat es sich gemerkt. Ich nicke und spüre, wie ich mich nach und nach beruhige.

»Wusstest du eigentlich, dass Geschichte eines meiner Lieblingsfächer, neben Mathe und Physik ist?«

»Krasse Kombination«, entfährt es mir, ohne dass ich recht darüber nachgedacht habe. Aber Sky sieht es mir nach. Sie lächelt.

»Irgendwie haben alle drei Fächer ziemlich viel mit Zahlen zu tun. Ich mag Zahlen. Da weiß man, was man hat.«

Mein Blick fällt auf die winzige Denkerfalte auf ihrer Stirn und die kleinen Lachfältchen, die sich wie ein Fächer um ihre strahlend blauen Augen legen. Offenbar hat sie früher gern und viel gelacht. Ich bedaure es, dass ich sie bisher noch nicht aus tiefstem Herzen lachen gehört habe. Es muss wunderbar klingen. Wie der schönste und beste Song zugleich.

Plötzlich verspüre ich wieder das Bedürfnis, sie aufzuheitern, ihr einen Weg aus ihrer Dunkelheit zu zeigen. Und gleichzeitig schimpfe ich mich einen Idioten. Wie soll ein Mensch, der selbst im Dunkeln steht, dem anderen das Licht anknipsen?

Die Sache mit Will ist nicht zum Lachen. Nein, das ist

sie ganz und gar nicht. Sky wird vermutlich Tränen vergießen, wenn sie die Geschichte gehört hat. Genau wie ich. Und es werden keine Freudentränen sein.

Sie lächelt mich aufmunternd an. Die zarten Linien um ihre Augen vertiefen sich eine Spur. Ich liebe ihr Lächeln. Es ist wie der erste Sonnenschein nach langem Regen. Unbeschreiblich schön. Und man erinnert sich noch daran, wenn der Regen wieder einsetzt. Ein Hoffnungsschimmer im Dunkeln.

Ich bemühe mich, ihr Lächeln zu erwidern. Zur Abwechslung geht es hier nicht darum, meine Mitmenschen zu unterhalten, indem ich ihnen ein gutes Spiel biete oder den perfekten Freund und Teamkollegen mime. Hier geht es um den Jeff, der tief in mir schlummert und endlich gehört werden will.

»Meinst du, du bist jetzt dazu in der Lage, mir von deinem Will zu erzählen?« Skys Frage ist ein vorsichtiges Herantasten. Schritt für Schritt geht sie langsam auf mich zu, ohne mich dabei zu überrumpeln. Sie ist so feinfühlig wie kaum ein Mensch, dem ich bisher begegnet bin.

Das lange blonde Haar fällt ihr in Strähnen über die Schultern. Das Blau ihrer Augen erinnert mich an das Meer und den Himmel. Ihre vollen Lippen sind leicht geöffnet, während sie mich aufmerksam betrachtet und jede meiner Regungen genauestens beobachtet.

»Mein Will ist vor über fünf Jahren gestorben.« Ein Schluchzer entfährt meiner Kehle. In meinen Augen brennen Tränen, von denen ich dachte, sie längst alle geweint zu haben.

Es dauert eine gefühlte Ewigkeit, bis ich mich traue, Sky in die Augen zu sehen. Ich erwarte Mitleid in ihrem

Blick, vielleicht auch Verwunderung. Aber alles, was ich in ihren himmelblauen Augen erkennen kann, ist Verständnis. Sky versteht mich.

Vorsichtig legt sie ihre Hand auf meinen Oberarm. Sie beugt sich ein wenig zu mir herüber. Ihr Duft nach Honig und Minze umspielt meine Nase. Im Gegensatz zu Kathleen riecht sie so natürlich und rein. Ich mag ihren Geruch, atme ihn tief ein.

Mit Bedacht fährt sie tröstend mit ihren Fingern über meinen Arm. Unsere Blicke treffen sich erneut. Ich warte darauf, dass sich das verhasste Mitleid doch noch in ihren Augen zeigt, wie es mir von jedem anderen in diesem Moment entgegengebracht werden würde. Zu meiner größten Verwunderung bleibt es aus.

»Erzähl mir von Will«, fordert Sky mich mit fester Stimme auf, um die Erinnerung an meinen kleinen Bruder wieder aufleben zu lassen. »Wie war er? Hat er gerne mit den Tieren hier auf der Ranch gespielt?«

»Will war im Gegensatz zu mir eine ewige Frohnatur.« Kaum dass ich den Satz beendet habe, sieht Sky mich erstaunt an und löst zu meinem Bedauern ihre Finger von meiner Haut.

»Im Gegensatz zu dir?«, fragt sie mit leicht spöttischem Unterton in der Stimme. »Ich weiß nicht, von welchem Jeff du da sprichst. Ich kenne ihn nur als den personifizierten Gute-Laune-Bär.«

Ich grinse, obwohl mir eben noch zum Heulen zumute war. Wie macht Sky das bloß? In ihrer Nähe werden die Schatten meiner Vergangenheit durchlässiger, sie verlieren an Substanz.

In ihrer Gegenwart entspanne ich mich zusehends. Es

fühlt sich nicht mehr falsch an, mich Sky anzuvertrauen. Ganz im Gegenteil. Ich habe sogar das Gefühl, ich hätte es schon viel früher tun sollen.

Ohne eine weitere Aufforderung beginne ich über Will zu sprechen. Plötzlich wäge ich die Worte nicht mehr ab. Der Wunsch, ihr alles zu erzählen, wird so übermächtig, dass ich mir keine weiteren Gedanken über das Wie mache.

»Will wollte immer und überall mit dabei sein. Er war der totale Pferdenarr. Schon mit drei Jahren saß er bei Onkel Roger auf einem seiner Ponys. Mom und Dad haben viel gearbeitet, sodass es allen am sinnvollsten erschien, hier gemeinsam auf der Ranch zu wohnen. Denn es war immer jemand da, der sich um uns kümmern konnte, wenn Dad mal wieder beruflich ins Ausland musste oder Mom solche Sehnsucht nach Frankreich bekam, dass sie kurzerhand ihre Sachen packte und von einer auf die nächste Minute verschwand.« Ich stocke kurz, als ich bemerke, wie Skys Unterlippe sich nach oben schiebt. Ein Hauch von Mitleid. Und ich ertrage es nicht. Ich rudere zurück. So schnell ich kann. »Ich mache Mom deshalb keinen Vorwurf. Sie hat sich in Texas nie wirklich zu Hause gefühlt und stand mehrere Male kurz davor, wieder zu gehen. Doch Will und ich hielten sie davon ab.«

Zumindest bis zu diesem schrecklichen Tag, an dem alles anders wurde.

»Deine Mom liebt dich, Jeff. Das weißt du hoffentlich.«

Meine angespannten Muskeln lockern sich unter Skys Worten ein wenig. Dennoch zucke ich mit den Schultern. »Ich weiß, dass sie mich liebt. Aber seit Wills Tod frage ich mich, ob sie mich nicht auch ein wenig für die Geschehnisse damals hasst.«

Ich schlucke schwer gegen den Kloß in meinem Hals an, der sich dort gebildet hat. Diese Bedenken habe ich noch keiner Menschenseele anvertraut. Als Mom sich entschied, dauerhaft nach Paris zurückzukehren, gab ich mich tapfer und verständnisvoll. Viel zu tapfer und zu verständnisvoll für mein Alter. Aber das war meine Art der Buße.

»Wollte sie denn gar nicht, dass du sie nach Europa begleitest?« Skys Stimme klingt wie die eines Engels. Sie ist so ruhig und besonnen.

»Als die Ehe meiner Eltern an Wills Tod zerbrochen ist, bat Mom mich, mit ihr zu kommen. Aber ich konnte die Halbherzigkeit in ihren Worten spüren und sagte ihr, dass ich lieber in Lewisville bei meinen Freunden und Roger bleiben wollte und sie gerne in den Schulferien besuchen kommen würde. Das hat sie dann so hingenommen. Und ich hatte das Gefühl …«

Noch ein Gedanke, den ich bislang mit niemandem geteilt habe. Ich zögere, will die Worte zurücknehmen, sie ungesagt machen.

Doch dann wird mir die Entscheidung abgenommen. »Du hattest das Gefühl, dass sie erleichtert darüber war«, trifft Sky mitten ins Schwarze.

Entgeistert starre ich sie an. Wie kann sie so genau wissen, was ich sagen wollte?

Sky atmet tief durch und faltet die Hände in ihrem Schoß. »Ich habe mich schon mal in einer ganz ähnlichen Situation befunden.« Sie schenkt mir ein Lächeln, das ihre Augen nicht erreicht. »Ist gar nicht so lange her.« Dann atmet sie noch einmal tief durch und öffnet sich mir ein Stück weit.

»Als Mom Roger kennenlernte, hat sie mich nicht einmal gefragt, ob ich sie nach Texas begleiten möchte. Für sie stand außer Frage, dass ich mitkomme, weil ich ja noch minderjährig bin. Aber wenn ich so darüber nachdenke, dann …«, sie stockt kurz, bis sie neuen Mut zum Weiterreden gefunden hat. Ihr fällt es offenbar ähnlich schwer wie mir, über die dunkelsten Tage ihres Lebens zu sprechen. »Ich bin mir ziemlich sicher, dass Mom ihren Neubeginn gerne ohne Ballast in Form einer rebellierenden Tochter angetreten hätte.« Sky zuckt mit den Schultern.

Schmerzlich stelle ich fest, dass ich mich schon seit sehr langer Zeit nicht mehr einem Menschen so nahe gefühlt habe. Es ist nicht nur die gemeinsame Trauer, die Sky und mich verbindet. Da ist so viel mehr. Bis zum heutigen Tag habe ich es nur gekonnt ignoriert. Weil mich die Tatsache aufgerüttelt und mir unumwunden vor Augen geführt hätte, wie sehr mein Leben einer Seifenblase entspricht, die jeden Moment zu platzen droht. Es schmerzt. Aber ich weiß, dass es wichtig ist.

Die Ehrlichkeit und die Offenheit, mit der Sky mir begegnet, fühlen sich so vertraut an. Ich kann mich nicht daran erinnern, je mit meinen Eltern oder Roger so gesprochen zu haben. Vielleicht wäre es möglich gewesen, wenn ich ihnen gezeigt hätte, wie traurig ich bin oder dass ich an den Erinnerungen und Schuldgefühlen zu zerbrechen drohe.

Aber es schien mir für alle Beteiligten leichter, den traurigen Jeff tief in mir vor den Blicken der anderen zu verstecken und so zu tun, als wenn nichts gewesen wäre, als wenn die schrecklichen Bilder von damals mir nicht bis heute in meine Träume folgen würden.

»Ich denke, deine Mom liebt dich, Sky. Und sie will dich ganz sicher in ihrer Nähe haben. Das kann man deutlich spüren. Sie ist so bemüht um dich, dass ich oft mit ihr mitfühle, wenn du sie so offensichtlich vor den Kopf stößt.«

Ich bin mir dessen bewusst, dass ich mich in diesem Moment vielleicht bei Sky unbeliebt mache. Aber ich kann nicht anders. Ich sehe die beiden seit ihrer Ankunft hier auf Rogers Ranch streiten und Nichtigkeiten miteinander austauschen. Emily leidet sehr darunter, dass Sky ihr noch immer die kalte Schulter zeigt und sie aus ihrem Leben fernhält. Sie muss sich fühlen, als wäre sie und nicht ihr Mann gestorben. Aber diesen Gedanken behalte ich besser für mich.

Zu meiner Verwunderung nickt Sky mir zustimmend zu. »Wahrscheinlich hast du recht. Ganz sicher sogar. Aber ich kann einfach nicht aus meiner Haut. Bisher zumindest. Allmählich begreife ich wie furchtbar ich mich in der letzten Zeit verhalten habe. Und wie sehr ich Mom damit Unrecht getan habe. Aber ich wollte das hier nicht.« Sie zeigt mit der Hand nach draußen auf die Ranch. »Ich wollte in Boston bleiben. Bei Dad. Bei seinem Grab.«

Wieder ein Bekenntnis. Oder besser, eine Erklärung für ihr Verhalten. Sky ist mir emotional so nahe wie schon lange kein Mensch mehr. Mit Kathleen habe ich nur versucht, meine perfekte Fassade aufrecht zu erhalten und den Schein zu wahren. Es ist das erste Mal, dass ich bereit bin, mir das einzugestehen.

Ich fühle mich schlecht, als ich mich selbst damit konfrontiere, dass ich Kathleen vielleicht nie wirklich geliebt und sie irgendwie nur ausgenutzt habe. Es war falsch von mir, mit ihr zusammen zu sein. Aber ich konnte nicht anders. Mit ihr an meiner Seite war alles so einfach. Die Leute sahen in uns das Traumpaar, das sie selbst gerne wären. Und keiner verglich mich mehr mit dem Jungen von damals, kurz nach Wills Tod, als ich kaum in der Lage dazu war, einen zusammenhängenden Satz von mir zu geben.

Das hier mit Sky fühlt sich so echt an. Nicht wie das Schauspiel, das ich meiner Familie und meinen Freunden vorgespielt habe. Ich fühle mich zu Sky hingezogen, weil ich spüre, wie sehr wir uns brauchen und wie gern ich meine Zeit mit ihr verbringe.

»Ich würde auch nicht von Wills Grab weg wollen, obwohl es mich als mahnendes Denkmal bis an mein Lebensende an meinen Fehler erinnern wird«, werfe ich Sky einen weiteren fetten Brocken hin, über den ich endlich sprechen will. Ich muss mir Luft machen, die Gefühle, die sich in meinem Inneren angestaut haben, endlich rauslassen. Sonst platze ich.

Sky sieht mich eindringlich an. »Fühlst du dich für den Tod deines Bruders verantwortlich?«

Ihre Worte beinhalten keinerlei Wertung. Sie hören sich sehr sachlich und nüchtern an.

»Ich *fühle* mich nicht nur dafür verantwortlich. Ich *bin* es auch«, lasse ich die Bombe schließlich platzen.

Mein Mund fühlt sich plötzlich staubtrocken an, als ich meine Lippen aufeinanderlege und auf den misstrauischen oder entsetzten Gesichtsausdruck warte, den mir Kathleen oder die Jungs aus meinem Team bei dieser Offenbarung sicher zuwerfen würden.

Aber Sky lächelt mich aufmunternd an. Ich soll weiterreden. Ihr von dem Tag erzählen, an dem mein Bruder starb.

»Will wollte zu einem Freund.« Ich hole weit aus und nähere mich nur in ganz kleinen Schritten dem Ereignis, das mein Leben zerstört hat. »Mom hat uns mit ihrem roten Cabrio in die Stadt gefahren und wollte ein paar Besorgungen machen. Timothy, Wills bester Freund, wohnte direkt auf der gegenüberliegenden Seite von Mrs Andrews kleinem Dekoladen. Im zweiten Stock«, ergänze ich vollkommen unnötigerweise.

Aber ich kann nicht anders. Es schmerzt zu sehr, die Bilder von einst vor meinem geistigen Auge erneut aufleben zu lassen.

»Moms rotes Cabrio war ein absoluter Hingucker in Lewisville. Der Oldtimer wurde von allen nur Lady Betty genannt, weil er so grazil und anmutig aussah wie eine richtige Lady. Dad hat Mom sogar mal eins von diesen Wimpernsets für Autos gekauft, um Lady Betty ein wenig aufzuhübschen. Aber Mom wollte davon nichts wissen.«

Ich lache, als ich an den albernen Streit zwischen den beiden denken muss. Dad hatte die Wimpern bereits über Lady Bettys Scheinwerfer angebracht und wollte Mom damit überraschen. Er war felsenfest davon überzeugt, dass sie sich riesig darüber freuen würde. Weit gefehlt!

»Mom war nahezu außer sich, als sie die Verschandelung ihres geliebten europäischen Imports gesehen hat. Ich habe Dad bis zu diesem Zeitpunkt noch nie so traurig gesehen. Schließlich wollte er ihr ja nur eine Freude machen.

Bis zu diesem Tag kann ich mich nicht einmal daran erinnern, meine Eltern je streiten gehört zu habe.« Ich warte kurz, um den Bildern in meinem Kopf Raum zu geben und mir ihrer Bedeutung bewusst zu werden. »Wenn ich an die Zeit vor Wills Unfall zurückdenke, dann ist da diese wunderbare amerikanische Vorzeigefamilie, die spielend einfach Werbung für Cornflakes machen könnte. Die ohne Zucker, versteht sich.« Das Lachen kommt ganz spontan. Erst merke ich gar nicht, dass ich es bin, der für das Geräusch verantwortlich ist, so unterbewusst passiert es.

Ich versuche, nicht in Skys Richtung zu sehen, um an meinem Plan, das hier über die Bühne zu bringen, festzuhalten. Der richtige Zeitpunkt ist gekommen, um mir all den Dreck von der Seele zu reden, der sich in den Rissen festgesetzt hat. Jetzt weiß ich es besser. Der Dreck hat verhindert, dass die Wunden heilen konnten. Erst wenn alle Reste entfernt wurden, kann ich wieder frei atmen. Vielleicht wird es dann auch mit den Albträumen besser.

»Mom hat uns dreimal am Tag die Zähne putzen lassen, weil die Amerikaner in ihren Augen viel mehr Süßes essen als die Europäer. In dieser Hinsicht würde ich ihr allerdings nicht unbedingt zustimmen. Mittlerweile war ich selbst etliche Male in Frankreich, dem Land des guten und vor allem überaus zuckerhaltigen Essens. Wenn ich da nur an die Macarons denke.«

»Kannst du die zufällig backen?«, unterbricht mich Sky. »In Boston gab es ganz in der Nähe meiner Schule einen kleinen Bäcker, der die verkauft hat. Nach dem ersten Bissen bin ich diesen kleinen bunten Köstlichkeiten vollkommen erlegen gewesen.« Auf Skys Gesicht breitet sich ein zufriedenes Grinsen aus.

»Du fragst nicht allen Ernstes den Typ, der sich nicht einmal ein Erdnussbuttersandwich alleine macht, ob er Macarons hinbekommt?«

Sky nickt heftig. »Doch, genau das frage ich den Kerl, der mir immer meine Erdnussbuttersandwiches wegfuttert.«

Wir grinsen beide. Die Stimmung ist viel zu gut für das, worum es hier eigentlich geht. Ich bin Sky für diese Auflockerungen zwischen meinen Bekenntnissen sehr dankbar.

»Und warum fragst du mich das? Weil ich zur Hälfte Franzose bin?«, will ich von ihr wissen und beobachte sie währenddessen ganz genau.

Eine vorwitzige Strähne fällt Sky ins Gesicht, direkt über ihre Augen. Sie holt einen Zopfgummi aus ihrem Rucksack, der im Fußraum steht und bindet sich ihr langes Haar zu einem hohen Zopf, der sie weniger ernst macht. Trotz ihrer immer schwarzen Klamotten ist Sky so bunt wie die Macarons, von denen sie eben noch geschwärmt hat. Wie bunte Farbkleckse sind ihre kleinen Einwürfe, die Ablenkungen, die mir helfen sollen, mich endlich auf die Zielgerade zuzubewegen.

»Natürlich! Weshalb denn sonst? An deinen außergewöhnlichen Back- oder Kochkünsten kann es schließlich nicht liegen, wie wir gerade festgestellt haben.«

Sky hebt entwaffnend ihre Arme in die Höhe, und ich habe das Bedürfnis, sie fest in meine Arme zu ziehen, ihr zu sagen, wie gut sie mir tut.

»Du bist mir in den letzten Wochen sehr wichtig geworden, Sky.«

Skys offene, herzliche Art bekräftigt mich darin, restlos ehrlich zu ihr zu sein. Auch wenn ich mit meiner Äußerung einiges aufs Spiel setze, möchte ich ihr zeigen, was sie mir bedeutet.

Bevor Sky etwas erwidern kann, rede ich schnell weiter. »Vor deinem Einzug hier auf der Ranch habe ich mich schrecklich einsam gefühlt. Roger hat seine Pferde und Rinder und immer etwas zu tun. Was kein Vorwurf sein soll. Er interessiert sich für mich und fragt mich, wie es mir geht, was ich so mache. Aber das ist etwas anderes. Ich könnte nie mit ihm so reden wie mit dir gerade. Das ist so …«

»Verrückt?«, beendet Sky wie selbstverständlich meinen Satz.

Wo war dieses Mädchen nur so lange?, frage ich mich unweigerlich.

Ich bin froh, dass Sky geblieben ist. Ich hatte schon Sorge, dass ich sie mit meinen Geständnissen überrumple, und sie deshalb aus dem Wagen stürzen und das Weite suchen könnte. Aber in diesem Moment habe ich meine Gefühle das Ruder übernehmen lassen. Und ich bereue nichts. Denn ich meine es genau so, wie ich es sage.

»Ich muss dir übrigens noch ein Geständnis machen.« Ich spüre, dass ich Sky gegenüber ganz offen sein will. Kein Geheimnis soll zwischen uns stehen.

»Was ist es?«, fragt Sky.

Ein weiteres Mal atme ich tief durch. »Kannst du dich noch an die Sache mit dem Locher erinnern?«

Sky verdreht die Augen. »Wie könnte ich das je vergessen?«

»Als ich erfahren habe, dass du das Zimmer mit dem alten Holzschrank bekommen hast, bin ich total panisch geworden. In dem Schrank ... befindet sich nämlich ein Foto von Will und mir. Ich hatte Angst, du könntest es finden und Fragen stellen.«

»Oh«, erwidert Sky und ich kann sprichwörtlich hören, wie bei ihr der Groschen fällt. »Das erklärt so einiges.«

»Kannst du mir verzeihen?«

Sky nickt. »Möchtest du noch weiter erzählen, was an dem Tag war, an dem deine Mom euch Jungs mit in die Stadt genommen hat? Was ist passiert, als ihr aus Lady Betty ausgestiegen seid?«

Es ist richtig von Sky, den Fokus wieder auf das Wesentliche zu lenken. Schließlich sitzen wir nicht hier, weil ich ihr von meinen nicht existenten Fähigkeiten in der Küche vorschwärmen möchte oder wir uns über Rezepte für Macarons austauschen wollen.

»Mom schloss das Dach des Cabrios, als Will und ich bereits ausgestiegen waren. Während sie das Verdeck mit der Hand zu kurbelte, ermahnte sie mich, dass ich Wills Hand nehmen und ja nicht loslassen sollte, während wir über die Straße gingen. Es gab keinen Zebrastreifen oder eine Ampel. Die gibt es dort bis heute nicht.«

Wieder sehe ich die Umrisse von Moms Wagen ganz genau vor mir, entdecke den kleinen Lackschaden am Kotflügel, den sie reparieren lassen wollte. Mein Blick schweift zu Will, dessen winzige Hand in meiner ruht. In der anderen hält er einen blauen Ball mit weißen Punkten darauf. Er verließ das Haus nie ohne ihn, was Mom und Dad zeitweise an den Rand des Wahnsinns getrieben hat. Vor allem dann, wenn es schnell gehen musste und Will sein liebstes Spielzeug einfach nicht finden konnte.

»Was ist dann passiert?«, fragt Sky zaghaft.

Übermächtig legen sich die Schatten meiner Vergangenheit über mich. Blitzschnell sausen die Bilder vor meinem geistigen Auge vorbei, die ich in all den Jahren so viele Male nachts in meinen Träumen gesehen habe.

»Will hält in der einen Hand einen Ball. Mit der anderen umschließt er meine Finger. Ein LKW rauscht mit überhöhter Geschwindigkeit in die Mainstreet.«

Ich schließe die Augen. Nur für den Moment. Dann schüttle ich leicht den Kopf, wie um die Bilder darin zum Wackeln zu bringen und sie damit unscharf zu machen.

Eigentlich müsste ich es besser wissen. Schließlich ist mir das in den letzten Jahren noch kein einziges Mal geglückt. Wie die gestochen scharfen Aufnahmen einer hochwertigen Kamera sehe ich jede Nuance genau vor mir. Die Bilder haben in all den Jahren nicht an Farbe verloren.

»Wills Ball löst sich aus seiner Hand«, berichte ich weiter mit noch immer geschlossenen Lidern, »und rollt auf die Straße. Ich umklammere seine Hand fester, weil ich ahne, dass er sich losreißen will, rufe ihm über den Straßenlärm hinweg zu, dass wir den Ball holen werden, sobald der LKW vorbeigefahren ist, dass ihm sicher nichts passiert sein wird. Doch Will entwindet seine Hand aus meiner und rennt blindlings auf die Straße, seinem Ball hinterher. Ein PKW, der dicht auf den LKW aufgefahren und ähnlich schnell unterwegs ist, kann nicht mehr bremsen.«

Mein Magen zieht sich schmerzvoll bei der Erinnerung

an den Lärm, die Schreie und Tränen zusammen. Mit Mühe unterdrücke ich den Impuls, meinen Kopf hart gegen das Lenkrad zu schlagen.

»Es ist nicht deine Schuld«, durchbricht Sky die Stille, die nach meinen letzten Worten Einzug in meinen Jeep gehalten hat. Sacht legt sie ihre Hand erneut auf meinen Oberarm. »Du kannst nichts dafür, auch wenn deine Mom dich angewiesen hat, deinen Bruder an der Hand zu halten und mit ihm gemeinsam über die Straße zu gehen. Du warst doch selbst noch ein Kind.«

Meine Lider flattern, ehe ich sie öffnen kann. Sky sieht mich mit so viel Wärme im Blick an, dass ich heulen möchte. Was habe ich mir von diesem Augenblick erwartet? Absolution? Ein reines Gewissen? Wenn ja, stellen sich diese Gefühle nicht ein. Ganz im Gegenteil. Ich bereue mehr denn je, Wills Hand losgelassen zu haben. Mehr denn je wünsche ich mir, das Rad der Zeit zurückdrehen zu können.

»Als du heute auf dem Schulhof …«, setze ich an. Meine inneren Dämme sind gebrochen. Ich muss mir alles von der Seele reden. Sky erklären, wieso ich sie so abweisend behandelt habe.

»Ist schon okay.« Sky schenkt mir ein verständnisvolles Lächeln. »Ich kann jetzt sehr gut nachvollziehen, warum dir das Ganze so nahegegangen ist.« Dann schweigt sie kurz. »Und ich kann auch sehen, wie schwer dir die Erinnerung an damals fällt. Hast du mal mit jemandem darüber gesprochen – professionell, meine ich? Warst du in einer Therapie?«, fragt Sky vorsichtig.

Ich schüttle den Kopf. »Nein, ich war deshalb nicht in Behandlung. Meine Eltern wollten das anfänglich zwar, aber ich hab mich mit Händen und Füßen dagegen gewehrt. Und als sie sich dann schließlich trennten, war das ohnehin kein Thema mehr. Da ging es dann mehr um Sparverträge und Kredite.«

Zum ersten Mal seit wir hier vor der Ranch meines Onkels angehalten haben, sehe ich so etwas wie Mitleid in Skys Augen aufkommen. Doch nach zwei, dreimal blinzeln, ist der Ausdruck verschwunden.

»Du musst lernen, mit den Bildern umzugehen, und dir eingestehen, dass du keine Schuld daran trägst, auch wenn du das so empfindest.«

Sie spricht mir so sehr aus der Seele, versteht meinen Schmerz nur allzu gut. Unser Gespräch gehört zu den bedeutsamsten, die ich seit sehr langer Zeit geführt habe. Sonst geht es meist um Banalitäten wie Spielzüge im Football, den Dienst auf dem Herbstball beim Verkaufstand für die Lose, um das Essen in der Cafeteria oder die Gerüchteküche, die mal wieder brodelt. Um das, was mich ausmacht, was mir Sorgen bereitet oder mich verunsichert, habe ich immer einen großen Bogen gemacht. Sky zeigt mir gerade, dass es ich das nicht muss.

Der Schleier der Oberflächlichkeiten muss nicht länger auf mir liegen. Ich weiß, dass ich der sein kann, der ich wirklich bin. Aber das ist eine Aufgabe, der ich mich erst noch stellen muss.

Liebes Tagebuch,

Jeff hat mir sein wahrscheinlich größtes Geheimnis anvertraut. Puh! Ich weiß gerade gar nicht, wie ich damit umgehen soll. Bei unserer ersten Begegnung kam er mir so oberflächlich und emotionslos vor. Als er meinte, es wäre langsam mal an der Zeit für mich weiterzumachen, hätte ich ihn am liebsten zum Mond geschossen. Und noch am Samstag dachte ich von ihm, er hätte Kathleen gegenüber von meinem Dad gesprochen. Ohne mit der Wimper zu zucken, habe ich ihn verurteilt und in eine Schublade gepackt. Und heute muss ich erfahren, dass er ein ganz ähnliches Schicksal teilt wie ich. Das ist so krass!

Was ich aber überhaupt nicht auf die Reihe kriege, ist die Tatsache, dass Jeff mir plötzlich so wichtige Dinge anvertraut. Ich weiß natürlich, dass er mir vor allem einen Grund dafür liefern wollte, warum er heute Morgen so ausgerastet ist. Aber mit so viel Offenheit hätte ich nicht gerechnet. Und auch nicht mit diesem Gefühl, das ich ihm gegenüber daraufhin empfunden habe. Mitleid war es nicht. Verständnis vielleicht? Vermutlich so ein Zusammengehörigkeitsdingens, weil wir uns doch ähnlicher sind, als gedacht. Ja, vermutlich ist es das.

Kapitel 24

»Teardrop ist wirklich ein ausgesprochen schönes Pferd«, schwärmt April.

»Was?«, frage ich, als ich aus meinen Gedanken hochschrecke. Dann erst sickern Aprils Worte in mein Bewusstsein durch. »Ja, absolut. Und auch wenn alle das Gegenteil behaupten, ist er noch dazu herzensgut. Ich weiß das.«

April hat Butterfly an der Leine dabei. Das winzige weiße Pony mit den schwarzen Flecken erinnert mehr an einen Hund als an ein Pferd. Außerhalb der Schule sind die zwei unzertrennlich. Wenn April könnte, würde sie ihn sogar mit zur Schule nehmen, ihn vor dem Backsteingebäude neben den Fahrrädern mit Karotten und Wasser anbinden und ihn nach dem Unterricht wieder mitnehmen. Und ich bin voll und ganz davon überzeugt, dass Butterfly das genauso gut finden würde.

»Ich finde auch, dass Teardrop viel zu lieb für das wirkt, was du mir erzählt hast. Er soll also wirklich schon zugebissen haben? Und das gleich mehrfach?« April klingt ebenso ungläubig wie ich, als Roger mir erzählt hat, der Hengst hätte ein Mädchen in den Arm gebissen und nach einem Stallknecht getreten, der ihn als kleines Fohlen mit der Flasche aufgezogen hat.

»Ja, angeblich. Aber ich glaube nicht daran, beziehungsweise bin ich mir fast sicher, dass es dafür einen triftigen Grund gegeben haben muss. Vielleicht wurde er ja geärgert oder hatte Schmerzen. Menschen können furchtbar grausam sein.«

Wieder schweifen meine Gedanken zurück zu heute Nachmittag, als Jeff mir seine Geschichte erzählt hat.

Ich konnte so gut nachempfinden, wie es ihm mit seiner Trauer und dem Schmerz um seinen Bruder bis heute ergeht. Noch immer bin ich ganz geschockt über sein Geständnis und erröte leicht, als ich daran denken muss, wie er mir gesagt hat, ich wäre ihm wichtig.

Freiwillig oder unfreiwillig hat er mir einen Blick hinter seine Fassade gewährt, und ich finde es wahnsinnig, wie Jeff sein wahres Ich verschleiert. Es muss verdammt anstrengend und nervenaufreibend sein. Doch ihm gelingt es ganz gut. Niemand vermutet diese traurige, düstere Seite an ihm.

Die Leute wollen nicht ständig daran erinnert werden, was einst passiert ist. Die meisten gehen lieber wieder zum Alltag über, als sich ständig das vor Augen zu führen, was in der Vergangenheit liegt. Ein Schutzmechanismus, der uns davor bewahrt, durchzudrehen. In vielerlei Hinsicht sicher ganz wichtig und sinnvoll, um irgendwann den starren Blick aus der Vergangenheit in die Zukunft richten zu können.

In Jeffs Fall bin ich mir allerdings nicht sicher, ob er schon so weit ist. Als er von Will sprach, schien es mir fast so, als wäre seit seinem Unfall keine Woche vergangen. Er war noch mittendrin in den Geschehnissen, seine Hände haben gezittert. So sehr hat ihn das abermalige Durchleben des Unfalls mitgenommen.

Jeff braucht Hilfe. Denn egal, wie lange er sich schon vormacht, alles wäre bestens: Nichts ist gut. Und nichts wird gut, wenn er nicht allmählich damit beginnt, den Tod seines kleinen Bruders aufzuarbeiten.

Butterfly leckt mich am Arm, und ich streiche ihm über den Kopf. »Du bist wirklich ein Lieber!«, sage ich gedankenverloren zu ihm.

»Sag das bloß nicht zu laut, sonst fordert er heute Abend die doppelte Portion an Äpfeln und Karotten ein.« April lacht mit so viel Herzlichkeit in der Stimme, dass die tristen Gedanken aus meinem Kopf wie eine Gewitterwolke vorüberziehen.

»Wenn sie dir nichts geben will, dann kommst du einfach zu mir«, verbünde ich mich mit Butterfly und werde dafür ein weiteres Mal von ihm abgeschleckt. Ich bilde mir sogar ein, dass seine nussbraunen Augen mich dankbar anblinzeln.

Ich ziehe den Reißverschluss meiner Kapuzenjacke nach oben. Heute ist es windiger als an den vergangenen Tagen. Man spürt allmählich, dass es auf den Winter zugeht. Auch wenn man bei knapp fünfzehn Grad in Boston von Frühling sprechen würde.

In der rot gestrichenen Scheune hinter uns lagern die Heuballen, die Roger eigenhändig in der letzten Zeit eingefahren hat. Noch vor einigen Wochen hätte ich es nicht für möglich gehalten, dass er mal selbst Hand anlegen könnte. Aber vermutlich habe ich ihm auch in dieser Hinsicht Unrecht getan. Genau wie bei Mom.

Er sorgt sich wirklich rührend um sie. Heute Morgen hat er ihr Frühstück ans Bett gebracht und eine Vase mit Blumen aufs Tablett gestellt. Keine Ahnung, wie er zu dieser frühen Tageszeit schon an frische Schnittblumen gekommen ist. So ungern ich es auch zugeben möchte: Roger tut Mom gut. Daran ist nicht zu rütteln.

»Habt ihr dieses Jahr eigentlich auch so riesige Kürbisse wie wir? Dad und ich haben gestern die schönsten für Halloween ausgesucht. Während sich Dad und meine Brüder nur auf die Kürbissuppe und die Kürbispommes freuen, werden Mom, Harper und ich aus einigen von ihnen schrecklich angsteinflößende Grimassen schnitzen.« April fletscht mich wie ein Werwolf an, der sein nächstes Opfer gefunden hat und reißt dabei Butterflys Leine in die Lüfte. Doch das gutmütige Pony lässt sich davon überhaupt nicht beeindrucken.

Ich schüttle mich vor Lachen bei diesem Anblick. Dann überlege ich kurz, ob ich etwas von einer Kürbisernte mitbekommen habe und lasse meinen Blick über die Ranch schweifen. »Ich habe keine Ahnung«, gestehe ich April schließlich, als ich meine gedankliche Runde gedreht habe. »Wenn wir überhaupt welche haben, dann unter Umständen in der Gerätehalle neben den Pferdeställen oder auf der anderen Seite der Ranch bei den Rindern. Da ist noch eine Halle mit Futter für die Tiere. Aber wenn ich ehrlich bin, weiß ich nicht einmal, ob Roger Kürbisse anbaut. Im Grunde kann ich es mir nur schwer vorstellen. Schließlich züchtet er ja Tiere und ist kein Farmer.«

Jetzt ist es April, die laut loslacht. »Roger und keine Kürbisse? Nie im Leben! In Lewisville gibt es jedes Jahr einen Kürbiswettbewerb. Dort werden die schwersten, die größten, die kleinsten und die leichtesten Kürbisse prämiert. Außerdem gibt es Essensstände mit Kürbisgerichten: Kürbispie, Kürbis-Reis-Pfanne mexikanischer Art von Mrs Gonzalez, und von Mr Singh eine indische Variante mit Kichererbsen, die übrigens unfassbar scharf ist. Dann gibt es da noch Kürbismuffins oder einen Kürbisauflauf von Mr Sherman. Kürbisrisotto gab es im letzten Jahr von Mrs Chang, aber das war nicht unbedingt meins. Viel zu trocken.«

»Das hört sich alles richtig lecker an. Aber was hat Roger damit zu tun?«

April scheint total in ihrem Element. Sie lässt sogar Butterflys Leine beim Erzählen los, um mir auch mit ihren Händen verdeutlichen zu können, was da für Leckereien auf dem Kürbiswettbewerb auf uns warten.

»Rogers Kürbisse gewinnen Jahr für Jahr in mindestens zwei der Kategorien.«

Ich streiche Butterfly sanft über die Mähne, der noch immer ganz lammfromm neben uns grast. Offenbar hat er noch gar nicht bemerkt, dass April seine Zügel fallengelassen hat. Aber vielleicht ist ihm das auch ziemlich egal.

»Lass mich raten!«, unterbreche ich meine Freundin. »Er hat meist den schwersten und den größten Kürbis.«

April nickt. »Dad ist deshalb schon total am verzweifeln. Seit Jahren versucht er, den perfekten Kürbis zu züchten. Hinterm Haus in Moms Kräuter- und Gemüsegarten hat er im letzten Jahr Stallmist allererster Güte in den Boden gegeben. Das Zeug hat so widerlich gestunken, dass wir das Küchenfenster für einige Tage nicht öffnen konnten.«

Ich verziehe angewidert das Gesicht. »Igitt! Das hört sich so an, als wenn dein Dad Roger wirklich eins auswischen wollte.«

Auf Aprils Stirn bildet sich eine tiefe Furche, während sie mich verwundert anblinzelt. »Roger ist einer von Dads besten Freunden. Er will ihn nicht besiegen, weil er ihn nicht mag. Mein Dad will einfach auch mal gewinnen. Und ich leide jedes Jahr mit ihm mit, wenn er mal wieder verliert.«

Mein Mund öffnet sich wie von allein und bildet ein großes O. »Wenn dein Dad dieses Jahr so eine gute Ernte hat, dann wird es bestimmt klappen.«

Für den Moment glaubte ich, endlich einen Makel an Roger gefunden zu haben. Aber der Typ scheint wirklich perfekt zu sein. Der Kürbiskönig von Lewisville scheint trotz oder gerade wegen seines Erfolgs überall beliebt zu sein.

April lächelt mich dankbar an. »Das würde ich ihm echt wünschen.« Dann kommt sie ins Grübeln. »Auf der anderen Seite würde mir Roger aber auch wieder leidtun.«

Butterfly schleckt mir genüsslich über den freien Unterarm. Ich lasse es über mich ergehen, obwohl der Wind zunehmend mehr weht und ich schon leicht zu frösteln beginne.

»Wieso denn das?«, hake ich nach.

»Roger war seit dem Tod seiner Frau vor einigen Jahren meist allein auf dem Wettbewerb. Jeff hat ihn nie begleitet, weil er immer beim Football war.«

»Na, ihr beiden? Was macht ihr denn Schönes?« Mom trägt einen Weidenkorb unterm Arm. Ich kann darin eine Thermoskanne erkennen. Sicher ist Roger wieder den ganzen Tag bei den Tieren, und Mom möchte ihm mit einem Kaffee eine kleine Freude machen. Ähnlich wie er es am Morgen mit den Blumen für sie gemacht hat.

Neben der Kanne sehe ich noch zwei Tassen. Sie sind von *Henry's Angelladen.* Das Logo mit dem dicken weißbärtigen Angler in einer roséfarbenen Anglerhose, an dessen Rute ein neongelber Fisch zappelt, ist gewöhnungsbedürftig. Außerdem ist es so übermächtig auf dem Porzellan, dass ich mich fragen muss, warum man sich so ein hässliches Ding in den Schrank stellt. Und das gleich in zweifacher Ausführung.

Mir liegt schon eine spitze Bemerkung zu den Tassen im Besonderen und zu Roger im Allgemeinen auf der Zunge, als ich mich an Jeffs flammendes Plädoyer für meine Mom erinnere und einen Stich im Herzen verspüre.

Mom liebt mich. Und ich liebe sie. Das sollte das Einzige sein, was zählt.

Mom sieht mich mit einem vorsichtigen Lächeln auf den Lippen erwartungsvoll an. Viel zu oft sind ihre Annäherungsversuche an meiner üblen Laune und dem Widerwillen auf einer Ranch in Lewisville festzusitzen, gescheitert. Dennoch hat sie nie aufgegeben, und hat immer weiter um mich gekämpft. Innerlich wappnet sie sich sicher schon gegen einen doofen Spruch von mir …

»Wir beobachten Teardrop und sind zu der Meinung gekommen, dass er nicht so schlimm sein kann, wie von ihm behauptet wird. Außerdem hat April mir gerade von dem Kürbiswettbewerb erzählt«, berichte ich ganz offen. Beinahe so wie früher. »Wann findet der noch mal statt?«, frage ich meine Freundin.

»An dem Samstag zwei Wochen vor Halloween«, erklärt April. »Den sollten Sie sich unbedingt freihalten, Mrs Harford.«

Mom sieht lächelnd zwischen April und mir hin und her. Mein Friedensangebot scheint anzukommen. Und ich bin fast ein bisschen stolz auf mich, dass ich endlich den ersten Schritt auf sie zugemacht habe.

Es tut gut, Mom mal wieder richtig lächeln zu sehen. Wenn ich sie mir so ansehe, dann scheint sie ihren Schwächeanfall gut überstanden zu haben. Ihre Wangen sind leicht gerötet, und auch ihre Augen wirken nicht mehr ganz so müde. *Es gibt also überhaupt keinen Grund zur Beunruhigung*, rede ich mir ein. *Alles ist bestens. Ich sollte mir nicht länger diese quälenden Gedanken machen.*

»Das werde ich auf jeden Fall tun, April«, antwortet Mom. Dann schraubt sie den Deckel der Thermoskanne ab und gießt in die beiden Tassen heiße Schokolade. Aus einem kleinen Schächtelchen streut sie bunte Minimarshmallows in die dampfenden Tassen und reicht uns anschließend jeweils eine.

»Ich habe euch vom Küchenfenster aus gesehen und dachte, ihr könntet bei dem Wind etwas Warmes gebrauchen.« Mit diesen Worten schraubt sie die Kanne wieder zu und verstaut sie in ihrem Korb.

Das ist so lieb von Mom, dass ich nicht anders kann,

als sie in die Arme zu schließen. Unweigerlich muss ich an die Bilder vom Vormittag denken. Wenn Jeff nicht gewesen wäre, dann wäre Gott weiß was passiert. Im schlimmsten Fall wäre ich vielleicht sogar gestorben und hätte es vorher nicht mehr geschafft, mich mit meiner Mom auszusprechen. Ihr zu sagen, wie lieb ich sie doch eigentlich habe. Die Vorstellung ist der blanke Horror.

Zunächst erwidert Mom meine Umarmung nicht. Und ich zweifle an dem, was ich da tue. War es zu früh oder zu viel? Hätte ich es langsamer angehen sollen? Wahrscheinlich habe ich sie zu sehr überrumpelt. Doch dann legt sie zaghaft ihre Hände auf meinen Rücken und zieht mich fest in ihre Arme, umschließt mich mit ihrer Wärme und der bedingungslosen Liebe einer Mutter.

Ich nehme ihren vertrauten Geruch wahr. Der Duft nach frischgebackenen Cookies steigt mir in die Nase, und ich schließe für den Moment die Augen, spüre wie sich mein Gedächtnis selbstständig macht und in meiner Erinnerung den Hebel nach hinten umlegt.

Ich bin wieder sieben Jahre alt. Mom steht in der Küche und backt Cookies mit Schokostücken, Walnüssen und Smarties darin. Meine absolute Lieblingskreation. Sie backt sie nicht oft, weil es etwas Besonderes sein soll. Heute habe ich das Radfahren gelernt und bin zweimal mit Dad um den Block gefahren, ohne hinzufallen. Der Tag ist definitiv etwas Besonderes. Als Dad mit seinem Daumen auf den Knopf an der Halterung des Fahrradhelms drückt, schüttle ich leicht mit dem Kopf, um die Bilder zu vertreiben.

Ich muss nach vorne blicken. Nicht bloß zurück. Erinnerungen an Vergangenes sind gut, aber sie sollten Platz für Neues lassen. Dieses Mantra tönt durch meinen Kopf. Noch fühlt es sich ungewohnt an, und ich weiß, dass es nicht leicht wird, mich darauf einzulassen. Aber ich will es versuchen!

Als ich mich von Mom löse, blicken wir uns für einen langen Augenblick in die Augen. Es braucht keine Worte, um zu wissen, dass dieser Moment hier den Wendepunkt in unserer Beziehung markieren soll. Ich blinzle die Tränen, die schier übermächtig werden, zurück. »Entschuldige, Mom.« Meine Worte sind nicht mehr als ein Flüstern, als mir die ersten Tränen über die Wangen kullern.

Mom wischt sie mit ihren Händen weg. »Ist schon gut, meine Kleine. Alles wird gut.«

Eine große Erleichterung macht sich daraufhin in meinem Inneren breit. Ich spüre förmlich, wie der Ballast der letzten Wochen von mir abfällt. Es wird nicht immer einfach werden, aber nun weiß ich, dass Mom und ich das schaffen können. Es wird neue Erinnerungen geben. Von Mom und mir. Und zum ersten Mal freue ich mich darauf.

April hat sich etwas zur Seite gestellt und versucht Butterfly mal wieder das Apportieren beizubringen. Sie lächelt mich an. »Fast hätte er es gerade geschafft«, behauptet sie felsenfest, während Butterfly das Stöckchen zu seinen Füßen skeptisch beäugt.

»Ich bin mir sicher, dass Butterfly alles schaffen kann«, sage ich und meine es auch so. Aprils Herzlichkeit, ihre offene Art und der Tatendrang in ihrer Gegenwart sind einfach ansteckend.

»Nachdem ich mich für einige Tage bei der Arbeit krankgemeldet habe, dachte ich, es wäre mal wieder an der Zeit für die hier«, meldet sich Mom erneut zu Wort.

Sie zieht einen Teller voll mit meinen Lieblingscookies aus ihrem Korb. Die bunten Smarties fallen mir sofort ins Auge und ich weiß spätestens jetzt: Dieser Tag ist wirklich etwas Besonderes.

Ich habe eine zweite Chance bekommen, mein Leben endlich in die richtigen Bahnen zu lenken. Und ich habe mich mit Mom versöhnt. Eine Welle des Glücks überrollt mich und lässt mich von Innen heraus strahlen.

Erst dann dringen Moms Worte in mein Bewusstsein vor. »Warum hast du dich krankschreiben lassen? Fühlst du dich nicht gut?« Mit meinen Händen umschließe ich so fest die Tasse, dass es beinahe wehtut. Nervös lasse ich meinen Blick suchend über ihr Gesicht fahren.

Moms Mund verzieht sich zu einem Lächeln, während sie April den Teller mit den Cookies hinhält. April greift dankend zu und beißt genüsslich in ihren Keks. Auch Butterfly sieht seine Chance gekommen, mal was Neues zu probieren. Doch Mom dreht sich samt dem Teller schon in meine Richtung um, und das kleine Pony geht leer aus.

Auffordernd streckt Mom mir den Teller entgegen. Die dunklen Ringe unter ihren Augen sind eindeutig weniger geworden. Hoffnung keimt in mir auf. Vermutlich war Mom wirklich nur etwas überarbeitet und gestresst in letzter Zeit. Ein paar Tage Ruhe werden ihr guttun.

»Die zahlreichen Schichten im Restaurant waren zu viel für mich. Ich hatte wohl einen Virus, den ich verschleppt habe. Deshalb ging es mir in letzter Zeit oft nicht so gut.« Als sie den unsicheren Ausdruck in meinen Augen bemerkt, legt sie die Cookies zurück in den auf dem Boden stehenden Korb. Dann berührt sie mit ihren Händen meine Wangen. »Sieh mich an, Sky! Alles ist gut. Hörst du? Mach dir keine Sorgen um mich. Versprichst du mir das?«

Moms Stimme klingt fest, und dennoch bemerke ich den leicht zittrigen Tonfall darin. Meine Instinkte sagen mir, dass nicht alles gut ist, aber ich will den neuerlichen Frieden mit Mom nicht gefährden. Also nicke ich.

»Wie war es heute in der Schule?«, wechselt sie das Thema und nimmt ihre Hände wieder von meinen Wangen. »Gab es irgendetwas Außergewöhnliches?«

Ich tausche einen Blick mit April, um ihr klarzumachen, dass sie auf gar keinen Fall von meinem Beinaheunfall erzählen darf. Mom geht es nicht so gut, und ich möchte sie nicht wegen etwas beunruhigen, was letztlich gar nicht passiert ist.

Als April ihren Mund leicht öffnet, schüttle ich heftig mit dem Kopf. Mom hat sich zum Glück bereits zu April und Butterfly umgedreht, sodass sie es nicht sehen kann.

»Nicht, dass ich wüsste«, sagt April mit einem verstohlenen Blick in meine Richtung.

Als sich Mom zu mir umwendet, bestätige ich ihr Aprils Einschätzung. Keine besonderen Vorkommnisse. Alles wie immer. Keine Beinaheunfälle. Und auch keine tiefschürfenden Gespräche in Jeffs Jeep. Keine Annäherungsversuche. Wobei ich das fast ein wenig bedaure. Jeffs ernste, tiefgründige Seite ist anziehend. Auch wenn ich sie noch nicht so richtig einschätzen kann, würde ich mir wünschen, mehr Zeit mit dieser Seite von Jeff verbringen zu können.

»Merkwürdig«, meint Mom. »Jeff wirkt seit dem Wochenende ziemlich geknickt. Zuerst dachte ich, etwas wäre auf dem Herbstball vorgefallen, aber nun hat er heute fast noch eine Spur zerknirschter auf mich gewirkt. Wisst ihr, ob bei ihm alles in Ordnung ist?«

Bevor April etwas sagen kann, schalte ich mich ein. »Seine Freundin hat am Herbstball mit einem anderen rumgeknutscht und wurde dabei fotografiert. Mehrfach«, erzähle ich, und es fühlt sich irgendwie vertraut an, mit Mom über meine alltäglichen Probleme und Erlebnisse zu sprechen. Fast wie früher.

»Mehrfach geküsst oder fotografiert?«, fragt Mom schockiert.

»Beides«, antworten April und ich wie aus einem Mund.

»Armer Jeff! Dann ist es offenbar Liebeskummer«, gibt sich Mom zufrieden. Dann blickt sie kurz in meine Richtung, als wolle sie abchecken, ob ich mich ebenfalls mit Herzschmerz und all dem lästigen Zeug, womit Teenager so zu kämpfen haben, herumärgern muss.

Ich schüttle den Kopf, und gebe Mom zu verstehen, dass es in dieser Hinsicht nichts Neues in meinem Leben gibt. Sie wirkt erleichtert, während ich mich vehement darauf konzentriere, mich nicht gerade in diesem Augenblick an das Gefühl zu erinnern, das ich heute in Jeffs Gegenwart gespürt habe.

»Nun, dann will ich euch mal nicht weiter stören. Lasst euch die mittlerweile bestimmt schon kalte heiße Schokolade noch gut schmecken, und nehmt euch noch einen Cookie«, sagt Mom mit einem Zwinkern.

Während sie April den Teller abermals hinstreckt, beiße ich genüsslich in den ersten Cookie, den ich bis gerade eben noch unberührt in Händen hielt.

Der Geschmack ist wie eine Zeitmaschine. Ich bin versucht, meine Augen zu schließen und mich dem Moment einfach hinzugeben. So sehr erinnert er mich an mein altes Zuhause in Boston. An Dad. An unsere Familie.

Mit Händen und Füßen wehre ich mich gegen den Sog der Erinnerung. Wenn ich das mit Mom nicht wieder verbocken will, muss ich lernen, mich auf das Hier und Jetzt zu konzentrieren und gleichzeitig meine Erinnerungen zu bewahren. Ein ganz schöner Balanceakt. Aber irgendwas sagt mir, dass wir es schaffen können. Weil Mom mich liebt. Und weil ich sie liebe.

Mom wendet sich schon zum Gehen, als mir die Sache mit den Kürbissen wieder einfällt. »Warte, Mom!«, hindere ich sie am Weitergehen. »Weißt du, wo Roger auf der Ranch seine Kürbisse anbaut?«

Ein glückliches Lächeln breitet sich auf Moms Gesicht aus. Keines von der Sorte, das sie in all den Wochen hier in Lewisville aufgesetzt hat, um mich zu beschwichtigen. Nein, es ist ehrlich und kommt aus tiefstem Herzen.

Schließlich habe ich bisher mehr oder minder so getan, als wäre Roger nur ein Produkt aus Moms Fantasie, das, wenn man es nur lange genug ignoriert, wieder verschwindet. Doch er ist geblieben, und während ich bei unserer Ankunft hier auf der Ranch vor fast drei Monaten den Eindruck hatte, dass Mom und Roger nicht ineinander verliebt waren, erkenne ich zwischen den beiden jetzt mehr als nur bloße Sympathie.

Was die Liebe und das ganz Drumherum anbelangt, habe ich zwar selbst noch nicht wirklich viele Erfahrungen gesammelt, aber ich habe Augen im Kopf. Ich weiß, wie jemand schaut, wenn sie oder er verliebt ist, und ich kann diesen verträumten Ausdruck neuerdings immer öfter in Moms und Rogers Augen erkennen.

»Er hat die Kürbisse schon geerntet, und ich weiß leider nicht, wo er sie jetzt lagert. Aber wenn du möchtest, werde ich ihn später fragen. Wir gehen heute Abend zum Essen in die Stadt und anschließend ins Kino.« Als Mom geendet hat, beobachtet sie mich genau.

Ich kann überdeutlich spüren, wie sie die Luft anhält und auf eine der typischen Sky-Reaktionen wartet. Auf einen Kommentar, mit dem ich sie dafür verurteile, dass sie einfach so weitermacht, während Dad, die große Liebe ihres Lebens, tot ist.

Mittlerweile weiß ich, dass ich Mom Unrecht damit getan habe. Sie versucht weiterzumachen, hält sich auf den Beinen und das nicht nur für sich. Sie liebt mich. Und seit dem Gespräch mit Jeff bin ich endlich wieder bereit dazu, mir das einzugestehen, und mir ein Beispiel an meiner Mom zu nehmen.

»Was seht ihr euch denn an?«, frage ich ehrlich interessiert.

Die vielen Streitereien und die ständig negativ aufgeladene Atmosphäre im Haus müssen endlich ein Ende nehmen. Roger will Mom nicht für sich allein. Es gibt also keinen Grund, ihn als Bedrohung einzustufen.

In gewisser Hinsicht bin ich mir sogar sicher, dass Dad es gutheißen würde, dass Mom sich neu verliebt. Er würde nicht wollen, dass sie für den Rest ihres Lebens allein bleibt. Ebenso wie er sich für mich wünschen würde, dass ich meiner Zukunft freudiger und aufgeschlossener entgegenblicken würde, als ich es im Moment tue.

»Es geht um einen Buchclub. Eine Gruppe älterer

Frauen trifft sich wöchentlich, bespricht Bücher und will nun gemeinsam *Fifty Shades of Grey* lesen«, berichtet meine Mom schmunzelnd.

Ich sehe ihr an, wie gut sie sich dabei fühlt, endlich wieder ganz ungezwungen mit mir reden zu können.

»Oh, da war meine Mom schon drinnen«, berichtet April.

»Er soll ganz lustig sein, und die Créme de la Créme Hollywoods spielt auch mit. Ich bin gespannt. Auch wenn ich keine Ahnung habe, worum es in diesem besagten Buch geht.«

Ich verschlucke mich an einem Krümel.

Mom sieht mich beunruhigt an, während April mir beherzt auf den Rücken schlägt und Butterfly mir über den Arm leckt. Jeder tut halt, was er kann. Besonders Butterfly zeigt vollsten Einsatz.

»Geht es wieder?«, fragt Mom besorgt.

Ich nicke. »Alles gut. Aber bitte erklär mir, wie es sein kann, dass du noch nichts von *Fifty Shades of Grey* gehört hast? Das ist ein Megabestseller, der in zig Sprachen übersetzt wurde. Jeder kennt das Buch.«

Mom zuckt nur mit den Schultern. »Worum geht es denn darin? Ich habe in letzter Zeit nicht viel gelesen.«

»Mom war in dem Kinofilm und ist fast ausgeflippt, weil da ja so viele …« Abrupt endet April, ehe ihr eine zarte Röte ins Gesicht schießt.

Mittlerweile bereue ich es, Mom überhaupt auf das Buch angesprochen zu haben. Ich hätte es dabei belassen sollen, anstatt den Finger mitten ins Wespennest zu stecken.

»Was?«, fragt Mom mit zusammengeschobenen Augenbrauen. »Was gibt es denn in dem Film?«

April streichelt Butterfly wie zur eigenen Beruhigung monoton über die Mähne. »Also … Es soll da … Nun es gibt …«, stottert April verlegen herum.

»In *Fifty Shades of Grey* gibt es verdammt viele Sexszenen«, kommt es mir schließlich über die Lippen. Und nun ist es Mom, deren Wangen schlagartig signalrot leuchten.

»Oh!«, erwidert sie knapp und lässt den Blick schnell auf ihren Korb gleiten, in dem sie die Thermoskanne und den Teller mit den Cookies von links nach rechts und schließlich von rechts nach links schiebt.

»Aber in dem Film, den du mit Roger ansehen wirst, geht es ja nur um die Buchbesprechung«, bemühe ich mich die peinliche Stimmung wieder etwas aufzulockern.

»Richtig!«, erwidert Mom erleichtert, während der arme Butterfly von Aprils Streicheleinheiten an immer derselben Stelle schon ganz wund sein muss.

»Ich gehe dann mal wieder ins Haus«, verabschiedet sich Mom nun endgültig, und ich atme erleichtert auf.

Es ist nicht so, dass ich die Zeit mit ihr nicht genossen hätte. Aber der Kontrast zwischen *Wir gehen uns weitestgehend aus dem Weg und sprechen nur das Nötigste miteinander* zu *Wir sprechen vollkommen offen und locker über intime Themen* ist mir dann doch eine Nummer zu krass.

»Meinst du, Jeff hat schon mal mit Kathleen Punkt, Punkt, Punkt?« Aprils Frage lässt mich erahnen, dass das Thema noch nicht ausgestanden ist.

»Was? Das will ich überhaupt nicht wissen«, erkläre ich und beiße ausweichend in meinen Cookie.

»Echt nicht?« April wirft mir einen vielsagenden Blick

zu und lässt ihre Augenbrauen mehrmals in kurzer Abfolge in die Höhe schnellen.

»Echt nicht! Es interessiert mich nicht die Bohne, was Jeff macht. Wir wohnen vielleicht zusammen. Aber das heißt noch lange nicht, dass wir uns deswegen gegenseitig unser Herz ausschütten.«

Der letzte Halbsatz ist eine Lüge. Jeff hat mir sein Herz ausgeschüttet. Das aber mit Sicherheit nicht nur, weil wir zusammenwohnen. Oder? Vielleicht doch? Hat Jeff nur jemanden gebraucht, mit dem er reden konnte? Jemanden, der die Geschichte nicht kannte und der zur passenden Zeit am passenden Ort war? Oder lag es daran, dass ich weiß, wie er sich fühlt, weil ich auch einen lieben Menschen unerwartet verloren habe? Am Ende wollte er mir auf diese Weise nur erklären, warum er mich nach dem Zwischenfall auf dem Parkplatz so angefahren hat. Schließlich scheinen ja alle anderen zu wissen, was Jeff durchgemacht hat.

»Ach, komm schon! Ich merk doch, dass da zwischen euch etwas ist«, äußert April ihren Verdacht, und ich stopfe mir den Rest des zweiten Cookies in einem Stück in den Mund, um nicht gleich antworten zu müssen.

Nicht bevor ich diesem Gefühl nachgespürt habe, das ich heute in Jeffs Nähe wahrgenommen habe. Das Bedürfnis, ihm beizustehen und ihn in den Arm zu nehmen, war so übermächtig, dass ich es beinahe getan hätte. Vielleicht lag es aber auch nur daran, dass mich seine Geschichte so berührt hat und ich gut nachempfinden kann, wie er sich fühlen muss.

Als Dad vor zwei Jahren starb, begann ich Tagebuch zu führen, um all den Kummer, den ich nicht aussprechen konnte, auf Papier festzuhalten. Es hat mir geholfen, die schwersten Tage in den vergangenen zweieinhalb Jahren zu überstehen.

Seit Jeff sich mir anvertraut hat, spukt jedoch der Gedanke in meinem Kopf umher, ich könnte auch ihm die ganze Geschichte erzählen. Die Wahrheit. Von meinen Ängsten und meinen Schuldgefühlen.

Ich trinke einen Schluck der eisigen Schokolade, die warm bestimmt noch ein bisschen besser geschmeckt hätte, und umklammere mit meiner freien Hand das Gatter. Ich lasse meinen Blick hinüber zu Teardrop wandern. Der Araber bewegt seinen Schweif hin und her, um eine lästige Fliege zu verscheuchen.

»Jeff hat mir von seinem Bruder erzählt«, offenbare ich April schließlich.

Erst bin ich mir nicht sicher, ob ich mit ihr darüber reden soll. Andererseits waren sie und Rachel heute Nachmittag in der Cafeteria ja schon drauf und dran, mir von Jeffs Vergangenheit zu berichten. Also empfinde ich es für richtig, mich meiner Freundin anzuvertrauen. Zumindest in dieser Hinsicht.

April stellt ihren leeren Becher dicht neben Butterfly auf dem Boden ab. Neugierig wie er ist, steckt er gleich seine Nase in das Gefäß und bleibt prompt darin stecken. April und ich sehen uns an und prusten los. Der Anblick ist wirklich zu komisch. Bevor Butterfly jedoch panisch werden kann, befreie ich ihn, und er schleckt mir zum Dank wieder über die Hand.

»Dann hat er es dir also erzählt?« April klingt nachdenklich. »Ich kann mich nicht daran erinnern, wann Jeff das letzte Mal darüber gesprochen hat. Und bis heute war ich wirklich der Ansicht, er hätte den Tod seines Bruders gut verwunden. Als du dann aber meintest, er wäre beinahe ausgeflippt, als du blindlings vor das Auto gelaufen bist, habe ich eins und eins zusammengezählt. Er ist alles andere als darüber hinweg, oder?«

April stellt sich neben mich ans Gatter, blickt mit mir in Teardrops Richtung. Die Tasse hält sie wieder in der Hand. Sie dreht das Porzellan durch ihre Finger und tippt nach jeder Umdrehung auf den Angler mit der Rute.

Ich schüttle den Kopf, will nicht zu viel sagen, um nicht Gefahr zu laufen, etwas zu verraten, was Jeff nur mir anvertraut hat. *Ein Geheimnis*, schießt es mir durch den Kopf. Und plötzlich weiß ich es: Uns verbindet etwas. Nicht nur unsere Schicksale, sondern auch das Wissen darum, wie sehr uns die Ereignisse aus unserer Vergangenheit zusetzen.

Vorwitzig drängt Butterfly sich zwischen uns, ehe er seinen Kopf zwischen zwei Holzbalken hindurchquetscht. Ein Lächeln stiehlt sich bei seinem Anblick auf meine Lippen.

»Was machen wir wegen Kathleen?«, fragt April plötzlich und klingt dabei wie eine FBI-Agentin, die auf Instruktionen von der Art »Eliminieren!« wartet.

»Was sollten wir wegen ihr machen? Sie wird sich schon wieder beruhigen und letzten Endes einsehen, dass ich nichts für den Streit zwischen ihr und Jeff kann.«

April hebt skeptisch eine Augenbraue. »Wenn du dich da mal nicht täuschst.«

»Lass uns langsam wieder reingehen«, lenke ich ab. »Es ist so kalt geworden, dass meine Füße zu Eisblöcken mutiert sind.«

April lacht und wendet sich mit mir zum Gehen. Auf halber Strecke zum Haus hält sie inne und schlägt sich mit der flachen Hand gegen die Stirn. »Jetzt hätte ich Butterfly beinahe vergessen.«

Wir beide drehen uns zu der Koppel um und kommen aus dem Staunen gar nicht mehr heraus. Butterfly hat seinen Kopf noch immer durch den Zaun gestreckt. Zwischenzeitlich hat sich aber auch Teardrop zu ihm gesellt. Die beiden wirken so vertraut miteinander, dass man fast meinen könnte, sie kennen sich schon ewig.

»Das ist ja verrückt!«

»Das ist es wirklich«, meint April. »Manchmal täuscht man sich in jemandem und tut ihm Unrecht. Teardrop scheint wirklich nicht so angriffslustig und widerspenstig zu sein, wie sein Vorbesitzer behauptet hat.«

Ja, manchmal kann man eben doch noch überrascht werden und erlebt dabei Dinge oder erfährt etwas, wodurch sich das eigene Weltbild verändern kann. Das Leben ist nicht schwarz oder weiß! Es ist bunt! Bunt wie die Macarons in der kleinen Bäckerei in Boston oder wie die Marshmallows auf Moms heißer Schokolade und die Smarties in ihren Cookies für besondere Anlässe. Das Leben ist bunt.

Kapitel 25

»Schlampe!« ist das erste Wort, das mir am Dienstagmorgen in der Schule im Korridor auf dem Weg zu meinem Spind entgegenweht.

Ich schaue mich zu allen Seiten hin um und bemerke das Getuschel. Die Blicke, der mir zumeist unbekannten Schüler liegen schwer auf mir, drücken mich Zentimeter für Zentimeter mit aller Wucht in den Boden.

»Miststück!«, höre ich jemanden hinter mir rufen. Ruckartig wende ich meinen Kopf in die Richtung. Und wieder sehen mich unzählige Augenpaare abschätzig und mit einem Hauch Genugtuung im Gesicht an. Manche hämisch lächelnd, manche vernichtend.

In solchen Situationen darf man keine Schwäche zeigen. Sonst hat man verloren. Das habe ich aus irgendeiner

Reportage im Fernsehen, wo es um Mobbingopfer und die Folgen des Mobbings ging. Dennoch umschließe ich ungewollt meine Mitte ganz fest mit meinen Händen.

Die offene Aggression meiner Mitschüler trifft mich vollkommen unvorbereitet. Ich muss an Aprils mahnende Worte von gestern Abend denken. Hat sie womöglich doch Recht behalten und das hier ist Kathleens Werk?

Panisch rast mein Blick umher. Nichts als Feindseligkeit schlägt mir von den Gaffern entgegen. Ich erkenne in der Menge nicht ein bekanntes Gesicht.

Mein Puls schießt in die Höhe, als sich Kathleen aus der Masse löst und auf mich zumarschiert. Die einzelnen Unterhaltungen werden immer weniger, bis sie nahezu verstummen. Keiner möchte sich das Schauspiel hier entgehen lassen.

Ein eiskalter Schauer fährt mir über den Rücken. Ich beginne trotz meines Parkas zu frieren. Innerlich wappne ich mich für das Schlimmste, während Kathleen mich siegessicher anlächelt.

»Dass du dich noch hierher traust!?« Kathleen hat sich in Schale geworfen. Sie trägt ein olivfarbenes Baumwollkleid und hohe schwarze Stiefel. Ich wette für ihr Haar und das Make-up hat sie mehr Aufwand betrieben, als ich zur Vorbereitung auf den Herbstball.

Das ist also Kathleens Vergeltungsschlag. Ihre große Schlacht. Genügend Gefolgsleute hat sie auf jeden Fall gefunden.

»Du tust gerade so, als wäre das deine Schule«, erwidere ich mit viel zu leiser Stimme. Meine Worte sind kaum mehr als das Piepsen einer Maus.

Gelächter brandet hier und da auf. Ich atme gedehnt

aus und beschwöre mein wild rasendes Herz langsamer zu schlagen. Aber es will mir einfach nicht gelingen. Ich kann mich nicht entspannen. Mit dieser Situation konnte ich nicht im Mindesten rechnen. Ich bin Kathleen ausgeliefert. Am liebsten möchte ich wegrennen.

Doch das geht nicht, denn der Ring aus wütenden Schülern scheint sich immer enger um uns zu ziehen und mit jedem meiner Atemzüge näher zu kommen.

Plötzlich finde ich meine Idee, ohne Jeff das Schulgebäude zu betreten, um keine Aufmerksamkeit auf mich zu lenken, überhaupt nicht mehr gut. Sie kommt mir sogar ziemlich dämlich vor. Wie konnte ich nach der Sache mit meinem Kleid auf dem Herbstball nur glauben, Kathleen würde mich in Ruhe lassen?

»Das *ist* meine Schule!« Kathleen stemmt ihre Hände fest in die Hüften und erntet für ihren Ausruf, der einem Kampfschrei ziemlich nahekommt, anerkennendes Johlen, vereinzeltes Klatschen und zwei, drei viel zu schrille Pfiffe.

Mir sinkt das Herz von Minute zu Minute immer weiter in die Hose. Was will sie nur von mir? Wozu ist dieser Auftritt gut? Will Kathleen mich einschüchtern, mir zeigen, wer hier das Sagen hat? Oder will sie mich auf die Konsequenzen hinweisen, die unweigerlich folgen, wenn man sich mit ihr anlegt?

»Und *du* hast hier nichts zu suchen«, fährt Kathleen unbeirrt fort. »Geh dorthin, von wo du gekommen bist! Wir wollen dich hier nicht.«

Ein lautes »Genau!« hallt so plötzlich durch den Korridor, dass ich erschrocken zusammenzucke.

Jetzt bloß keine Angst zeigen!, raunt mir meine innere Stimme zittrig zu.

Aber das ist einfacher gesagt als getan. Was habe ich denn gemacht, um das hier zu verdienen? Ich habe mich Jeff nicht an den Hals geworfen oder versucht, ihn Kathleen auszuspannen. Für den Hauptgewinn am Herbstball kann ich nichts – außerdem hat sich Jeff schließlich freiwillig dazu bereiterklärt, bei der Tombola mitzumachen –, und auch nicht dafür, dass ich in Jeff den Beschützerinstinkt wecke. Oder, dass wir unter einem Dach leben.

Aber ich bin mir sicher, dass Kathleen all diese Argumente vollkommen egal sind, und ich habe Angst vor dem, was noch folgen wird.

»Lass Sky gefälligst in Ruhe!«, höre ich Rachels Stimme aus der Masse rufen. »Lasst mich durch, ihr Idioten!«, schimpft sie, als die Wand aus Schülern ihr keinen Durchlass gewähren will. »Sky, lass dich von Kathleen nicht einschüchtern! Sie ist ein kleines Biest, das glaubt, alle müssten das machen, was sie will.«

Endlich gelingt es Rachel, sich einen Weg zu mir durchzuschlagen. Ich atme erleichtert auf. Doch das Glücksgefühl, Rachel an meiner Seite zu wissen, hält nicht lange an.

»Rachel McAllister. Sieh mal einer an! Die Loserin der Schule stellt sich auf die Seite der … Ups.« Kathleen lacht süffisant auf. »Da haben wir wohl mittlerweile schon zwei Loserinnen am Start. Fehlt nur noch …«

Zwischen zwei Cheerleaderinnen, die dicht hinter Kathleen stehen, tut sich eine Lücke auf. April wird von dem Mob in die Mitte gedrängt.

»Da ist sie ja. April, die Schreckschraube mit dem Faible für das hässliche Pony. Alle auf einem Fleck. Wie schön.«

Tränen der Wut brennen in meinen Augen, als ich den traurigen Ausdruck in Aprils Gesicht sehe. »Das ist so unfair von dir, Kathleen! Wenn du etwas gegen mich hast, dann mach es mit mir aus und nicht mit meinen Freundinnen. April und Rachel haben dir nichts getan!«

Ich muss mich wehren. Nicht für mich. Sondern für meine Freundinnen, die sich vorbehaltlos für mich eingesetzt haben. Seit der allerersten Minute hier an der Schule kann ich auf sie zählen. Ich hasse Kathleen, weil sie die beiden dafür bestraft, mit mir befreundet zu sein und sie vor den anderen vorführt, die ohne mit der Wimper zu zucken mit dem Finger auf sie zeigen. Das haben die beiden einfach nicht verdient. Niemand hat das verdient!

»Das ist so unfair von dir, Kathleen«, äfft sie mich mit übertrieben weinerlicher Stimme nach. »Wer mir etwas getan hat und wer nicht, das entscheide ich immer noch selbst. Verstanden?«

April stellt sich an meine Seite. Ich löse die Hände um meine Mitte und ziehe meine Freundin in eine Umarmung.

»Muss Liebe schön sein«, tönt Kathleen abfällig und wieder erntet sie dafür anerkennendes Gelächter aus den umstehenden Reihen.

Rachel legt mir beschwörend eine Hand auf den Rücken, und signalisiert mir auf diese Weise, nichts Unüberlegtes zu tun, mich von Kathleen nicht anstacheln zu lassen und mich nicht auf ihr Niveau herabzulassen.

Am liebsten würde ich Kathleen die Augen auskratzen. Es ist so hinterhältig von ihr, mich als Sündenbock dastehen zu lassen, während sie mit Danny rumgeknutscht hat. Sie hat Jeff betrogen. Nicht er sie.

»Was ist hier los?«, höre ich Jeff plötzlich hinter mir fragen.

Das Gelächter verstummt. Totenstille herrscht plötzlich auf dem Gang.

»Was soll los sein?«, erwidert Kathleen mit einem falschen Lächeln auf den Lippen. »Ich habe mich gerade nur ein bisschen mit Sky unterhalten.«

Ich schaffe es nicht, mich zu Jeff umzudrehen. April, Rachel und ich stehen völlig eingeschüchtert an Ort und Stelle. Unweigerlich muss ich an Jeffs Worte vom Abend des Herbstballes zurückdenken, dass Kathleen vollstes Verständnis für die Situation habe.

Schlagartig werde ich sogar wütend auf ihn. Wenn er nicht wäre, könnte ich jetzt völlig entspannt im Klassenzimmer sitzen.

Ohne es zu wollen, wurde ich zwischen die Fronten gedrängt. Das ist eine Sache zwischen Kathleen und Jeff. Ich habe hier nichts zu suchen. Ebenso wie April, die noch immer ihren Blick zum Boden gerichtet hält und nicht wagt, sich umzusehen, und Rachel, deren Hand nach wie vor auf meinem Rücken liegt.

»Wir wissen beide, dass das nicht stimmt. Lass Sky und ihre Freundinnen in Ruhe. Sie kann nichts für das, was zwischen uns los ist.«

Kathleen seufzt theatralisch. »Da wäre ich mir nicht so sicher. «

»Treib es nicht auf die Spitze, Kathleen!«, droht Jeff, der jetzt offen auf Kathleen zugeht. »*Du* hast mich mit Danny betrogen! Du allein bist dafür verantwortlich, dass wir kein Paar mehr sind.«

Das eben noch so zuversichtliche und selbstverliebte

Lächeln auf Kathleens Lippen erstarrt, und sie sieht Jeff mit großen Augen an. »Du willst wegen der da«, dabei deutet sie angewidert in meine Richtung, »mit mir Schluss machen?«

Als der Fokus nicht mehr auf der Auseinandersetzung zwischen Kathleen und mir liegt, löst sich der Pulk langsam auf. Der Streit zwischen zwei Ex-Partnern ist offenbar nicht ganz so amüsant wie der zwischen der Freundin und der vermeintlichen Neuen des Quarterbacks der Schule.

Sogar die Cheerleaderinnen gehen nach und nach. Bis nur noch April, Rachel, Kathleen, Jeff und ich im Korridor übriggeblieben sind. Alle anderen machen sich eilig auf den Weg in ihre Klassenzimmer. In wenigen Minuten ertönt der Gong, und einige Lehrer verhängen drakonische Strafen fürs Zuspätkommen.

»Ich mache mit dir Schluss, weil du mich anscheinend nicht mehr liebst. Warum sonst solltest du mit einem anderen Kerl für alle gut sichtbar auf dem Schulball rumknutschen, Kathleen? Das zwischen uns ist vorbei.«

Noch immer stehe ich wie erstarrt an Ort und Stelle. Dabei will ich nur weg von hier. Die Sache zwischen Jeff und Kathleen geht mich nichts an.

Jeff wendet sich von Kathleen ab. Er wirkt äußerlich ganz ruhig und beherrscht, aber seine Augen sprechen eine ganz andere Sprache.

Doch Kathleen lässt ihn nicht gehen. Sie ergreift seine Hand und hält ihn zurück. »Aber ich liebe dich doch. Das auf dem Herbstball mit Danny war ein dummer Fehler, weil ich so wütend auf dich war. Du bist gegangen, um Sky zu fahren und hast mich dort einfach allein zurückgelassen.«

Jeff schließt für den Augenblick genervt die Augen, dreht sich dann allerdings wieder zu Kathleen um. Man kann ihm deutlich ansehen, dass er dieses Thema ein für alle Mal hinter sich bringen will.

»Das hatten wir doch alles schon mal. Du hättest mitfahren können. Ich habe dir das mehrfach angeboten. Du wolltest allerdings lieber bei deinen Freundinnen bleiben und weiter feiern. Und unter seinen Freunden ist man nicht allein, Kathleen.«

Ich kann die Härte in Jeffs Stimme hören und bemerke, wie Kathleen seine Hand loslässt und einen Schritt von ihm zurückweicht. Ihre Augen weiten sich unnatürlich. Diese resolute Seite an Jeff kennt sie offenbar nicht und scheint geschockt darüber zu sein.

Als Jeff sich erneut zum Gehen abwendet, hält sie ihn nicht zurück. Ein warmes, mir nur allzu bekanntes Gefühl breitet sich in meinem Magen aus, als Jeffs Augen fest in meine blicken. Sie fragen: Ist alles okay bei dir? Kann ich irgendetwas für dich tun?

Ich nicke ihm kaum merklich zu und löse die magische Verbindung, die sich viel zu vertraut anfühlt. Meine Erinnerung trägt mich zurück zu unserer Unterhaltung am Vortag.

Kathleens Schluchzen reißt mich aus meinen Gedanken. Ich habe Mitleid mit ihr und fühle mich jetzt irgendwie doch für die Trennung des beliebtesten Paares dieser Schule verantwortlich. Denn wenn ich nicht gewesen wäre, hätte Jeff nicht früher von der Party verschwinden müssen und wäre bei Kathleen geblieben.

Bevor mich das Gedankenspiel zu sehr aufwühlt, haken sich April und Rachel auf beiden Seiten bei mir unter und ziehen mich ins Klassenzimmer. Der Unterricht beginnt gleich. Ich vermeide den Blickkontakt mit den anderen, die schon im Raum sind, und setze mich in Windeseile auf meinen Platz.

Dann betritt Jeff den Raum, und sofort machen sich meine Gedanken selbstständig. Als hätte ich nicht schon die ganze Nacht über die Gefühle nachgegrübelt, die er neuerdings in mir weckt …

Mr Milford erscheint im Türrahmen. Ich atme erleichtert auf und ziehe mein Exemplar von Hemingways *Der alte Mann und das Meer* aus meinem Rucksack. Verstohlen hebe ich dabei meinen Blick und lasse ihn durch die Reihen schweifen. Einige meiner Mitschüler standen vorhin ganz sicher im Korridor und haben zugesehen. Oder noch schlimmer: Sie haben sogar mitgemacht.

Mein Magen krampft sich schmerzhaft zusammen, als mich die Gefühle von eben wieder überrollen – Scham, Angst, Hilflosigkeit, Erniedrigung. Unweigerlich frage ich mich, wieso man so etwas tut. War es die bloße Sensationslust oder wollten sie mich wirklich fertigmachen? Bin ich doch selbst schuld?

»Was meint ihr? Wie hat sich der Fischer Santiago gefühlt, als ihn der Junge nach vierzig Tagen verlassen hat und er plötzlich ganz allein dastand?«, unterbricht Mr Milford meine negativen Gedanken.

Nach den furchtbaren Erfahrungen von eben wäre ich gerne bereit, diese Schule gegen ein Fischerboot einzutauschen. Die Einsamkeit des Meeres klingt in meinen Ohren ziemlich verlockend.

Obwohl ich das Buch bereits gelesen und mir meine Gedanken dazu gemacht habe, hebe ich meine Hand nicht. Ich will nicht auffallen. Nicht noch mehr, als ich es ohnehin schon tue. Aber nachdem Jeff sich in Kathleens kleinen Rachefeldzug gegen mich eingemischt hat, wächst hoffentlich schnell Gras über die ganze Sache.

Manchmal kommt es mir so vor, als müsste es in meinem Leben immer mindestens eine Krise geben. Gerade erst habe ich mich mit Mom versöhnt, und für den winzigen Bruchteil eines Augenblicks wollte ich Lewisville sogar eine Chance geben und endlich hier ankommen. Und Peng! Schon macht mir das Universum einen dicken fetten Strich durch die Rechnung.

Als ich mein Mäppchen aufmachen und einen Stift herausholen möchte, sehe ich einen gefalteten weißen Zettel daneben liegen. Ich habe eine Vermutung, wer ihn mir zugeworfen hat.

Zögerlich greife ich nach dem Stück Papier. Als ich es mit meinen Fingerspitzen berühre, schrecke ich zurück. Einerseits will ich nachsehen, was Jeff mir geschrieben hat. Andererseits weiß ich nicht, ob ich wirklich wissen will, was auf dem Zettel steht.

Wieder sehe ich mich prüfend zu allen Seiten hin um. Die Aufmerksamkeit der meisten Schüler ruht tatsächlich voll und ganz auf Mr Milfords Ausführungen. Andere wirken teilnahmslos, schauen aus dem Fenster oder kritzeln auf ihren Unterlagen herum.

Ohne es zu wollen, halte ich den Atem an, als ich Jeffs Nachricht öffne. Meine Augen rasen über den Brief.

Es tut mir Leid, dass Kathleen dich da mit reingezogen hat. Das geht nur sie und mich etwas an und ist nicht deine Schuld. Auch wenn sie dir das einreden will. Bitte glaube mir.

Und dann folgt ein Satz, den ich auch nach mehrmaligem Lesen nicht verinnerlichen kann.

Immer und immer wieder gleiten meine Augen über die wenigen Worte. Stockstarr wage ich es nicht, mich zu rühren, geschweige denn, mich in Jeffs Richtung umzudrehen. Als ihre Bedeutung in mein Bewusstsein vordringt, spüre ich wieder dieses Kribbeln im Bauch, als hätte ich zu viel Brause gegessen. Ich falte den Zettel so klein wie nur möglich und schiebe ihn in die Hosentasche meiner Jeans. Auch ohne die blauen Buchstaben auf dem weißen Papier vor Augen zu haben, weiß ich ganz genau, was dort geschrieben steht.

***

Viel zu schnell ertönt der Gong. Die erste Stunde ist vorbei. Während sich der Raum leert, bleibe ich nach wie vor sitzen und bete, dass Jeff einfach nach draußen geht.

In aller Seelenruhe schließe ich meine Ausgabe von *Der alte Mann und das Meer* und packe sie zurück in meinen Rucksack. Danach schließe ich Zarge um Zarge meines Mäppchens und verstaue auch dieses in meiner Tasche.

Die lauten Stimmen um mich herum sind verklungen. Ich will schon erleichtert aufatmen und mich auch auf den Weg machen, als ein Schatten vor meinem Pult auftaucht.

Jeff ist nicht gegangen.

Fieberhaft hefte ich meinen Blick auf sein petrolfarbenes Schweißband. Ich kann ihm jetzt nicht in die Augen schauen. Meine Gedanken überschlagen sich. Ich hatte viel zu wenig Zeit, um mir über die Bedeutung seines letzten Satzes Gedanken machen zu können.

»Sky, ich wollte … Darf ich dich zu deiner nächsten Stunde bringen?« Als ich nicht gleich antworte, schiebt er beinahe bittend nach. »Du hast doch Bio, oder?«

»Ich weiß nicht, ob das eine gute Idee ist«, erwidere ich mit noch immer gesenktem Blick. »Die anderen werden glauben, dass wir …« Ich stocke, spüre, wie ich rot werde. »Ich will nicht, dass es Gerede über uns gibt. Ich denke …«

Als ich aufblicke, schaue ich direkt in Jeffs karamellfarbene Augen. Ich will wegsehen, doch ich spüre, wie ich mal wieder in ihnen zu versinken drohe. Am liebsten würde ich seine Hand nehmen …

Stopp!

Ruckartig erhebe ich mich von meinem Platz. Ich will nur noch weg. Das Klassenzimmer kommt mir plötzlich viel zu klein für uns beide vor.

Diese Gefühle sind nicht gut für mich. Sie bringen mir nur Ärger. Jeff und ich – das kann und darf nicht sein.

»Sky.«

Das Flehen in Jeffs Stimme ist kaum zu überhören. Noch nie zuvor hat jemand meinen Namen so voller Sehnsucht ausgesprochen.

Ich muss hier weg. Und zwar so schnell wie möglich.

Als ich versuche, mich an ihm vorbei Richtung Tür zu schieben, streift mein Blick erneut seine Augen. Ein fataler

Fehler! Im selben Atemzug bereue ich es auch schon. Egal, was ich mache, ich kann einfach nicht mehr wegsehen.

Zögerlich hebt Jeff seine Hand. Ich ahne, was nun folgen wird, schaffe es jedoch nicht, zurückzuweichen. Als seine Finger ganz vorsichtig meine Wange streifen, halte ich die Luft an. Zärtlich legt er mir eine Haarsträhne hinters Ohr.

Es ist wie an dem Abend bevor wir zum Herbstball gefahren sind und doch ganz anders. Ich spüre eine innere Verbundenheit zu Jeff. Er weiß, wie es ist, jemanden zu verlieren, den man liebt. Und er weiß, wie es sich anfühlt, wenn alle Welt um dich herum von dir erwartet, dass du einfach so weitermachst wie bisher. Er fühlt wie ich, denkt wie ich, spürt wie ich.

Als seine Finger sich von mir lösen, bin ich enttäuscht. Das Gefühl der Leere macht sich rasant in mir breit, und plötzlich weiß ich: Jeff wird wie beim letzten Mal einfach gehen und mich mit meinem Gefühlschaos allein lassen.

Was habe ich mir nur dabei gedacht? Ich hätte einfach gehen sollen.

Sekunden dehnen sich zur Ewigkeit, während ich mich endlich an Jeff vorbeiwinde. Noch einmal will ich ihm nicht die Chance geben, mich aufzuhalten.

»Du bist mir wirklich wichtig, Sky!«, höre ich ihn die Worte sagen, mit denen er den Brief an mich beendet hat.

Ich will weitergehen, aber meine Füße wollen mir nicht gehorchen. Wie angewurzelt bleibe ich keine zwei Meter von Jeff entfernt stehen.

Seine Finger umschließen mein Handgelenk erst zögerlich, dann fester. Jeff hält mich fest, zieht mich zu sich heran. Ich wehre mich nicht dagegen. Die sanfte Stimme der Vernunft rät mir beharrlich zur Flucht. So schwer kann das doch nicht sein!

»Bleib bei mir!«, haucht Jeff mir zärtlich ins Ohr, als uns kaum mehr als ein Blatt Papier voneinander trennt.

Er zieht mich an sich, und all meine Bedenken sind plötzlich wie ausgelöscht. Ich schmiege mich an seine Brust, spüre seine Wärme und atme seinen Geruch. Er wirkt angespannt und unsicher. Irgendwie ist es beruhigend, dass er für das hier auch keinen Masterplan zu haben scheint.

Abertausende Gedanken sausen durch meinen Kopf. Was ist das hier? Jeff macht das nur, weil es ihm leid tut, was vorhin mit Kathleen passiert ist. Er fühlt sich verantwortlich für ihr Handeln und kümmert sich um mich wie ein großer Bruder.

Gleichzeitig nimmt das Kribbeln in meinem Bauch schlagartig zu, und ehe ich noch so richtig begreifen kann, was da passiert, weitet es sich über meinen ganzen Körper aus.

Ich löse meine Wange von seiner Brust und suche seinen Blick. Die goldenen Sprenkel in seinen karamellfarbenen Augen leuchten. Doch da ist noch etwas anderes zu erkennen. Unsicherheit, vielleicht.

Erwartungsvoll blicke ich Jeffs Lippen entgegen. Uns trennen nur noch wenige Zentimeter.

Stimmen sind zu hören. Die nächsten Schüler strömen in den Raum und lassen uns blitzartig auseinanderfahren. Der magische Moment zwischen uns zerplatzt wie eine Seifenblase. Ich nicke Jeff kaum merklich zu, doch er versteht, was ich damit sagen will.

Wir verlassen den Raum gemeinsam, während ich mich immer wieder frage, was da gerade passiert ist.

Kapitel 26

Jeff

»Jeff, Mrs Miller wollte später noch vorbeischauen, um Teardrop zu impfen. Kannst du ihr dabei behilflich sein?«, fragt Roger, während ich gerade die Ställe ausmiste.

Seit der Mobbingattacke auf Sky und meiner Trennung von Kathleen sind nun einige Wochen vergangen. Doch noch immer kriege ich das alles einfach nicht auf die Reihe.

Ganz besonders schwer fälllt es mir, mich endlich der Sache mit Sky zu stellen. Sie verdient eine Erklärung für das, was dort in Mr Milfords Klassenzimmer passiert ist. Aber irgendwie muss ich mir erst selbst im Klaren über alles werden. Das ist so neu und anders. Fast schon ein wenig beängstigend.

»Klar. Das mache ich doch gerne.«

Mein Onkel schenkt mir ein dankbares Lächeln, und

ich erwarte bereits, dass er gleich wieder los muss. Doch er verharrt an Ort und Stelle, mustert mich eindringlich.

»Ist alles okay bei dir?«, hakt er nach.

Ich zucke mit den Schultern. »Klar, was soll sein?«

Roger überlegt kurz. »Ich weiß auch nicht.« Eine tiefe Furche bildet sich auf seiner Stirn. »Du hilfst in letzter Zeit außergewöhnlich oft auf der Ranch.« Als er sich seiner Worte bewusst wird, rudert er zurück. »Das sollte jetzt nicht so klingen, als wenn ich deine Hilfe nicht zu schätzen wüsste. Das tue ich. Sehr sogar. Aber irgendwie kommt es mir so vor … Als wenn du vor etwas davonläufst, dich vor etwas verstecken möchtest.«

Roger hat mich durchschaut. Panik brandet in mir auf. Ich will hier keinen Seelenstriptease abziehen. Nicht vor meinem Onkel. *Ganz ruhig!*, ermahnt mich meine innere Stimme. *Pokerface aufsetzen, und niemand wird checken, was tief in dir drinnen abgeht.* Also reiße ich mich zusammen.

Ich lächle, wie so oft in den letzten Jahren, auch wenn mir eher zum Heulen zumute ist. Doch die Maske des ewig gut gelaunten Jungen passt nach wie vor wie angegossen.

»Alles bestens. Ich trainiere nur ein wenig meine Arme. Das ist alles. Der Coach meinte, es könne nicht schaden. Und für meine Mannschaft gebe ich alles.«

Roger sieht mich unschlüssig an. Er nickt und lächelt. Keine Ahnung, ob er mir glaubt.

»Wenn doch mal etwas sein sollte, kannst du immer zu mir kommen. Okay?«

Roger hat keine eigenen Kinder. Dafür schlägt er sich mit mir ziemlich gut, wie ich finde. Besser als meine Eltern zumindest, die ab und an eine Nachricht schicken und mich nur ganz selten anrufen. Aber das ist okay. Ich will mich nicht selbst bemitleiden. Das ist erbärmlich.

»Klar«, erwidere ich mit selbstsicherer Stimme. Wo kommt die denn so plötzlich her? Manchmal bin ich über meine schauspielerischen Fähigkeiten beinahe selbst ein wenig verwundert.

Aber wenn man seine Rolle schon so lange spielt wie ich die meine, dann geht es irgendwann in Fleisch und Blut über. Umso schwieriger ist es nun für mich, mit diesen ganzen neuen Szenen umzugehen. Sie stehen nicht in meinem Skript. Ich habe sie nicht auswendig gelernt. Wie soll ich das alles meistern?

Roger nickt. »Okay, dann gehe ich mal weiter.« Er geht ein paar Schritte, dann hält er inne und dreht sich abermals zu mir um. »Ach, was ich dich noch fragen wollte. Ist zwischen Sky und dir etwas vorgefallen? Ich will nicht indiskret sein oder mich in eure Angelegenheiten einmischen, aber irgendwie habe ich das Gefühl, dass ihr in letzter Zeit noch schlechter miteinander auskommt.«

Roger ist ein guter Beobachter. Das weiß ich. Und dennoch werfen mich seine Worte aus der Bahn. Ich habe mich doch so bemüht, den Schein aufrecht zu erhalten. Offenbar ist es mir nicht sonderlich gut geglückt.

»Zwischen Sky und mir ist alles gut. Wir haben nur unterschiedliche Freundeskreise an der Highschool und damit nicht allzu viel Kontakt zueinander. Das ist alles.«

Für einen Moment glaube ich, Roger würde mir die Ausrede nicht abkaufen. Obwohl sie in gewisser Hinsicht ja sogar stimmt.

Doch dann hebt er seine Hand zum Abschied und verschwindet aus der Halle. Jetzt bin ich wieder allein mit all dem Mist und meinen wirren Gedanken.

Liebes Tagebuch,

er meidet mich noch immer. Mittlerweile bin ich felsenfest davon überzeugt, Jeff falsche Signale gesendet zu haben. Anders kann ich mir sein merkwürdiges Verhalten einfach nicht erklären. Wahrscheinlich habe ich mir diesen magischen Moment zwischen uns ohnehin nur eingebildet. Dabei muss ich ihn so verliebt angeschmachtet haben, dass er jetzt gar nicht mehr weiß, wie er mit mir umgehen soll. Das würde zumindest erklären, warum er mir jetzt schon seit Wochen aus dem Weg geht und nur das Nötigste mit mir spricht.
Inzwischen weiß ich schon gar nicht mehr, was ich denken oder fühlen soll. Eins ist jedoch sicher: Ich vermisse Jeff und die Gespräche mit ihm. Die Fahrten zur Schule und nach Hause sind furchtbar. Die Stille macht mich schier wahnsinnig. Wenn ich doch mal den Versuch unternehme, eine Unterhaltung zwischen uns beiden in Gang zu bringen, blockt er sofort ab. Es ist wie verhext.

Kapitel 27

»Wie schwer ist dieser Kürbis?«, frage ich interessiert, als Roger seine Schätze liebevoll in einen Anhänger packt.

In knapp einer Stunde will Moms Freund seine diesjährige Ausbeute auf dem Kürbiswettbewerb präsentieren, und wir kommen alle mit, um ihn dabei zu unterstützen.

Sogar Jeff. Auch wenn ich noch nicht weiß, was ich davon halten soll. Schließlich haben wir, abgesehen vom gemeinsamen Essen zu Hause und dem Schulweg, kaum noch Kontakt zueinander.

»Der müsste etwas mehr als zweihundert Pfund wiegen«, erklärt Roger ganz sachlich. Wenn er sich über mein plötzliches Interesse an ihm und seinen Kürbissen wundern sollte, weiß er dies gut zu verbergen.

»Weißt du es denn nicht genau?«, hake ich nach, weil

ich nicht glauben kann, dass Roger seine Siegeschancen von einem Gefühl abhängig macht. Dafür ist der Rancher aus Lewisville viel zu sehr Geschäftsmann.

Roger lacht und legt auch den letzten Kürbis auf den Anhänger. »Ich muss nicht wissen, was meine Kürbisse wiegen. Letztlich zählt nur, dass sie besser in den jeweiligen Kategorien abschneiden, als die Kürbisse meiner Mitbewerber. Aber darüber kann mir vorab weder eine Waage noch ein Maßband Gewissheit verschaffen.«

Gewissheit. Ja, ich habe eine Vorstellung davon, was Roger damit meint. Als Jeff mir von seinem Bruder erzählt hat, war es auch so etwas wie Gewissheit gewesen, was ich in dem Moment gespürt habe. Gewissheit darüber, dass er sich mir verbunden fühlt. Genauso habe ich mich gefühlt, als wir uns in Mr Milfords Klassenzimmer nähergekommen sind …

Aber da habe ich mich wohl getäuscht. Seit diesem einen magischen Moment zwischen uns geht er auf Abstand zu mir, und ich habe keinen blassen Schimmer, woran das liegt.

Vielleicht habe ich mich ihm zu schnell in die Arme geworfen. Rachel ist der Meinung, dass Jungs nur solange Interesse an einem Mädchen zeigen, bis sie schließlich bekommen haben, was sie wollten.

Keine Ahnung, ob sie recht hat. Obwohl ich nicht glauben will, dass Jeff so ein Typ ist. Vielleicht ist aber auch die Sache zwischen Jeff und Kathleen doch noch nicht vorbei.

»Hey mein Schatz, du bist ja schon da. Wolltest du heute Morgen nicht zu April?« Mom drückt mir ein Küsschen auf die Wange. Ich habe sie gar nicht kommen gehört. Es fühlt sich so gut an, dass wenigstens zwischen uns wieder alles in Ordnung ist.

In der Schule hat sich inzwischen so etwas wie Normalität eingestellt, auch wenn ich meinen Mitschülern noch immer nicht verzeihen kann, wie sie mich bei dem Zwischenfall mit Kathleen behandelt haben. Zumindest lassen sie mich jetzt wieder in Ruhe.

»Hey Mom! April ist etwas dazwischengekommen. Sie musste mit Butterfly zum Tierarzt. Offenbar hat sich der Kleine den Magen verdorben, nachdem er sich gestern Abend großzügig am Kürbiskuchen von Aprils Mom bedient hat.«

Moms Gesicht nimmt einen besorgten Ausdruck an. Ansonsten sieht sie zum Glück sehr gut aus. Die schwarzen Ringe unter ihren Augen sind komplett verschwunden. Sie wirkt erholt und voller Tatendrang.

»Da können wir nur hoffen, dass er schnell wieder gesund wird.« Mom öffnet Rogers Kofferraum und stellt ihren Weidenkorb hinein.

»Was ist da drin?«, will ich wissen.

Roger legt einen Arm um Moms Schulter. »Emily war so lieb, für den Wettbewerb ein paar Köstlichkeiten zu zaubern.« Zärtlich küsst er sie auf die Stirn.

Mom schaut mich beschwichtigend an. Ich kann ihr deutlich ansehen, wie sie sich innerlich verspannt und nur darauf wartet, dass ich etwas sage, was sie oder Roger verletzen könnte.

»Wie schade! Wenn ich das gewusst hätte, dann hätte ich dir geholfen. Du weißt doch, wie gerne ich backe«, versuche ich die Wogen wieder zu glätten.

Glücklich nehme ich Moms aufrichtiges Lächeln zur Kenntnis und sehe, wie sie sich wieder entspannt.

»Ich dachte, du wärst zu April gegangen«, entschuldigt sie sich. Doch das Gezwungene ist aus ihrer Stimme verschwunden. Ich kann die Freude in ihrem Tonfall hören. »Beim nächsten Mal werde ich dich auf jeden Fall fragen!«

Ich wende mich dem Korb zu. »Also, was ist da alles drin?«, frage ich neugierig.

»Es gibt eine Kürbistarte, Muffins und einen Kürbispudding.«

»Kürbispudding?«

Mom nickt. »Eine Eigenkreation. Mal sehen, wie sie ankommt.«

Mom lacht, und Roger stimmt mit ein, ehe er sie fest in die Arme nimmt und ihr abermals einen Kuss auf die Stirn drückt.

Ich wende mich von den beiden ab und schaue mir den Inhalt des Anhängers etwas genauer an. »Das sind aber verdammt viele Kürbisse.«

Roger löst sich von Mom und sieht sich mit mir gemeinsam seine Ausbeute an. »Das sind nicht nur Kürbisse, die prämiert werden sollen. Ein paar davon stelle ich für den Schnitzwettbewerb zur Verfügung. Ein Wettbewerb im Wettbewerb, wenn du so willst.«

»Worum geht es dabei?« Auch wenn ich eine ungefähre Vorstellung davon habe, was das bedeuten könnte, will ich es genau wissen.

»Die ganze Stadt sitzt zusammen und schneidet gruselige Gesichter in die armen wehrlosen Kürbisse«, erklärt Jeff, der beschwingt und viel zu gut gelaunt aus dem Geräteschuppen schlendert.

Sofort frage ich mich, wieso er sich aus heiterem Himmel wieder so verhält.

»Jeff übertreibt«, beteuert Roger.

»Sky sollte sich vielleicht selbst ein Bild von der Lage machen«, erklärt Jeff, während sein Blick fest auf mir ruht. Der Witz und sein typischer Jeff-Charme sind aus seiner Stimme verschwunden.

»Das wird sie«, erklärt Mom freudig. »Schließlich fahren wir alle gemeinsam zu dem Fest.«

»Ich muss noch mal rein und mir einen dickeren Pullover anziehen.« Ich kann Jeffs Blick nicht länger standhalten. Warum sieht er mich so durchdringend an? Oder bilde ich mir das am Ende auch nur wieder ein?

»Darf ich dich begleiten? Ich wollte auch noch mal kurz in mein Zimmer.« Unsicher, nahezu schüchtern klingen Jeffs Worte.

Ich entziehe mich seinem Blick. »Nein!«, schmettere ich ihm viel zu hart entgegen.

Roger und Mom tauschen verwunderte Blicke.

Ich laufe bereits los, noch ehe ich mich der Situation stellen kann. Erleichterung macht sich in mir breit, als ich erkenne, dass Jeff mir nicht folgt. Erleichterung und Ernüchterung.

Kapitel 28

Die Atmosphäre in Rogers Wagen ist eisig. Niemand sagt etwas, nicht einmal das Radio ist eingeschaltet. Stumm blicke ich aus dem Fenster, sehe Teardrop, wie er auf der Koppel seine Runden dreht. Seine Mähne flattert im Wind. Auf seine Weise ist er glücklich. Davon bin ich überzeugt.

Aber Roger macht sich Sorgen um ihn, weil er noch immer keinen Anschluss zu den übrigen Pferden im Stall sucht. Ein Einzelgänger durch und durch. Außer bei Butterfly. Da macht er eine Ausnahme. Aber vielleicht hält er das kleine Ponny auch gar nicht für einen Artgenossen.

»Haben wir alles?«, fragt Roger in die Stille.

Ich wende meinen Blick von Teardrop ab und schaue verstohlen zu Jeff rüber. Er macht keine Anstalten den

Mund zu öffnen. Wie zwei Granitblöcke liegen seine Lippen fest aufeinander. Als ich das nächste Mal aus dem Fenster schaue, biegen wir gerade von der Hofauffahrt auf die Straße Richtung Downtown Lewisville.

»Ich denke schon«, meint Mom. Ich kann ihr Spiegelbild in der Scheibe erkennen. Sie legt sich gedankenverloren einen Finger an die Nase.

Ein, zweimal bemerke ich Rogers prüfenden Blick während der Fahrt im Innenspiegel. Doch er startet keinen erneuten Versuch, den Raum mit Leben zu füllen. Nicht nachdem er mit dem ersten so kläglich gescheitert ist.

Als wir endlich ankommen und der Wagen auf einem Schotterplatz Halt macht, löse ich meinen Gurt, noch ehe der Motor verstummt ist. Ich kann es kaum erwarten, Distanz zwischen Jeff und mich zu bringen.

»Sky, warte!«, schreit Jeff mir hinterher.

Ich laufe auf die vielen Menschen zu, die mitten auf der Straße stehen, lachen und Kürbisse in lächerlich riesigem Ausmaß begutachten, um mich in ihrer Mitte vor Jeff zu verstecken.

Ein erbärmlicher Versuch, dem Unvermeidlichen zu entgehen. Schlagartig werde ich mir meines widersprüchlichen Handelns bewusst. Schließlich wollte ich ja die vergangenen Wochen nichts sehnlicher, als dass Jeff sich mir gegenüber wieder öffnet. Und trotzdem – oder gerade deswegen – kann ich nicht anders. Ich habe Angst vor dem, was nun kommen könnte. Weiß nicht, ob ich schon bereit bin, mich der Situation zu stellen.

Erst jetzt begreife ich, dass Mom und Roger sicher nicht verstehen, wieso ich einfach losgestürmt bin. Sie werden sich bestimmt Sorgen um mich machen. Zu allem

Übel habe ich bei meiner überhasteten Flucht meine Tasche samt dem Handy darin in Rogers Geländewagen vergessen. Ich werde also später Ausschau nach Mom halten und mir bis dahin eine gute Ausrede einfallen lassen müssen, warum ich so abrupt auf und davon bin.

Ein schlechtes Gewissen macht sich in mir breit. Aber ich hätte nicht länger in Jeffs Nähe sein können, ohne das Gefühl zu haben, jeden Moment ersticken zu müssen.

»Aua!«, kreischt eine mir nur allzu bekannte Stimme.

»Tut mir leid, April«, entschuldige ich mich dafür, dass ich meine Freundin beinahe über den Haufen gerannt hätte. »Ich bin auf der Flucht.«

»Was hat Jeff dieses Mal angestellt?«

Suchend blicke ich mich um. Nur ungern möchte ich Jeff doch noch in die Arme laufen. Nicht heute. Morgen vielleicht. Oder übermorgen. Am liebsten wäre mir allerdings überhaupt nicht. Ja, das wäre wirklich der perfekte Zeitpunkt: überhaupt nicht. Oder?

»Er wollte mit mir sprechen. Und wir wissen beide, worum es dabei gehen sollte.«

April legt einfühlsam eine Hand auf meinen Rücken, als sich nun auch Rachel aus der Menge zu uns durchschlägt.

»Abgefahren! Mädels, das müsst ihr euch ansehen. Der eine Kürbis dahinten von der Smith-Farm sieht ungelogen aus wie der Kopf von Elvis. Nur lebendiger.«

Als der erhoffte Lacher ausbleibt, zieht Rachel ihre Augenbrauen zusammen und kombiniert eins und eins. »Jeff, oder?«

April und ich nicken.

»Er wollte mit ihr reden«, erklärt April und zieht dabei das letzte Wort unnatürlich in die Länge.

Rachel stemmt die Hände angriffslustig in die Hüften. »Nach all der Zeit, in der er so oft die Gelegenheit dazu hatte? Wie lange ist das Ganze jetzt her?« Rachel ist aufgebracht und dabei so laut, dass sicher jeder um uns herum mitanhören kann, was Jeff McCallum für ein beschissenes Spiel mit mir spielt.

»Psst.« Ich lege meinen Finger beschwichtigend auf meinen Mund und hoffe, dass Rachel auch ohne viele Worte versteht. »Drei Wochen.«

»Drei Wochen!?!«, erwidert sie nicht minder leiser. »Der Typ hat sie ja nicht mehr alle.«

Interessierte Blicke treffen uns, und ich fühle mich, als hätte mich jemand ohne Vorwarnung in den Kreis eines Scheinwerferlichts geschubst.

»Lasst uns da rüber gehen.« Ohne eine Antwort abzuwarten, schiebt uns April ein wenig an den Rand des Geschehens.

Auch hier sind noch immer etliche Kürbisse in jeder nur erdenklichen Ausführung zu sehen. Ich lasse meinen Blick über kleine, dicke, eckige und ziemlich flache Kürbisse schweifen, die die vielen Klapptische gefährlich durchbiegen.

»Was ist passiert?« In Rachels Stimme schwingen Neugier, aber vor allem auch Zorn mit. Sie wirkt ziemlich aufgebracht.

Ich zucke mit den Schultern. »Eigentlich nicht viel. Ich stand mit Mom und Roger zusammen, als Jeff dazukam und so getan hat, als wäre nichts passiert. Das war so komisch. Ich habe dann behauptet, mir wäre kalt. Er wollte mich dann tatsächlich auch noch ins Haus begleiten. Offensichtlich, um mit mir zu reden. Da bin ich abgehauen. Auf der Fahrt hierher hat er zum Glück nichts gesagt. Und als wir hier ankamen, bin ich direkt aus dem Auto gestürmt. Und das wars.«

Rachel verschränkt die Arme vor der Brust. »Der Kerl hat Nerven.«

April lächelt mir aufmunternd zu. »Jeff hatte sicher einen guten Grund dafür, warum er erst heute mit dir sprechen wollte.«

Trotz der miesen Tour, die Jeff mit mir fährt, wird April einfach nicht müde, ihn in Schutz zu nehmen. Sie versucht immer das Positive in allem zu suchen. In ihren Augen ist niemand nur schlecht. Jeder hat einen guten Kern. Ich beneide sie ein wenig um diese Sicht auf die Dinge.

»Ach, ja? Und was soll das für ein Grund gewesen sein?«, fragt Rachel mit hochgezogenen Augenbrauen.

April lächelt. »Kathleen und er waren fast ein Jahr lang ein Paar. Vielleicht wollte Jeff erst ein wenig Gras über die Sache wachsen lassen.«

»Typisch Mann! Jeff geht der offenen Konfrontation lieber aus dem Weg, anstatt klar Stellung zu beziehen«, wettert Rachel mit zornigem Blick.

Mein Gewissen meldet sich wieder. Denn wie in den letzten Wochen, in denen Jeff mehr oder minder den Mittelpunkt unserer Gespräche dargestellt hat, sind meine Freundinnen kurz davor, sich in die Haare zu kriegen. Und das nur wegen mir.

»Vielleicht wollte Jeff mir auch nur etwas ganz Belangloses erzählen«, rudere ich zurück. »Was ist das für ein herrlicher Duft, der da in der Luft liegt?«, wechsle ich schnell das Thema, als ich Rachels misstrauische Blicke sehe.

Es steht mir überhaupt nicht der Sinn danach, diese leidige Diskusion an diesem Nachmittag fortzuführen. Jeff sollte nicht so viel Raum in meinen Gedanken einnehmen. Und er sollte nicht der wesentliche Bestandteil der Unterhaltungen mit meinen Freundinnen sein. So sehr ich Rachels und Aprils Unterstützung auch zu schätzen weiß, muss ich dennoch lernen, selbst mit Jeff und dem, was da zwischen uns ist, umzugehen.

Als April mir vor einiger Zeit von diesem Kürbisfest erzählt hat, dachte ich, es könnte ein schöner Nachmittag in Lewisville werden, um Zeit mit meinen Freundinnen zu verbringen und die Stadt endlich besser kennenzulernen. Das bin ich den beiden irgendwie schuldig. Und auch mir. Ich will mich nicht mehr in meinem Zimmer einsperren und den Tag herbeisehnen, bis ich zurück nach Boston kann.

Mittlerweile mache ich mir sogar Gedanken darüber, wo Rachel und April studieren werden. In meiner Wunschvorstellung gehen wir zusammen aufs College und wohnen in einer WG. Nur wir drei.

Dann erwische ich mich dabei, wie ich darüber nachdenke, ob Jeff wohl in den USA oder in Paris bei seiner Mom studieren wird. Die Vorstellung, tausende Kilometer von ihm getrennt zu sein, macht mich irgendwie traurig. Dabei fühle ich mich gerade, obwohl wir sogar unter einem Dach wohnen, unendlich fern von ihm.

»Das ist bestimmt Audreys scharfe Kürbissuppe«, unterbricht April kichernd meine Gedanken. »Sie ist voller

Kräuter und Gewürze. Basilikum, Rosmarin und vieles mehr, verfeinert mit Chili, Curry und einem Hauch Zimt. Schon der erste Löffel ist eine Geschmacksexplosion«, offenbart mir April mit verschwörerischem Unterton in der Stimme, als handle es sich bei der Suppe um einen Geheimtipp.

»Wir sollten uns vor der Schnitzaktion auf jeden Fall noch einen Teller von der Suppe holen«, bekräftigt Rachel Aprils Aussage.

Ich lache erleichtert auf und konzentriere mich auf den Augenblick mit meinen Freundinnen. Alles andere blende ich aus. »Wann werden denn die Kürbisse prämiert?«

»Gegen achtzehn Uhr«, erklärt Rachel. »Erst werden die Kürbisse, die nicht in den verschiedenen Preis- und Gewichtsklassen antreten, für Halloween vorbereitet. Die gruseligste Grimasse gewinnt.«

Schlagartig muss ich an den Hauptpreis vom Herbstball denken. Wie Jeff und ich da oben bei Mrs Skellham auf der Bühne standen. Dann schüttle ich leicht mit dem Kopf, um mich meiner Gedanken zu entledigen.

»Prima. Dann steht unser Plan ja fest!« Ich strecke eine Hand in die Mitte. April und Rachel legen ihre auf meine, und wir lassen sie gleichzeitig in die Luft sausen.

»Wo sind eigentlich die Jungs?«, frage ich, als wir jede eine dampfende Schale Suppe vor uns haben.

»Die sind bei einem Footballspiel. Kents Dad hat Karten für das Spiel der Dallas Cowboys gegen die Green Bay Packers ergattern können und Kent zum Geburtstag geschenkt«, sagt April zwischen den letzten Löffeln ihrer Suppe.

»Oh, ich wusste gar nicht, dass Kent Geburtstag hatte.«

Das schlechte Gewissen übermannt mich, und ich frage mich, ob ich in den letzten Wochen nicht zu viel Zeit mit Grübeln vergeudet habe.

Rachel schüttelt den Kopf. »Er hat erst am kommenden Freitag. Aber sein Dad hat alle Hebel in Bewegung gesetzt, um überhaupt für irgendein Spiel Karten zu bekommen. Das ist wohl nicht so einfach. Vor allem, weil er Noah und Tyler ja mitnehmen wollte.«

»Wir sollten langsam rüber zu Mrs Skellham«, wechselt April das Thema, die ihren Kopf in die Höhe reckt. »Es sind nicht mehr viele Plätze übrig.«

»Unsere Direktorin beaufsichtigt die Kürbisaktion?«, frage ich verwundert, während ich ein Stück Brot in die Suppe tunke.

Rachel lacht. »Sie beaufsichtigt sie nicht nur. Sie liebt sie.«

»Kathleen und einige der Cheerleaderinnen sind auch schon da«, vermeldet April von ihrem Wachposten aus und verhagelt mir mit ihren wenigen Worten die Laune.

»Ich weiß nicht, ob es eine gute Idee ist, rüberzugehen, wenn Kathleen auch mitmischt. Das gibt doch nur wieder Ärger«, sage ich missmutig.

Rachel streckt die Schultern durch. »Wir werden uns von nichts und niemandem diesen schönen Nachmittag verderben lassen. Weder von Kathleen, noch von den eisigen Temperaturen.«

Natürlich hat Rachel recht … Trotzdem bleibt ein mulmiges Gefühl in mir zurück. Ich ziehe mir die Mütze tiefer ins Gesicht und meinen Schal ein wenig über die Lippen, bevor ich mich bei Rachel und April unterhake. Es ist wirklich sehr kalt geworden. Meine Finger fühlen sich schon wie Eisklumpen an. Daran konnte leider auch Audreys Wundersuppe nichts ändern.

»Wie hat es euch geschmeckt?«, fragt die ältere rundliche Dame herzlich.

»Ausgezeichnet, wie immer!«, loben April und Rachel, und ich nicke beipflichtend.

» Na, dann hoffe ich doch mal, dass ihr dieses Jahr den Kürbisschnitzwettbewerb für euch entscheiden könnt. Viel Glück, Mädchen.« Audrey wendet sich den nächsten Kunden zu. An ihrem Stand herrscht reges Treiben. Ihre Kochkünste scheinen doch kein Geheimnis zu sein, wenn ich mir die Schlange so ansehe.

Auf dem Weg zur Kürbisschnitzaktion laufen wir an vielen anderen Verkaufsständen und Foodtrucks vorbei. Überall wird gekauft und gegessen. Es sieht fast so aus, als wäre ganz Lewisville auf den Beinen, um bei diesem Spektakel dabei zu sein.

In Boston gibt es natürlich auch immer mal wieder größere Veranstaltungen und Foodfestivals. Aber in einer Großstadt kennt man oft nicht einmal seine nächsten Nachbarn. Insofern hat dieses Fest hier eine andere Bedeutung. Es zeigt den Zusammenhalt der Einwohner untereinander.

Schon aus einiger Entfernung erblicke ich Kathleen und ihre Cheerleader-Freundinnen. Sie scheinen total motiviert bei der Sache zu sein. Das hatte ich irgendwie nicht erwartet. »Wer hat denn letztes Jahr gewonnen?«, frage ich mit einer dunklen Vorahnung.

»Hm, also …, weißt du …«, druckst April herum.

»Kathleen, oder?«, unterbreche ich sie und treffe Aprils Miene zufolge mitten ins Schwarze.

Ich habe keine Lust auf ein Zusammentreffen mit ihr. Seit sie mich in der Schule vor versammelter Mannschaft fertiggemacht hat, gehe ich ihr großräumig aus dem Weg.

»Mir geht es gar nicht ums Gewinnen.« Rachel holt ein paar Handschuhe aus ihrer Jackentasche und zieht sie sich über. »Ich will lieber eine schöne Zeit mit meinen Freundinnen haben. Und die lassen wir uns von nichts und niemandem nehmen.«

»Ich wusste gar nicht, dass auch Loser an diesem Wettbewerb teilnehmen.« Als Kathleen uns erblickt, geht sie gleich wieder in die Vollen. »Das muss ziemlich deprimierend sein, wenn man schon vor Beginn weiß, dass man nicht gewinnen kann.«

Ihre offene Anfeindung uns dreien gegenüber wird von ihren Freundinnen mit albernem Gekicher quittiert.

»Lass dich von der nicht provozieren!«, sagt Rachel ganz dicht an meinem Ohr, ehe sie auf die andere Seite des riesigen Tisches läuft. An den aneinandergestellten Klapptischen haben rund vierzig Menschen Platz genommen.

Die Kürbisse stehen schon bereit und können, sobald Mrs Skellham den Startschuss gegeben hat, innerhalb von dreißig Minuten bearbeitet werden.

Von meinem Platz auf der Bierbank aus kann ich eine Bühne erblicken. »Wird dort später verkündet, wer beim Kürbiswettbewerb gewonnen hat?«

April nickt. »Genau. Außerdem treten danach noch die MonkeyHeads auf.« Ihre Augen leuchten.

»Das wusste ich ja gar nicht.« Wahrscheinlich hat mir April sogar davon erzählt, und ich war wieder mal nicht dazu in der Lage, mich auf das Gespräch zu konzentrieren.

April sagt nichts dazu, sondern lächelt mich nur verständnisvoll an. Ich fühle mich furchtbar, weil ich so sehr um mich selbst gekreist bin. Seit mich Jeff wie Luft behandelt, fällt es mir zunehmend schwerer, Unterhaltungen zu folgen oder im Unterricht aufzupassen. Immer wieder driften meine Gedanken ab. Ich hasse *ihn* dafür, dass er so viel Platz in meinem Kopf einnimmt.

»Meine lieben Teilnehmerinnen und Teilnehmer, der diesjährige Kürbisschnitzwettbewerb beginnt in wenigen Minuten. Ich werde nun die Messer verteilen. Im Anschluss daran ertönt ein Startschuss, und Sie haben dreißig Minuten Zeit, um uns mit Ihrer Kreation vom Hocker zu hauen. Viel Erfolg und gutes Gelingen.«

Die untersetzte Mrs Skellham ist eine Autoritätsperson durch und durch. Bei ihren Worten verstummen die Gespräche am Tisch. Sogar Jess stellt ihr albernes Kichern ein.

»Viel Glück, Mädels«, feure ich meine Freundinnen an, nachdem Mrs Skellham mir mein Messer überreicht hat.

Der Startschuss ertönt in Form eines lauten Hupens. Ich bin mir sicher, dass man damit Tote zum Leben erwecken könnte, denke aber nicht weiter darüber nach, weil ich mir jetzt erst mal Gedanken darüber machen muss, wie ich meinen Kürbis gestalten möchte.

Das ist in der Aufregung um Kathleen total untergegangen. Ich schaue nach rechts und links, um mir ein Bild von dem zu machen, wie die anderen vorgehen werden. Viel kann man noch nicht erahnen.

Auf der gegenüberliegenden Seite wird schon wie verrückt der Deckel vom Kürbis heruntergeschnitten, um danach das Kürbisfleisch herauszupulen.

Es ist schon eine ganze Weile her, seit ich das letzte Mal einen Kürbis für Halloween geschnitzt habe. Mom fand die Sauerei in der Küche irgendwann zu viel. Und Dad und ich fügten uns schließlich zähneknirschend. Dafür schmückten wir die ganze Wohnung mit Kunstspinnweben, Spinnen und Geistern.

Mit dem wohligen Gefühl im Herzen beginne ich, das Exemplar vor mir auf dem Tisch zu bearbeiten. Während die meisten um mich herum die typischen zackigen Zähne und die riesigen, schrägstehenden Augen in ihre Kürbisse schnitzen, besinne ich mich auf mein Halloween mit Dad zurück.

Neben den Geistern und Spinnen liebten Dad und ich Skelette. Mit den Jahren kauften wir fünf Stück, und jedes hatte seinen eigenen Namen: Stinky, Rusty, Kimmy, Dorothee und Mrs Davenport. Mrs Davenport war die Biologielehrerin an meiner Schule, und sie hatte verblüffende Ähnlichkeit mit dem Skelett, das Dad auf einem Flohmarkt gefunden hatte.

Ich überlege kurz, wie ich es hinbekommen kann, einen Totenschädel in den Kürbis zu schnitzen, schneide derweil den Deckel vom Kürbis und höhle ihn aus, um nicht noch mehr Zeit zu verlieren.

»Noch fünfzehn Minuten«, verkündet Mrs Skellham wie in einer Prüfung und mir stockt der Atem.

Die Hälfte der Zeit ist schon vorbei. Jetzt muss ich mich ranhalten, wenn ich noch etwas reißen will. Ich würde nur zu gerne gewinnen. Aber nicht, weil ich Kathleen eins auswischen will oder total versessen darauf bin, diesen Wettbewerb für mich zu entscheiden. Nein, es geht mir einzig und allein um April und Rachel. Sie würden sich sicher total freuen, wenn eine von uns den Sieg nach Hause tragen würde!

Mit viel Feingefühl schnitze ich die Umrisse des Totenschädels in den Kürbis. Anschließend setze ich die Augenlöcher. Besonderes schwierig gestaltet sich das Einarbeiten der Zähne. Es kostet mich viel Zeit. Und ich bin unsicher, ob ich es rechtzeitig schaffen werde.

»So, kommt bitte zum Ende. Es verbleiben noch zwei Minuten. Im Anschluss daran geht eine Jury durch die Reihen und sieht sich eure fertigen Kürbisse an. Wer während des Rundgangs noch einmal etwas am Kürbis verändert, wird vom Wettbewerb disqualifiziert. Aber das sollte uns allen klar sein.«

Die Nase meines Skeletts will mir nicht so recht gelingen. Ich feile bis zum Schluss, bis wieder das laute Hupen ertönt und alle ihre Messer aus den Händen legen.

»Wow, das ist ja toll«, gluckst April, die links neben mir sitzt. Rachel neben ihr beugt sich herüber.

»Auf die Idee ist bisher bestimmt noch keiner gekommen«, bemerkt Rachel anerkennend, und meine Hoffnung steigt.

Mrs Skellham sammelt die Messer ein, während eine dreiköpfige Jury mit Block und Stift bewaffnet jeden einzelnen Kürbis begutachtet und sich Notizen macht.

Als sie fertig sind, verkündet Mrs Skellham das Ergebnis. Alle Augen liegen wie gebannt auf ihr, während die Gespräche nach und nach verstummen.

»Der dritte Platz geht in diesem Jahr an Marry O'Brian.« Um uns herum wird freudig geklatscht.

»Jetzt geht es um Platz 2«, quietscht April ganz aufgeregt, während sie Mittel- und Zeigefinger an beiden Händen fest umeinandergeschlungen hält.

Rachel ist zwar nicht minder aufgeregt, wirkt aber nicht ganz so zappelig wie April, die es kaum noch auf ihrem Platz hält.

»Der zweite Platz geht an Kathleen Johnson.«

Wieder wird geklatscht, während April neben mir die Kinnlade herunterfällt. »Kathleen auf dem zweiten Platz. Das heißt, in diesem Jahr wird jemand anderes gewinnen«, flüstert April mir ganz außer sich ins Ohr.

Sie greift nach meiner Hand und zerquetscht sie beinahe, während ich das merkwürdige Gefühl nicht loswerde, von jemandem beobachtet zu werden.

Suchend lasse ich meinen Blick über die Schar der Zuschauer gleiten, bis er an einem mir nur zu gut bekanntem Paar karamellfarbener Augen hängen bleibt, das mich durchdringend ansieht. Mir wird heiß und kalt zugleich, als sich unsere Blicke treffen. Jeff wirkt gefasst und entschlossen. Ich ahne, dass ich mich vor dem klärenden Gespräch nicht länger drücken kann. Und gleichzeitig sterbe ich bei der Vorstellung daran.

»Der erste Platz geht in diesem Jahr an …« Mrs Skellham schaut sich am Tisch zur rechten und zur linken Seite hin um. Sie erhöht die Spannung, während ich nichts lieber tun würde, als aufzustehen, um von hier zu verschwinden.

Mittlerweile fühlt sich meine Hand unter Aprils ständigem Drücken schon ganz taub an. »Na, kommen Sie schon!«, feuert sie Mrs Skellham an, endlich den Gewinner zu verkünden.

Die Anspannung in Aprils Gesicht spricht Bände.

Auch Rachel schaut wie gebannt auf die gegenüberliegende Seite, auf der sich Mrs Skellham gleich neben Kathleen und ihren Freundinnen positioniert hat.

»Gleich zwei erste Plätze«, offenbart unsere Direktorin, woraufhin ein Raunen durch die Menge geht. Die Spannung ist kaum noch zu ertragen. Jeder will wissen, wer denn nun die glücklichen Gewinnerinnen oder Gewinner sind, während ich nur noch hoffe, dass Mrs Skellham sich beeilt, damit ich von hier weg kann und Jeffs Blick nicht weiter auf mir spüren muss.

»Platz eins teilen sich in diesem Jahr April Carmichael und Sky Harford.«

Rachel fällt uns beiden brüllend um den Hals. Erst da kapiere ich, was gerade passiert ist. April und ich haben gewonnen! Und Rachel ist mindestens genau so sehr darüber aus dem Häuschen wie April, die so laut kreischt, dass mir Hören und Sehen vergeht.

In diesem Moment blende ich alles um uns herum aus. Ich genieße den Augenblick und bin so dankbar für den Einfall mit dem Totenkopf. Ich blicke hinauf in den grauen Himmel und stelle mir vor, wie Dad mir von einer der Wolken aus zuwinkt. Er ist da oben. Ich bin mir ganz sicher.

»Wir haben gewonnen!«, schreit April so dicht an meinem Ohr, dass es unmittelbar darauf zu pfeifen beginnt.

Rachel steigt in ihren Siegesschrei mit ein, und ich lache so unbefangen und glücklich wie schon lange nicht mehr. Es ist schon fast albern, wie sehr wir uns über den Sieg freuen. Aber das ist mir egal. Ich lasse mir das Gefühl der Zusammengehörigkeit mit April und Rachel für nichts auf dieser Welt nehmen. Sie sind wie meine neue kleine

Familie, ein Ort, an dem ich ich selbst sein kann und mich nicht zu verstellen brauche, um zu gefallen.

Rachel reißt April und mich von der Bank, und wir drehen uns tanzend und wankend im Kreis. Mir wird schwindlig, aber das ist noch lange kein Grund, damit aufzuhören.

Plötzlich ist ein dumpfes Geräusch zu hören, und wir bleiben abrupt stehen. Fassungslos erblicke ich Aprils Kürbis, der in tausend Einzelteilen auf dem Boden liegt. Dann sehe ich nach oben in Kathleens zufriedenes Gesicht. Diese Schlange!

Ich blicke zu April, die ihren zerstörten Kürbis fassungslos anstarrt. Eine grollende Wut macht sich in mir breit, und ich schubse Kathleen unsanft, sodass sie beinahe zu Boden fällt. In letzter Minute kann sie sich am Tisch abfangen. Sie lacht mich auffordernd an. »Du willst spielen?«

Noch ehe sie geendet hat, schubst sie mich so heftig, dass ich auf dem staubigen Boden lande. Mein Hintern schmerzt fürchterlich, und der glückliche Moment eben mit Rachel und April scheint Lichtjahre zurückzuliegen.

Der Hass, der mir aus Kathleens Augen entgegenschlägt, ist so präsent, dass ich nichts anderes um mich herum wahrnehme. Als sie nach meinem Kürbis greifen will, ist Rachel zum Glück schneller. Kurzerhand stellt sie sich dazwischen, sodass Kathleen nicht mehr an den Kürbis herankommt. Doch das hält sie nicht ab. Sie windet sich gekonnt an ihr vorbei, als ihr Rachel einen kleinen Schubser versetzt, sodass Kathleen ins Straucheln gerät.

»Du, Miststück!« Mit funkelnden Augen und wutverzerrter Miene schaut sie auf mich. Ich zucke unweigerlich ein wenig zurück, obwohl ich mir vorgenommen hatte, mich von Kathleen nicht einschüchtern zu lassen.

»Lass Sky in Ruhe!«, schreit April, die sich gerade in einem Handgemenge mit Kathleens Cheerleaderfreundinnen befindet.

Das Ganze gerät zunehmend außer Kontrolle. Egal was ich auch versuche, ich komme einfach nicht mehr auf die Beine. Staub kratzt mir in den Augen. Panik steigt in mir hoch. Doch dann greift mir plötzlich jemand von hinten unter die Arme und hilft mir hoch.

Ich atme erleichtert auf und blicke mich suchend nach meinen Freundinnen um. Meine Augen brennen vom Staub, und ich muss andauernd zwinkern.

Noch ehe ich April und Rachel gefunden habe, höre ich Jeffs laute Stimme. »Sofort aufhören!«, schreit er mehrmals, bis die Auseinandersetzungen ein Ende nehmen.

Abermals beginne ich zu taumeln. Jeff greift beherzt nach mir, zieht mich an sich, um mich vor Schlimmerem zu bewahren. Meine Wange liegt auf seiner Brust. Das Atmen fällt mir schwer. Ich kann seine Nähe kaum ertragen. Noch immer stützt er mich, als könnte ich jeden Augenblick wieder hinfallen. Ich wage es nicht, es zu testen. Dafür sind meine Knie eindeutig zu wackelig.

Also füge ich mich meinem Schicksal, als mich Kathleens vernichtender Blick streift. Schnell schaue ich weg und entdecke endlich meine Freundinnen.

Rachel hält meinen Kürbis in Händen und sieht sich prüfend zu allen Seiten hin um. April wirkt desillusioniert und traurig. Sie kniet vor ihrem Kürbis und besieht sich die einzelnen Teile genau. Auch wenn es mir das Herz zerbricht: Der Kürbis ist definitiv nicht mehr zu retten.

Denn nachdem Kathleen ihn vom Tisch gestoßen hatte, wurde er nun auch noch von zahlreichen Füßen zertrampelt.

»Das meine ich aber auch!«, meldet sich nun auch Mrs Skellham zu Wort. »So ein unkollegiales Verhalten ist mir selten unter die Augen gekommen. Sie werden nächste Woche nachsitzen, Miss Johnson.«

Kathleen reißt ihre Augen weit auf. »Wie bitte?«

Unsere Direktorin wedelt maßregelnd mit dem Zeigefinger. »Glauben Sie nicht, dass mir entgangen wäre, wer für dieses Chaos hier verantwortlich ist.«

Das Szenario um mich herum gleicht einem Schlachtfeld. Neben Aprils Kürbis liegen weitere auf dem Boden. Teilweise zertrümmert, teilweise mehr oder minder unbeschadet. Einzelne Bierbänke sind umgefallen. Zum Glück hatte Mrs Skellham die Messer schon wieder an sich genommen …

»Aber ich … Das können Sie nicht machen. Ich bin privat hier – wir sind hier nicht in der Schule!«, windet Kathleen sich.

»Das spielt überhaupt keine Rolle. Glauben Sie wirklich, ich hätte nicht mitbekommen, wie Sie sich in der letzten Zeit aufgeführt haben? In meinen Augen haben Sie ein wenig Zeit zum Nachdenken bitter nötig. Finden Sie sich am kommenden Montag nach dem Unterricht in Mr Milfords Klassenzimmer ein. Ich werde Sie die Woche über höchstpersönlich betreuen«, verkündet Mrs Skellham, und betrübte Gesichter machen sich unter den Cheerleaderinnen breit.

»Die ganze Woche?«, japst Kathleen außer sich.

Mrs Skellham nickt. »In diesen Stunden werden Sie

hinreichend Zeit finden, um sich Gedanken über Ihre Taten zu machen. Ferner werden Sie die Gelegenheit dazu haben, im Archiv von Lewisville nach den Anfängen dieses Festes zu recherchieren, und Sie werden dabei hoffentlich ein Gefühl dafür bekommen, worum es den Begründern ging.«

Als sie endet, ist Mrs Skellhams Gesicht voller roter Flecken.

Kathleen ist verstummt, auch wenn ich in ihren Augen funkelnde Blitze erkennen kann.

Teilnehmer und Zuschauer bemühen sich gleichermaßen im Anschluss an Kathleens Urteilsverkündung darum, den Platz aufzuräumen und die matschigen Überreste vom Boden aufzusammeln.

Mittlerweile hat Jeff zwar die Hände von mir genommen, aber er steht noch immer so nah bei mir, dass ich ihn auch ohne Berührung deutlich spüren kann. Schlagartig wird mir bewusst, wie furchtbar ich aussehen muss. Mein Haar steht mir bestimmt in tausend Richtungen vom Kopf ab. Wahrscheinlich klebt Schmutz an meinen Klamotten, und ich sehe restlos zerstört aus. Ganz tolle Ausgangssituation für was auch immer …

»Lasst uns rüber zur Bühne gehen!« April ist die erste von uns, die ihre Stimme wiedergefunden hat. Sie sieht noch immer betrübt drein. Aber April wäre nicht April, wenn sie sich von so einem Zwischenfall nicht schnell wieder erholen würde.

»Sky, können wir vorher vielleicht noch kurz miteinander reden?«, fragt Jeff.

»Erst die Preisverkündung«, wirft Rachel ein. »Die beginnt schon in fünf Minuten. Wir sollten rübergehen. Bestimmt willst du wissen, ob dein Onkel gewonnen hat«, sagt Rachel und trifft damit bei Jeff einen wunden Punkt.

Er hat Roger in den vergangenen Jahren nie zu dem Event begleitet. Ich frage mich, warum er nie dabei war. Allein an den Footballspielen kann es nicht gelegen haben. Vielleicht verbindet er schmerzhafte Erinnerungen mit dem Fest? Erinnerungen, die er nicht wiederaufleben lassen möchte.

»Wir sollten rübergehen«, sage ich schnell, als ich bemerke, wie mein verräterischer Geist Partei für Jeff ergreifen will. »Was auch immer du so Dringendes mit mir besprechen möchtest, Jeff, wird bis nach der Gewinnerverkündung warten müssen.« Insgeheim hoffe ich jedoch, ihm auch dann wieder entkommen zu können. Viel zu sehr fürchte ich mich vor dem Moment, in dem ich der schonungslosen Wahrheit schutzlos ausgeliefert bin.

»Na gut.« Jeff gibt sich geschlagen. Seine Miene wirkt wie versteinert, während er mich aus zu schmalen Schlitzen verengten Augen ansieht.

Ich kann sehen, dass ihm etwas auf dem Herzen liegt. Er hadert mit sich, öffnet schließlich erneut den Mund. Doch noch ehe er etwas sagen kann, ziehen April und Rachel mich mit sich.

Bis wir uns durch die Menschenmassen hindurchgekämpft haben, hat die Preisverleihung schon begonnen. Gerade besteigt Aprils Dad die Bühne. Er hat offenbar in diesem Jahr den schwersten Kürbis gezüchtet. Stolz und bedingungslose Freude sind in Aprils Miene zu erkennen, als sie ihrem Vater begeistert zujubelt. Endlich hat ihr Dad gewonnen!

Der kleinste und der leichteste Kürbis wurden offenbar schon prämiert. Die Auszeichnung in der letzten Kategorie folgt als Nächstes. Gespannt warten alle darauf, zu erfahren, wer in diesem Jahr den größten Kürbis gezüchtet hat.

Ich sehe mich in den Reihen der Zuschauer um und erblicke in der Nähe der Bühne Mom und Roger. Sie sieht mich auch und winkt mir lächelnd zu. Offenbar hat sie den Schock meines überhasteten Aufbruchs gut überstanden.

Jeff weicht noch immer nicht von meiner Seite, als hätte er Sorge, Kathleen könnte schon den nächsten Anschlag auf mich planen.

Ich versuche mir einzureden, dass Jeffs Nähe mir überhaupt nichts ausmacht und dass das Kribbeln in meinem Bauch absolut rein gar nichts zu bedeuten hat. Dass es mir egal ist, dass unsere Finger sich immer mal wieder wie zufällig berühren und ich jedes Mal das Gefühl habe, verglühen zu müssen.

»Den größten Kürbis hat dieses Jahr der allseits geschätzte Rancher Roger McCallum gezüchtet, der schon in den vergangenen Jahren in der ein oder anderen Kategorie punkten konnte.« Der Moderator schüttelt anerkennend Rogers Hand, der ihm daraufhin etwas ins Ohr flüstert.

»Der Gewinner würde gerne noch etwas sagen.« Dann reicht er Roger das Mikrofon, und ich spüre, wie sich Jeffs warme Finger um meine eisige Hand legen.

Ich bin versucht, sie wegzuschlagen. Aber irgendwie beschleicht mich das ungute Gefühl, dass ich gleich froh sein werde, seine Hand zu halten …

»In den vergangenen Jahren war ich meist allein auf

dem Fest. Wie George gerade schon richtig festgestellt hat, habe ich zwar oft gewonnen, aber nie wirklich jemanden dabeigehabt, der sich mit mir gefreut hätte.«

Ein lautes »Oh« geht durch die Reihen.

Roger winkt ab. »Ihr wisst, wie ich es meine. Natürlich habt ihr euch mit mir gefreut, aber von meiner Familie war leider niemand dabei.«

Dann winkt er in Moms Richtung und bittet sie zu sich auf die Bühne. Als sie sich zunächst etwas ziert, meint Roger. »Wärt ihr so lieb, diese bezaubernde Frau dazu zu ermutigen, zu mir auf die Bühne zu kommen? Ihr Name ist Emily.«

Das lassen sich die Bürger von Lewisville nicht zweimal sagen. Schon beginnen sie ihren Namen zu rufen, bis Mom schließlich doch auf die Bühne steigt.

Sie lächelt verlegen und schmiegt sich an Rogers Seite, der sie fest in seine Umarmung zieht. »Diese Frau ist mein großes Glück. Vor einigen Monaten ist Emily mit ihrer Tochter Sky zu Jeff und mir auf die Ranch gezogen, und ich habe diesen Entschluss nicht einen Tag bereut. Emily und ich kennen uns aber nicht erst seit kurzem.«

Bei Rogers Worten wird mir ganz flau im Magen. Was will er damit denn sagen? Hatte Mom schon vor Dads Tod eine Affäre mit ihm? Adrenalin flutet schlagartig meine Adern.

Als könnte er spüren, dass mich die Situation ziemlich aufwühlt, drückt Jeff meine Hand ein wenig fester, während sein Blick starr nach vorne gerichtet ist.

Mom sagt Roger hinter vorgehaltener Hand etwas ins Ohr.

»Aber kommen wir nun zum Wesentlichen«, erklärt Roger und kniet vor Mom nieder.

Ich halte den Atem an, während April neben mir ruft: »Er wird doch nicht!«.

Rachel schlägt sich die Hand vor den Mund.

Noch immer stehe ich wie erstarrt auf der Stelle und kann meinen Blick nicht von der Bühne abwenden, als Roger eine quadratische Schachtel aus seiner Hosentasche zieht.

Allein beim Gedanken daran, was nun folgen wird, hebt sich mir der Magen.

»Emily Harford, ich liebe dich von ganzem Herzen und bin dem Schicksal für diese zweite Chance sehr dankbar.«

Wieso zweite Chance? Weil Dad tot ist? schießt es mir durch den Kopf, während ich Jeffs Finger fest mit meiner Hand umschließe und die andere Hand zur Faust balle.

»Willst du meine Frau werden?«, stellt Roger die Frage aller Fragen, und mir bleibt fast die Luft weg.

»Er hat es doch getan«, seufzt April mit weit nach oben gerissenen Augenbrauen.

Roger streckt derweil meiner Mutter das Mikrofon entgegen und wartet angespannt und voller Vorfreude auf ihre Antwort.

Mom ist anzumerken, dass ihr diese Situation überhaupt nicht behagt. Ich kann ihr ansehen, dass sie sich überrumpelt fühlt und am liebsten von der Bühne stürmen würde. Willkommen im Club! Da sind wir schon zu zweit. Zumindest was die Sache mit dem Überrumpeltsein anbelangt.

Wie gebannt starre ich Mom an, beschwöre sie, das Richtige zu tun, während sie das Mikrofon mit beiden

Händen fest umklammert. Sie sieht zu Roger, sucht mich in der Menge, findet mich jedoch nicht. Die Anspannung ist zum Schneiden dick. Die Gespräche um uns herum sind verklungen.

Jeder wartet auf die Antwort der glücklichen Auserwählten von Roger McCallum. Schließlich ist er hier im Ort so etwas wie der begehrteste Junggeselle. Er hat ein riesiges Vermögen, keine Kinder und sieht für sein Alter noch ziemlich gut aus.

Mom schließt für den Bruchteil einer Sekunde die Augen. Ich bete. Dann verkündet sie mit zittriger Stimme: »Ja, Roger McCallum, ich möchte dich heiraten.« Während sie übers ganze Gesicht strahlt, möchte ich am liebsten schreien, toben, fluchen. Aber ich bleibe stumm und starre wie in Trance nach vorn.

Roger nimmt meine Mom fest in seine Arme, hebt sie hoch, küsst sie unter dem johlenden Beifall der Zeugen seines öffentlichen Heiratsantrages und dreht sich mit ihr zusammen um seine eigene Achse.

»Sky, …«, sagt Jeff vorsichtig, als ich spüre, wie mir schlecht wird. Alles um mich herum beginnt sich zu drehen und jeden Moment drohen mir die Beine zu versagen.

Noch bevor ich umkippen kann, versteht Jeff, dass etwas nicht mit mir stimmt. Er bugsiert mich aus der Masse heraus, als ich das Gefühl habe, jeden Moment ersticken zu müssen.

Ich hätte ihm zuhören müssen, ist der einzige Gedanke, der sich in meinem Kopf festsetzt. Vielleicht wusste Jeff Bescheid und wollte genau darüber mit mir reden. Vielleicht hätte ich Rogers Antrag dann irgendwie verhindern können. Vielleicht hätte ich mit Mom darüber reden und sie davon abbringen können, Roger zu heiraten.

Noch will ich nicht darüber nachdenken, was Moms Antwort bedeutet, was sie für Veränderungen mit sich bringt. Genauso wenig will ich mir Gedanken über Rogers Andeutungen machen. Ich schiebe das alles weit von mir.

Am liebsten würde ich die letzten Minuten ungeschehen machen, sie zurückspulen, auf die Bühne rennen und Mom dort runterholen.

Aber das kann ich nicht.

Ich kann nichts tun.

Gar nichts.

Kapitel 29

Jeff

Sky sitzt auf der Wiese unter einem Baum. Die Arme hat sie auf ihre angewinkelten Beine gelegt. Sie weint. Ihre blonden langen Haare haben sich wie ein Vorhang vor ihr Gesicht gelegt.

»Kann ich irgendetwas für dich tun?«, frage ich zum gefühlt hundertsten Mal und verfluche mich dafür, sie nicht früher abgefangen zu haben, um sie wenigstens darauf vorzubereiten.

Ich kann nicht behaupten, dass ich mich nicht für meinen Onkel freuen würde. Ganz im Gegenteil. Roger hat nach dem viel zu frühen Tod seiner Frau ein Happy End verdient. In den letzten Jahren hat er sich auf seiner Ranch verbarrikadiert, wollte niemanden an sich heranlassen. Emily tut ihm gut. Trotzdem habe ich Roger, nachdem er mir erzählt hat, dass er Emily einen Heiratsantrag machen will, immer wieder ins Gewissen geredet. Aber er war fest davon überzeugt, dass das hier und heute genau der richtige Zeitpunkt für einen Antrag wäre. Mehrfach habe ich versucht, ihm klarzumachen, was ein öffentlicher Antrag für Sky bedeuten würde. Doch Roger wollte nicht auf mich hören.

Skys Körper schüttelt sich unter ihrem Schluchzen. Bis jetzt hat sie mich weder von sich geschubst, noch mich gebeten, zu gehen. Also bleibe ich, stütze mich an dem knorrigen Stamm des alten Apfelbaumes ab und bemühe mich, für sie da zu sein. Ich würde sie so gern in den Arm nehmen … Doch ich darf es nicht überstürzen. Ich kann mir vorstellen, wie sehr sie sich von allem hier überfordert fühlen muss, wie sehr der Antrag sie aufwühlt …

Drüben auf dem Fest haben die MonkeyHeads die Bühne übernommen. Es ist bereits dunkel geworden. Die vielen Lampions, die über den Straßenzügen angebracht wurden, erhellen den Platz wie kleine Glühwürmchen.

Der Wind weht glückliches Lachen und Klänge der Musik zu uns herüber. Die Stimmung ist ausgelassen, und die ganze Stadt feiert, als wäre das Leben nichts weiter als eine einzige Party. In den vergangenen Jahren konnte ich mir diese zur Schau gestellte Freude über Kürbisse einfach nicht antun. Mein Bruder liebte dieses Fest und wollte so gerne selbst mal an einem der Wettbewerbe teilnehmen.

Jedes Jahr vertrösteten wir ihn damit, dass er bald groß genug sein würde, um beim Schnitzen teilzunehmen. Ich versprach ihm sogar, ihm dabei zu helfen. Doch es kam nie dazu. Er wurde nie älter als acht Jahre. Der Unfall nahm Will die Chance, seine Träume zu leben. Und ich bin schuld daran.

Ich schüttle mit dem Kopf, um die Erinnerung zu verscheuchen. Sky kauert direkt neben mir. Ich muss jetzt für sie da sein.

»Es wird sich sicher nicht viel verändern«, wage ich einen vorsichtigen Versuch.

Daraufhin springt Sky, wie von der Tarantel gestochen, auf die Füße, schubst mich energisch und wirft mir aus ihren blauen Augen funkelnde Blitze entgegen.

»Bullshit! Alles wird sich verändern. Wie kannst du nur behaupten, alles würde beim Alten bleiben? Nichts wird mehr so sein wie bisher. Mom wird eine neue Familie gründen.« Sie schubst mich wieder. »Meine Familie existiert dann nicht mehr. Verstehst du das?«

Die schwarzen Spuren der verlaufenen Mascara lassen Skys bleiches Gesicht noch eine Spur verzweifelter wirken. Dennoch ist da dieser feste Ausdruck in ihren Augen, der Wille, nicht kampflos aufzugeben.

»Sky, du wirst immer die Tochter deiner Mom bleiben. Roger wird sie dir nicht wegnehmen. Er will für euch beide da sein.«

»So? Will er das? Warum hat er mich dann nicht nach meiner Meinung gefragt?«

Noch bevor ich eine Antwort geben kann, treffen mich Skys Handflächen auf der Brust, und ich weiche einen Schritt zurück. Meine Hände habe ich in den Hosentaschen vergraben, um dem Bedürfnis nicht nachzugeben, sie in den Arm zu nehmen und ihr nah zu sein.

Hier geht es nicht um mich und meine Gefühle. Hier geht es nur um Sky und das Chaos, das ihr Leben gerade wie ein Tornado verwüstet. Sie muss sich fühlen, als hätten sich alle gegen sie verschworen. Auch wenn Roger es sicher nur gutgemeint hat, empfindet sie seine Absichten offensichtlich ganz anders und hat Angst vor der Zukunft.

Ich spanne meine Brustmuskeln wieder an, warte schon darauf, dass mich Skys Schläge erneut treffen. Doch sie bleiben aus. Stattdessen fällt sie mir völlig unverhofft in die Arme und schluchzt so laut los, dass mir das Blut in den Adern gefriert.

Sky ist mir in kürzester Zeit so wichtig geworden. Sie ist das Mädchen, für das mein Herz schlägt, wird mir plötzlich bewusst. Die Erkenntnis zieht mir fast den Boden unter den Füßen weg. Sie nun so leiden zu sehen, ist schrecklich. Vorsichtig lege ich meine Hände auf ihren Rücken, ziehe sie fest in meine Umarmung, um ihr das Gefühl zu geben, nicht allein zu sein.

»Alles wird gut«, sage ich, um ihr Trost zu spenden und ihr Mut zu machen. Ich weiß nicht, wie meine Worte bei ihr ankommen. Sky weint so sehr, dass ihr ganzer Körper unter ihren Schluchzern bebt. Vielleicht hat sie mich nicht einmal gehört. Ich stütze sie, gebe ihr Halt, versuche ihr beizustehen, so gut es eben geht.

»Es war doch gerade alles wieder gut mit Mom und mir«, sagt Sky mit zittriger Stimme gegen meine Brust.

»Es wird auch alles gut bleiben«, behaupte ich und ziehe sie noch eine Spur fester an mich ran. »Mach dir nicht zu viele Sorgen. Ich bin für dich da.«

Kaum dass ich meinen letzten Satz beendet habe, reißt Sky sich von mir los. »Du bist für mich da?« Sie lacht höhnisch auf. »So wie du die letzten Wochen für mich da warst?«

Blanke Wut steht in Skys Gesicht geschrieben, und ich

bekomme eine konkrete Vorstellung davon, was ich mit meinem Versuch, ihr Zeit zu geben, angerichtet habe.

»Sky, ich wollte dich nicht …«

Sie hebt abwehrend die Hände. »Ich will nicht hören, dass du mich nicht verletzen wolltest. Ich kann das jetzt einfach nicht. Bitte lass mich in Ruhe!«

Sie wendet sich von mir ab, ist schon im Begriff loszulaufen. Da bekomme ich sie im letzten Moment am Handgelenk zu fassen.

»Warte, Sky!« Ich sollte mir ihre Bitte zu Herzen nehmen und sie nicht weiter bedrängen.

Sky versucht sich aus meinem Griff zu winden. »Lass mich endlich los!«, schmettert sie mir entgegen. »Wenn du es nicht tust, schreie ich so laut, dass mich jeder hören kann.«

»Okay, okay«, lenke ich ein. »Ich lasse dich los, wenn du mir versprichst, dir noch kurz anzuhören, was ich dir sagen möchte.«

Sky schnaubt verächtlich.

»Bitte!«, flehe ich sie an.

Sie sieht mich unsicher an, nickt mir dann jedoch zu.

Ich löse meine Finger einzeln von ihrer Haut und fasse mir schließlich ein Herz, während ich sie genauestens beobachte. Ich befürchte, sie könnte es sich doch noch mal anders überlegen.

Sky weicht ein paar Schritte von mir zurück, sieht mich erwartungsvoll an. »Also?«, fordert sie mich auf.

Ich atme einmal tief durch, ehe ich zu sprechen beginne.

»Ich habe mich in dich verliebt, Sky.«

Während ich diese Worte über die Lippen bringe, ballen sich meine Hände wie von allein zu Fäusten und alle Muskeln meines Körpers spannen sich an. Mein Herz schlägt in einem viel zu schnellen Takt. Ich suche auf Skys Gesicht nach einer Reaktion. Doch sie wirkt wie versteinert.

»D-du hast d-dich in m-mich …« Ihr Stottern ist ziemlich süß, und ich kann nicht anders, als sie anzugrinsen.

»… verliebt. Ja. Und das schon vor einigen Wochen. Ziemlich genau am Herbstball-Abend in deinem Zimmer, als unsere Köpfe am Boden beim Aufsammeln deiner Sachen zusammengestoßen sind.«

Jetzt stemmt Sky ihre Hände in die Hüften und schüttelt heftig den Kopf. »Nie im Leben!«

»Wie ist es mit dir, Sky Harford?«, fahre ich unbeirrt fort. Und dann setze ich alles auf eine Karte. »Was empfindest du für mich?«

Der aufgebrachte und wutverzerrte Ausdruck in Skys Gesicht ist verschwunden. Einzig die Kriegsbemalung mit Mascara zeugt noch von ihrem Zorn und der Enttäuschung.

Sie sieht mich eine halbe Ewigkeit einfach nur an. Ab und an zucken ihre Lider, ihr Mund öffnet sich leicht und es kommt doch kein Wort daraus hervor.

»Ich wünsche mir mehr Zeit mit dir«, offenbart Sky und errötet leicht dabei.

Trotz der Dunkelheit kann ich ihr Gesicht im Licht der Lampions gut erkennen. Verschämt sieht sie mir in die Augen, während sie auf meine Antwort wartet.

»Nun, das ist keine Antwort auf meine Frage, aber ich gebe mich für den Moment damit zufrieden.«

Ich erwarte schon, dass Sky nun Hals über Kopf davonstürzt, nachdem ich gesagt habe, was ich sagen wollte. Doch sie bleibt stehen, sieht mir fest in die Augen, ehe sie auf mich zuläuft.

Es sind nur wenige Schritte, die uns voneinander getrennt haben. Als sie vor mir steht, stellt sie sich auf ihre Zehenspitzen und umschlingt meinen Hals mit ihren Armen.

Skys Gesicht ist meinem plötzlich ganz nahe. Ich kann ihren Atem auf meiner Haut spüren und beobachte jede ihrer Regungen genau – das Flattern ihrer Wimpern und das leichte Beben ihrer Lippen. Als sie erwartungsvoll ihre Lider schließt, beuge ich mich ein wenig zu ihr herunter.

Nur wenige Millimeter trennen unsere Münder voneinander, während der Schlagzeuger der MonkeyHeads im Einklang mit meinem pochenden Herzen ein wildes Solo spielt.

Als unsere Lippen aufeinandertreffen, bin ich zunächst noch unsicher. Ganz zärtlich bewege ich meinen Mund auf ihrem, und sie passt sich meinem Rhythmus an. Eine Gänsehaut breitet sich von meinen Wangen über meinen ganzen Körper aus, während unsere Lippen fest aufeinanderliegen.

Der Kuss ist zunächst ganz zaghaft, wird dann jedoch immer intensiver. Ich greife in Skys langes blondes Haar und spüre, wie mein Herz jede Sekunde härter gegen meinen Brustkorb schlägt.

Dann öffnen sich Skys Lippen, und meine Zunge berührt ihre. Was dann geschieht, ist nur vergleichbar mit einem gigantischen Feuerwerk.

Plötzlich kommt es mir total hirnrissig vor, dass ich solange damit gewartet habe, genau das mit Sky zu tun. Wie ein Ertrinkender klammere ich mich an ihr fest, während Sky ihre Hände langsam und ganz zaghaft unter meinen Pullover gleiten lässt. Ich zucke ein wenig zurück, da ich nicht damit gerechnet habe, dass sie mich so berühren würde. Dann entspanne ich mich allmählich und genieße ihre Haut auf meiner.

Die Band legt gerade eine Pause ein, als ich mich von Sky löse. Skys Wangen wirken erhitzt und ihre Augen gläsern, während ihre Mundwinkel leicht nach oben durchgebogen sind.

»Ich glaube, ich bin auch in dich verliebt«, haucht Sky mir zu, ehe sie sich verschämt auf die Unterlippe beißt und ihren Blick zu Boden fahren lässt.

Mit meinem Zeigefinger unter ihrem Kinn hebe ich ihr Gesicht an, bis sie mir in die Augen sieht. Dann küsse ich sie erneut.

Sky ist mein Mädchen. Und ich werde alles für sie tun, was in meiner Macht steht, damit sie glücklich wird. Das verspreche ich ihr mit jedem weiteren Kuss.

Kapitel 30

Meine Wangen glühen von dem vielen Küssen. Aber kaum, dass wir damit angefangen haben, konnten Jeff und ich einfach nicht mehr damit aufhören.

Jetzt stehe ich vor ihm und schaue ihm in sein freudiges, entspanntes Gesicht, verliere mich in seinen karamellfarbenen Augen, deren goldene Sprenkel so sehr leuchten, wie noch nie zuvor. Zumindest bilde ich mir ein, sie noch nie so sehr leuchten gesehen zu haben.

Ich kann noch immer nicht fassen, was da eben passiert ist. Jeff hat mich geküsst. Er hat mir gesagt, dass er sich in mich verliebt hat. Und ich habe es erwidert. Endlich weiß ich, was dieses Kribbeln in seiner Nähe bedeutet. Endlich weiß ich, dass es genau das ist, was ich möchte: In Jeffs Nähe sein und ihn küssen, wann immer mir danach ist.

Ich bin verliebt. Zum allerersten Mal bin ich wirklich verliebt.

»Sky, ich denke, wir müssen langsam zurück«, holt Jeff mich mit wenigen Worten von meiner rosaroten Wolke herunter.

Ich nicke. Er hat ja recht.

Gemeinsam laufen wir zum Parkplatz zurück, während das Kribbeln in meinem Bauch an Leichtigkeit verliert und einer Schwere Platz macht, die mich jeden Schritt weiter in den Boden zieht.

»Sky … Ich …« Kaum, dass wir am Wagen ankommen, sieht Mom mich aus wässrigen Augen an. Ich kann ihr die Angst davor, dass wir uns wieder entzweien könnten, deutlich ansehen.

»Können wir bitte einfach nach Hause fahren?«, frage ich, weil ich hier auf dem Parkplatz nicht über Familienangelegenheiten reden will. Außerdem brauche ich Bedenkzeit. Ich will nichts Unüberlegtes sagen.

Doch Mom lässt nicht locker.

»Sky, dass Roger und ich heiraten, heißt nicht, dass ich deinen Dad vergessen hätte«, behauptet sie mit Tränen in den Augen, die jeden Augenblick über ihre Wangen kullern werden.

Roger nimmt sie in den Arm, während wir neben seinem Wagen stehen und ich sehnsüchtig darauf warte, dass wir alle einsteigen und losfahren können.

Jeff folgt dem Beispiel seines Onkels, legt seine Hand von hinten auf meine Hüfte und gibt mir damit Sicherheit. Ein Zustand, den ich schon lange nicht mehr so intensiv empfunden habe.

»Bist du dir da ganz sicher, Mom?«, platzt es jetzt doch

aus mir heraus. Der Zorn in meiner Stimme ist nicht zu überhören. Aber das ist mir alles egal.

»Natürlich, bin ich das, Schätzchen.« Mom streckt ihre Hand in meine Richtung aus und möchte mir damit über die Wange streichen. Im letzten Moment entziehe ich mich ihrer Berührung. Ich kann die Vorstellung, ihre Finger auf meiner Haut zu spüren, nicht ertragen.

»Nun, dann sind wir in dieser Sache wohl nicht einer Meinung.« Ich will mich von ihr abwenden. Noch ist mir nichts über die Lippen gekommen, was mir im Nachhinein leidtun könnte. Ich habe meine Wut im Griff, auch wenn sie mich innerlich beinahe zerfrisst.

Doch Mom lässt mich nicht in Ruhe. »Dein Dad und ich hatten eine wundervolle Zeit miteinander. Ich habe ihn sehr geliebt. Genauso wie ich dich liebe, mein Schatz.«

Die Verzweiflung in Moms Worten ist in jeder Silbe zu hören. Sie ist vollkommen aufgelöst, weiß nicht, was sie noch tun soll, um mich davon abzuhalten, das Kriegsbeil wieder auszugraben.

Doch so einfach ist das nicht.

»Ach, ja? Du und Roger offenbar auch. Und das vor Dads Tod.« Ich funkle Roger wütend an. »Hat es dir Spaß gemacht, eine verheiratete Frau rumzukriegen? Wie habt ihr es gemacht? Habt ihr euch in Boston in Hotels getroffen, während Dad auf der Arbeit war und ich in der Schule?«

»Sky!«, schreit Mom.

Roger fährt sich unsicher durchs Haar, blickt zwischen Mom und mir hin und her. Seine Augen zeugen von seiner Reue, und er wirkt zutiefst geknickt. Zu spät! Das hätte er sich vorher überlegen sollen. Ich habe kein Mitleid mit ihm. Nicht nachdem Mom und er Dad so hintergangen haben.

»Sky, so war das nicht …«, versucht Mom sich zu rechtfertigen. Ihre Stimme ist nur mehr ein verzweifeltes Wispern. Es bricht mir das Herz, sie so leiden zu sehen und dennoch kann ich in diesem Moment einfach nicht nachgeben.

Jeff stützt mich behutsam, spricht dabei jedoch kein einziges Wort. Er schlägt sich auf keine Seite. Was ich auch nicht von ihm erwarte. Dennoch steht er mir bedingungslos bei. Ich bin ihm so dankbar dafür, dass er genau in diesem Augenblick bei mir ist.

»Wie war es denn dann, Mom?«, will ich wissen. »Wie würdest du deinen Verrat an Dad und an allem, was unsere Familie einmal ausgemacht hat, denn dann bezeichnen?«

Mom ist so aufgelöst, wie ich sie noch nie erlebt habe. Die Falten um ihre Augen wirken tiefer als sonst. Ihre Mundwinkel zeigen nach unten. Mom scheint innerhalb von Minuten um Jahre gealtert zu sein. Ihr Teint ist blass und fahl. »Das mit Roger und mir …«

»Ich will es nicht hören«, falle ich ihr ins Wort und halte mir wie ein kleines Kind die Hände auf die Ohren. Ich will nicht wissen, seit wann das zwischen den beiden läuft. Allein beim Gedanken daran, wird mir ganz übel. Meine Welt zerbricht vor meinen Augen in tausend Einzelteile, ähnlich wie Aprils Kürbis – und genau wie bei dem Kürbisschnitzwettbewerb kann ich nichts dagegen tun.

Ich will weg von hier. Am liebsten sofort. Denn jede Sekunde, die ich länger hier bin, mache ich mir Gedanken über das, was ich einst als glückliche Familie bezeichnet habe. Waren wir überhaupt glücklich?

Meine Eltern haben sich nur selten gestritten. Meist ging es dabei nur um Nichtigkeiten, und sie haben sich schnell wieder versöhnt. Nun frage ich mich, ob Mom wirklich mit einer ihrer Freundinnen unterwegs war, während ich mit Dad in der Werkstatt an seinem Oldtimer herumgewerkelt habe. Zweifel mischen sich in die schönen Erinnerungen, die ich von meinem Vater habe, und ich hasse Mom dafür, dass sie diese Bilder zerstört.

In meinem Kopf dreht sich alles, wie auf einem Karussell. Mir wird ganz schwindelig dabei.

Dann kämpft sich eine Erkenntnis an die Oberfläche. Noch halte ich dagegen an, verdränge das Gefühl, das alles verändern wird. Nach und nach spüre ich, wie mein Wille bricht und ich mich der Wahrheit stellen muss: Meine Erinnerung ist nicht die Wiedergabe der Realität. Meine Familie war nicht glücklich. Mom hat Dad hintergangen. Sie hat mich hintergangen. Sie hat unsere Familie zerstört.

Jeff nimmt mich in die Arme, als ich zu taumeln beginne.

»Wir sollten Sky nach all dem ein bisschen Ruhe gönnen.«

»Aber ich …«, wendet Mom verzweifelt ein.

Doch Jeff unterbricht sie. »Emily, ich denke, es wird das Beste sein, wenn wir jetzt nach Hause fahren und alles Weitere morgen besprechen. Es ist schon spät.«

Trotz der Hände auf meinen Ohren kann ich Jeff gut verstehen. Ich bin ihm dankbar dafür, dass er nicht zulässt, dass Mom mich weiter mit den Details ihrer Affäre quält.

Blatt für Blatt fällt mein Kartenhaus in sich zusammen. Gerade noch schien alles gut. Irgendwie. Ich habe einen Weg gefunden, mich meinem Leben hier in Lewisville zu stellen, Freunde gefunden, und Mom und ich haben uns wieder angenähert. Und jetzt das.

»Ist gut.« Moms Stimme klingt resigniert.

Jeff öffnet die Tür von Rogers Wagen und bugsiert mich auf den Sitz, gurtet mich sogar an. Ich sitze nur da, unfähig irgendetwas zu tun.

Wir sind die letzten, die von dem Schotterplatz nach Hause aufbrechen. Die Lichter der Stadt sind bereits erloschen. Ich sehe niemanden mehr. Nur noch die Straßenlaternen erhellen den Weg. Spärlich. Vereinzelt. Der Rest ist schwarz. Schwarz wie das Loch, auf das ich in Gedanken in irrsinnigem Tempo unaufhaltsam zusteuere.

Kapitel 31

Die Fahrt zurück auf die Ranch verbringe ich in einem Dämmerzustand. Stumm blicke ich aus dem Fenster. Zum Glück schweigen die anderen auch.

Als Roger den Wagen vor dem Haus parkt, bleibe ich noch einen Moment sitzen. Am liebsten würde ich erst aussteigen, wenn alle schon fort sind. Ich ertrage weder Rogers, noch Moms Blicke auf mir und will schnellstmöglich in mein Zimmer.

Zu meiner Überraschung öffnet Mom plötzlich meine Tür. Ich drehe mich von ihr weg, will den Anblick ihrer tränenüberströmten Wangen nicht sehen müssen.

»Emily, ich bringe Sky hoch auf ihr Zimmer.« Jeff ist bereits aus dem Wagen gestiegen.

»Ich …« Dann verstummt Mom schlagartig, und ich höre Schritte auf dem Kiesweg davoneilen.

»Sky?« Jeff ist ganz ruhig.

Ich weiß, dass er nur für mich da sein will. Dennoch brauche ich noch einen Moment, bis ich die Kraft gefunden habe, auszusteigen. Ich will sicher gehen, dass Mom es sich nicht doch noch einmal anders überlegt und zurückkommt.

Wie in Zeitlupe drehe ich mich zu Jeff um, der mich liebevoll anlächelt und mir seine Hand anbietet. Dieses mulmige Gefühl in meinem Magen wird etwas schwächer, auch wenn es nicht gänzlich verschwindet.

Ich ergreife Jeffs Hand und steige endlich aus Rogers Geländewagen aus. Auf dem Hof ist niemand zu sehen. Ein Pferd wiehert im Stall. Sicher Teardrop, der nach wie vor sehr ungern in seiner Box schläft. Er liebt seine Freiheit und kämpft beinahe täglich dafür, auf der Koppel übernachten zu dürfen. Der Hengst ist so voller Energie und Entschlossenheit. Ich beneide ihn um seine Haltung.

»Lass uns reingehen.« Jeff ist ganz dicht an meiner Seite. Wie selbstverständlich legt er seinen Arm um meine Schulter.

Meine Gefühle schlagen Purzelbäume, ehe sich mein Verstand an die Begebenheiten des heutigen Abends zurückerinnert. Das ständige Auf und Ab macht mich völlig fertig.

Erst der gemeinsame Sieg mit April beim Kürbisschnitzwettbewerb, dann Kathleens Vergeltungsschlag, Rogers Antrag und schließlich Jeffs Liebeserklärung. Meine Gedanken fahren Achterbahn. Wie kann es nur sein, dass an manchen Tagen rein gar nichts passiert und sich dafür im Gegenzug in nur wenigen Stunden das ganze Leben ändert?

Ich lasse mich von Jeff ins Haus bringen, steige Stufe für Stufe die Treppe hinauf in mein Zimmer. Mittlerweile sehne ich mich nach meinem Bett, fürchte mich aber gleichzeitig vor der Einsamkeit. Davor, dass sich meine Gedanken selbstständig machen.

Noch vor wenigen Wochen hätte ich jeden ausgelacht, der mir gesagt hätte, dass mir das Alleinsein Unbehagen bereitet. Aber ich bin nicht mehr das gleiche Mädchen wie vor wenigen Wochen. Ich habe mich verändert.

»Soll ich dir noch ein Wasser von unten holen?«, fragt Jeff, der jetzt mit mir im Raum steht.

Ich schüttle den Kopf. »Neben dem Bett steht noch eine Flasche.«

»Ich dachte, die dient nur als Waffe gegen unerwünschte Einbrecher«, scherzt Jeff, und ich denke daran, wie wir beide uns kennengelernt haben.

Zu diesem Zeitpunkt hätte ich es nie und nimmer für möglich gehalten, dass wir beide uns mal ineinander verlieben könnten. Doch es ist passiert. Jeff und ich. Keine Ahnung, wo das hinführt. Aber gerade fühlt sich seine Nähe wie ein sicherer Hafen an.

Ich hebe die Flasche in die Höhe. »Na dann nimm dich besser in Acht!« Meine Stimme klingt belegt, als hätte ich seit Stunden nicht gesprochen.

Jeff geht auf den Spaß ein und reißt die Hände nach oben. »Oh, nein! Bitte nicht! Ich mache auch alles, was du von mir verlangst. Schlag mich nur bitte nicht mit der fast leeren Plastikflasche«, wimmert Jeff, während er die Hände über dem Kopf flehend zusammenschlägt.

Bei seinem Anblick kann ich ein Grinsen kaum mehr unterdrücken. Wie macht er das nur? Jeff bringt mich zum Lachen, obwohl mir doch gerade noch zum Heulen zumute war.

Doch so einfach ist es nicht. Ist es nie. Die unschönen Dinge, die gerade in meinem Leben passieren, werden sich nicht einfach in Luft auflösen. Ich spüre, wie mein Lächeln verschwindet. Morgen kommt ein neuer Morgen, an dem ich mich Moms Erklärungen stellen muss.

Ich stelle die Flasche zurück auf meinen Nachttisch und lasse mich auf das Bett fallen. Es kommt mir nicht so weich und kuschelig vor wie sonst. Die Sneakers streife ich ab und ziehe meine Beine dann eng an meinen Körper.

»Dann werde ich dich mal schlafen lassen.«

Jeff gibt mir einen Kuss auf die Stirn, streicht mir das Haar aus dem Gesicht und wünscht mir eine gute Nacht.

Ich hadere mit mir. Auf der einen Seite möchte ich nur ungern allein sein. Aber auf der anderen Seite will ich mich Jeff nicht so an den Hals werfen. Was wird er von mir denken, wenn ich ihn bitte, bei mir zu schlafen?

Schließlich will ich ja nicht *mit* ihm schlafen. Noch nicht. Ich weiß es nicht. Aber heute erscheint es mir völlig daneben. Außerdem kenne ich mich mit *dieser* Sache überhaupt nicht aus. Wird Jeff von mir erwarten, dass ich es mit ihm tue? Er hat sicher schon seine Erfahrungen gesammelt, während ich noch ein absolutes Greenhorn bin.

Unentschlossen beiße ich mir auf die Unterlippe. Jeff ist schon im Begriff zu gehen. Seine Hand liegt auf der Türklinke.

»Bitte bleib bei mir.« Meine Worte sind kaum mehr als ein Flüstern, und dennoch hält Jeff in der Bewegung inne.

Er überlegt kurz. »Du brauchst doch nur jemanden, dem du die Flasche über den Kopf ziehen kannst«, witzelt er, und ich grinse erneut, ehe ich die Finger zum Schwur hebe.

»Nein, ganz sicher nicht. Ehrenwort.«

Jeff bleibt noch immer an Ort und Stelle stehen. Er wirkt in sich gekehrt und viel ernster als noch vor wenigen Sekunden.

Schon bereue ich es, ihn darum gebeten zu haben, bei mir zu bleiben. Es war falsch. Viel zu viel auf einmal. Wahrscheinlich habe ich ihn mit meiner Bitte zu sehr bedrängt. Ich hätte einfach meine Klappe halten und schlafen gehen sollen.

»Es ist schon okay, wenn du nicht bei mir übernachten möchtest. Ich verstehe das. Das ist wirklich kein Problem für mich«, spreche ich ohne Punkt und Komma einfach darauf los, als die Situation noch peinlicher wird.

Plötzlich legt mir Jeff seinen Finger auf die Lippen. Ich verstumme, habe gar nicht bemerkt, wie er sich mir genähert hat.

Jeff zieht sich den Pullover über den Kopf und entledigt sich seiner Schuhe und der Jeans. Ich weiß zuerst gar nicht, wo ich hinschauen soll, als er nur noch in Boxershorts und einem blauen einfachen Shirt neben meinem Bett steht.

Ich traue mich nicht, ihm in die Augen zu schauen. Also weicht mein Blick auf seinen Oberkörper aus. Das Shirt spannt an seinen muskulösen Oberarmen. Schlagartig erinnere ich mich daran, wie meine Finger sich auf seiner Haut angefühlt haben.

Ich schlucke beim Gedanken daran und wende meinen Blick von ihm ab. Plötzlich ist mir viel zu warm. Unter der Decke schlüpfe ich umständlich aus meiner Hose und ziehe mir im Anschluss daran auch noch den Pullover über den Kopf.

»Bist du sicher, dass ich bleiben soll?«

Jeffs Frage ist mir peinlich. Nein, *ich* bin mir peinlich. Wie kann ich nur erst wollen, dass er bei mir im Bett übernachtet und dann ein Problem damit haben, dass er mich womöglich nur leicht bekleidet sehen könnte? Das ist doch lächerlich!

Schließlich trage ich noch immer mein schwarzes Shirt und eine Unterhose. Das allein wird ihn schon nicht anturnen. Hoffe ich. Denke ich. Aaaaah!

Was weiß ich eigentlich über ihn? Außer der Sache mit seinem Bruder und der Tatsache, dass er sich irgendwie zu meinem persönlichen Beschützer ernannt hat. Ich kenne weder sein Lieblingsessen – wobei das relativ einfach zu beantworten ist, da er am liebsten das isst, was ich mir gerade zubereitet habe – noch seine Lieblingsband oder seinen Lieblingsautor. Liest Jeff überhaupt? Mag er Poesie? Oder findet er Gedichte womöglich sogar langweilig?

Vorsichtig huscht mein Blick in seine Richtung. Wenn ich tatsächlich gehofft habe, dabei unentdeckt zu bleiben, dann ist mir wohl echt nicht mehr zu helfen. Denn natürlich sieht Jeff mich genau in diesem Moment eindringlich an. Sein Blick bohrt sich in meine Iris, während ich ihn noch immer unverhohlen anstarre. Jeff sieht so verdammt heiß aus, dass ich nicht weiß, wo ich zuerst hinsehen soll.

»N-natürlich sollst du b-bleiben«, stottere ich verlegen, während ich mich darum bemühe, meine Stimme nicht allzu piepsig klingen zu lassen. Hektisch wende ich mich wieder von ihm ab und gebe vor, die Bettdecke richten zu müssen.

»Sky, wovor hast du Angst?«

Jeff muss Telepathie beherrschen. Anders kann ich mir nicht erklären, dass er dauernd genau weiß, wie es gerade in mir aussieht.

»Gar nichts«, behaupte ich, mit dem festen Willen mich selbstbewusst zu geben. Viel selbstbewusster als ich in Wirklichkeit bin. »Was soll mir denn Angst machen? Schließlich ist das alles überhaupt nichts Neues für mich. Ich weiß ganz genau, wie das so abläuft.« Ich kichere albern und möchte im gleichen Moment am liebsten im Erdboden versinken. Alternativ stülpe ich mir die Decke über den Kopf.

Was ist nur los mit mir? Das ist nur Jeff. Jeff, der Junge,

den ich noch vor wenigen Stunden geküsst habe und den ich auch jetzt gerade sehr gerne wieder küssen möchte. Ich mag ihn doch. Und er mag mich. Glaube ich. Zumindest hat er das behauptet.

Meine Gedanken überschlagen sich, drehen sich im Kreis und wirbeln wie ein Tornado durch meinen Kopf. Wem will ich hier eigentlich etwas vormachen? Ich benehme mich wie ein Freak. Wenn ich so weitermache, dann geht Jeff bestimmt gleich.

»Versteckst du dich da drunter etwa vor mir?«

Jeff hebt die Decke an der einen Seite ein Stück nach oben. Sein Blick spiegelt Verwunderung und Belustigung wider. Jetzt wäre ein Loch im Boden genau das richtige für mich.

»Nein. So ein Quatsch!«, winke ich lachend ab. »Ich suche etwas.« Oh Mann. Was war das denn jetzt? Peinlicher geht es nicht mehr.

»Kann ich dir vielleicht dabei helfen? Was ist es denn?«

Jeff sitzt bereits auf meiner Bettkannte. Er amüsiert sich prächtig. Das kann ich ihm deutlich an seinen zuckenden Mundwinkeln ansehen. Dennoch versuche ich mich davon nicht aus der Ruhe bringen zu lassen.

Jeff ist schließlich auch nur ein Mensch. Ein ziemlich heißer allerdings, von dem mich kaum mehr als zehn Zentimeter trennen. Ich spüre seinen Atem auf meiner Haut, während ich mit meinen Händen wie eine Irre über die Matratze klopfe.

Als ich nicht antworte, meint er: »Suchst du vielleicht Bettwanzen?«

Ich kann Jeffs Stimme deutlich anhören, dass er jeden

Moment heftig losprusten wird. Ich kann es ihm nicht übelnehmen, schließlich geht es mir ganz ähnlich.

Die Situation ist aber auch zu komisch. Wie wir beide da unter meiner Decke die Köpfe zusammenstecken, ich wild auf der Matratze rumtrommle und Jeff mich nach Bettwanzen fragt. Und dann passiert es einfach: Ich beginne zu lachen. So laut und so heftig, dass mir schon nach wenigen Sekunden der Bauch wehtut und mir die Tränen über die Wangen kullern. Jeff steigt mit ein.

Plötzlich rücken die Vorkommnisse des Abends in weite Ferne. Morgen wird noch genug Zeit sein, um mich der Realität zu stellen und das Gespräch mit Mom zu suchen. Aber in diesem Moment möchte ich so ausgelassen und frei lachen, wie es nur geht.

Als mein Lachen ein wenig abflaut, zieht uns Jeff die Decke von den Köpfen und streicht mir die Haare glatt. Sicher stehen sie wie Antennen zu allen Seiten hin ab. Dann fährt er mit seinen Daumen über mein Gesicht und wischt die Tränen weg.

»Also, was meinst du? Soll ich heute Nacht bei dir bleiben? Oder ist dir dieser Body zu sexy?«

Jeff wackelt anzüglich mit seinen Augenbrauen, während ich ihn mit dem Ellbogen in die Seite stoße. Nur ganz sanft, doch er krümmt sich gleich so wehleidig, als hätte ich ihn ernsthaft verletzt.

»Wenn du es erträgst, neben einem Goth zu liegen«, gehe ich auf das kleine Spiel ein und muss an die erste Zeit mit Jeff hier im Haus denken. Seither sind gefühlt Jahre vergangen.

»Na, dann komm mal her.«

Jeff legt sich auf mein Kissen, als würde er das jeden Abend tun und bedeutet mir, mich dazuzulegen.

Für den Wimpernschlag eines Augenblicks zögere ich. Schließlich ist noch immer nicht geklärt, wie es jetzt weitergehen soll. Erwartet er von mir, dass ich mit ihm schlafe? Sollte ich es zur Sprache bringen oder doch besser nichts sagen? Gott, ich verhalte mich wie ein unerfahrener Teenie – oh, stimmt, das bin ich ja auch!

Zögerlich komme ich Jeffs Bitte nach und lege mich neben ihn. Ich bewege mich nicht – wie ein Tier, das seinen Feinden vorspielt, bereits tot zu sein.

Jeff scheint meine Unsicherheit zu spüren, denn er rutscht näher, legt seinen Arm um mich und hält mich ganz fest in seiner Umarmung.

Es ist ganz ruhig um uns. Ich merke, wie ich mich endlich entspanne. Meine Atmung wird langsamer und passt sich Jeffs an. Meine Lider werden ganz schwer.

»Sky? Bist du noch wach?«, fragt Jeff plötzlich in die Stille hinein. Als ich nicht antworte, berührt er mit seinen Lippen ganz sanft meine Stirn.

Dieser Moment ist so schön, dass ich vor Glück platzen möchte. Egal, was jetzt auf mich zukommt, eins weiß ich genau: Ich mag Jeff. Sehr sogar.

Mit dem Gefühl geliebt zu werden, falle ich das erste Mal seit sehr langer Zeit in einen traumlosen Schlaf.

Kapitel 32

»Guten Morgen, du Schlafmütze.«

Ich blinzle kurz, schließe meine Augen aber sofort wieder. Es ist dunkel und noch viel zu früh, um aufzustehen. Ich versuche, schnell wieder einzuschlafen, um weiter von Jeff zu träumen.

In den letzten Wochen habe ich oft von ihm geträumt, doch noch nie hat sich seine Stimme so real angehört. Schlafmütze ist allerdings nicht unbedingt der Spitzname, den ich mir von ihm wünschen würde. Wie wäre es mit Süße? Wobei … Das klingt nach einem üppigen Eisbecher mit mindestens vier Kugeln Eis und ordentlich viel Schlagsahne obendrüber. Nicht zu vergessen die Schokostreusel und die kleinen Zuckerherzen, die Dad immer großzügig darüber gekippt hat. Vielleicht doch lieber ganz klassisch Schatz?

Ich kuschle mich wohlig in mein Kissen, als ich plötzlich eine Berührung auf meiner Haut spüre. Sie fühlt sich an wie ein Windhauch, der sanft über mich hinwegweht. Als ich den Körperkontakt erneut zu fühlen glaube, seufze ich zufrieden auf. Wenn ich eine Katze wäre, würde ich jetzt wahrscheinlich glückselig und ausgiebig schnurren. Was für ein schöner Traum …

Als ein kehliges Lachen ertönt, scheinen es meinem Unterbewusstsein doch ein paar Zufälle zu viel zu sein. Schlagartig gibt es Meldung an mein Bewusstsein, und ich öffne panisch die Augen.

»Ich frage mich gerade, wie du mich bei der Sache mit dem Locher ertappen konntest. Wenn ich gewollt hätte, hätte ich dich schon längst außer Landes bringen können. Du bist wie ein Bär im Winterschlaf«, scherzt Jeff, der seinen Kopf auf seinem aufgestützten Arm abgelegt hat und mich amüsiert anschaut.

Ich greife nach dem kleinen Kopfkissen in meinem Rücken und schlage damit nach Jeff. »Es gehört sich nicht, anderen Leuten beim Schlafen zuzusehen.«

»Ach, nein?«, Jeff hebt irritiert seine Augenbrauen nach oben.

Kleine Grübchen bohren sich in seine Wangen. Er sieht auch am Morgen ungeduscht und zerzaust verdammt sexy aus, schießt es mir durch den Kopf, noch ehe ich diese Gedanken beiseiteschieben kann.

»Mindestens«, fauche ich ihn wie eine Wildkatze an, die die Krallen ausgefahren hat.

Jeff grinst übers ganze Gesicht und sieht mich neckisch an.

»Wohin hättest du mich denn außer Landes gebracht?«, frage ich neugierig.

»Lass mich überlegen.« Jeff fährt sich mit der freien Hand unters Kinn und mimt die klassische Denkerpose. Und sieht auch dabei verdammt heiß aus. So ein Angeber!

»Mexiko soll ganz schön sein. Aber ich hätte auch nichts gegen Kanada. Was wäre dir denn lieber?«

»Ich würde gerne mal nach Europa. Frankreich soll ja ganz schön sein, habe ich gehört«, spiele ich vorsichtig auf Jeffs Mom an.

Ein Schatten huscht über sein Gesicht, ehe er wieder den gut gelaunten Jeff spielt und ein breites Grinsen auf die Lippen legt. »Du überschätzt meine Fähigkeiten. Durch die Sicherheitskontrollen am Flughafen hätte ich dich mit Sicherheit nicht gebracht.« Er lacht, doch es klingt aufgesetzt. »Bist du bereit, dich dem Tag zu stellen?«

Erst verstehe ich nicht, was Jeff mir damit sagen will. Bei seiner Andeutung setzen sich meine verschlafenen grauen Zellen in Bewegung. Als die Erinnerung an gestern in mein Bewusstsein sickert, drängt sie den Wunsch, hinter Jeffs Fassade zu blicken, in den Hintergrund.

»Ich weiß es nicht«, gebe ich ehrlich zu. »Kann man für so einen Tag überhaupt vorbereitet sein?«

Jeff überlegt und schaut mich eindringlich an. »Wahrscheinlich nicht«, erwidert er nach einer gefühlten Ewigkeit. »Aber ich bin für dich da.«

Wie in Zeitlupe fährt er mit seinem Finger an meiner Schläfe entlang, die Wange hinab, bis zu meinem Kinn.

Eine Gänsehaut breitet sich über meinen ganzen Körper aus, und ich möchte am liebsten die Augen schließen. Ich widerstehe dem Impuls, denn Jeff soll nicht merken, was so eine harmlose Berührung von ihm in mir auslöst.

»Du siehst übrigens ziemlich süß aus, wenn du schläfst«, offenbart mir Jeff währenddessen, und ich frage mich, wie lange er mir beim Schlafen zugesehen hat. Oh Gott! Ist mir dabei vielleicht Speichel aus dem Mundwinkel getropft?

»Ähm, ja. Cool!«, weiche ich aus. »Beim nächsten Mal gucke ich dann dir beim Schlafen zu.« In meinem Kopf klang der Satz gerade noch gut. Aber kaum, dass ich die Worte ausgesprochen habe, würde ich mich am liebsten wieder unter der Bettdecke verkriechen.

Als ich knallrot werde, grinst Jeff verschmitzt. »Das hat bisher auch noch niemand zu mir gesagt.«

Unweigerlich muss ich daran denken, wie oft Jeff und Kathleen wohl schon nebeneinander aufgewacht sind. Die beiden haben bestimmt auch schon miteinander geschlafen. Wenn ich nur daran denke, wie sie hier turtelnd durchs halbe Haus gelaufen sind, wird mir speiübel.

Nein, ich denke jetzt nicht weiter darüber nach, wie Jeff Kathleen berührt, wie er sie geküsst hat …

»Also, dann …«, versuche ich die Gedanken aus meinem Kopf zu verscheuchen.

Jeffs Augen ziehen sich zu schmalen Schlitzen zusammen. »Dann.« Er wiederholt das Wort gedehnt und schaut mich dabei erwartungsvoll an.

»Na ja, ich würde mich gerne umziehen«, erkläre ich und ziehe mir dabei die Decke gefühlt bis zur Nasenspitze.

»Oh«, Jeffs Augen weiten sich, während seine Mundwinkel abermals nach oben zucken und sich sein schelmisches Grinsen vertieft.

Dann dreht er sich auf den Rücken und verschränkt seine Arme unter seinem Kopf. »Tu dir wegen mir bloß keinen Zwang an. Ich habe das alles schon mal gesehen.«

»Bitte was?«, keuche ich entsetzt auf, während ich nach einem Kissen greife, um es auf ihn abzufeuern.

Jeff legt seine Hände reflexartig vor sein Gesicht. »Hab Erbarmen mit mir! Ich meinte damit doch nicht dich.«

Das ist nur ein Grund mehr für mich, ihn mit dem Kissen zu hauen. »Jeff McCallum, wenn du denkst, ich bin eins von diesen Mädchen, die du ganz einfach um den Finger wickeln kannst, dann hast du dich geschnitten.«

Jeff entreißt mir das Kissen und wirft es durchs Zimmer. Dabei trifft er etwas, was scheppernd zu Boden fällt. Ich habe keine Ahnung, was es ist und kümmere mich nicht weiter darum. Schließlich habe ich gerade ganz andere Probleme.

Jeff umfasst meine Handgelenke und zieht mich auf sich. Mein Herzschlag setzt aus, als mein Körper auf seinem zum Liegen kommt. Ich wage es kaum, zu atmen, geschweige denn etwas zu sagen.

»Sky Harford, wenn ich eins nicht von dir denke, dann dass du leicht zu haben bist.« Er sieht mir dabei so fest in die Augen, dass es beinahe wehtut.

Unsere Gesichter sind sich ganz nah. Wenn er wollte, könnte er mich küssen. Ich würde gerne. Weiß aber nicht, wie ich gleichzeitig atmen und küssen soll. Plötzlich erscheint mir das Lebensnotwendigste, das mein Körper im Schlaf von ganz allein erledigt, eine immense Herausforderung zu sein.

Noch ehe er mich küssen kann, hebt Jeff mich zur Seite, bis ich mit den nackten Füßen auf dem kalten Boden meines Zimmers aufkomme. Enttäuschung brandet in mir auf. Doch ich bemühe mich, sie mir nicht anmerken zu lassen. Schließlich soll Jeff nicht sehen, wie sehr mich der Nichtkuss aufwühlt.

Schlagartig realisiere ich, dass mein Shirt viel kürzer ist, als ich dachte. Verschämt ziehe ich es über meinen Po, als Jeff die Bettdecke zurückschlägt und ebenfalls aufsteht.

Er tritt zu mir und legt bedeutungsvoll seinen Finger unter mein Kinn, hebt es zärtlich an und küsst mich wie gestern Abend. Und doch ganz anders.

Dieses Mal fühlt es sich viel vertrauter an und doch neu. Ich will mehr davon. Was macht er nur mit mir?

»Du solltest dich jetzt anziehen«, gibt Jeff sich vernünftig. Dabei gibt es tausend Sachen, die ich gerade lieber machen würde, als mich der Auseinandersetzung mit meiner Mom zu stellen.

Wie eine Ertrinkende umklammere ich seinen Nacken, halte mich daran fest und will ihn nie wieder loslassen. Küssen und Träumen ist so viel schöner als die Wirklichkeit.

Als ich nicht auf Jeffs Worte reagiere, löst er meinen Griff aus seinem Nacken. »Wir sollten das wirklich erst klären«, sagt er, als wäre er die Stimme meiner Vernunft.

Ich nicke vernünftig, auch wenn ich viel lieber mit dem Kopf schütteln würde.

***

Der Duft von frischgebackenen Pancakes und Cookies

liegt in der Luft. Die süßliche Duftnote ist bis ins erste Obergeschoss vorgedrungen. Es muss wirklich schlimm sein, denn das letzte Mal, als Mom solche Geschütze aufgefahren hat, liegt über zwei Jahre zurück.

Eine Woche nachdem Dad gestorben war, fand Mom, es wäre an der Zeit, dass ich mich nicht länger in meinem Bett verkrieche. Das Ende vom Lied war, dass wir beide heulend in meinem Bett lagen und Pancakes mit Ahornsirup und Cookies mit Smarties aßen.

Ich straffe meine Schultern und bereite mich innerlich auf das vor, was gleich kommen wird. Schließlich kann ich Mom nicht ewig aus dem Weg gehen. Wobei … Wenn ich ihren Dienstplan irgendwie in die Hände bekäme und mich gut organisiere, dann … Ich schüttle den Kopf. Mein Verhalten ist kindisch.

Mein Handy vibriert in meinem Rucksack. Ich habe gar nicht mitbekommen, wie er aus Rogers Wagen in mein Zimmer gekommen ist. Ich ziehe das Telefon aus der vorderen Tasche.

»Ist alles okay bei dir? Nach der Sache mit deiner Mom und Roger auf der Bühne haben wir dich aus den Augen verloren«, leuchtet mir Aprils Nachricht in unserem Gruppenchat entgegen, gefolgt von einem traurigen Emoji.

Während ich Aprils Nachricht lese, sehe ich, dass Rachel gerade etwas tippt.

»Wo hat Jeff dich hingebracht? Und erzähl uns bitte in allen Einzelheiten, was er mit dir angestellt hat!« Hinter ihrer Nachricht ist ein Smiley mit Herzchenaugen zu sehen. »Ich hoffe, er konnte dich ein wenig auf andere Gedanken bringen. I feel you.«

Ich seufze und bin im ersten Moment ein wenig sauer

auf Rachel. Die hat Nerven! Schreibt mir, wie es mit Jeff war, während mein Leben in Scherben liegt.

Wobei … geht es mir gerade wirklich so schlecht? Schließlich habe ich heute Nacht neben Jeff geschlafen und mir nicht, wie erwartet, die Augen wegen der Sache mit meiner Mom ausgeheult.

»Ich muss erst noch runter zum Frühstück«, schreibe ich schlicht zurück. »Gestern Abend hat Jeff alle Versuche meiner Mom, mit mir zu sprechen, abgeblockt.« Ich verkneife mir einen Smiley, weil ich beim besten Willen nicht weiß, wie der aussehen sollte. Schließlich geht es in diesem einen Satz sowohl um den Jungen, in den ich verliebt bin, als auch um die aktuelle Katastrophe in meinem Leben.

Die beiden antworten sofort.

»Melde dich!« Ich höre Aprils mütterliche Stimme, während ich das lese. »Egal wann. Wir sind immer für dich da.« Ein Herz steht am Ende ihrer Nachricht.

»Und schreib später ausführlich, wie es mit Jeff war. Am besten nimmst du eine Sprachnachricht auf«, fordert Rachel, woraufhin April einen Affen schickt, der sich die Augen zuhält.

»Was denn?«, will Rachel wissen, bevor ich mein Handy schließlich aufs Bett werfe.

Leise wie eine Katze auf Samtpfoten steige ich die Treppen hinunter. Auf der untersten Stufe angekommen, sehe ich, dass Jeff schon am Tisch sitzt. Sein Anblick erleichtert mich, denn ich werde nicht allein sein.

Mit der Hand umklammere ich fest das Geländer. Dann atme ich einmal tief durch und fasse Mut. Es gibt keinen Weg zurück.

Als ich auf den Esstisch zusteuere, halte ich meinen

Blick fest auf Jeff gerichtet. Schritt für Schritt nähere ich mich ihm, ehe ich mich auf meinen Stuhl fallen lasse.

Erst da bemerke ich, dass außer Jeff nur Roger in der Küche steht. Natürlich am Vollautomaten, den er zum allmorgendlichen Espresso nötigt. Alles wie immer, so scheint es. Aber wir wissen alle, dass es nicht so ist.

Für den Hauch eines Augenblicks überlege ich, ob ich mir die Sache mit den Pancakes und den Cookies nur eingebildet habe. Doch sie liegen auf dem Tisch, und Jeff hat sich schon ein paar davon auf den Teller gelegt.

Er zwinkert mir aufmunternd zu, während er durch den Berg an Pancakes schneidet und sich einen großen Bissen in den Mund steckt. Ich beobachte, wie der Ahornsirup an seinen Mundwinkeln hängen bleibt, und ein wenig von der süßen Flüssigkeit auf sein Kinn tropft. Ich würde ihn jetzt wirklich gerne küssen. Aber ich werde einen Teufel tun, das vor Mom und Roger zu machen.

Plötzlich verstummt das Rattern des Kaffeeautomaten, und es wird totenstill in der Küche.

Roger dreht sich zu uns um und lächelt uns zaghaft zu. Ich werfe ihm einen vernichtenden Blick zu, und abrupt sinken seine Mundwinkel wieder nach unten. Er sieht zu Boden und fährt sich mit der freien Hand durchs Haar. Roger wirkt überfordert. Gut so! Dann bekommt er vielleicht ein Gefühl dafür, wie es mir gestern auf dem Fest ergangen ist.

Doch so ganz kann er es dann doch nicht lassen. Mit einem »Guten Morgen« nähert er sich dem Tisch. Den Blick noch immer steif auf seine Füße gerichtet, nimmt er schließlich auf seinem Stuhl Platz.

Unweigerlich frage ich mich, warum Roger auf einer

vierhundert Quadratmeter umfassenden Wohnfläche nur eine Küche hat. Es wäre ein Leichtes, hier noch drei weitere einzubauen. Auf diese Weise könnten wir uns ganz einfach aus dem Weg gehen.

Wieder gleitet mein Blick zu Jeff hinüber, der noch immer Sirup am Kinn und an den Lippen kleben hat. Mit ihm würde ich die Küche teilen. Sehr gerne sogar.

Ich erwidere Rogers Gruß nicht und lege drei Pancakes auf meinen Teller, ehe ich sie mit Sirup übergieße. Viel Sirup. Auch wenn ich mir ziemlich sicher bin, dass ich keinen Bissen davon herunterbekommen werde, lasse ich mir viel Zeit beim Anrichten.

»Hey«, höre ich Mom kleinlaut sagen.

Sie kommt offenbar geradewegs aus dem Schlafzimmer. Aus dem Schlafzimmer, das sie mit Roger teilt. Und wieder stellt sich mir die unerbittliche Frage, wie lange die beiden schon in einem Bett schlafen. Wie lange sie schon *miteinander* schlafen.

Was werden die Antworten auf diese Fragen mit mir anrichten? Ich weiß nicht, ob ich überhaupt hierbleiben kann, wenn ich weiß, was Mom hinter Dads und meinem Rücken mit Roger getrieben hat. Ob ich all das, was ich mir hier in Lewisville so mühevoll aufgebaut hab, dann hinter mir lassen muss, weil ich nicht mehr mit Mom unter einem Dach leben kann.

»Hast du gut geschlafen?«, fragt Mom, als ich ihren Gruß nicht erwidere.

Ich lache kurz auf. »Ist das dein Ernst?«, fahre ich sie bissig an.

»Sky, ich … Können wir reden? Ich muss dir endlich sagen, wie das mit Roger und mir wirklich war.«

Roger erhebt sich ohne ein Wort von seinem Platz. Er geht zu Mom rüber und nimmt sie in den Arm. Ich hatte langsam damit angefangen, mich an diesen Anblick zu gewöhnen. Aber nun ist alles anders. Mich widert es so sehr an, wie sie ihre ach so glückliche Zweisamkeit zur Schau stellen, dass mich sogar die Tränen in Moms Augen kalt lassen.

»Deine Mom und ich kennen uns noch aus der Schule«, ergreift Roger das Wort, als ich spüre, wie Jeffs Blick sich wie ein Schutzmantel über mich legt. Ich bin so froh, dass er da ist, denn gerade fühle ich mich so, als hätte man mir nicht nur meinen Dad, sondern nun auch meine Mom genommen.

»Ich verstehe nicht ganz.« Mein Blick flackert zwischen den beiden hin und her. »War die Sache zwischen euch dann vorbei, als du Dad kennengelernt hast? Oder war er nur ein Lückenbüßer, bis Roger dich wieder zurückhaben wollte?«

Mom schüttelt heftig den Kopf, löst sich von Roger und kommt auf mich zu, legt ihre Hände auf meine Wangen. Ich bin zu überrumpelt, um mich dagegen zu wehren.

»Um Gottes Willen, Sky, ich habe deinen Dad über alles geliebt. Das mit Roger und mir war zu diesem Zeitpunkt längst vorbei. Wir waren zusammen, als ich deinen Dad noch gar nicht kannte. Und ich habe ihn nie, wirklich nie, betrogen. Das musst du mir glauben.«

Tränen rinnen ihr unaufhaltsam über die Wangen, während ich sie anstarre und versuche, mit der Flut an Informationen zurechtzukommen. *Mom hat Dad nicht betrogen. Sie kennt Roger von früher.*

»Dann hast du mich also die ganze Zeit belogen?«,

schreie ich sie an. Ich bin so sauer auf sie. Wie konnte sie mich nur derart hintergehen?

»Sky … ich …«, Mom stottert, während sich ihr Körper vor Schluchzern krümmt.

»Wie habt ihr euch überhaupt wiedergefunden?«, will ich schließlich alle Details wissen.

»Durch ein Klassentreffen«, hilft Roger ihr aus.

»Wann soll das gewesen sein?«, hake ich nach. »Ich kann mich nicht daran erinnern, dass du mir davon erzählt hättest, Mom.« Ich frage mich, was sie mir noch alles nicht erzählt hat.

»Sie war nicht dort«, behauptet Roger mit den Händen in den Hosentaschen. Ich habe das Gefühl, dass er etwas verbirgt.

»Meine Freundin Claire hat Roger auf dem Klassentreffen gesehen und mir danach erzählt, dass seine Frau schon vor einiger Zeit gestorben ist.« Mom lässt sich auf den Stuhl links von mir fallen und sieht mich dabei so eindringlich an, als könnte sie auf diese Weise all meine Zweifel hinwegnehmen.

»Und da dachtest du dir: Mein Mann ist gestorben. Rogers Frau ist gestorben …«

»Nein!«, unterbricht mich Mom. »Ich wollte das zwischen Roger und mir nicht mehr aufleben lassen. Darum ging es mir nicht, als ich mich bei ihm gemeldet habe. Ich …« Doch weiter kommt sie nicht, und ihr Gesicht nimmt plötzlich einen komischen Audruck an.

Roger legt ihr seine Hände auf die Schultern und spricht an ihrer Stelle weiter. »Emily hat mir ihr Beileid bekundet, und wir sind ins Gespräch gekommen. Alles ganz harmlos. Wir haben beide nicht damit gerechnet, dass wir uns wieder ineinander verlieben würden.«

»Das musst du mir wirklich glauben, Sky. Ich hatte nichts mit Roger, während dein Dad noch gelebt hat, und ich habe mich nicht bei ihm gemeldet, weil ich eine Schulter zum Anlehen gebraucht habe.« Dann legt sie ihre Hand auf seine, die noch immer auf ihrer Schulter ruht. »Na ja, ich brauchte jemanden zum Anlehnen, wusste es zu dem Zeitpunkt nur selbst nicht. Vor allem habe ich nicht geahnt, dass Roger derjenige war. Nicht nach all den Jahren.«

Ich füge die Informationen wie Mosaiksteine zu einem Bild zusammen. Die Geschichte der beiden klingt glaubhaft, aber ich werde das Gefühl nicht los, dass sie mir noch immer etwas verschweigen.

»Ihr wollt mir also weißmachen, dass das schon alles ist? Eine zufällige Verkettung von glücklichen Zufällen, die dazu geführt hat, dass ich jetzt mein letztes Highschooljahr hier in Lewisville auf einer Ranch verbringe? Mir kommt das alles ziemlich an den Haaren herbeigezogen vor. Ich glaube euch kein Wort. Ich spüre doch, dass da noch etwas ist. Was verheimlicht ihr vor mir?«

Mom schüttelt nur den Kopf.

»Das ist die Wahrheit«, behauptet Roger mit dem Brustton der Überzeugung, während Mom es nicht mal wagt, mir in die Augen zu sehen.

Wie konnten wir uns nur so weit voneinander entfernen?

»Okay«, sage ich schließlich eingeschnappt. Mom will mir nicht mehr sagen, dann kann sie aber auch nicht von mir erwarten, dass ich mir diese Show hier weiter gebe.

Mom und Roger schauen mich erwartungsvoll an, als könnte das noch nicht alles gewesen sein. Wie recht sie doch haben.

»Gibt es eigentlich noch mehr von den Pancakes?«, meldet sich Jeff zu Wort.

Ich schiebe ihm meinen Teller rüber. »Da. Nimm meine. Ich bekomme gerade eh keinen Bissen herunter.« Als ich die goldene Flüssigkeit an seinem linken Mundwinkel erblicke, fällt mir wieder ein, wie gerne ich ihn vor ein paar Minuten noch küssen wollte. Und warum ich es nicht tat. Wie ich Rücksicht auf die Gefühle meiner Mitmenschen nehmen wollte. Doch plötzlich überwiegt die Wut auf sie. Ich möchte vor allem meiner Mom zeigen, dass sie nicht die Einzige mit einem Geheimnis ist. Ich möchte sie verletzen, indem ich etwas tue, womit sie nicht rechnet. Also werfe ich all meine Bedenken über Bord, beuge mich zu Jeff hinüber und küsse ihn.

Kapitel 33

Jeff

Sky, April und Rachel stehen neben dem Pferdestall an der Koppel und unterhalten sich angeregt. Mir wäre es lieber gewesen, ich hätte Sky allein angetroffen, um mit ihr unter vier Augen zu sprechen. Die Sache am Küchentisch vorhin war ziemlich daneben.

Ich kann ja verstehen, dass die Entwicklungen der letzten Stunden sie ganz schön mitgenommen haben müssen. Und dennoch finde ich es beschissen, dass sie mich in ihre Machtspielchen zwischen sich und ihrer Mom verwickelt. Das mit dem Kuss hätte nicht sein müssen. Sie hat mich benutzt, um Emily zu verletzen. Das war nicht okay.

Unentschlossen bleibe ich an der Futterhalle stehen. Vor April und Rachel möchte ich das Thema nicht ansprechen. Es wird wohl das Beste sein, wenn ich wieder umdrehe und ins Haus gehe. Ich könnte mich auch mal wieder mit den Jungs aus meinem Team treffen. Denen habe ich seit der Sache mit Danny und Kathleen schon viel zu oft abgesagt. Mittlerweile müssen sie denken, dass ich nichts mehr mit ihnen zu tun haben will. Dabei bin ich Danny auf gewisse Weise sogar dankbar für das, was er getan hat.

Aber seit ich Sky von der Sache mit Will erzählt habe, fällt es mir zunehmend schwerer, der sorglose und stets gut gelaunte Jeff zu sein. Es kommt mir so falsch vor, etwas vorzugeben, was ich nicht bin.

Die Leute lieben mich für meine Leistungen als Quarterback und Mannschaftskapitän, für meinen unbedingten Willen für das Team alles zu geben und für die Tatsache, immer alles im Griff zu haben. Wie werden sie wohl darauf reagieren, wenn sie feststellen, dass ich tief in meinem Inneren ein ganz anderer bin?

Ich bin nicht so stark, wie alle denken. Es kostet mich jeden Tag unendlich viel Kraft, die Fassade aufrecht zu erhalten, hinter der sich ein Junge verbirgt, der nicht weiß, wer er eigentlich ist und was er vom Leben möchte.

Meine Freunde wissen schon ganz genau, auf welches College sie nach dem Abschluss gehen möchten, während ich mich nur ungern mit der Frage nach dem Danach auseinandersetze.

Neue Leute und ein neues Umfeld bedeuten gleichzeitig auch neue Herausforderungen. Ich muss raus aus der Komfortzone Lewisville, wo mich jeder kennt. Das macht mir Angst.

Auf Mom und Dad kann ich in dieser Aufbruchphase nicht bauen. Sie sind viel zu sehr mit sich selbst beschäftigt. Ich weiß das. Und sie wissen es auch.

Ich balle meine Hände zu Fäusten, und mein Blick

streift das Schweißband an meinem rechten Handgelenk. Wie schon unzählige Male zuvor frage ich mich, was wohl gewesen wäre, wenn Will nicht gestorben wäre.

Der Wind trägt Skys Lachen zu mir herüber. Ich schaue in ihre Richtung, als sich unsere Blicke treffen.

»Hey Jeff, komm zu uns.« Sky winkt mir zu.

Ich hadere mit mir. Doch als mir nun auch Rachel und April zuwinken, gehe ich zu ihnen hinüber. Alles andere wäre in dieser Situation mehr als auffällig gewesen.

»Hey, was treibt ihr so?«, frage ich, bemüht darum, mir meine Gefühlslage nicht anmerken zu lassen.

»Siehst du das?«, Sky zeigt ganz aufgeregt auf die Koppel.

Ich folge ihrem Finger mit meinem Blick und bin sprachlos, als ich sehe, was dort auf der Wiese vor sich geht. Teardrop steht am Gatter uns gegenüber. Aber er ist nicht allein. Butterfly steht ganz in seiner Nähe.

»Wow! Das ist ja der absolute Wahnsinn. Wie habt ihr es geschafft, dass Teardrop Butterfly akzeptiert?«, frage ich ehrlich interessiert.

April streicht sich verschämt eine ihrer langen roten Haarsträhnen hinters Ohr. »Das hat Butterfly ganz alleine gemacht. Er wollte unbedingt auf die Koppel zu Teardrop, und dann haben wir es einfach versucht.«

Sky nickt heftig. »Teardrop hat nicht ein einziges Mal versucht, Butterfly zu beißen oder ihn sonst wie zu verletzen. Es gibt also noch Hoffnung.«

Die Euphorie in Skys Stimme schwächt sich bei ihrem letzten Satz ein wenig ab. Sie klingt plötzlich irgendwie traurig.

»Sky, ich …« Mein Blick trifft Rachels, und sie versteht.

»April, lass uns mal zu den Rindern gehen.«

April sieht ihre Freundin irritiert an. »Seit wann interessierst du dich denn für Rinderzucht?«

Rachels Blick spricht Bände, doch als April noch immer nicht so recht begreifen will, zieht sie sie einfach mit sich.

Sky starrt wie gebannt zu den beiden Pferden hinüber und scheint nichts um sich herum wahrzunehmen.

»Sky, kann ich kurz mit dir sprechen?«, wecke ich sie behutsam aus ihrem Tagtraum.

Sie sieht mich aus gläsernen Augen an und scheint erst jetzt zu bemerken, dass wir allein sind.

»Wo sind April und Rachel denn hin?« Suchend blickt sie sich um.

»Die wollten mal zu den Rindern rüber«, erkläre ich. »Das passt ganz gut, weil ich mit dir reden muss.«

Skys Augen weiten sich. »Worüber denn?«

Ich räuspere mich. »Die Sache heute Morgen am Frühstückstisch mit dem Kuss … Das fand ich irgendwie ziemlich uncool.«

Nun verengt Sky ihre Augen zu schmalen Schlitzen. »Wie darf ich denn das verstehen? Möchtest du nicht von mir geküsst werden? Oder ist das zwischen uns in irgendeiner Form geheim? Du warst doch derjenige, der mich auf dem Kürbisfest geküsst hat.« Eingeschnappt verschränkt sie die Arme vor der Brust.

»Nein, das meinte ich nicht.« Ich atme tief durch, ehe ich sage, was mir wirklich auf dem Herzen liegt. »Ich fand es nicht okay, dass du mich dafür benutzt hast, deiner Mom eins auszuwischen.«

Sky stößt einen abschätzigen Laut aus. »Was?«

»Ach, Sky. Ich kann mir gut vorstellen, wie du dich in diesem Moment gefühlt haben musst. Erst die Hochzeit der beiden … Die Offenbarung, dass sie sich von früher kennen und schon mal zusammen waren. Das war ziemlich viel auf einmal …«

»Das eine hatte mit dem anderen überhaupt nichts zu tun. Mir war einfach danach, dich zu küssen. Was daran ist bitte schön so schlimm?«, trotzig wie ein Kleinkind, das seinen Willen nicht bekommt, sieht Sky mich an.

Ich fühle mit ihr. Dennoch kann ich nicht zulassen, dass Sky sich von ihren Gefühlen den Verstand vernebeln lässt.

»Nichts ist daran schlimm. Nur die Absicht, die dahinterstand, ist nicht unbedingt besonders schön. Mal ganz abgesehen davon, dass ich Emily und Roger gerne schonender beigebracht hätte, dass wir beide etwas für einander empfinden. Was ich damit sagen will: Mach mich nicht zu deinem Werkzeug im Streit mit deiner Mom.«

Sky schnaubt. »Das mache ich schon nicht. Keine Sorge.«

Es wäre wohl besser, wenn ich die Sache damit auf sich beruhen lassen würde. Aber meine eigene Geschichte zwingt mich dazu, Sky die Augen zu öffnen.

»Sky, du liebst deine Mom. Und auch sie hat so etwas wie ein bisschen Glück im Leben verdient. Wenn sie das in Roger gefunden hat … vielleicht kannst du ja versuchen, dich ein wenig für sie zu freuen?«, taste ich mich langsam vor.

Sky sieht mich herausfordernd an. »Und? Was hat das nun mit dem Kuss zu tun?«

»Wie gesagt, es geht mir gar nicht um den Kuss an sich, sondern darum, dass du deiner Mom damit wehtun wolltest. Ich finde nur … Du solltest ihr eine Chance geben und dich mit ihr vertragen.« Vor meinem geistigen Auge setzen sich Bilder wie in einer Diashow in Gang. Ich sehe Will vor mir, wie er sich das kleine Modelauto aus meinem Zimmer holt.

»Danke für den Tipp.« Skys Stimme klingt kalt, so als hätte ich gerade eine unsichtbare Linie überschritten, mich in Dinge eingemischt, die mich nichts angehen.

Meine Hände fühlen sich schwitzig und kalt an. Ich atme tief ein, bevor ich weiterspreche. »An dem Morgen, an dem ich Will verloren habe, habe ich gesehen, wie er mein Lieblingsmatchboxauto aus meinem Zimmer geholt hat. Er wusste ganz genau, dass er nicht damit spielen durfte. Also habe ich ihn zur Rede gestellt und mich furchtbar mit ihm gestritten.« Ich atme stoßweise aus, als ich spüre, wie mich die Bilder überwältigen. »Und dann, als Will tot war, habe ich das Auto zu ihm ins Grab gelegt. Was für eine Ironie des Schicksals, oder?« Ich seufze.

»Das tut mir sehr leid.« Sky berührt mich sanft am Arm auf Höhe des Schweißbands. Die Kälte in ihrer Stimme ist verschwunden. »Du hast wegen des Streits immer noch Schuldgefühle, oder?«

Ich nicke. »Ja … Aber das Schlimmste kommt noch.« Ich blicke zu Boden, weil ich es nicht schaffe, Sky in die Augen zu schauen. »Ich war so sauer, weil Will schon wieder in mein Zimmer geschlichen war und in meinen Sachen herumgewühlt hatte, dass ich ihm gesagt habe, er wäre nicht mehr mein Bruder.«

Als ich es schließlich wage, Sky anzusehen, erkenne ich einen wässrigen Glanz in ihren Augen. Auch ich kann die Tränen kaum noch zurückhalten. »Verstehst du jetzt, was ich dir sagen will? Es kann so schnell gehen. Etwas Unvorhergesehenes passiert, und man kann die Worte, die man im Streit gesagt und nicht so gemeint hat, nicht mehr zurücknehmen. Nie mehr!«

Sky nickt. Sie wirkt ernüchtert. Ich nehme sie fest in meine Arme. Ihr Herz schlägt gegen meines.

»Ich verstehe dich«, haucht sie mir zu, ehe sie sich ein wenig von mir losmacht und mir fest in die Augen sieht. »Aber es wird im Leben immer wieder Situationen geben, in denen man sich streitet und sich danach nicht gleich wieder in die Arme fällt. So ist das nun mal. Wir sind Menschen. Jeder von uns hat eine eigene Meinung, und manchmal gibt es eben keinen gemeinsamen Nenner.«

Ich streiche ihr mit den Fingern über die Wange. »Das stimmt natürlich. Ich will nur nicht, dass du irgendwann etwas bereust. Ich weiß doch, wie sehr du deine Mom liebst.«

»Das gibt ihr aber noch lange nicht das Recht, mir die Wahrheit vorzuenthalten. Erst verschleppt sie mich gegen meinen Willen von Zuhause hierher, und dann erfahre ich nach einer halben Ewigkeit, dass Mom und Roger sich von früher kennen. Und wenn du mich fragst, ist da noch mehr, was die beiden vor uns verheimlichen.«

Ich sehe Sky irritiert an. »Wie meinst du das?«

»Erst dachte ich, es ginge nur um Roger. Aber als Mom nach einer Ausrede für ihr Wiedersehen gesucht hat, hatte sie so einen komischen Ausdruck auf ihrem Gesicht. Irgendetwas verbirgt sie vor mir, und ich bin nicht bereit, einen Schritt auf sie zuzugehen, solange Mom nicht mit der ganzen Wahrheit herausrückt. Das ist sie mir schuldig.«

Schritte nähern sich über den Kiesweg, während der Wind aufbraust und die letzten Blätter von den Bäumen fegt. Kurz darauf stehen Rachel und April wieder bei uns.

»Tolle Rinder. Ganz schön beeindruckend, sich die Tiere mal aus der Nähe anzugucken«, sagt Rachel.

»Das freut mich zu hören«, sage ich monoton, während mir Skys Worte noch immer nachhängen.

Ich habe bei Roger auch das Gefühl gehabt, als würde er etwas verheimlichen. Bisher habe ich es aber auf die angespannte Lage geschoben und deshalb nicht weiter nachgefragt. Doch jetzt bin ich mir nicht mehr so sicher, ob nicht doch etwas anderes dahintersteckt.

»Sagt mal, habt ihr Roger zufällig bei den Rindern gesehen? Ich muss mal kurz mit ihm sprechen«, frage ich.

»Nein, da war er nicht«, antwortet April, die Butterflys Kopf krault.

***

Ich sehe im Pferdestall und im Geräteschuppen nach. Als ich auch in der Lagerhalle mit dem Futter für die Tiere nicht fündig werde, drehe ich eine Runde um die Ranch. Eigentlich unnötig, denn ich weiß, dass Roger sich selten auf den Wegen nahe den Wiesen und Feldern rund um die Ranch aufhält.

Aber einerseits muss ich den Kopf ein bisschen freikriegen und andererseits will ich mir eine Strategie überlegen, wie ich Roger davon überzeugen kann, dass sein Geheimnis gut bei mir aufgehoben ist.

Dieses ständige Versteckspiel tut niemandem sonderlich gut. Kein Wunder, dass Sky sich von ihrer Mom distanziert, wenn sie andauernd befürchtet, dass sie ihr etwas verheimlicht und bald die nächste Bombe platzen lässt. Ich habe Angst, dass Sky nach der Highschool wirklich auf eine Uni nach Boston gehen wird. Sollte die Beziehung zwischen den beiden bis dahin nicht deutlich besser geworden sein, bezweifle ich, dass Sky sich sonderlich oft hier in Lewisville blicken lässt.

Das schmerzt mich. Denn natürlich möchte ich Sky nah sein, aber ich weiß nicht, ob ich es je schaffen werde, längerfristig meiner Heimat den Rücken zu kehren und ganz von vorne zu beginnen. Bis ich Sky kennengelernt habe, dachte ich, mit mir und meinem Leben im Reinen zu sein und problemlos überall Anschluss zu finden. Aber so langsam realisiere ich immer mehr, dass ich mir wirklich etwas vorgemacht habe.

Regen setzt ein, und ich stelle den Kragen meiner Jacke auf, damit mir das Wasser nicht in den Nacken rinnen kann. Eine Kapuze habe ich nicht. Also beschleunige ich meinen Schritt und eile auf das Haus zu, das von außen an eine riesige Blockhütte erinnert. Die komplette Fassade ist mit Holz verkleidet. An den Ecken stehen die runden Baumstämme ein wenig ab. Es sieht urig und gemütlich zugleich aus. Und das ist es auch. Das hier ist mein Zuhause.

Eine schrille Sirene ertönt. Ich blicke mich suchend um, während mir tausend Gedanken durch den Kopf gehen. Was ist nur passiert? Ein Krankenwagen rast plötzlich mit hoher Geschwindigkeit direkt vor mir die Auffahrt zum Haus hinauf. Die Sirene ist nun so laut, dass sie meinen Körper vibrieren lässt. Mir stockt der Atem. Was ist hier nur los?

Wie gelähmt stehe ich einfach nur da. Dann renne ich wie ein Verrückter auf das Haus zu.

Kapitel 34

»Ich will jetzt verdammt noch mal wissen, was hier los ist!«

Roger läuft nun schon zum gefühlt hundertsten Mal den kalten Flur im Krankenhaus auf und ab. Man hat uns gebeten, Platz zu nehmen und zu warten.

Ich sitze angespannt auf einem harten Plastikstuhl und starre abwesend eine vertrocknete Topfpflanze an, die neben dem obligatorischen Krankenhaus-Kaffeeautomaten steht. Niemand will mir sagen, was mit meiner Mom ist. Alle machen betretene Gesichter, keiner verrät etwas. Und dennoch behaupten sie, alles würde wieder gut werden.

Bullshit! Ich habe in die Augen des Notarztes geschaut, als er Moms leblosen Körper in der Diele untersuchte. Ich habe Rogers panischen Blick aufgefangen, den er hinter einem albern verzerrten Lächeln zu verbergen versucht hat.

»Es wird alles wieder gut. Deine Mom ist nur ein wenig überanstrengt. Das ist alles. Sie braucht Ruhe. Viel Ruhe! Jeder Streit, jede noch so kleine Aufregung tut ihr nicht gut. Wir müssen …« Wie ein Mantra faselt Roger diese leeren Worte vor sich hin, während er nach wie vor den Flur auf und ab läuft. Dabei schaut er mir kein einziges Mal in die Augen. Bestimmt weiß er, dass ich diese Lügen durchschaut habe. Ich bekomme Mitleid mit ihm, wie er so verzweifelt versucht, die Fassade aufrecht zu erhalten.

Doch hier geht es um meine Mutter. Ich muss wissen, was hier abgeht. Bei Dads Tod stand ich vor vollendeten Tatsachen. Ich will nicht, dass ich das noch einmal so erleben muss.

»Roger, bleib doch mal stehen«, fordert ihn nun auch Jeff auf, der neben mir sitzt und meine Hand hält.

Ich rechne es ihm hoch an, dass er sich nach außen hin so gelassen präsentiert. Aber ich spüre, wie sehr ihn diese Situation aufwühlt, wie fertig auch ihn die Ungewissheit macht.

»Der Virus«, faselt er. »Sie hat ihn nicht richtig auskuriert und nun … Ruhe … Sie braucht nur ein bisschen Abstand von allem. Dann wird sie ganz schnell wieder gesund.«

Roger bleibt tatsächlich stehen. Er lächelt uns an. Glaubt er wirklich an das, was er sagt?

Ich kaufe ihm nicht ab, dass es Mom nur wegen einer Virusinfektion so schlecht gehen soll. Mom hatte keine Erkältung, die sie so geschwächt haben könnte. Das hätte ich mitbekommen.

Ich weiß, dass man eine nicht auskurierte Viruserkrankung verschleppen kann und dass diese Viren das Herz angreifen können. Schließlich bin ich die Tochter einer Übermutter, die mich schon bei leicht erhöhter Temperatur dazu verdonnert, im Bett liegen zu bleiben und mich auszuruhen.

»Roger, ich will jetzt wissen, was Mom hat!« Aufgebracht springe ich auf und lasse Jeffs Hand los. »Und komm mir nicht wieder mit einer verschleppten Grippe. Ich kenne meine Mom. Sie weiß, dass damit nicht zu scherzen ist, und ich kann mich beim besten Willen nicht daran erinnern, wann Mom das letzte Mal eine Grippe oder eine Erkältung hatte.« Ich schaue Roger fest in die Augen.

Er sieht ertappt zwischen Jeff und mir hin und her. Als er den Blick senkt, befürchte ich, er könnte verstummen und seinen Weg fortsetzen, ohne mir zu antworten. Dann seufzt er. Einmal. Zweimal. Nach dem dritten Mal ist das Lächeln aus seinem Gesicht verschwunden. Bitterkeit und Hoffnungslosigkeit spiegeln sich in seinem Ausdruck wider.

Er lässt seine Maske fallen, und ich weiche einen Schritt vor ihm zurück, weil mich sein Anblick verunsichert. Will ich wirklich wissen, warum Mom auf der Intensivstation liegt? Plötzlich habe ich Angst vor den Antworten auf meine Fragen.

Doch all die quälenden Bilder in meinem Kopf werden erst dann ein Ende finden, wenn ich Gewissheit habe. Ich muss mich der Sache stellen, auch wenn es mich umbringen wird.

Also versuche ich mich auf das vorzubereiten, was Roger mir sagen könnte. Ein aussichtsloses Unterfangen.

Schließlich kann sich niemand auf sein persönliches Armageddon vorbereiten.

»Sky, deine Mom ist sehr krank.«

Ich spüre Jeffs vertrauten festen Griff, als er seinen Arm um meine Taille legt, und sacke gegen ihn, als ich realisiere, dass meine Knie zu zittern beginnen.

Sehr krank, wiederhole ich in Endlosschleife in meinem Kopf. *Sehr. Krank.* Mein Herz setzt einen Schlag aus, und ich weiß nicht, ob es je wieder im Takt schlagen wird.

»W-was bedeutet sehr krank?« Meine Stimme zittert, wie mein ganzer Körper. Nein, er bebt. Ich verliere die Kontrolle über meine Gliedmaßen und lasse mich immer mehr in Jeffs feste Umarmung fallen. Ich bin so froh, dass er da ist.

Roger weicht meinem Blick aus. Auch in seinen Augen spiegeln sich Tränen. Er hebt eine Hand und wischt sich eilig über das Gesicht. Nie zuvor habe ich Roger so verletzlich erlebt.

»Roger«, drängt Jeff seinen Onkel. »Du musst Sky sagen, was mit ihrer Mom ist. Sie hat ein Recht darauf. Egal, was du Emily versprochen hast. Sky ist Emilys Tochter. Sag ihr endlich, was mit ihr ist.«

Roger sieht seinem Neffen einen Moment fest in die Augen, dann nickt er kaum merklich, holt tief Luft und beginnt zu sprechen.

»Emily hat Darmkrebs. So wie die Dinge im Moment stehen …« Roger kämpft mit den Tränen. »Emily macht schon seit einiger Zeit eine ambulante Therapie. Leider scheint die Therapie aber nicht so anzuschlagen, wie wir es uns wünschen, und die Nebenwirkungen sind wohl größer, als wir dachten.«

Krebs … ambulante Therapie … Nebenwirkungen …, hallt es in meinem Kopf nach. Das kann nicht sein. Nein, es darf nicht sein! Tränen steigen mir in die Augen. Ich kann mich nicht dagegen wehren. Sie rinnen über meine Wangen und perlen an meinem Kinn ab, tropfen auf den gesprenkelten Linoleumboden. Es ist so still in diesem schmalen weißen Korridor, dass man hören kann, wie sie auf dem Boden aufkommen.

Offensichtlich erschrocken über meine Reaktion, rudert Roger zurück. »Aber Sky, wir dürfen nicht die Hoffnung verlieren. Die Besten der Besten kümmern sich um deine Mom.« Roger ringt sich zu einem Lächeln durch. Eines von der Sorte zwischen Hoffnung und Verzweiflung.

Eiskalter Schweiß bricht auf meiner Stirn aus, während mein Magen rebelliert und ich mich übergeben möchte.

Krebs. Krebs. Krebs.

Das Wort löst eine Kette von Bildern in meinem Kopf aus. Von Schauspielern, die in Filmen einen Krebspatienten gespielt haben und langsam und qualvoll dahinsiechen. Ich muss an Reportagen denken und eine Dokumentation, die wir an meiner alten Schule in Boston angeschaut haben.

Panik steigt in mir auf. Was heißt das nun für Mom? Wird sie sterben? Werde ich bald schon völlig allein auf dieser Welt sein? Ich kann nicht ohne meine Mom!

Dann überkommt es mich doch, und ich hetze in die nahegelegene Damentoilette am Ende des Flurs. Gerade noch rechtzeitig, ehe mein Magen die bittere Gallenflüssigkeit erbricht. Der Streit mit Mom am Morgen hat dazu geführt, dass ich heute noch nichts gegessen habe.

Mein ganzer Körper zittert, und ich fühle mich, als hätte mir soeben jemand den Boden unter den Füßen weggezogen. Im freien Fall stürze ich in ein tiefes schwarzes Loch, aus dem es kein Entkommen gibt.

Ich muss an Jeffs Worte an der Koppel denken und schlage mit den Händen gegen das Waschbecken. So fest, bis es wehtut. Anschließend spüle ich meinen Mund aus und schütte mir einen Schwall Wasser ins Gesicht.

»Alles okay bei dir?« Jeff streckt seinen wirren hellbraunen Haarschopf durch die Tür und blickt sich suchend nach mir um.

Ich lache hysterisch auf. »Okay? Bei mir? Bei mir ist rein gar nichts okay. Ganz im Gegenteil. Mein Leben geht den Bach runter! Ich werde Mom verlieren. Sie wird sterben. Genau wie Dad.«

»Hey.« Jeff wirkt zunächst noch unschlüssig, ob er wirklich die Damentoilette betreten soll, kommt dann aber zu mir hinüber und nimmt mich fest in den Arm.

Meine Wange schmiegt sich an seine warme Brust, und ich umklammere ihn mit letzter Kraft. Mein ganzer Körper bebt noch immer, während mein Herz in tausend Teile zerbrochen sein muss. Ich spüre es nicht mehr, fühle mich leblos, wie ein Geist zwischen den Welten.

Jeff streicht mir mit der Hand über den Kopf. Seine Berührungen tun gut, auch wenn sie mich nicht über Rogers Worte zu Moms Gesundheitszustand hinwegtrösten können.

»Es gibt mit Sicherheit eine Möglichkeit deiner Mom zu helfen.« Jeffs Stimme klingt gefasst.

Ich möchte ihm glauben. Sehr sogar. Aber ich kenne die Krankheit nicht nur aus dem Fernsehen, sondern auch aus dem wirklichen Leben. Die Tante einer Freundin starb an Gebärmutterhalskrebs und meine Granny an Brustkrebs, als ich noch ganz klein war. Der Krebs wuchert also auch schon in unserer Familie.

»Sie wird sterben«, antworte ich trotzig auf Jeffs viel zu rosarote Sicht auf die Dinge.

Auch wenn er es nur gut meint, bringt schönreden und heucheln rein gar nichts. Am Ende werde ich umso trauriger und verzweifelter sein. Es ist besser, wenn ich mich der Situation stelle, mir vor Augen führe, was die Krankheit meiner Mom bedeutet.

Ich werde sie verlieren.

Ich werde meine Mom verlieren und allein sein.

Dann gibt es niemanden mehr.

Nur mich.

Tränen steigen mir abermals in die Augen, und ich kämpfe sie zurück. Weinen hat noch nie etwas gebracht. Es wird nichts verändern. Ich kann toben, schreien, weinen, wild um mich schlagen und alles und jeden für mein beschissenes Schicksal verantwortlich machen, doch letztlich wird das nichts ändern.

Jeff packt mich bei den Schultern und sieht mir fest in die Augen. »Deine Mom hat eine reelle Chance den Krebs zu besiegen, Sky. Hörst du? Du darfst noch nicht aufgeben. Du musst für euch beide stark sein. Und ich werde dir beistehen. Egal, was auch kommt.«

Zärtlich fährt er mir mit der Hand über die Wange. Ein Schauder geht mir über den Rücken, und eine Gänsehaut überzieht meinen Körper vom Scheitel bis zu den Fußspitzen.

Ich hasse es so sehr, dass ich dieses tolle und gleichzeitig total verrückte Gefühl der Verliebtheit nicht offen und ausgelassen leben kann. Unsere Liebe wird schon zu Beginn auf eine harte Probe gestellt.

Verstört zwinge ich die Gedanken zurück. Ich sollte jetzt nicht über Jeff und mich nachdenken. Nicht während Mom um ihr Leben kämpft.

Plötzlich empfinde ich Jeffs wohlige Umarmung als Verrat an meiner Mom. Ich bringe etwas Distanz zwischen uns, sodass wir uns gegenüberstehen, uns dabei jedoch nicht berühren.

Enttäuschung flackert in Jeffs Augen auf. Damit hat er offenbar nicht gerechnet. Doch er hat sich schnell wieder im Griff und lächelt mir aufmunternd zu.

»Wollen wir zurück zu Roger?«

Am liebsten würde ich »Nein!« schreien und von hier verschwinden. Aber so einfach ist es nicht. So einfach ist es nie. Allein der Gedanke daran, wieder in dem schmalen Flur mit den weißen Wänden und dem sterilen beißenden Geruch in der Luft warten zu müssen, lässt mich jedoch beinahe ein zweites Mal würgen.

Jeff streckt die Hände nach mir aus, doch ich will seine warmen Finger nicht auf mir spüren. Jeffs Berührungen lenken mich ab, lullen mich ein in eine Welt aus Regenbogen pupsenden Einhörnern und endlosen Sommertagen. Dafür ist gerade kein Platz.

Ich atme noch einmal tief durch, bevor ich, gefolgt von Jeff, wieder in den Flur trete.

»Gut, dass ihr kommt«, empfängt uns Roger ganz aufgeregt. Neben ihm steht eine Krankeschwester. »Emily ist gerade aufgewacht und möchte dich sehen, Sky.«

Mein Magen dreht einen Looping.

Mom ist wach, und mein Instinkt rät mir zur Flucht.

Ich fühle mich furchtbar, weil ich lieber gehen möchte, als zu hören, was sie mir zu sagen hat. Aber vielleicht ist das auch einfach eine Art Schutzmechanismus, weil ich eigentlich weiß, was kommen wird.

Ich kratze all meinen Mut zusammen und folge der Krankenschwester.

Auf dem Weg zu Moms Zimmer gibt sie mir einen Kittel, den ich überziehe. Außerdem lege ich einen Mundschutz an und desinfiziere meine Hände. Wir sprechen nur das Nötigste miteinander, und ich bin der fremden Frau dankbar für ihr Taktgefühl. Sie muss spüren, dass das ein schwerer Gang für mich ist, auch wenn sie nicht wissen kann, dass ich bis zum heutigen Tag nichts von der Krankheit meiner Mom wusste.

»Fünfzehn Minuten«, gibt sie mir mit auf den Weg, ehe sie mir die Tür zu Moms Zimmer öffnet.

Bestimmt erlebt sie solche Zusammenkünfte auf der Intensivstation tagtäglich. Für die Frau mittleren Alters mit der brünetten Pagenfrisur ist das hier ihr Job, nichts als Routine.

»Würden Sie bitte einen Schritt in den Raum machen, damit ich die Tür wieder schließen kann?«, fragt mich die Schwester in meinem Rücken, und ich zucke erschrocken zusammen.

»Natürlich«, stammle ich, während mich Moms Anblick vollkommen aus dem Konzept gebracht hat.

Ihre Wangen wirken eingefallen, und ihr Gesicht ist leichenblass. Moms einst so leuchtend blauen Augen wirken matt und müde. Ihre Haare hängen strähnig an ihren Wangen.

An Moms Körper sind eine Vielzahl von Schläuchen

und Kabeln zu sehen. Das Piepsen der Geräte um sie herum klingt irgendwie bedrohlich.

»Sky?« Mit einer Hand bedeutet sie mir, zu sich zu kommen. Der Hauch eines Lächelns breitet sich auf ihren Lippen aus, als ich mich ihr nähere. Es muss sie unglaubliche Anstrengungen kosten, mit mir zu sprechen. »Hey mein Schatz, wie geht es dir?« Ihre Stimme klingt blechern, als hätte sie seit einer Ewigkeit nichts mehr gesagt.

Ich kann nicht anders: Ich lache bei ihrer Frage.

»Du willst allen Ernstes wissen, wie es *mir* geht?« Ich gestikuliere wild, indem ich meine Hände in die Höhe reiße und kreisen lasse. »Ich bin nicht diejenige, die auf der Intensivstation liegt.«

Meine Worte klingen viel zu harsch, erinnern an den Streit von gestern Abend und die Fortsetzung heute Morgen. Obwohl ich das gar nicht möchte.

Ich erinnere mich daran, wie Roger meinte, Ruhe und so wenig Stress wie nur möglich wären jetzt wichtig für meine Mom. Und was tue ich? Anstatt sie fest in die Arme zu nehmen, ihr zu sagen, dass ich immer für sie da sein werde, mache ich sie dumm von der Seite an.

Mom erwidert nichts auf meine Antwort. »Nimm dir doch da drüben einen Stuhl und setz dich zu mir.«

Ganz leise spricht sie zu mir. Ich schäme mich für meine Worte. Ohne etwas zu erwidern, folge ich ihrer Anweisung und hebe den Stuhl von der gegenüberliegenden Wand an ihr Bett.

»Roger hat dir sicher schon gesagt, was los ist, oder?«

Ich nicke und lege meine Hände in den Schoß, halte sie fest zusammengedrückt, um meine Anspannung damit etwas zu kompensieren und mir das Zittern nicht anmerken zu lassen.

»Aber er hat bestimmt nicht noch mal mit dir über den Streit von heute Morgen geredet, richtig?«

»Mom, ich denke nicht, dass wir jetzt darüber reden sollten«, unterbreche ich sie.

Ich möchte meine Hand auf ihre legen, traue mich wegen der vielen Schläuche allerdings nicht. Was wenn sich dabei versehentlich einer löst und die Geräte Alarm schlagen?

»Doch, genau darüber werden wir jetzt reden. Ich will nicht länger Geheimnisse vor dir haben. Auch wenn ich eine sehr lange Zeit geglaubt habe, sie wären nur zu deinem Besten, mein Schatz.« Tränen sammeln sich in ihren Augen, und ich spüre, wie sich ein Kloß in meinem Hals bildet, der mich zu ersticken droht.

»Mom, du musst das nicht«, rede ich ihr gut zu. Es wird sie furchtbare Mühen kosten, mir alles zu erzählen. Kraft, die sie brauchen wird, um den Krebs zu besiegen.

Doch sie winkt ab. »Als ich anfing, mich wieder mit Männern zu treffen, da war das so eine Art Trauerbewältigung.« Sie hustet, und hastig reiche ich ihr das Wasserglas, das auf dem Rollschränkchen neben ihrem Bett steht.

Während Mom trinkt, streiche ich ihr vorsichtig das verschwitzte Haar aus der Stirn, woraufhin sie mich dankbar anlächelt.

»Ziemlich genau zu diesem Zeitpunkt erhielt ich die Diagnose. Darmkrebs.«

Nun ist es Mom, die ihre zitternde Hand zu meiner Wange bewegt und sie behutsam darauflegt. Ich umklammere ihre Hand und spüre, wie mir einzelne Tränen über die Wange kullern.

»Wir beide haben niemanden mehr, der sich um dich kümmern könnte, wenn ich irgendwann mal nicht mehr da bin. Sky, natürlich tu ich alles, um den Krebs zu besiegen! Aber, man weiß doch nie, was passiert … Der Gedanke daran, dass du plötzlich niemanden mehr hast, hat mich einfach fertiggemacht. Also habe ich händeringend nach Möglichkeiten gesucht. Als Erstes habe ich mit meiner Freundin Claire gesprochen. Aber Claire hat eine eigene Familie, und sie kommen kaum über die Runden. Wie hätte ich dich dort ruhigen Gewissens unterbringen sollen, nachdem ich nach Dads Tod nicht wirklich viel Geld hatte, um es dir für deinen weiteren Lebensweg mitzugeben? Ich war so verzweifelt. Und dann kam das Klassentreffen. Claire ist hingegangen und hat Roger getroffen. Er hat ihr erzählt, dass seine Frau gestorben ist.« Sie verschnauft kurz. »Aus meiner Verzweiflung heraus habe ich mich dann bei Roger gemeldet. Wir waren beide allein. Und irgendwie tat es gut, sich mit ihm zu unterhalten und ihm von deinem Dad und auch von meiner Erkrankung zu erzählen. Als er mich dann bat, mit dir gemeinsam auf seine Ranch zu ziehen, habe ich gezögert. Wirklich, Sky, das musst du mir glauben. Der Schritt ist mir verdammt schwergefallen. Aber mir haben einfach die Alternativen gefehlt. Roger hat mir gut zugeredet, mir gesagt, dass ich bei ihm die besten Chancen hätte, wieder gesund zu werden, dass er sich um dich und mich kümmern will. Er hat mir Mut gemacht, mein Schatz, als ich keinen mehr hatte.«

Der Kloß in meinem Hals wird immer größer. Ich bekomme kaum noch Luft, kann nichts gegen ihn tun. Plötzlich fühle ich mich schrecklich. Ich habe Mom dafür verurteilt, dass sie ausging und nicht um Dad trauerte, habe ihr Vorhaltungen gemacht, dass sie einfach so weiterlebt, während ich einfach keinen Fuß mehr auf den Boden bekommen habe.

»Ich war verzweifelt.« Sie seufzt. Moms Stimme ist nicht mehr als ein Wispern, sie droht jeden Moment zu brechen. Ich kann sehen, wie leid ihr all diese kleinen Notlügen und Geheimnisse tun. Dabei waren sie doch nur dazu da, um mich zu schützen. Mum versucht sich in einem Lächeln.

Ich fröstle bei ihren Worten, fühle mich wie der undankbarste Mensch auf diesem Planeten. Wie konnte ich Mom nur immer und immer wieder Vorwürfe machen, sie hätte Dad vergessen und einfach ein neues Kapitel aufgeschlagen?

Ich wage es nicht, ihr in die Augen zu sehen. Zu sehr schäme ich mich für das, was ich ihr in den vergangenen Monaten und Jahren alles an den Kopf geworfen habe.

Jeden meiner Anfälle hat sie über sich ergehen lassen, ertragen, wie ich sie beschimpft und gedemütigt habe. Ich möchte am liebsten die Zeit zurückdrehen und mein Verhalten wiedergutmachen. Aber das geht nicht.

»Dann hat Roger dir den Antrag nur gemacht, um für mich sorgen zu können, falls …« Ich kann den Satz nicht beenden, zu schlimm ist es, diese Möglichkeit auch nur zu denken.

»Zu Anfang war das unsere Absicht. Ja. Wir wollten alle möglichen rechtlichen Probleme umgehen, die im Falle meines Todes folgen könnten. Aber dann haben wir uns wieder ineinander verliebt.«

Ich denke daran, dass ich in Mom und Roger anfangs nie das glücklich verliebte Paar gesehen habe, wie ich mich darüber gewundert habe, wieso sie dennoch so überstürzt zusammengezogen sind. Und ich sehe Rogers verzweifelte, bleiche Miene auf dem Krankenhausflur, voller Sorge um sie.

Mom und Roger haben sich aufs Neue ineinander verliebt. Sie haben durch Moms schreckliche Krankheit wieder zueinander gefunden, und nun werden sie sich bald vielleicht wieder verlieren …

»Hasst du mich dafür?«

Moms Frage zieht mich unvermittelt aus meinen Gedanken.

»Nein. Ich hasse dich nicht, Mom. Wenn ich jemanden verurteile und für das, was er gemacht hat, hasse, dann bin das einzig und allein ich.«

»Die fünfzehn Minuten sind um«, vermeldet die Krankenschwester wie eine Gefängniswärterin an der Tür, und ich zucke erschrocken zusammen.

Mom schüttelt heftig mit dem Kopf. »Nein, mein Schatz, du darfst dich nicht dafür hassen, was passiert ist. Bitte nicht! Du hast um deinen Vater getrauert, und du konntest nicht wissen, warum ich so gehandelt habe. Ich wollte dich nur beschützen, aber es war falsch von mir, dass ich nicht ehrlich zu dir war. Das weiß ich jetzt!«

»Sie müssen jetzt wirklich gehen«, mahnt die Krankenschwester, und ich bin ihr in gewisser Hinsicht sogar dankbar für ihr penetrantes Drängen.

Denn ich hasse mich für das, was ich meiner Mutter

angetan habe und werde mir selbst dafür niemals vergeben können. Auch wenn sie mich noch so sehr darum bittet.

»Ich komme wieder, Mom«, verspreche ich und erhebe mich vom Stuhl. »Ruh dich aus.« Mehr als das bringe ich gerade nicht über die Lippen.

»Ist gut«, erwidert sie mit einem Zucken um die Mundwinkel. »Pass auf dich auf, mein Schatz.«

Ich gebe ihr vorsichtig einen Kuss auf die Wange und streiche ihr abermals das verschwitzte Haar aus dem Gesicht, das ihr tief über die Stirn in die Augen hängt. Dann eile ich zu der Krankenschwester im Türrahmen, überreiche ihr im Nebenraum in Rekordgeschwindigkeit den Kittel und den Mundschutz und schleppe mich mit letzter Kraft zurück in den Flur.

Dort presse ich meinen Rücken gegen die weiße Wand und lasse mich daran zu Boden gleiten. Kaum dass meine Hände auf meinen Knien aufliegen, sackt mein Kopf nach vorne, und mein Körper schüttelt sich unter heftigen Schluchzern.

Mom wird sterben.

Und ich bin schuld daran.

Schließlich bin ich für den Stress der letzten Monate verantwortlich.

Stress, der sie töten wird.

Kapitel 35

Jeff

»Hat sie sich hingelegt?«, fragt Roger, als ich ins Wohnzimmer komme.

Er sitzt auf der Couch und starrt die schwarze Mattscheibe des Fernsehers an, als würde dort gerade der Super Bowl übertragen werden.

Ich lasse mich ihm gegenüber schwer auf einen der bequemen Sessel fallen und spüre erst jetzt, wie viel Kraft mich der Tag gekostet hat.

»Sky ist in ihrem Zimmer und lässt niemanden rein. Sie hat die Tür abgeschlossen.«

Mein Magen verkrampft sich auf die Größe einer Erbse. Eine halbe Ewigkeit stand ich vor ihrer Tür, habe sie angefleht, sie für mich zu öffnen. Doch nichts geschah.

Seit ihrem Zusammenbruch im Krankenhaus hat Sky kein Wort mehr gesagt. Niemand weiß, was sie mit ihrer Mom besprochen hat. Das Gespräch hat auch Emily so sehr angestrengt, dass kein weiterer Besuch mehr zu ihr durfte.

Roger trägt es mit Fassung, auch wenn ich ihm deutlich ansehen kann, wie sehr er unter der Situation leidet. Allein die Vorstellung, Sky würde in diesem Zimmer liegen und ich dürfte nicht zu ihr, bringt mich beinahe um den Verstand. Er muss sich hilflos fühlen. Sonst hat mein Onkel die Stricke immer selbst in der Hand, doch jetzt muss er sich fügen und auf die Weisungen anderer Menschen hören. Das kennt er nicht.

Früher, als er CEO einer erfolgreichen Maschinenbau-Firma war, haben die Leute zu ihm aufgesehen und ihn um Rat gebeten. Heute, als Besitzer einer gut laufenden Ranch, ist das immer noch so. In der jetzigen Situation ist er derjenige, der sich auf einmal in die Hände anderer begeben muss.

»Hast du versucht, mit ihr zu reden?« Noch immer starrt er geradeaus zum Fernseher.

Ich schnaube abfällig. »Einmal? Mehrmals. Sie hat mich ignoriert und die Musik lauter gedreht. Antwort genug?«

Roger seufzt. Ich bekomme Mitleid mit ihm und schäme mich für mein Benehmen.

Aber auch ich bin verletzt. Das Mädchen, das ich liebe, sitzt da oben in ihrem Zimmer und lässt nichts und niemanden an sich ran. Ich komme fast um vor Sorgen um sie, möchte am liebsten die Tür zu ihrem Zimmer eintreten und sie ganz fest in meine Arme nehmen.

Allein die Tatsache, dass sie mich so heftig von sich weißt, mich nicht in ihrer Nähe haben will, macht mich verrückt. Unruhig tippe ich mit meinen Fingern auf der

Lehne des Ledersessels herum und überlege, was ich noch tun könnte, um an sie heranzukommen.

Oder ist es besser, sie erst mal in Ruhe zu lassen? Wenn sie mich braucht, wird sie zu mir kommen. Oder?

Wenn ich ehrlich zu mir selbst wäre, dann würde ich mir eingestehen, was ich überdeutlich in Skys Augen gesehen habe: Sie hat die Schotten wieder dichtgemacht, sich von mir abgewandt. Und ich kann nichts tun, als danebenzustehen und abzuwarten, was nun kommen wird.

»Was ist das zwischen euch beiden?«, fragt Roger und blickt das erste Mal, seit ich heruntergekommen bin, in meine Richtung.

»Wenn ich das nur so genau wüsste«, gebe ich offen zu.

»Liebst du sie?«

Ich nicke.

Roger seufzt.

»Diese Harford-Frauen bringen uns noch um den Verstand.« Er grinst bei seinen Worten, trifft damit aber den Nagel auf den Kopf.

Dann erhebt er sich ruckartig von seinem Platz.

»Ich werde noch mal in die Klinik fahren«, erklärt er unruhig.

»Aber Emily schläft sicher schon. Und falls nicht, wirst du bestimmt nicht mehr zu ihr dürfen. Die Besuchszeit ist längst um«, erinnere ich ihn.

»Das ist mir egal. Ich muss zu ihr. Und wenn ich heute Nacht auf dem Boden im Flur schlafen muss. Ich kann diese Frau nicht ein zweites Mal verlieren. Nicht nachdem ich sie endlich wieder habe.«

Ich nicke verstehend. »Du liebst sie wirklich sehr, oder?«

»Das tue ich. Von ganzem Herzen.«

Roger stürmt aus dem Haus, noch ehe ich ihn fragen kann, ob ich ihn fahren soll. Ich habe ein ungutes Gefühl dabei, dass er sich so aufgewühlt hinters Steuer setzt. Aber ich weiß, dass er ein guter Fahrer ist. Und ich weiß auch, dass es um meine Gefühlslage keinen Deut besser steht. Ganz im Gegenteil.

Als ich allein im Wohnzimmer zurückbleibe, legt sich die Stille wie ein bleierner Mantel über mich. Ich überlege fieberhaft, was als Nächstes zu tun ist. Einerseits denke ich, Rachel und April könnten Sky eine Stütze sein. Andererseits weiß ich nicht, ob sie will, dass ich ihnen von ihrer Mom erzähle.

Wenn ich die beiden anrufe und her bitte, besteht durchaus die Gefahr, dass Sky mein Handeln als Vertrauensmissbrauch werten und mich noch weiter von sich stoßen könnte als ohnehin schon.

Ich hadere mit mir, wäge alle Eventualitäten ab und komme nur zu einem Schluss: Ich bin in dieser ganzen Angelegenheit vollkommen nebensächlich. Die Einzige, die zählt, ist Sky. Und für sie würde ich alles tun. Wirklich alles. Auch wenn das bedeutet, dass sie nichts mehr mit mir zu tun haben will.

Kapitel 36

Das Gefühl der Leere tief in mir zerfrisst mich Stück für Stück. Was bin ich nur für ein verabscheuungswürdiger Mensch? Wie konnte ich das meiner Mom nur antun? Sie beleidigen, mit Nichtbeachtung strafen, sie offen vor den Kopf stoßen?

Die Tränen sind längst versiegt. Der Mond ist aufgegangen und scheint in mein Zimmer. Ich liege noch immer in den Kleidern, die ich heute im Krankenhaus anhatte, auf meinem Bett und starre in die Dunkelheit des Raumes.

Jeff ist gegangen. Hoffentlich wird er so schnell nicht wiederkommen. Ich ertrage seine Nähe nicht. Nicht nach alldem, was ich heute erfahren musste.

Ich komme mir vor, wie der schlimmste Mensch auf

Erden. Herzlos. Unerbittlich. Gefühlskalt. Das trifft es ziemlich genau. Sky Harford, siebzehn Jahre, herzlos, unerbittlich und gefühlskalt.

Egal, wie ich es auch drehen und wenden mag, mir will einfach nicht in den Kopf gehen, wie ich meine Mom seit Dads Tod so furchtbar behandeln konnte. An manchen Tagen habe ich kein Wort mit ihr gewechselt, sie zurückgewiesen, auch wenn ich in ihren Augen sehen konnte, wie sehr sie mich braucht.

Und dann die Sache mit Texas. Wie konnte ich nur glauben, sie würde freudig einer Zukunft in Texas entgegensehen und alles und jeden, der ihr mal wichtig war, einfach aus ihrem Leben streichen?

Meine Trauer hat sich verselbstständigt. Anstatt mit Mom zu reden, habe ich mich hinter der Trauer um meinen Dad versteckt.

Wie konnte ich nur dermaßen danebenliegen mit meiner Einschätzung und mich als Moralapostel aufspielen? Warum habe ich Moms Handeln nie hinterfragt? Sie war doch sonst nie der Mensch, der sein eigenes Wohl über das der anderen gestellt hat.

Wie konnte ich nur so blind sein? Wie konnte ich all die Signale, die wie Neonwerbetafeln am Times Square in New York meinen Weg gepflastert haben – Moms schlechte gesundheitliche Verfassung, die fehlende anfängliche Verliebtheit zwischen ihr und Roger und all die anderen kleinen Details –, einfach so ausblenden und unreflektiert lassen?

Und ich schäme mich dafür. So sehr, dass ich mich selbst nicht mehr im Spiegel ansehen möchte.

Ich schlinge meine Arme um meine Knie und wiege

meinen Körper vor und zurück. Es hilft nichts. Ich komme einfach nicht zur Ruhe.

Stunden sind bereits vergangen, seit ich bei Mom in der Klinik war. Seither kreisen meine Gedanken über das, was war und was sein wird. Ich fühle mich so machtlos, möchte am liebsten aufstehen und loslaufen. Doch wohin sollte ich schon gehen?

Mein Magen knurrt. Ich habe den ganzen Tag nichts gegessen. Langsam wird mir schlecht vor Hunger.

Ein zaghaftes Klopfen durchdringt die Stille. Ich halte den Atem an, wappne mich dagegen, dass Jeff gleich wieder fragen wird, ob ich nicht endlich die Tür öffnen könnte.

Er hat etwas Besseres als mich verdient. Plötzlich kommt mir sogar Kathleen, die Kürbisse im Zorn mutwillig zerstört und mit anderen Jungs rumknutscht, millionenfach besser und vor allem anständiger vor, als ich es bin.

»Geh weg!«, weise ich ihn zurück, nur um ihn vor mir zu schützen.

Ich habe seine Liebe nicht verdient. Ich habe niemandes Liebe verdient. Ich sollte dort im Krankenhaus liegen und sterben müssen. Nicht meine Mutter, die sich ihr ganzes Leben aufopferungsvoll um mich gekümmert hat.

»Sky?«

Eine zarte Stimme ist zu hören. Ich halte den Atem an. Das ist definitiv nicht Jeff.

»Sky, mach die Tür auf. Bitte!«

April und Rachel.

Was? Wer? Wieso? Woher wissen sie …?

Ich springe zur Tür, bin schon im Begriff, sie zu öffnen.

Dann zögere ich, halte in der Bewegung inne, während meine Hand vom Griff zurückschreckt.

Bis zum heutigen Tag habe ich mich ihnen nicht anvertraut. Sie wissen nichts von meiner Trauer um meinen Dad, und ich habe ihnen nie etwas von den vielen Auseinandersetzungen mit meiner Mom erzählt.

»Sky, hörst du uns? Wir machen uns Sorgen um dich.«

Und dann fließen die Tränen doch wieder, als ich den Schlüssel im Schloss umdrehe und die Türe öffne. Ich kann nicht zulassen, dass die beiden sich länger als nötig Sorgen um mich machen.

Kaum dass ich die Tür einen Spalt breit geöffnet habe, fallen mir April und Rachel auch schon um den Hals, halten mich, während ich zu taumeln beginne.

»Wir sind für dich da.«

»Du bist nicht allein.«

Das Gefühl von Geborgenheit ummantelt mich wie eine warme Decke, als ich Jeff im Türrahmen erblicke.

»Ich habe hier ein paar Pancakes mit Ahornsirup. Ich weiß nicht, ob das richtig ist oder du lieber eine Pizza gehabt hättest. Ich weiß nur eins: Wenn ich irgendetwas für dich tun kann, dann sag es mir. Egal, was.«

Überwältigt von der Bedingungslosigkeit in seinen Worten, starre ich Jeff an. April hat den Lichtschalter meiner Schreibtischlampe angeknipst, damit wir nicht vollkommen im Dunkeln stehen.

Jeffs Haar steht ihm wirr und völlig zerzaust vom Kopf ab, als wäre er unzählige Male mit seinen Fingern hindurchgefahren. Seine Augen wirken müde, aber entschlossen. Er meint jedes seiner Worte genau so, wie er es gesagt hat. Und ich liebe ihn dafür. Auch wenn ich noch nicht weiß, ob ich das darf. Ob ich es wert bin, ihn zu lieben.

Mit einem »Danke«, nehme ich den Teller und das Besteck entgegen. Unsere Finger berühren sich kurz. Nur ganz leicht. Kaum der Rede wert. Aber ich verbrenne innerlich bei dem Gefühl, das seine Berührung auf meiner Haut anrichtet. Ich würde gerade alles dafür geben, in seinen Armen zu liegen.

Aber erst mal muss ich Klarheit über alles bekommen, verstehen, was in den letzten Monaten passiert ist, ehe ich weitere Entscheidungen treffe. Es ist zu viel passiert. Tod. Liebe. Freundschaft. Angst. Hoffnungslosigkeit. Zu viele Gefühle wabern wie eine Gewitterwolke in meinem Inneren und schießen Blitze ab. Ich weiß nicht mehr, was ich glauben, geschweige denn, denken soll.

»Dann lasse ich euch mal allein.«

Ohne ein weiteres Wort verlässt Jeff den Raum.

Noch immer halte ich den Teller in Händen, bis April ihn mir abnimmt und auf meinen Schreibtisch stellt.

»Du solltest etwas essen«, sagt sie und dreht mir den Schreibtischstuhl so hin, dass ich darauf Platz nehmen kann.

Zunächst zögere ich, weil ich nicht weiß, ob ich auch nur einen Bissen hinunterbekommen werde. Dann entschließe ich mich wenigstens ein einziges Mal an diesem Tag vernünftig zu sein. Ich muss etwas essen.

April und Rachel stellen keine Fragen. Während ich esse, ist es beinahe gespenstisch still in diesem Raum. Mittlerweile hat Rachel auch die Deckenlampe angemacht.

Als ich aufgegessen habe, beginne ich von ganz allein zu sprechen. Ich erzähle meinen Freundinnen von meinem

Dad, wie er starb und was sein Tod mit mir angerichtet hat. Ich berichte ihnen von dem schlechten Verhältnis, das ich seither mit meiner Mom hatte, von meinen Startschwierigkeiten in Lewisville und meinem Widerwillen hier zu sein.

Schonungslos ehrlich erkläre ich ihnen, wie schwer es mir gefallen ist, mich auf sie einzulassen, wie ungern ich mit den Jungs und ihnen zum Bowling gegangen bin und wie dankbar ich mittlerweile für ihre Hartnäckigkeit bin.

Das alles erzähle ich ihnen, ohne dass sie mich unterbrechen. Rachel und April hängen an meinen Lippen, manchmal schlagen sie sich mitfühlend die Hand vor den Mund und schauen mich voller Mitleid an. Doch es hält sich in Grenzen. Es ist dieses Maß an Mitleid und Mitgefühl, das ich gut ertragen kann. Es ist ehrlich. Schließlich kommt es von meinen besten Freundinnen.

Rachel durchbricht als Erste die Stille, die sich nach meinem Monolog über uns ausgebreitet hat.

»Und was ist jetzt mit Jeff und dir?«

April stupst Rachel bei dieser Bemerkung leicht in die Seite. Diese beschwert sich daraufhin mit einem lauten »Aua!«

Und ich: Ich muss lachen. Rachel ist wirklich verblüffend.

»Ich weiß es nicht«, berichte ich wahrheitsgetreu. »Bevor ich mich damit auseinandersetzen kann, muss ich mich erst mal der Krankheit meiner Mom und den möglichen Konsequenzen stellen«, sage ich gefasst und bin es doch kein bisschen.

Außerdem verschweige ich ihnen meine Bedenken, ich könnte womöglich nicht gut genug für Jeff sein.

Noch gestern waren Mom und ich mehr oder minder das typische Mutter-Tochter-Gespann, das sich streitet und irgendwann wieder versöhnt. Die Vorstellung, damit könnte es für immer vorbei sein, ist so fürchterlich, dass ich darüber nicht nachdenken kann.

April, aber auch Rachel nicken verständnisvoll und fragen nicht weiter, was ich ihnen hoch anrechne.

»Butterfly schläft heute Nacht mit Teardrop in einer Box«, wechselt April das Thema. Sie versteht, dass ich ein wenig Ablenkung gebrauchen kann, und ich bin ihr dankbar dafür.

Ebenso wie ich Jeff dafür danken möchte, dass er meinen Freundinnen Bescheid gegeben hat. Es war die richtige Entscheidung, sie anzurufen.

»Und wie stellen wir sicher, dass Butterfly da wieder heil rauskommt? Bisher konnte Teardrop doch nicht mal ertragen, wenn eines der anderen Pferde in der Box neben ihm war?«, frage ich besorgt.

»Roger hat Kameras aufstellen lassen, die seine Mitarbeiter im Auge behalten.« Er wird dafür gerade sicher keine Nerven haben, geht es mir durch den Kopf, während ich mich an sein blasses Gesicht mit den großen traurigen Augen erinnere. Auch wenn es mir nach wie vor schwerfällt zu akzeptieren, dass es in Moms Leben nach Dad nun einen neuen Mann gibt: Ich glaube, dass Roger ihr guttut und er sie wirklich liebt.

»Alles okay mit dir?«, fragt Rachel, die mir sanft eine Hand auf den Arm legt.

»Ich musste nur gerade an Mom denken.«

Daraufhin ziehen mich April und Rachel in eine große Umarmung, und ich lasse mich für den Moment fallen.

Wie froh ich doch bin, dass ich meinen Vorsatz, an der Lewisville-High keine Freundschaften zu knüpfen, nicht umsetzen konnte.

Kapitel 37

Jeff

Roger trinkt an diesem trüben Oktobermorgen bereits den dritten Espresso. Er sieht schlecht aus. So als hätte er die ganze Nacht nicht geschlafen. Unter seinen Augen zeichnen sich schwarze Ringe ab. Sein weißes Hemd hängt ihm aus der Hose, und er trägt verschiedenfarbige Socken. Ich frage ihn nicht nach seinem Besuch im Krankenhaus oder wann er von dort zurückgekommen ist.

Roger schweigt sich lieber darüber aus, und ich will ihn nicht nerven, auch wenn ich mir Sorgen um ihn mache. Mindestens genau so sehr wie um Sky.

Die halbe Nacht habe ich wachgelegen und mich gefragt, warum sie nach dem Krankenhausbesuch so auf Abstand zu mir gegangen ist. Nicht nur das. Sie hat vollkommen dicht gemacht. Die Verbundenheit, das Gefühl der Zusammengehörigkeit – alles war mit einem Wimpernschlag plötzlich weg. So als hätte es uns gar nie gegeben.

Es fällt mir schwer, auszuloten, was richtig und was falsch ist. War es in Ordnung, dass ich ihren Freundinnen Bescheid gesagt habe oder nimmt Sky mir mein eigenmächtiges Handeln vielleicht sogar übel?

Nachdem Rachel und April gestern Nacht gegangen waren, schloss Sky sich wieder in ihrem Zimmer ein. Sie startete nicht einmal den Versuch, mit mir zu reden. Ein überdeutliches Signal in meine Richtung, sie in Ruhe zu lassen. Was ich schließlich auch getan habe.

»Was hast du heute vor?«, fragt Roger, der sich im selben Moment den vierten Espresso genehmigt. Wenn er so weitermacht, dann ist er der nächste, den wir im Krankenhaus besuchen müssen.

»Ich werde zur Schule gehen. Heute Nachmittag ist Footballtraining. Aber wenn du willst, komme ich gleich nach dem Unterricht ins Krankenhaus. Ich könnte Sky mitnehmen, wenn sie möchte.«

Roger überlegt einen Moment. »Du hast recht. Wir sollten uns so viel Routine bewahren wie nur möglich. Das steht außer Frage. Dennoch sollten wir Sky fragen, wie sie es handhaben möchte«, entscheidet Roger und leert den Inhalt seiner Tasse in einem Zug.

»Was sollten wir Sky fragen?«, meldet sich Sky zu Wort.

Ich habe gar nicht bemerkt, wie sie die Treppe hinuntergekommen ist.

»Ob du zur Schule möchtest. Und wenn ja, ob du gleich im Anschluss daran zu deiner Mom möchtest. Ich könnte das Footballtraining heute Nachmittag sausen lassen.«

Ich versuche aus Skys Miene schlau zu werden, irgendwas darin zu entdecken, das mir ein Wegweiser sein könnte. Doch sie ist verschlossen, erinnert mich irgendwie an das Mädchen, das vor wenigen Monaten hier einzog und nichts und niemanden an sich heranlassen wollte. Diese Wandlung an ihr gefällt mir nicht. Sie gefällt mir ganz und gar nicht.

Sky zögert. »Ich werde in die Schule gehen. Ich muss …« Dann schüttelt sie leicht den Kopf. »Du kannst gerne zum Training gehen. Ich komme schon allein zum Krankenhaus.«

Das war deutlich. Mehr als das. Wie vor den Kopf gestoßen, starre ich sie an. Ich fühle mich so machtlos.

»Ich könnte dich abholen«, wirft Roger ein. »Die Highschool liegt auf dem Weg zum Krankenhaus. Es wäre kein Umweg für mich. Und am Vormittag muss ich ohnehin erst mal auf der Ranch nach dem Rechten sehen.«

Sky nickt zufrieden. Diese Lösung scheint ihr besser zu gefallen, als mit mir fahren zu müssen.

Anstatt zu fluchen, lächle ich. So wie ich es mir in all den Jahren antrainiert habe. Ich grinse mein inneres Chaos und die Enttäuschung einfach weg und schlucke den Unmut hinunter. »Super, dann wäre das ja geklärt.«

Ich klinge so, als wäre mir gerade ein Stein vom Herzen gefallen. Dabei ist genau das Gegenteil der Fall. Ich würde wirklich alles dafür geben, um in Skys Nähe sein zu können. Aber was soll ich machen, wenn sie mich dort partout nicht haben will? Ich kann mich ihr nicht aufdrängen. Sonst verliere ich sie am Ende für immer.

»Ich würde in zehn Minuten zur Schule fahren. Kommst du mit?«, gehe ich zum nächsten Thema über, um nicht mehr über heute Nachmittag nachdenken zu müssen.

»Ich bin startklar«, antwortet Sky, die ihren Rucksack bereits auf den Schultern trägt.

Ich möchte ihr entgegnen, dass sie noch nichts gegessen hat und so unmöglich in die Schule kann. Doch ich halte mich zurück. Sie zu bevormunden, wird sie immer weiter von mir wegtreiben.

»Prima, dann können wir ja los.« Ich eile in den Flur an die Garderobe, um meine Schuhe anzuziehen und die Jacke vom Haken zu nehmen. Mein Rucksack parkt neben der Kommode, auf der auch mein Schlüssel in einer Schale liegt.

Die Fahrt zur Schule verbringen wir schweigend. Ich wage es nicht, Sky anzusprechen, während sie lieber zum Fenster hinausstarrt und Grashalme zählt.

Doch, was immer auch passieren wird: Ich werde für Sky da sein, wenn sie jemanden braucht, an dessen Schulter sie Halt finden kann.

Kapitel 38

»Mr Henderson, entschuldigen Sie bitte die Störung.«

Mrs Skellham steht plötzlich in der Tür. Sie trägt heute ein cremefarbenes Kostüm, das perfekt mit ihren Augen harmoniert. Im Gegensatz zu sonst wirkt ihr Gesichtsausdruck heute etwas angespannt.

»Wie kann ich helfen?«, erwidert mein Mathelehrer freundlich.

»Ich müsste mit einer Ihrer Schülerinnen sprechen.«

Bei ihren Worten gefriert mir das Blut in den Adern. Eine schreckliche Vorahnung beschleicht mich. Ich presse meine Fingernägel so fest in meine Handinnenflächen, dass es wehtut.

Unsere Direktorin schaut sich im Raum um. Als unsere Blicke sich treffen, schlucke ich schwer.

»Sky, würdest du bitte mit mir vor die Tür kommen? Nimm doch bitte auch deine Sachen mit.«

Ich spüre Aprils und Rachels besorgte Blicke auf mir, während ich mich von meinem Platz erhebe, meinen Rucksack schultere und mich nahezu verbissen auf diese einfachen Abläufe konzentriere. Nur so gelingt es mir, nicht durchzudrehen und in Tränen auszubrechen.

Mich beschleicht ein ungutes Gefühl, als ich den Raum verlasse und auf Mrs Skellham zusteuere. Mein Mund fühlt sich plötzlich staubtrocken an.

»Entschuldigen Sie nochmals die Störung.«

Mit diesen Worten schließt sie die Tür, nachdem ich zu ihr in den dunklen Flur getreten bin. Meine Augen brauchen einen Moment, bis sie sich an die veränderten Lichtverhältnisse gewöhnt haben.

Ein Schatten lehnt abgestützt mit einem Fuß an der Wand. Ich kenne die Umrisse – und plötzlich ist es Gewissheit.

»Was ist mit meiner Mom?«

Ich frage nicht mal, warum mich Mrs Skellham aus dem Unterricht geholt hat. Jeffs Anwesenheit ist Gewissheit genug, dass es sich hierbei nur um meine Mutter handeln kann.

Mit zittrigen Händen stehe ich da und bete dafür, dass sie mir nicht sagen wird, was ich befürchte. Alles nur nicht das.

»Der Gesundheitszustand deiner Mom hat sich verschlechtert.«

Ich halte den Atem an und reiße meine Augen weit auf, während Jeff noch immer still an der Wand lehnt.

»W-was bedeutet das? Inwieweit hat er sich verschlechtert?« Ich schreie, klinge hysterisch, während mir die Tränen unkontrolliert aus den Augen sprudeln.

Das ist zu viel. Viel zu viel. Und es geht so schnell. Gestern erst habe ich von Moms Krankheit erfahren, und heute geht es ihr bereits wesentlich schlechter. Dabei sah sie schon gestern so ausgemergelt und matt aus. Ich mag mir gar nicht vorstellen …

»Jeff wird dich gleich zu ihr fahren«, weicht Mrs Skellham aus.

»Warum fährt mich Jeff zu ihr? Was ist passiert? Ich will jetzt sofort wissen, was mit ihr ist, sonst drehe ich hier noch durch!« Mein Schluchzen hallt durch die sonst menschenleeren Gänge.

Schließlich löst Jeff sich von der Wand und kommt zu mir, sodass ich das erste Mal sein Gesicht erkennen kann. Er sieht angespannt aus. Seine Kieferknochen mahlen aufeinander. Doch anstatt mich in die Arme zu nehmen, stellt er sich zu unserer Direktorin, um ihr den Rücken zu stärken.

Ich weiß nicht, ob ich enttäuscht oder erleichtert bin. Einerseits wünsche ich mir nichts mehr, als von ihm in den Arm genommen zu werden. Andererseits ist diese vertraute Nähe nicht richtig. Ich bin nicht richtig für ihn.

»Deine Mom ist in ein künstliches Koma versetzt worden«, erklärt Jeff mit ruhiger Stimme, während sein Blick noch immer fest auf mir ruht.

»Was? Wieso denn das?«, platzt es aus mir heraus. Ich könnte ausrasten vor Wut darüber, dass sie mir jedes Mal nur Bröckchen hinwerfen, anstatt mir die ganze Wahrheit aufzutischen!

»Ihr Gesundheitszustand hat sich verschlechtert. Mehr

wissen wir zum jetzigen Zeitpunkt leider auch noch nicht.« Die Direktorin reicht mir ein Taschentuch und sieht mich milde an.

Panisch erinnere ich mich an das letzte Gespräch mit meiner Mom zurück. Warum konnte ich ihr diesen beschissenen Gefallen nicht tun und ihr sagen, was sie von mir hören wollte? Warum nur bin ich immer so stur?

Wenn sie jetzt stirbt, dann habe ich ihr nicht gesagt, wie lieb ich sie habe, wie wichtig sie mir ist. Ich kann nicht mehr stehen. Die Last meiner Gedanken erdrückt mich. Ich drohe jeden Moment umzukippen, so schwer liegt sie auf mir.

»Lass uns gleich zu ihr fahren.«

Jeffs Stimme hört sich so an, als würde er aus weiter Ferne zu mir sprechen.

Ich nicke und konzentriere mich darauf, mich ihm nicht an die Brust zu werfen. Also atme ich einmal tief durch und bohre meine Fingernägel wieder so fest in meine Handinnenflächen, dass sie brennen.

***

»Fünfzehn Minuten«, erklärt mir die gleiche Krankenschwester wie gestern, als sie mir die Tür zu Moms Zimmer öffnet.

Während mir ein kaum merklicher Lufthauch in meinem Rücken zeigt, dass sie die Tür hinter mir geschlossen hat, bleibe ich an Ort und Stelle stehen und schaue aus sicherer Entfernung zu meiner Mom hinüber.

Heute scheint es mir so, als hingen noch mehr Schläuche an ihr dran. Sie sieht aus wie der Kabelsalat, der in unserem Wohnzimmer in Boston hinter einem Schrank versteckt war.

Im Gegensatz zu gestern liegt Mom mit geschlossenen Augen reglos da. Eine Maschine hilft ihr beim Atmen. Ihr Anblick jagt mir einen Schauer über den Rücken. Es fröstelt mich, obwohl ich einen dicken Schulpulli der Lewisville High trage.

Und plötzlich erscheinen mir diese fünfzehn Minuten, die gestern viel zu kurz waren, schier endlos. Ich weiß nicht, was ich machen oder sagen soll. Soll ich mich bei Mom entschuldigen? Ihr sagen, wie lieb ich sie habe? Ihre Hand halten und ihr etwas erzählen?

Das alles fühlt sich so falsch an. Und irgendwie schäbig. Ich sollte nicht hier sein. Nicht nachdem, was ich ihr alles angetan habe.

Dann geht alles ganz schnell. Ich öffne die Tür und stürme hinaus, lege die Schutzkleidung und den weißen Mundschutz ab und renne, so schnell mich meine Beine tragen können, geradewegs in jemanden hinein.

Meine Stirn schmerzt.

»Sky?!«

Natürlich musste es Jeff sein, in den ich reingelaufen bin. Kein Arzt, kein anderer Besucher, keine Schwester.

Mein Schicksal spielt gerade Katz-und-Maus mit mir, und ich habe das Gefühl, ständig den Kürzeren zu ziehen.

»Ich muss weg«, krächze ich und mache mich von ihm los. Mein Kopf fühlt sich an, als wäre ich gerade gegen eine Betonmauer gelaufen.

»Soll ich dich fahren?«

Auch jetzt fragt Jeff mich nicht, was vorgefallen ist. Er will mir nur helfen, mir beistehen.

»Nein, ich laufe.«

Ich weiß, dass ich mich ihm gegenüber viel zu abweisend gebe. Jeff will doch nur für mich da sein. Aber es muss sein.

»Nein, du läufst nirgendwohin, und so langsam habe ich es echt satt, dass du mich wie den letzten Dreck behandelst!« Er schreit mich mit all der Wut an, die sich seit gestern Abend in ihm angestaut haben muss. Dann fährt er einen Gang zurück, als er bemerkt, wie entsetzt ich ihn anstarre. »Sorry, das wollte ich nicht.« Jeff rauft sich die Haare. »Ich verstehe nur nicht, warum du plötzlich wieder auf Abstand zu mir gehst und mir nicht mal den Hauch einer Chance gibst, für dich da zu sein.«

Kurz überlege ich, ihm zu sagen, was mich beschäftigt, doch dann entscheide ich mich dagegen. »Es tut mir leid.« Damit versuche ich mich an ihm vorbei zu winden, um Jeff und den beißenden Geruch des Desinfektionsmittels hinter mir zu lassen.

Doch Jeff hält mich zurück. »So einfach ist das nicht. Verdammt noch mal, Sky, mir liegt etwas an dir. Ich habe dir mein Herz geöffnet, und du trittst es permanent mit Füßen. Dabei dachte ich, du würdest auch etwas für mich empfinden.«

Ich starre ihn mit angehaltenem Atem an. Meine Augen füllen sich mit Tränen. Noch kann ich sie hinter dem Staudamm zurückhalten. Doch ich bin mir nicht sicher, wie lange noch.

»Es tut mir leid«, wiederhole ich, um meine Worte zu bekräftigen. »Ich glaube, ich bin nicht die Richtige für dich.« Meine Schultern sacken nach vorne, und mein Blick sinkt zu Boden. Doch Jeff packt mich bei den Schultern und zwingt mich, ihm in die Augen zu sehen.

»Was soll das bitte schön heißen? Liebst du mich doch nicht?«

Seine Augen glänzen. Die Enttäuschung und Verzweiflung in seiner Stimme sind unüberhörbar. So viel Leid und Traurigkeit. Ich kann seinem Blick kaum standhalten.

»Nein!«, schreie ich ihn an. »Ich finde nur, dass du jemanden verdient hast, der ein besserer Mensch ist, als ich es bin.«

Dann brechen die Tränen doch aus mir heraus und fließen ungehindert über meine Wangen. Ich trauere um Mom und Dad. Und um das unbekümmerte Mädchen, das ich mal war.

Jeff legt liebevoll seine Hände auf meine Wangen und streicht zärtlich mit seinen Fingern über mein Gesicht. »Wie kannst du bloß denken, dass du nicht gut genug für mich sein könntest? Du hast mir gezeigt, dass ich mich nicht zu verstellen brauche, dass ich offen zeigen kann, wenn es mir schlecht geht. Durch dich lasse ich die Erinnerung an meinen Bruder wieder zu, auch wenn es noch immer wehtut. Du bist das Beste, was mir in den letzten Jahren passiert ist, Sky Harford. Und verdammt noch mal, ich werde nicht zulassen, dass mir dieses Glück wieder genommen wird.«

Dann küsst er mich. Erst ganz vorsichtig, um sicherzugehen, dass ich es auch will. Als ich mich nicht wehre und meine Hände in seinen Nacken lege, wird der Kuss sehnsüchtiger und gleichzeitig inniger.

Jeff sieht mir direkt in die Augen, als sich unsere Lippen voneinander lösen. »Sky?«

»Ja?«, frage ich mit belegter Stimme.

»Bitte wende dich nie wieder einfach so von mir ab. Okay?«

»Versprochen«, erwidere ich, obwohl ich mir nicht sicher bin, ob ich dieses Versprechen halten kann. Ich weiß, dass es falsch von mir war, Jeff von mir zu stoßen. Ich hätte mit ihm reden sollen. So wie ich es mit Mom hätte tun sollen. Anstatt mich wie ein schmollendes Kleinkind zu benehmen und gegen alles und jeden zu rebellieren.

»Wart ihr schon bei Emily?« Roger taucht plötzlich neben uns auf. Er sieht mitgenommen und völlig fertig aus. So als hätte er seit Tagen nicht richtig geschlafen und bräuchte dringend eine heiße Dusche.

Schlagartig prasselt die Realität wieder auf mich ein: Vor wenigen Minuten bin ich aus Moms Zimmer gestürzt, weil ich kaum noch Luft bekommen habe.

Und schon wieder schnürt es mir die Kehle zu. Ich schnappe nach Luft. Mom so leiden zu sehen, macht mich fertig. Ich fühle mich zerrissen zwischen dem Wunsch, für sie da zu sein und der Furcht vor der Leere in mir, die sich Sekunde für Sekunde weiter ausbreitet, weil ich mich so hilflos fühle.

Jeff nimmt meine Hand fest in seine. Offenbar spürt er, was gerade in mir vorgeht. »Roger, vielleicht wäre es gut, wenn du zu Emily gehen würdest. Sky fühlt sich nicht gut«, behauptet er.

Roger bohrt nicht weiter nach, sondern geht hinüber zum Schwesternzimmer, um sich als Besucher anzukündigen.

Jeff zieht mich mit sich auf zwei der Plastikstühle, die auf dem Gang stehen. »Du weißt, wie sehr ich es bereue, dass Will und ich an dem Tag, an dem er starb, gestritten haben. Was ich aber noch ein wenig mehr bereue, ist die Tatsache, ihm nicht gesagt zu haben, wie sehr ich ihn liebe und wie wichtig er mir ist.«

Er schweigt, wartet darauf, dass sich seine Worte bei mir setzen können.

»Was auch immer zwischen deiner Mom und dir vorgefallen ist, schieb das alles beiseite, und konzentriere dich einzig und allein auf diesen Augenblick. Sie wird dich nicht dafür verurteilen, dass du dir eine eigene Meinung gemacht und ihre Entscheidungen nicht für gut empfunden hast.«

Ich umklammere meine Mitte. »Ich weiß, dass du recht hast, aber ich … Ich kann Mom nicht dabei zusehen, wie sie jeden Tag ein Stück mehr stirbt. Das ertrage ich nicht.«

»Sky, du solltest lernen, nicht alles nur schwarz oder weiß zu sehen. Erinnerst du dich an die Macarons? Solange es noch Hoffnung gibt, wollen wir uns daran klammern. Gib deine Mom nicht schon jetzt auf. Das würdest du später unendlich bereuen.« Jeff legt sanft seinen Arm um meine Schultern. »Möchtest du noch mal bei deiner Mom reinschauen?«, fragt er und streicht mir dabei mit seiner anderen Hand eine Strähne hinters Ohr, die sich aus meinem Zopf gelöst haben muss.

»Könntest du vielleicht mitkommen?«, bitte ich zögerlich.

»Wenn das denn geht, komme ich sehr gerne mit.«

Schwester McFlinch, wie ich an dem Namensschild ihres Kittels ablesen kann, ist nicht nur sehr bedacht auf routinierte Abläufe und mag keine Zeitverstöße, nein, sie hat auch ein großes Herz, als sie uns zusammen zu Mom verlässt.

Roger sitzt an ihrem Bett, als wir hereinkommen. Er sieht zu uns auf, während er Moms Hand hält und seine Lippen sanft dagegen drückt.

Ich nähere mich ihm mit Jeff im Schlepptau. »Würde es dir etwas ausmachen, wenn ich Mom kurz noch etwas sage?«

Seit ich auf Rogers Ranch lebe, habe ich mich ihm gegenüber wie ein kratzbürstiges ungezogenes Kind verhalten. Nicht das Kind, zu dem Mom mich erzogen hat. Ich schäme mich ein wenig, dem Mann, der sich so rührend um meine Mutter kümmert, in die Augen zu sehen.

»Aber nein! Sie freut sich bestimmt von dir zu hören«, bekräftigt mich Roger in meinem Vorhaben. Er steht von dem Stuhl neben Moms Bett auf, um mir Platz zu machen.

Ich lächle ihn dankbar an und setze mich. Nach kurzem Zögern nehme ich vorsichtig Moms Hand und schaue in ihr Gesicht. Wie konnte mir nur entgehen, wie krank sie aussieht? Ich schlucke gegen den Kloß an, der sich wieder in meiner Kehle bildet. Es tut unendlich weh, sie so reglos daliegen zu sehen. Meine Mom …

»Mom, ich weiß nicht, ob du mich hörst. Aber ich möchte dir sagen, dass ich dich über alles liebe und es mir schrecklich leidtut, wie ich mich dir gegenüber verhalten habe.« Bevor meine Stimme brechen kann, wende ich mich an Roger. »Und auch bei dir möchte ich mich aufrichtig für alles entschuldigen. Ich habe mich ziemlich danebenbenommen.«

Roger schaut mich mild lächelnd an. »Das ist sehr lieb

von dir, dass du das jetzt sagst. Aber ich nehme dir nichts krumm. Ich war schließlich auch mal jung, und ich kann mir gut vorstellen, wie du dich gefühlt haben musst.« Er streckt mir seine Hand entgegen. »Freunde?«

Ich beiße mir auf die Unterlippe, so gerührt bin ich von seiner Geste. »Freunde!«, erwidere ich und ergreife seine ausgestreckte Hand, während die andere noch immer Moms Hand festhält.

Ich schaue zu ihr rüber und bin mir ganz sicher, dass sie uns hören kann.

Kapitel 39

»Bist du sicher, dass ein Footballspiel gerade das richtige für dich ist?« Jeff packt seine Ausrüstung zusammen und wirft mir immer wieder besorgte Blicke zu. In weniger als einer Stunde beginnt das Spiel.

Ich zucke mit den Schultern. »Ich weiß nur, dass ich noch durchdrehe, wenn ich nur dasitze und darauf warte, dass etwas passiert.«

»Ich kann dich gut verstehen, Sky. Ich will nur nicht, dass du dich übernimmst.«

Jeff ist so fürsorglich, so einfühlsam, so liebenswürdig, dass ich nicht verstehen kann, wie ich ihn am Anfang so furchtbar finden konnte.

Als er seine Sachen alle in einer riesigen Tasche untergebracht hat, kommt er zu mir, schlingt seine Arme um mich und zieht mich ganz fest an sich heran. Direkt ist das Kribbeln im Bauch wieder da. Ein tolles Gefühl. Wenn nicht sogar das beste.

»Ich könnte mich nach dem Spiel von den Jungs verabschieden und auf direktem Weg mit dir nach Hause fahren. Dann machen wir es uns gemütlich.« Jeff zwinkert mir zu.

Was will er mir damit sagen? Doch nicht etwa …? Aber wir sind doch erst so kurz zusammen! Was wird passieren, wenn ich ihm sage, dass ich noch nicht bereit dazu bin?

Verlegen zupfe ich an dem Haargummi herum, das ich über mein Handgelenk gezogen habe. »Ich weiß nicht, ob … Roger wird sicher da sein und … außerdem bin ich …«

Jeff hebt beide Augenbrauen. »Was könnte Roger dagegen haben, wenn wir uns im Wohnzimmer auf das Sofa chillen und uns ein paar Folgen GoT reinziehen? Schließlich hast du noch einiges aufzuholen.« Er verschränkt die Arme vor der Brust. »Ich kann echt nicht nachvollziehen, wie du die Serie des Jahrtausends nicht gesehen hast. Das macht irgendwie einen Alien aus dir.«

Ich stupse ihn gegen die Brust. Und lache dabei.

»Aua!«, jammert Jeff und hebt entwaffnend die Hände in die Höhe. »Okay, okay, ich geb es ja zu. Einen ziemlich süßen Alien. Bist du jetzt zufrieden?«

Erleichtert darüber, dass Jeff nur vorgeschlagen hat, Zeit vor dem Fernseher zu verbringen, schlinge ich meine Arme um seinen Nacken und küsse ihn. Es ist wirklich das weltbeste Gefühl, ihn zu küssen. In diesen Augenblicken scheint die Welt für einen Moment stillzustehen. Dann gibt es nur Jeff und mich. All die Ängste und Sorgen sind wie durch einen Lichtschalter ausgeknipst.

Allerdings habe ich noch keine Ahnung, wie das heute beim Spiel sein wird. Die Woche über haben Jeff und ich uns in der Schule nicht geküsst. Irgendwie erschien es mir nicht passend. Schließlich hat sich die traurige Geschichte über meine Mom wie ein Lauffeuer unter meinen Mitschülern und Lehrern verbreitet.

Lewisville ist eben eine Kleinstadt in der Pampa. Aber ein Gutes hat es: Die Nachbarn auf den anderen Ranches und sogar einige Leute aus der Stadt haben uns Kuchen und Essen vorbeigebracht. Nicht, dass wir besonders viel Hunger gehabt hätten. Aber im Grunde geht es ja auch um die Geste. Und die finde ich toll. Es ist schön, dass hier so ein großer Zusammenhalt herrscht.

Ich kenne das nicht aus Boston. Dort ist alles viel anonymer. In der jetzigen Situation mit Mom möchte ich mir echt nicht vorstellen, wie es dort gerade wäre. Allein. Niemand, der mir Kürbiskuchen oder einen Auflauf mit tonnenweise Käse darauf vorbeibringt.

Jeff wirft einen Blick auf die Uhr. »Oh Mist! Schon so spät! Wir sollten gleich mal losfahren!«

Sofort muss ich wieder daran denken, wie wir uns gleich vor den anderen verhalten sollen. Genauso wie ich hat auch Jeff keine Anstalten gemacht, mich in der Schule zu küssen oder auch nur meine Hand zu halten. Vielleicht denkt er auch, es wäre unpassend, weil Mom ja gerade im Krankenhaus liegt. Oder will er unsere Beziehung geheim halten? Ich meine, es wäre ja gut möglich, dass er Kathleen schonen will. Auch wenn die, wenn man der Gerüchteküche glauben darf, schon längst mit Danny zusammen ist.

»Stimmt! Und am besten treffen wir uns dann nach dem Spiel direkt am Auto wieder.«

Wieder schnellen Jeffs Augenbrauen in die Höhe. »Wieso denn das? Willst du etwa nicht mit mir gesehen werden? Bin ich dir etwa peinlich?« Nun macht er merkwürdige Grimassen und schielt dabei. »Warte, bin ich hier am Ende der Alien?«

Ich lache. »Ich dachte nur, es wäre dir vielleicht unangenehm, mit mir gesehen zu werden.«

»Wieso denn das?« Jeff lässt die Tasche auf den Boden gleiten.

Ich nestle erneut an dem Zopfgummi herum und lasse es gegen mein Handgelenk schnalzen. »Bisher wissen ja nur meine Freunde, dass ich mit dir …«

Ja, was genau denn eigentlich? Dass wir miteinander rummachen? Nachts im selben Bett schlafen, ohne dass etwas läuft? Dass ich durchdrehe, wenn ich ihn länger als einen halben Tag nicht sehe?

»Dass wir was?«, hakt Jeff nach und schenkt mir sein typisch schiefes Jeff-Grinsen.

»Dass wir eben … Na ja, ähm …« Himmel, wie peinlich ist das denn bitte? Mir wird schlagartig heiß, und meine Wagen fühlen sich so an, als wäre ich in der Mittagssonne eingeschlafen.

Das zwischen Jeff und mir war so plötzlich da, dass ich nicht mal so genau weiß, ob wir jetzt miteinander gehen oder was das zwischen uns ist. Wir haben nie darüber gesprochen. Natürlich habe ich nicht erwartet, dass er mir ein Kärtchen zuschiebt, auf dem »Willst du mit mir gehen?« geschrieben steht und drei Kästchen mit »Ja«, »Nein«, oder »Vielleicht« darunter zum Ankreuzen bereitstehen. Aber irgendwie hätte ich doch gerne gewusst, woran ich bei ihm bin.

»Du bist unglaublich süß, wenn du so vor dich hin stammelst und rot dabei wirst. Hat dir das schon mal jemand gesagt?«

Jeff stützt seine Hände an der Wand in meinem Rücken ab und beugt sich mit seinem Gesicht so weit vor, dass ich seinen Atem auf meiner Haut spüren kann.

Er sieht mich so durchdringend an. »Du bist mein Mädchen, Sky«, sagt er und küsst mich.

***

»Die Plätze sind super. Es lohnt sich eindeutig für uns alle, dass Sky jetzt mit dem Quarterback zusammen ist«, prahlt Noah zwei Sitze neben mir so laut, dass ich am liebsten im Erdboden versinken möchte.

Bevor ich etwas sagen kann, regelt Rachel das auf ihre Weise und knufft ihn in die Seite.

Noah verstummt, während ich meinen Blick über die Schüler, Eltern und Lehrer in unserer unmittelbaren Nähe schweifen lasse. Keiner sieht mich neugierig oder missbilligend an. Offenbar sind sie so sehr in ihre Gespräche vertieft, dass niemand mitbekommen hat, was Noah da gerade herausposaunt hat.

Klar hat Jeff gesagt, dass ich sein Mädchen bin. Aber trotzdem muss das ja nicht jeder wissen.

»Gibt es was Neues von deiner Mom?«, fragt April und legt ihre Hand auf mein Knie.

Besser gesagt, an die Stelle, wo mein Knie unter der Decke liegt, die Kent für uns alle mitgebracht hat. Eine wirklich gute Idee bei dem heftigen Wind, der eisig über die Tribüne zieht und mein Gesicht schon halb eingefrostet hat.

Ich nicke. »Mom wurde endlich aus dem künstlichen Koma geholt. Nach etwa einer Woche. Ihre Blutwerte haben sich deutlich verbessert und sie ist wieder kräftig genug, sodass die Ärzte hoffen, doch bald wieder eine Chemo durchführen zu können.«

Merkwürdig, wie schnell man sich daran gewöhnt, so normal über solche Dinge zu sprechen. Noch vor zwei Wochen dachte ich, es wäre mir unmöglich auch nur zu begreifen, dass meine Mom krank ist, geschweige denn offen mit anderen Menschen über sie und ihre Krankheit zu sprechen.

»Das klingt doch eigentlich ganz gut, oder?«

»Ja total, und wenn ich es richtig verstanden habe, dann sind Moms Chancen auf Heilung erheblich gestiegen. Nur Chemo reicht aber nicht aus. Dr. Foster sagt, dass der Tumor auch operativ entfernt werden muss.«

Das war der Punkt an der ganzen Geschichte, der mich seit dem Gespräch mit Roger nicht mehr ruhig schlafen lässt. Und das, obwohl Jeff jede Nacht an meiner Seite ist.

»Wie gefährlich ist denn diese OP?«, stellt April genau die richtige Frage.

Ich seufze. »Eigentlich ist es eine Routine-OP … aber man weiß ja nie.«

April seufzt ebenfalls. »Was sagt denn deine Mom? Konntet ihr schon gemeinsam über die Ergebnisse sprechen?

Ich schüttle mit dem Kopf. »Wir wollen morgen Mittag zu ihr.«

April zieht mich in ihre Umarmung. »Ich bin immer für dich da«, verspricht sie mir dicht an meinem Ohr.

»Ich weiß«, erwidere ich. »Und danke noch mal für den tollen Auflauf deiner Mom«, sage ich, als der Anpfiff ertönt.

»Das ist doch nicht der Rede wert.« April lächelt mich an.

»Doch das ist es, April.«

***

Das Spiel verläuft relativ entspannt. Das gegnerische Team der Flower Mound Highschool hat unserer Mannschaft nicht wirklich etwas entgegenzusetzen. Im zweiten Quarter zeigen sie sich recht stark. Von da an geht es allerdings nur noch abwärts für sie.

Am Ende des Spiels kommt Mrs Skellham mit einem Mikrofon aufs Spielfeld.

»Ich danke unseren Gästen aus Flower Mound für das faire Spiel und möchte an dieser Stelle erwähnen, dass ich an dieser Schule selbst mal als Lehrerin tätig war. Ich erinnere mich gerne an die Zeit zurück, auch wenn ich mich jetzt für die Gewinner-Highschool entschieden habe.«

Flammender Applaus brandet bei ihren Worten auf, und die gegnerische Mannschaft sieht, wenn überhaupt noch möglich, noch eine Spur geknickter aus. Sie tun mir ein bisschen leid.

Als unsere Direktorin das Spielfeld wieder verlassen will, löst sich der Spieler mit der Rückennummer zwölf von seinem Team und läuft geradewegs auf sie zu, wechselt ein paar Worte mit ihr, ehe Mrs Skellham ihm das Mikrofon überreicht.

Mir bleibt bei Jeffs Anblick fast das Herz stehen, und als er mit dem Mikrofon in der Hand in meine Richtung sieht, bin ich kurz davor zu hyperventilieren. Was hat er bloß vor?

»Er wird Sky doch keinen Antrag machen?!«, äußert Noah seine Gedanken schließlich und schiebt sich dabei die Brille auf der Nase zurecht.

Doch dieses Mal habe ich keine Kraft dazu, mich umzusehen, ob jemand seine Bemerkung aufgeschnappt hat. Ich starre geradewegs zu Jeff hinunter aufs Spielfeld und weiß nicht, was ich denken soll. Mein Kopf ist wie leergefegt.

»Vielen Dank an mein Team und an die wunderbarsten Fans der Welt!«, ruft er ins Mikro.

Wieder klatschen die Leute in die Hände, pfeifen laut und eine La-Ola-Welle setzt sich von der gegenüberliegenden Seite in Bewegung. Ich verpasse meinen Einsatz, bin viel zu sehr darauf fixiert, was Jeff jetzt mit dem Mikrofon macht. Noch immer hält er es fest mit seinen Fingern umschlossen, macht keine Anstalten es Direktorin Skellham zurückzugeben.

»Ganz besonders möchte ich an dieser Stelle einem Mädchen dafür danken, dass sie seit Kurzem *mein* Mädchen ist. Sky, ich liebe dich.«

Hitze schießt mir ins Gesicht, und mein Herz überschlägt sich beinahe. Was zur Hölle macht er da nur?

So offiziell wollte ich es dann doch auch wieder nicht. Zumindest nicht so schnell. Im ersten Moment weiß ich nicht, was ich von Jeffs Ansage halten soll. Doch dann fühle ich mich geschmeichelt. Und glücklich. Jeff und ich. Das fühlt sich gut an.

Die Leute um mich herum starren mich an und beginnen dann zu singen »Jeff und Sky, Jeff und Sky.« Ich beruhige mich erst wieder, als April meine Hand nimmt und mir versichert, dass sich alle für uns freuen.

Also wage ich es doch, erhebe mich von meinem Platz. Meine Beine zittern, aber verdammt noch mal, ich muss ja schließlich mein Häkchen setzen, wenn Jeff mir schon diese atemberaubende Liebeserklärung vor ausverkaufter Tribüne macht.

Also werfe ich ihm einen Kussmund zu, und die Gesänge werden lauter, während Jeff den Kuss mit seiner Hand auffängt. Zwischen einem »Ja«, »Nein«, »Vielleicht« habe ich mich eindeutig für »Unbedingt« entschieden.

Mit hochrotem Kopf setze ich mich zurück auf den Stuhl.

»Kathleen tobt jetzt bestimmt«, sagt Rachel grinsend.

»Ich glaube eher nicht«, erwidert April und deutet zum Spielfeldrand.

Dort stehen Kathleen und Danny neben der Tribüne und knutschen heftig miteinander. Sie scheint über Jeff hinweg zu sein.

In meinem Bauch fliegen tausende Schmetterlinge wild umher, und ich kann machen, was ich will: Es gelingt mir einfach nicht, mit dem dämlichen Grinsen aufzuhören.

Erst als Jeff sich geduscht und umgezogen hat, verschwindet mein Grinsen, weil er mir seine Lippen auf den Mund legt und mich küsst, als gäbe es kein Morgen mehr.

Kapitel 40

Das uns allen so vertraute »Fünfzehn Minuten« von Schwester McFlinch empfängt Roger und mich an Moms Tür. Jeff wartet draußen im Flur auf uns.

»Hey!«, begrüßt uns Mom, deren Rückenliege ein wenig aufrechter steht, als in den letzten Tagen.

Ein gutes Zeichen, denke ich und eile zu ihr, um ihr einen Kuss zu geben.

»Hey mein Sonnenschein, wie geht es dir heute?«

Ich schlucke. Es ist lange her, dass mich Mom so genannt hat. Und ich weiß, dass ich alles dafür tun werde, dass sie mich wieder öfter so nennt. Ich will ihr Sonnenschein sein.

»Blendend. Siehst du die Eskorte in meinem Rücken?

Die Jungs sind ihr Geld wert«, scherze ich und ernte dafür ein amüsiertes Lächeln meiner Mutter.

Ich habe keine Ahnung, wie ich an diesem düsteren Ort die Kraft finde, solche Witze zu reißen. Aber es passiert. Und offenbar tut es uns beiden gut. Also kann es nicht falsch sein.

Roger beugt sich über Mom und gibt ihr einen Kuss auf den Mund. Ich verspüre nicht mehr dieses mulmige Gefühl dabei, wenn ich die beiden so intim miteinander erlebe. Dinge ändern sich.

»Hallo, mein Schatz. Wie geht es dir heute?«, fragt er Mom mit einem leicht besorgten Gesichtsausdruck.

»Ach, ganz okay, denke ich. Habt ihr schon die Neuigkeiten von Dr. Foster gehört?«

Ich spüre Moms Anspannung und nehme ihre Hand. »Dr. Foster wirkte sehr zuversichtlich, und das sind doch tolle Neuigkeiten, Mom!«

Mom lächelt mich an, doch da schimmern auch Zweifel in ihren Augen. »Aber es gibt auch Risiken …«

»Dr. Foster ist der Ansicht, dass du eine reelle Chance hast. Komplikationen kann es ja immer geben.« Roger räuspert sich.

Das erste Mal sehe ich Angst wie einen Schatten über Moms Gesicht huschen. Ich umschließe ihre Hand eine Spur fester, um ihr zu signalisieren, dass ich bei ihr bin und für sie da sein werde.

»Aber wenn die Chemo gut anschlägt, dann …«, sucht sie nach einem Ausweg.

»Dann wissen wir alle nur allzu genau, dass der Tumor noch immer da sein wird. Er muss weg, Emily.«

Mom schließt die Augen. Ein solch großer Eingriff ist

bei ihrer momentanen gesundheitlichen Verfassung ein immenses Wagnis.

Sie zögert. »Ich weiß nicht.«

»Mom, vor ein paar Wochen ist meine Welt aus den Angeln gehoben worden. Plötzlich war alles anders.«

Sie schaut mich mit Tränen in ihren Augen an.

»Als du dann ins künstliche Koma versetzt wurdest, konnte ich dich nicht besuchen«, offenbare ich ihr. Bisher habe ich ihr nichts davon erzählt. »Dein Anblick hat mich furchtbar aufgewühlt, und ich habe mich so unglaublich schuldig gefühlt, weil ich dich in den letzten Monaten so mies behandelt habe. Mom, ich habe so große Angst, dich zu verlieren!«

Sie drückt meine Hand. »Ach, Schatz!« Mom streicht mir eine Träne von der Wange. Ich habe nicht einmal bemerkt, wie sie sich aus meinem Auge gelöst hat.

»Mittlerweile weiß ich, dass es Hoffnung gibt«, spreche ich weiter und sehe dankbar zu Roger hinüber. »Und ich weiß, dass du eine Kämpferin bist, Mom. Wenn es jemand schaffen kann, dann du«, sage ich mit fester Stimme.

Sie sieht mich einen Moment nur an, dann lächelt sie und nickt. »Okay, wenn meine Tochter so an mich glaubt, dann bleibt mir wohl gar nichts anderes übrig, als auch an mich zu glauben.«

Roger fällt ihr um den Hals. Ihm steht die Freude über Moms Antwort sichtlich ins Gesicht geschrieben. Er war die letzten Tage so angespannt, weil er Angst hatte, sie könnte sich gegen den Eingriff entscheiden oder dass sie bei der Operation sterben könnte. Aber daran will in diesem Moment niemand von uns denken.

»Und sonst? Wo ist eigentlich Jeff? Ihr hängt doch

sonst immer zusammen?« Mom schenkt mir einen wissenden Blick.

Ihr entgeht aber auch nichts!

Unwillkürlich muss ich grinsen. »Jeff wartet draußen.« Ich kann nicht verhindern, dass meine Wangen sich rosa färben.

»Du siehst glücklich aus«, sagt Mom und lächelt mich an.

»Das bin ich, Mom. Das bin ich wirklich!«

Epilog

Neun Monate später

»Bist du sicher, dass du diese Fahrt im Heißluftballon wirklich machen willst? Noch kannst du es dir anders überlegen.«

Ich schüttle heftig mit dem Kopf und grinse Mom an. »Ich finde, ich sollte meine neue Heimat mal ausgiebig von oben ansehen. Das ist genau das Richtige nach dem Stress des Senior Years und dem ganzen Bewerbungskram fürs College!«

Mom lächelt. »Tut mir übrigens total leid, dass ich in letzter Zeit so eingespannt war. Ich habe so viel mit der Hochzeit um die Ohren, dass ich schon ein ganz schlechtes Gewissen dir gegenüber habe.«

Ich schüttle den Kopf. »Das brauchst du wirklich nicht zu haben.« Dann zögere ich kurz. »Mom, ich finde es wirklich schön, dass du Roger heiratest. Ihr beiden passt wirklich toll zusammen. Das habe ich dir, glaube ich, noch nie gesagt …«

Mom drückt meine Hände. »Das ist sehr lieb von dir, mein Sonnenschein.« Dann lacht sie. »Wenn mir das einer noch vor ein paar Monaten gesagt hätte, hätte ich ihn einen Lügner geschimpft.«

»Die Dinge ändern sich.«

»Zum Glück.«

Jeff kommt mit Roger zum Korb des Ballons, in den wir beide gleich einsteigen werden.

»Wo wart ihr denn so lange?«, frage ich.

»Ich musste noch mal mit den Leuten von der Schülerzeitung reden. Die fanden es natürlich ein bisschen schade, dass wir die Heißluftballon-Fahrt erst jetzt machen, weil sie die Bilder frühestens für die Ausgabe im nächsten Schuljahr verwenden können. Und wir sind dann ja nicht mehr da. Aber ich konnte ihnen erklären, wie es dazu kam«, Jeff blickt hinüber zu meiner Mom. »Das haben sie dann verstanden.«

Mom hat die Chemo und die OP gut überstanden. Die Reha war ein langwieriger Prozess. Aber sie hat es geschafft. Mom ist eine Kämpferin. Für sich. Für mich. Für uns. Sie hat nie aufgegeben.

Jeff küsst mich, und auch Monate nach unserem ersten Kuss kribbelt mein Bauch noch immer. Ein gutes Zeichen, wie ich schätze. Hoffentlich bleibt uns dieses Gefühl auch in Boston erhalten. Wir haben nämlich beide einen Platz an der Boston University bekommen! Jeff möchte gerne

Medizin studieren. Ich habe mich für Journalismus eingeschrieben, bin mir aber noch unsicher, was ich später einmal machen möchte. Nur eins steht außer Frage: glücklich möchte ich dabei sein. Und mit Jeff an meiner Seite stehen die Chancen dafür verdammt gut.

April und Rachel haben einen Platz an der NYU bekommen. New York ist gar nicht weit. Ich freue mich schon auf unsere Mädelswochenenden und bin gespannt, was sie von Ruthie halten.

Endlich ist es mir gelungen, wieder Kontakt zu ihr aufzubauen und ihn auch zu halten. Es fühlt sich noch etwas ungewohnt an, aber wir sind auf dem richtigen Weg. Da bin ich mir ganz sicher.

»Wenn ihr jetzt einsteigen würdet?«, ermahnt uns der Ballonfahrer, nachdem er Mom und mir zuvor schon mehrfach erklärt hat, wie wichtig der richtige Wind für unser Vorhaben ist.

»Schnell mach noch ein paar Bilder von uns«, bitte ich Roger, der den Finger schon auf den Abzug seiner Spiegelreflexkamera gelegt hat, während ich mich an Jeff schmiege.

»Hast du das?«, frage ich.

Roger nickt. »Passt da oben auf euch auf.«

Bevor Jeff und ich in den Korb klettern, küsse ich Mom noch einmal sanft zum Abschied.

»Dad wird ein Auge auf uns haben.« Seit einiger Zeit fühlt es sich so leicht an, von meinem Vater zu sprechen. Ich bin zwar noch immer sehr traurig darüber, dass er nicht mehr bei uns ist, aber ich habe einen Weg gefunden, ohne ihn weiterzuleben und ihm dennoch Raum in meinem Leben zu geben.

Es geht beides. Man kann trauern, ohne dabei den Verstand zu verlieren. Was nicht heißen soll, dass meine Art mit der Situation umzugehen, die beste ist. Jeder trauert auf seine Weise. Und das ist auch gut so. Aber ich habe gelernt, dass es leichter ist, sich anderen anzuvertrauen und den Schmerz zu teilen.

Denn letztlich steht eins fest: Verloren sind wir nur allein.

Danksagung

Mit *Verloren sind wir nur allein* habe ich mir einen kleinen Traum erfüllt. Einen Traum, der von Buchstabe zu Buchstabe und von Silbe zu Silbe zu einem Herzensprojekt wurde.

Dass dieser Traum nun Wirklichkeit werden konnte, verdanke ich einer Reihe wundervoller Menschen, die mich den Weg über begleitet haben.

Allen voran möchte ich meiner Agentin Kristina Langenbuch dafür danken, dass sie an Sky & Jeff geglaubt hat und im Entwicklungsprozess immer ein offenes Ohr für mich hatte. Sie hat dafür gesorgt, dass Sky & Jeff ein wundervolles Zuhause im ONE-Verlag gefunden haben. Ja, es ist ein Zuhause. Anders kann und will ich es nicht nennen. Denn die Wärme, die Geborgenheit und vor allem die Begeisterung, die mich bei meinem ersten Treffen mit dem Team empfangen haben, fühlten sich genauso an.

Bei der gemeinsamen Arbeit ist mir meine Lektorin Katharina Runden ganz besonders ans Herz gewachsen. Voller Stolz kann ich behaupten, dass Katharina in meinen Augen die perfekte Patentante für Sky & Jeff ist. Sie hat gemeinsam mit mir so lange an *Verloren sind wir nur allein* gefeilt, bis wir beide schließlich der Meinung waren: Das ist die Geschichte, die Sky & Jeff verdient haben. Vielen

Dank auch an das komplette ONE-Team. Ich fühle mich wie ein Teil einer Familie. Ein wirklich schönes Gefühl.

Bedanken möchte ich mich weiter bei meinen wundervollen Würzburger Kolleginnen Angela Kirchner, Julia Hanel und Kristina Moninger, sowie bei meinen Kolleginnen Marah Woolf, Katharina Herzog und Hannah Siebern. Ihr hattet allesamt immer ein offenes Ohr für mich und ohne die liebe Gela hätten Sky & Jeff nie und nimmer einen so wundervollen Titel bekommen.

Gewidmet habe ich dieses Buch meinen Kindern, sowie meinem Mann, der Wäscheberge aus dem Weg geräumt, mich mit Kaffee und Nahrung versorgt und mir Mut zugesprochen hat, wann immer ich zu zweifeln begann.

Und dann bleibt mir noch ein riesiges Dankeschön für meine Leserinnen und Leser. Ich danke euch von Herzen dafür, dass ihr euch für Skys & Jeffs Geschichte entschieden habt. Außerdem hoffe ich, ihr hattet eine schöne Zeit mit den beiden. Vielen lieben Dank, dass ihr meine Geschichten lest, rezensiert und anderen davon erzählt. Das ist für mich nicht selbstverständlich. Fühlt euch gedrückt!

Leseprobe

Katie Kacvinsky
FIRST COMES LOVE

Erste Begegnung

Gray

Aus dem Augenwinkel beobachte ich ein Mädchen auf der anderen Seite des Campus. Die Sonne brennt auf ihre bloßen Schultern. Sie hat sich auf den Boden gekauert und das Gesicht an eine Fotokamera gepresst. Das Gerät muss uralt sein, denn sie dreht an dem Objektiv, um die Schärfe einzustellen, und nach jedem Foto zieht sie einen Hebel, um den Film weiterzuspulen.

Der Campus zwischen uns ist nichts als eine üppige Betonlandschaft. Asphaltwege führen auf einen runden Zementplatz in der Mitte zu. Anscheinend waren die Architekten des Mesa Community College der Meinung, das billigste Baumaterial sei gerade gut genug für Studenten unserer Preisklasse. Wir haben uns kein Luxusgelände verdient. An Privatuniversitäten bekommt man korinthische Säulen, Kopfsteinpflaster und von Gärten umrahmte Hörsäle, sodass die Studenten ihren Ernest Hemingway beim Plätschern von Springbrunnen lesen und im Schatten von Weinlaubterrassen aus Robert Frosts Gedichten zitieren können. Staatliche Unis haben Betonbänke zu bieten und eine einzige Mensa, deren Spezialität fettige Donuts und Pommes sind. Da weiß man doch gleich, wo man in der Hackordnung hingehört.

Mein Blick wandert zurück zu dem merkwürdigen Mädchen. Sie lässt sich kaum übersehen, denn sie treibt sich immer irgendwo auf dem Campus herum wie ein streunender Coyote. Manchmal sitzt sie an einen Baum gelehnt und schreibt in ein Notizbuch, das nicht größer ist als ihre Handfläche. Manchmal pfeift sie vor sich hin. Sie ist immer allein und trägt jeden Tag dieselben ausgelatschten schwarzen Adidasschuhe. Ich glaube, genau das gleiche Modell hatte ich, als ich zwölf war.

Ihr anderes Lieblingskleidungsstück ist eine schlabberige Jeans, was vor allem deshalb bemerkenswert ist, weil die Sommertemperatur in Phoenix durchschnittlich vierzig Grad beträgt. Die Jeans rutscht ihr fast von den dünnen Hüften und ist so weit geschnitten, dass die Hosenbeine wie Vogelflügel flattern, wenn eine Windböe den Staub aufwirbelt. Heute trägt sie dazu ein Top in Zitronengelb, das sich eng an ihre schmale Taille schmiegt. Das Mädchen hat ähnlich viele Kurven wie eine Bohnenstange. Einmal hat sie bemerkt, dass ich sie beobachte, und gegrinst. Also habe ich weggeschaut. Ich will keinen Kontakt mit ihr. Ich bin nicht auf der Suche nach Freundschaft. Sie ist nur ein bewegliches Objekt, an das meine Augen sich heften können, während ich meine Gedanken abschalte und warte, dass die Zeit vergeht.

Ich sitze an der Wand des naturwissenschaftlichen Traktes, die ein wenig Schatten bietet, und habe meine Baseballkappe tief in die Stirn gezogen, denn der Betonboden wirft gleißend das Licht zurück. Auch beim Unterricht nehme ich die Kappe nie ab. Sie gibt mir das Gefühl, als könne ich mich unsichtbar machen, nur indem ich den Schirm nach unten ziehe. Damit kann ich die Welt ausschließen und so tun, als würde mich niemand sehen. Außerdem kann ich unbemerkt Leute beobachten. Vor allem starre ich natürlich den Mädchen nach, die mit ihren superkurzen Röcken auf Pfennigabsätzen vorüberstöckeln und ihre gebräunten Beine zeigen. Ihre hautengen Tops überlassen wenig der Fantasie. Tja, soll mir nur recht sein.

Ich hole meinen iPod aus der Tasche und scrolle durch die Alben, bis ich beim Hiphop ankomme. Musik ist jahreszeitlich, finde ich. Im Sommer ändert sich mein Geschmack, und ich höre fast nur noch schnelle Rhythmen, wild und funky. Wenn der Winter kommt, mag ich es langsamer. Akustische Gitarre. Oldies. Jetzt trommele ich mit den Fingern den Rhythmus auf den Boden und drücke mich möglichst lange davor, zum Unterricht zu gehen. Nichts ist schlimmer als im Sommerkurs abwechselnd Mathe und Kreatives Schreiben zu haben. So viel rechte und linke Gehirnhälfte kann man von keinem Menschen verlangen, besonders wenn noch nicht einmal Mittagszeit ist. Wenigstens ist die Quälerei auf eine kurze Vierwochendosis beschränkt und dauert nicht ein ganzes Unisemester.

Als mein Blick wieder bei dem Mädchen landet, sehe ich sie flach auf dem Bauch liegen, und zwar mitten auf dem Gehweg. Ich starre frustriert zu ihr hinüber. Was tut sie da? Fotografiert sie wirklich den bescheuerten Asphalt? Ratlos mustere ich ihren schlaksigen Körper. Sie ist nicht dünn wie die ausgehungerten Models in Zeitschriften, die mich immer an Strichmännchen mit Haarmähne und Schminke erinnern. Eher wirkt sie hyperaktiv-schlank, als könne sie nie lange genug still sitzen, um eine vollständige Mahlzeit zu essen. Als würde ihre Geheimdiät darin bestehen, das Leben in möglichst rasanter Geschwindigkeit zu genießen.

Ich schaue auf meinem Handy nach der Uhrzeit und runzele die Stirn. Natürlich muss das Mädchen genau den Weg blockieren, der zwischen mir und der Abteilung für Sprach- und Literaturwissenschaft liegt. Ich könnte um sie herumgehen, andererseits habe ich noch nie jemanden gesehen, der mit solcher Hingabe einen Gehweg fotografiert. Ich will wissen, was an dem Campusboden so spannend ist, dass sie fast die Nase daraufpresst. Also stehe ich auf und nähere mich ihr vorsichtig wie einem wilden Tier, das unerwartet beißen oder kratzen könnte. Noch immer liegt sie bäuchlings ausgestreckt, hat sich auf den knochigen Ellbogen abgestützt und hält die Kamera mit beiden Händen absolut still. Ich bin sicher, dass sie meine Schritte gehört haben muss.

»Komm nicht näher«, warnt sie mich plötzlich. Ich bleibe einige Meter entfernt stehen und der Wind wirbelt den Sand um uns auf. Aus ihrem geflochtenen Zopf haben sich einige braune Haarsträhnen gelöst und wehen ihr ins Gesicht. Ich schaue missmutig auf sie herab, weil sie einen öffentlichen Gehweg blockiert.

»Du liegst mir im Weg«, sage ich. Meine Kehle ist trocken, sodass meine Stimme kratzig und rau klingt. Sie wendet ganz langsam den Kopf und schaut mich mit einem ernsten, durchdringenden Blick an, als sei sie auf einer heiligen Mission.

»Still, sonst verscheuchst du sie noch«, flüstert sie. Ihre Augen huschen in eine bestimmte Richtung und ich folge ihrem Blick. Der Weg ist leer. Weit und breit rührt sich nichts. Ich betrachte das Mädchen besorgt. Vielleicht ist sie schizophren. Vielleicht hat die Wüstenhitze ihr Gehirn verbrutzelt (zumindest die rechte Logikhälfte) und jetzt leidet sie unter Wahnvorstellungen. Ich hebe einen Fuß, um vorsichtig zurückzuweichen, aber da entdecke ich plötzlich nur Zentimeter vor dem Gesicht des Mädchens zwei blassgrüne Geckos. Sie haben einander die Köpfe zugewandt, als würden sie sich unterhalten.

Ich stehe ganz still und sehe zu, wie das Mädchen mit sorgfältiger Präzision an der Kamera dreht und die Schärfe einstellt. Sie drückt den Auslöser und ich höre ein leises Klicken.

»Hab sie!«, sagt das Mädchen, steht auf und klopft sich den Sand von der Jeans. Sie ist größer als ich dachte und reicht fast an meine 185 cm heran.

»Gar nicht einfach, die Kerlchen zu überzeugen, dass sie stillhalten sollen«, sagt sie und lächelt mich mit ihren hellbraunen Augen an. »Die sind furchtbar kamerascheu.«

Ich mustere sie von Kopf bis Fuß. Sie stammt definitiv nicht aus Phoenix. Ich tippe auf den Mittleren Westen oder die Ostküste.

»Du bist ganz schön weit weg von zu Hause, oder?« Ihre Haut ist voller Sommersprossen, aber nicht so dunkel wie bei uns Einheimischen. Wenn man täglich von der Arizona-Sonne gegrillt wird, hört das Melanin nicht mal im Winter auf, Bräune zu produzieren.

»Wieso?«, fragt sie und schaut mit schmalen Augen zu mir hoch.

Weil du dich benimmst, als hättest du nicht alle Tassen im Schrank.

»Weil man hier nicht viele Leute sieht, die sich auf kochend heißem Beton ausstrecken, um eine Nahaufnahme von zwei Geckos zu machen«, lasse ich sie wissen. »Die Viecher sind überall.«

Sie schaut sich um, ob vielleicht noch mehr Lurche in der Nähe lauern. »Ja schon, aber sie sind so zutraulich. Ständig wuseln sie um meine Füße und wollen Fangen spielen.« Sie stülpt einen Deckel auf das Kameraobjektiv. »Ich bin für die Sommerferien hier«, beantwortet sie meine frühere Frage. Ich hebe die Augenbrauen. Normalerweise würde ich schon gar nicht mehr hier stehen, denn Small Talk ist nicht meine Sache. Aber dieses Mädchen wird mit jeder Minute bizarrer.

»Sommerferien in Phoenix?«, frage ich und sie grinst über meine geschockte Stimme. Die meisten Leute fliehen um diese Jahreszeit aus unserer Wüstenregion, außer sie mögen das Gefühl knusprig gebratener Haut oder schließen sich gerne den ganzen Tag in einem Riesenkühlschrank ein, den man gemeinhin als Klimaanlage bezeichnet.

»Ich wollte schon immer die Wüste sehen«, sagt sie und hebt das Kinn. »Hast du nach dem Unterricht was vor?« Die Frage kommt so selbstbewusst heraus, dass mir der Mund offen stehen bleibt. Bildet sie sich ein, dass ich hier stehe, weil ich mit ihr sprechen will? Ist ihr nicht klar, dass sie einfach nur meinen Weg blockiert hat?

»Äh«, stammele ich.

Meine Tage sehen immer gleich aus: Mittagessen, Computerspiele, Gitarre üben, Hanteln stemmen, übers Leben nachgrübeln, meinen Eltern aus dem Weg gehen, Teilzeit im Videoladen jobben.

»Ich könnte jemanden brauchen, der mich mit dem Auto nach Hause bringt.«

Ich tue so, als würde ich eine Nachricht auf meinem Handy checken, um Zeit zu gewinnen und mir eine Ausrede einfallen zu lassen.

»Weil ich nämlich mit dem Bus von Scottsdale gekommen bin und das hat zwei Stunden gedauert«, fügt sie hinzu.

Schon wieder klappt mir die Kinnlade herunter. Jeder weiß, dass man in Phoenix ein Auto braucht. Ich kenne nur eine Ausnahme, nämlich ein gewisses Mädchen, das hier in Jeans herumläuft und sich per Anhalter kutschieren lässt.

»Du wohnst in Phoenix und hast kein Auto?«

»Doch, ich habe eins«, sagt sie. »Mir gefällt es nur besser, mit dem Bus zu fahren. Da sehe ich mehr von der Gegend. Aber heute kannst du ja mein Stadtführer sein.«

Glaubt sie wirklich, dass ich nachmittags nichts anderes zu tun habe als Chauffeur zu spielen? Nun ja, stimmt natürlich. Aber trotzdem ist es unhöflich, so etwas anzunehmen. Außerdem würde keine normale Person einen Wildfremden mit einem derartigen Wunsch überfallen. Und wer fährt schon freiwillig mit dem Bus? Der ist wie ein Ghetto auf Rädern.

»Du kennst mich doch gar nicht«, warne ich sie. »Vielleicht züchte ich in meiner Freizeit Skorpione.«

Sie mustert mich einen langen Moment, dann lächelt sie. »Ich habe dich schon öfter auf dem Campus gesehen. Du tust nicht viel, sitzt im Schatten herum, trommelst mit den Fingern auf den Boden und hörst Musik. Manchmal spielst du auch Luftgitarre«, fügt sie hinzu. »Die meiste Zeit siehst du gelangweilt und schläfrig aus. Aber insgesamt wirkst du harmlos. Außerdem bist du irgendwie süß.«

Ich starre sie an. Also hat sie mich beobachtet, während ich sie beobachtet habe. Und ihr Urteil über mich lautet: langweilig und harmlos. Ich frage mich, ob ich bei allen Mädchen so ankomme. Na ja, wenigstens hat sie noch das »irgendwie süß« hinterhergeschoben.

»Ich kann dich in einer Stunde hier abholen«, höre ich mich selbst sagen. Am liebsten würde ich mir die Worte zurück in den Hals stopfen und sie für immer in der Schublade »Halt-bloß-den-

Mund-du-Idiot« verschwinden lassen. Was soll ich mit ihr anstellen? Aber bevor ich mein Angebot zurücknehmen kann, nickt sie schon.

»Perfekt. Ich knipse in der Zwischenzeit die restlichen Fotos für meine Campus-Serie.« Mein Blick wandert über das vertrocknete Gras, die Betonbänke, die dürren Bäume und den staubigen Boden. Sie will eine ganze Stunde damit verbringen, etwas abzulichten, von dessen Hässlichkeit einem die Augen brennen? Mit einem Seufzer mache ich mich auf den Weg zu meinem Schreibkurs und denke bereits über einen Fluchtplan nach.

(...)

Katie Kacvinsky
First Comes Love
240 Seiten
ISBN 978-3-8466-0082-5
10,00 €